Toutes les femmes aiment
un poète russe

Elizabeth Dunkel

Toutes les femmes aiment un poète russe

Traduit de l'américain
par Jean Autret

Éditions J'ai lu

Pour mon amie,
Barbara Eliason Dunkel.

Ceci est une œuvre de fiction.
Personnages, péripéties et dialogues sont
les fruits de l'imagination de l'auteur et
ne doivent pas être considérés comme
vrais;
Toute ressemblance avec des événements
ou des individus réels, vivants ou morts,
ne serait que pure coïncidence.

Titre original :

EVERYWOMAN LOVES A RUSSIAN POET
Donald I. Fine, Inc., New York

© Elizabeth Dunkel, 1989
Pour la traduction française :
© Presses de la Renaissance, 1992

Kate n'aime personne

Dimanche, trois heures du matin.   Le 21 janvier 1983.

Kate Odinokov était allongée dans son lit. Elle pleurait. Elle brûlait du désir de sentir les bras d'un homme autour d'elle Cela ne lui était pas arrivé depuis si longtemps. Combien ? Près de deux ans ? Elle avait l'impression qu'il y en avait vingt. Elle était certaine qu'elle ne ferait plus jamais l'amour. Son corps était comme mort. Elle essaya de se rappeler l'odeur du désir de l'homme. Que ne donnerait-elle pour pouvoir s'abandonner à la fougue enivrante d'un homme tendant les bras vers elle dans le noir ?

Quelqu'un pouvait-il avoir été aussi malheureux ? Non, personne, elle en avait la certitude. Ce n'était pas seulement d'amour qu'elle avait besoin, non ; sa solitude et sa frustration étaient arrivées à un point tel qu'elle en était épouvantée. Et cela la faisait pleurer encore davantage. Oh ! Quel malheur de vivre sans amour ! Pourquoi le destin se montrait-il si cruel ? Etait-elle vraiment si indigne d'être aimée ?

Elle passa les mains sur son corps dévêtu, allongé sous un édredon en duvet moelleux, par cette nuit glacée de janvier, essayant d'imaginer que ses mains étaient celles d'un homme qui la caressait, qui l'explorait peut-être pour la première fois. Quel effet cela pouvait-il produire de faire l'amour avec Kate Odinokov ?

Bien qu'elle eût toujours regretté de ne pas avoir la silhouette élancée d'une danseuse, elle s'était réconciliée avec son corps et avait fini par l'aimer. Elle savait qu'il était beau et robuste. Un corps à la Modigliani, lui avait dit un ami, il y avait bien longtemps. Des cuisses fortes, voilà ce que cela signifiait, elle s'en rendait bien compte.

Elle entoura de ses mains ses hanches volumineuses qu'elle tapota plusieurs fois, puis tâta son ventre rebondi. Lentement, elle glissa les paumes le long de l'intérieur des cuisses pour atteindre la rondeur plus rude, bien musclée, de ses mollets. Remontant ensuite jusqu'aux côtes, elle en suivit le contour, l'une après l'autre, et finit par amener la paume de ses mains sur ses seins.

Elle s'y attarda un moment, les massant doucement, essayant de comprendre l'émerveillement teinté de respect que pouvaient éprouver les hommes pour ces globes de chair molle. Mais cela dépassait son entendement. Tous les hommes qu'elle avait connus lui avaient dit qu'elle avait «des seins formidables». Qu'est-ce que cela voulait dire? leur demandait-elle. La réponse était toujours la même, elle n'était jamais suffisamment originale pour la satisfaire. Ils n'étaient ni trop gros ni trop petits, la taille idéale. Elle se dit que les hommes devaient savoir. Après tout c'était à eux que les seins donnaient du plaisir, pas à elle.

Naturellement elle se trouvait trop rondelette. Mais elle savait qu'il en était ainsi de toutes les femmes; en fait, elle aurait été incapable de citer une seule femme qui ne la trouvât pas très bien telle qu'elle était. «Brune et ronde», c'est ainsi que quelqu'un l'avait qualifiée un jour, à sa grande déception, et maintenant, à l'âge de trente-trois ans, elle s'était réconciliée avec cet état de fait. Elle se réconfortait en déclarant: «Je suis d'une beauté non conformiste.» Cela sonnait bien. Beaucoup de belles femmes célèbres étaient d'une beauté qui tranchait avec les canons habituels. Cites-en une, se défiait-elle.

D'accord : Isabella Rossellini, et d'une, Charlotte Rampling, et de deux

Elle se tourna sur le côté et s'entoura le corps avec ses bras. Non, mais quel gâchis ! Y a-t-il quelqu'un là-haut qui fait le décompte de toutes ces nuits sans amour pour me permettre de me rattraper un jour ou l'autre ? Je plains le malheureux qui finira par tomber dans mon lit. Je serai d'une telle voracité qu'il se fera manger des pieds à la tête et vider de toutes ses entrailles.

C'est vraiment trop injuste ! Qu'est-ce que j'ai fait pour mériter ça ? Que faut-il que je fasse pour me trouver un mec ? Ses amies n'en revenaient pas, elles non plus. Cette situation défiait toute logique, expliquait Kate, et c'était cela qui la rendait si horrible et si inexplicable.

En fait, il n'y avait là qu'un symptôme de l'époque invraisemblable dans laquelle on vivait. Et pourtant Dieu sait si elle se démenait. Jamais de la vie elle n'aurait pu s'imaginer qu'elle en serait arrivée là, complètement larguée par l'existence.

La solitude à son âge, c'était vraiment épuisant. Jamais le moindre instant de douceur, pas même le banal : « Bonsoir, ma chérie. Comment ça a été pour toi aujourd'hui ? » Elle s'aventurait dans la cité hostile, bataillait toute la journée et rentrait le soir pour retrouver son chat.

Ces retours à la sinistre réalité la vidaient littéralement. Elle avait l'impression que l'on jouait avec ses sentiments comme avec un yo-yo. Elle pouvait connaître le summum de la félicité grâce à un succès professionnel, ou bien à une visite au musée d'Art moderne où elle voyait quelque chose de beau, d'enthousiasmant ; ensuite elle rentrait chez elle, croisant des couples qui se tenaient par la main et s'embrassaient, ou des jeunes parents qui poussaient un landau.

Elle savait qu'elle aurait dû être heureuse d'avoir ce qu'elle avait. Tout le monde le lui répétait sans cesse, mais cela ne l'empêchait pas de sombrer dans la tristesse la plus noire.

Mais où donc étaient passés tous les hommes? Etait-ce parce qu'elle ne cherchait pas aux bons endroits? Les autres femmes en trouvaient sur leur lieu de travail; elle, non. D'autres les dénichaient sur la plage; elle, non. Elle n'osait pas aller dans les bars; d'ailleurs, elle était sûre que le type d'homme qu'elle cherchait n'irait pas la draguer dans un bar.

Alors, c'était la faute de New York. Dans cette ville, on ne pouvait que gagner de l'argent, travailler comme des forcenés et rechercher le succès et la gloire. Les hommes étaient trop fatigués pour l'amour. Ils avaient l'esprit ailleurs.

Elle vit défiler dans son esprit tous ces matins où elle se levait pour prendre une douche brûlante, moudre son café, préparer une tasse de *café au lait*[*1] après avoir bien fait chauffer le lait, déguster ses tartines beurrées, sécher à l'air chaud ses cheveux châtains, fins comme ceux d'un bébé, se maquiller, s'asperger de parfum, et sortir en coup de vent de son appartement pour se retrouver plantée sur un quai de métro à regarder ces types de l'Upper East Side, ces beaux mecs complètement constipés, enfouis dans leur *Wall Street Journal*.

Il y avait des jours où elle avait envie de crier: «Mais regardez-moi donc!» Elle imaginait que l'on jouait *Girls Just Want to Have Fun* («Les filles veulent prendre du bon temps»), la musique emplissant la station de ses échos tandis qu'elle dansait au milieu de ces hommes compassés.

Pour ne rien arranger, les quelques célibataires qui restaient avaient vraiment la vie trop facile, car New York fourmillait de femmes splendides, pétries de talents et libres, qui se pressaient autour d'eux.

1. Les mots et expressions en italique, suivis d'un astérisque, figurent tels quels dans le texte original *(N.d.T)*.

8

Aucune des femmes mariées qu'elle comptait parmi ses amies n'était à même de lui présenter un homme dépourvu d'attaches familiales. Il n'y avait pas un seul célibataire au bureau. Elle n'arrivait pas à comprendre pourquoi. Elle supposait que c'était parce qu'elle arrivait à l'âge où tout le monde était marié, ceux qui ne l'étaient pas allaient bientôt convoler, à moins qu'ils ne fussent homosexuels.

Elle se sentait exclue des joies de l'existence parce que, peu à peu, l'une après l'autre, toutes ses amies se mariaient, entreprenaient la restauration de leur maison de campagne et se mettaient à avoir des bébés alors qu'elle en était encore à essayer de se trouver un mec !

Le plus désespérant, c'étaient les week-ends. Hier soir, comme tous les samedis, elle était restée seule, à siroter du cognac en regardant un truc débile à la télévision, allongée sur son lit. Et, pendant ce temps-là, tout Manhattan faisait la noce autour d'elle.

Pendant la semaine, elle se sentait bien : elle adorait son métier. Les journées qu'elle passait au centre-ville, dans l'élégante agence de publicité où elle était rédactrice-conceptrice, abondaient en petits déjeuners, déjeuners et dîners avec les collègues, les clients et les fournisseurs. Il y avait les réunions, les présentations et les séances de photo, d'enregistrement et de montage.

Comment se pouvait-il que, rencontrant un tel succès et jouissant d'une telle considération dans son travail, elle eût tant de malchance en amour ? Tout le monde admirait son talent et son charme. « Comment quelqu'un comme vous peut-il être encore condamné à la solitude ? s'étonnaient ses collègues d'un ton compatissant. Vous trouverez l'âme sœur », promettaient-ils. Mais ce que Kate détestait le plus, c'était quand ils disaient : « Forcément, vous êtes tellement hors du commun ; il vous faut quelqu'un qui sorte de l'ordinaire ! »

Elle s'efforçait de ne pas laisser voir sa tristesse.

Les hommes n'ont rien à faire d'un bonnet de nuit, se disait-elle. En dépit des craintes qui la tourmentaient en secret, elle passait donc pour un véritable boute-en-train. Et elle voulait rester à la hauteur de sa réputation.

Et puis venait le vendredi. Les couples partaient pour leur maison de campagne et les rares amies restées célibataires, mais qui vivaient avec leur petit ami, se livraient à des occupations romantiques : on allait prendre le brunch au restaurant, on se tenait par la main en faisant la queue au cinéma et on se promenait longuement dans Central Park.

Ils l'invitaient souvent à se joindre à eux et elle ne manquait pas d'accepter ; elle n'avait rien d'un anachorète. Mais elle faisait aussi beaucoup de choses toute seule. Elle adorait visiter les musées, aller au cinéma, au New York City Ballet. De temps à autre, elle s'inscrivait à un stage ou alors elle partait en randonnée visiter des quartiers peu fréquentés de la grande ville.

Mais maintenant elle se disait que la mesure était comble. C'est là beaucoup plus qu'une femme normale ne peut en endurer, soupirait-elle in petto. Elle en avait tellement assez de chercher sans cesse. Elle voulait tellement vivre une vie « normale », libérée de cette contrainte d'une quête constante. Maintenant, elle en était arrivée à rester toute seule des week-ends entiers. Elle commençait par *Dallas* le vendredi soir et ça se terminait le dimanche soir par *Chefs-d'œuvre du théâtre*. Et, dans l'intervalle, elle n'entendait rien d'autre que le son de sa propre voix quand elle parlait à Boo, la chatte.

Comment s'étonner après cela qu'elle fût à demi folle en arrivant au bureau le lundi matin ?

Elle était maintenant allongée dans son lit, terrorisée dans le noir, tandis que les bruits agressifs de la rue pénétraient dans sa chambre. Il y avait le rugissement effrayant des semi-remorques qui dévalaient la Deuxième Avenue, en direction du pont de la

59e Rue. Des camionnettes de livraison laissaient tourner leur moteur devant les épiceries fines ouvertes toute la nuit pendant qu'on livrait le lait et le pain frais. Les camions de journaux allaient arriver d'un moment à l'autre.

Des couples éméchés poussaient de grands cris en regagnant d'un pas incertain leur voiture pour rentrer dans le New Jersey; leurs rires de bêtes en chaleur parvenaient jusqu'à elle comme pour la narguer.

Il doit y avoir quelque chose qui ne va pas en moi. Je suis condamnée à vivre seule, jusqu'à la fin des temps.

Elle consulta sa minuscule pendulette de voyage, celle qui égrenait des bips si délicats le matin. Quatre heures. Parfait. Elle poussa un gémissement et se retourna d'un bond sur l'autre côté.

Kate se demandait ce que son psy, le Dr Manne, pouvait bien faire à cette heure. Question stupide. Il dormait, bien entendu. Il faut dire que Kate était tellement malheureuse qu'elle avait voulu commencer une analyse pour tenter de savoir ce qui l'empêchait de rencontrer des hommes. Si son destin voulait qu'elle vive une vie sans amour, eh bien, l'analyse lui permettrait peut-être de s'accommoder de cette réalité.

Quel mal elle avait eu à se décider avant d'aller voir un psychanalyste! Dans sa famille on considérait que seuls les fous consultaient ce genre de praticiens. Mais Kate trouvait justement qu'elle était au bord de la folie. Elle avait atteint le trente-sixième dessous; pour ses amies elle n'était plus qu'un disque archiusé. Le psy était donc son dernier recours.

Elle poussa un soupir. Le Dr Manne. Si doux, si gentil, si merveilleux, si... exaspérant! Ça aussi, c'était injuste. Pourquoi avait-il fallu qu'elle aille consulter le psychanalyste le plus séduisant de New York?

Elle s'efforça de se représenter le visage de cet homme endormi dans les bras d'une femme inconnue. Non. Elle secoua la tête. Elle préférait penser qu'il était seul, lui aussi. Il n'avait jamais voulu lui dire s'il était marié. Certains jours, Kate pensait qu'il l'était. D'autres, elle l'imaginait encore célibataire.

Tandis que la clarté cristalline de la lune s'infiltrait par la fenêtre, Kate poursuivait l'énumération de ses griefs. Sa voix intérieure était maintenant empreinte d'autorité. Je ne rencontrerai jamais un homme. D'ailleurs, je suis déjà sur le retour. Aujourd'hui, ce que veulent les hommes, c'est des filles jeunes. Mais qu'y a-t-il donc en moi qui les repousse à ce point? Ai-je l'air trop dépendante? Est-ce cela qui les fait fuir? Non, je crois que c'est le contraire, probablement. Oui, c'est cela. Je donne l'impression d'être trop forte, trop indépendante. Ma réussite les intimide et ça leur fait prendre les jambes à leur cou.

Décidément, il n'y a rien à tirer des Américains, trancha-t-elle. Ils ne savent pas flirter. Les Européens, eux, sont beaucoup plus détendus. Leur sexualité fait partie intégrante de leur nature tandis que, pour les Américains, on a l'impression qu'il y a un compartiment à part, réservé au sexe. Il vaudrait peut-être mieux que je me fasse muter dans un pays étranger. Seulement ça pourra prendre des mois. Autant partir de ma propre initiative.

Le moment était venu de tenter de voir les choses avec objectivité! Je n'ai rien d'une empotée, déclarat-elle. Vue de l'extérieur, la vie qu'elle menait paraissait probablement pleine d'attrait et, à la réflexion, elle se disait qu'il y avait sans doute des gens qui l'enviaient. Elle était bonne cuisinière et savait recevoir. Son appartement était décoré comme une maison de campagne de rêve. Elle n'était pas de ces femmes qui refusent de vivre tant qu'elles n'ont pas rencontré l'homme de leur vie. Non, chez elle on se sentait bien, on voyait qu'elle était installée confortablement. Il y avait des chaises bien rembourrées, un canapé moelleux, des tables basses, des lampes disposées avec art pour créer des plages de lumière accueillantes et des recoins propices à la conversation. Il y avait un piano, dont elle jouait tous les jours, une table de salle à manger en pin, où elle se servait le déjeuner du dimanche, et aussi de la porcelaine et du cristal.

Et puis il y avait la souveraine qui régissait son existence : Boo, sa chatte mouchetée, si tendre, si délicate, grâce à laquelle l'appartement semblait rempli de gaieté et de mystère félin. Boo était sa confidente. Chaque soir, en rentrant du travail, Kate lui racontait tout.

Et enfin, Kate était loin d'être sotte. Membre du prestigieux club Phi Bêta Kappa, à l'université, elle avait en outre décroché une maîtrise de littérature anglaise, avec mention. Elle avait un métier agréable où le travail ne manquait pas et elle gagnait bien sa vie. Elle avait une femme de ménage qui venait nettoyer l'appartement une semaine sur deux et elle se maintenait en forme grâce à la piscine et au sauna trois fois par semaine. Elle fréquentait la bibliothèque publique de New York. Elle s'habillait bien et adorait fureter dans les grands magasins comme Bloomingdale ou dans les petites boutiques de SoHo. Elle allait faire du vélo dans les allées de Central Park. Bon, d'accord, elle n'avait pas de patins à roulettes, mais enfin... Alors, où était-il, son problème ? Pourquoi y avait-il des mois qu'elle n'avait pas eu de rendez-vous avec un homme ?

Il faut reconnaître que nous vivons à une époque malsaine, se dit-elle. Avec l'herpès et toutes ces maladies sexuellement transmissibles qui apparaissent tous les jours... Le sida, entre autres. Et tous ces divorces, ces ménages à trois, les mères ou les pères qui se retrouvent tout seuls pour élever leurs enfants, les mères porteuses, les enfants maltraités, les appels de détresse dans les petites annonces... Elle en avait plus qu'assez de lire ces articles alarmistes dans le *New York Times*, ces balivernes sur la précocité des adolescents, le nouveau mini-baby-boom, les bébés de la dernière chance, la fertilisation in vitro, les hommes que l'on se partageait et la tendance de plus en plus marquée chez les femmes à se marier en dessous de leur condition. Il y avait une telle pénurie d'hommes que le grand chic, maintenant, c'était d'épouser son plombier.

Ce qui la fit enrager le plus, ce fut de découvrir chez Barnes & Noble tout un rayon de livres sur la solitude, la manière de harponner un homme, l'amour excessif que l'on vouait aux hommes, les erreurs que l'on commettait dans le choix du conjoint et, le pire de tout, *Comment vivre seule de manière créative*. La Free School offrait même des cours gratuits pour « apprendre à flirter » et retrouver les « 99 meilleurs endroits de Manhattan pour se dénicher un partenaire ».

La recherche de l'amour était devenue une épidémie. Une femme seule, à Manhattan, n'inspirait plus que de la répulsion. Pire encore, elle était devenue un *cliché**. Et elle, Kate Odinokov, figurait en bonne place dans ces statistiques.

Et puis il y avait eu cet article abominable dans *Newsweek*, celui qui parlait des chances de se marier pour une femme de plus de trente ans. Et Kate ne s'en était vu aucune. Ça l'avait achevée.

A quoi bon pleurer si personne ne t'entend ? Elle martela le lit à coups de poing. Heureusement, elle l'aimait bien, son lit. Le futon japonais et l'édredon en duvet.

Elle se rappela alors la rousse bien râblée qui était venue lui livrer le futon dans son appartement quelques semaines auparavant. Quelle n'avait pas été sa surprise en constatant que c'était une femme et non un homme qui lui apportait un meuble aussi encombrant !

« Vous avez déjà dormi dans ce genre de lit ? avait-elle demandé avec un accent australien à couper au couteau quand Kate lui avait ouvert la porte.

— Non, répondit Kate en se reculant afin de permettre à la femme de manœuvrer son chariot pour pouvoir entrer dans l'appartement. Pourquoi?»

La femme aux joues vermeilles lui décocha un large sourire.

«Alors, cette nuit, vous allez vous retrouver au paradis. L'effet est absolument stupéfiant. Vous verrez, ajouta-t-elle avec un haussement de sourcils qui en disait long. Où voulez-vous que je vous le mette?»

Kate la mena jusqu'à la chambre et lui montra l'endroit où elle désirait qu'on lui monte le cadre. Elle s'appuya contre la porte et regarda la femme sortir un couteau de la trousse à outils qu'elle portait à la ceinture pour entailler l'enveloppe en plastique, se demandant s'il fallait lui offrir son aide.

«Les futons, c'est d'un confort incomparable quand on est deux, expliqua la rousse. Vous arrivez à dormir comme un loir parce que, quand l'autre se retourne, on ne le sent même pas.»

Kate poussa un soupir.

«Je suis toute seule, dit-elle. J'ai toujours été toute seule.»

Evidemment, ce n'était pas tout à fait vrai, mais il y avait tellement longtemps qu'elle n'avait pas eu d'homme chez elle que c'était tout comme.

La femme releva la tête et la regarda un moment. Puis elle se remit à l'ouvrage. Au bout de quelque temps, elle dit:

«Vous pourriez essayer avec une femme, vous savez.»

Elle avait lancé ça comme on lance un frisbee n'importe comment. Atteindrait-il son but? Kate allait-elle l'attraper? C'était une proposition, ou quoi?

La femme releva la tête pour voir comment Kate prenait cette suggestion, puis elle se replongea dans le montage du futon tout en bavardant comme si de rien n'était.

«Moi, quand je n'arrivais pas à me trouver un

homme, c'est ce que je faisais. Je me prenais une femme.»

Elle marqua un temps d'arrêt et ajouta:

«Et j'aimais bien ça!

— Ah oui?» fit Kate sans se compromettre. Elle ne voulait pas se montrer impolie, mais elle avait du mal à dissimuler sa gêne.

«Vous en tirez du réconfort, un certain soutien, de l'affection…», continua la rousse. Elle ne parlait pas de sexe mais Kate savait bien que cela faisait immanquablement partie du programme.

«Ah oui? marmonna une nouvelle fois Kate en consultant nerveusement sa montre. Oh! J'ai oublié, il faut que je téléphone au bureau. C'est à cause de cette réunion importante qui est prévue pour demain.»

Elle s'excusa d'un sourire et quitta les lieux. Elle espérait avoir parlé d'un ton normal, naturel. Elle décrocha le téléphone, fit le numéro de la météo et parla au répondeur qui débitait son boniment à l'autre bout du fil, pendant que la femme, son travail terminé, prenait congé avec un sourire.

«Bon Dieu, New York est vraiment une ville incroyable», dit-elle, une fois seule, en se laissant tomber sur le canapé.

Mais, la nuit venue, elle revit cette femme satisfaite et éclatante de santé. Elle lui enviait son bonheur et son aisance. Au moins, elle, elle ne souffrait pas de solitude…

Elle secoua la tête. Non, c'était vraiment trop ridicule! Faire l'amour avec une femme, ça ne pourrait jamais être une solution pour elle. Elle n'avait jamais été attirée par les femmes.

Elle frissonna. Puis elle se demanda si son absence de partenaire masculin n'était pas due au fait qu'elle était lesbienne sans s'en être rendu compte. Mais non, Kate, s'admonesta-t-elle, regarde les choses en face, tu n'as rien d'une lesbienne! C'est vraiment lamentable d'en arriver là, si la seule possibilité d'être heureuse, d'avoir quelqu'un pour vous tenir compagnie et faire l'amour, c'est de virer sa cuti. Non, mais quelle pitié, c'est dégueulasse! Autant se flinguer.

Soudain le vide se fit en elle. Elle resta figée sur place, paralysée. Toute pensée avait disparu sauf une seule, une épouvantable solution.

Si je n'arrive pas à trouver un homme, il ne me restera plus qu'à me suicider.

Elle passa en revue, une fois de plus, la liste des méthodes possibles. Les barbituriques? Elle n'en avait pas. Alors sauter par la fenêtre? Non, trop affreux. Rien que la pensée de franchir l'appui de fenêtre et de tomber dans le vide... à quoi penserait-elle au cours de ses derniers instants, debout sur le rebord de la fenêtre, regardant la rue à ses pieds? Et si elle changeait d'avis pendant la chute? Elle voyait son corps gisant sur la chaussée crasseuse de New York, trouvé par des inconnus. Elle pensa à John Berryman sautant du haut du ferry-boat de Nantucket et elle secoua la tête.

Bon, alors ensuite? La pendaison. Plutôt démodé. Elle ne se croyait pas capable de mener une telle opération à bien. Elle n'avait pas de corde et en outre elle n'aurait pas su faire le nœud comme il fallait. Elle se souvint alors que maintenant les gens utilisaient des ceintures de cuir — à moins que ce ne fût des ceintures de peignoirs? Bon, il allait falloir reconsidérer la question. C'est alors qu'elle se rendit compte qu'il n'y avait rien dans l'appartement qui lui permettrait d'accrocher quoi que ce soit.

Un couteau? Elle frissonna. Non, elle n'aurait jamais le courage. Trop de sang. Trop de violence. Pas question.

Elle pensa à Virginia Woolf marchant vers la rivière pour se noyer... Kate était impressionnée par un tel romantisme. Elle s'attarda un moment sur cette pensée, puis décida de la rejeter. Non, la plage de Jones était trop éloignée, et puis on était en janvier.

La vision d'Anne Sexton s'imposa à son esprit. Elle était morte avec l'odeur du thon sur les mains. C'était aussi simple que ça. Un jour où elle se faisait un sandwich au thon, elle avait été prise tout à coup d'un accès de cafard, juste au moment où elle hachait un oignon — à moins que ce n'eût été du céleri. Bref, elle avait posé le couteau, enfilé sa veste et regagné son garage, comme pour aller en ville chercher un ouvrage de Lilian Hellman. Mais au lieu de cela, elle avait fermé la porte du garage, s'était assise dans la voiture et avait fait tourner le moteur. Seulement, Kate n'avait pas de voiture, ni de garage non plus, d'ailleurs, ce qui excluait cette méthode.

Bref, il n'y avait plus qu'une seule solution : le four de la gazinière. C'est ce que Sylvia Plath avait choisi, et si ça avait marché pour Sylvia, ça devait pouvoir marcher pour Kate Odinokov. Aucune violence, dans ce cas, tout en douceur : un assoupissement progressif qui laissait le temps de se raviser si on changeait d'état d'esprit. Oui, le four, c'était l'idéal.

Elle s'assit brusquement sur son séant et regarda sa chatte mouchetée qui s'était roulée en boule sur le lit. Boo ne bougea pas mais elle ouvrit les yeux, rendit son regard à Kate puis les referma de nouveau. Au fait, qui va s'occuper de ma petite Boo ?

Incapable de chasser cette tristesse qui lui brisait soudain le cœur, Kate sauta à bas du lit, persuadée qu'elle ne pouvait vivre une minute de plus. Si elle était condamnée à vivre une vie sans amour, pas question de rester sur terre. Comme une cliente qui donne son congé dans un motel, Kate Odinokov allait donner son congé à la vie.

Voyant sa maîtresse se lever, Boo poussa un miaulement ravi, persuadée que l'heure du petit déjeuner était arrivée. Elle alla se frotter aux jambes de Kate tandis que celle-ci se dirigeait d'un pas incertain vers la cuisine. L'esprit ailleurs, elle ouvrit machinalement le grand bocal de verre et versa des biscuits secs dans l'écuelle de Boo. Cet acte familier réussit tout de même à la détourner de son dessein au moment crucial.

Sauvée par la chatte.

Kate arpenta la salle de long en large, agitée de tremblements tout en écoutant Boo qui croquait son délicieux repas. Puis elle repartit dans la chambre. Il était maintenant six heures du matin. Elle fixa son regard sur le lit, puis décida qu'il n'était pas question de se rendormir. Se rendormir ? De toute façon, elle n'avait pas fermé l'œil de la nuit.

Elle enfila ses vêtements les plus confortables : le pantalon en toile de parachute grise et un sweater en grosse laine. Puis elle mit son blouson de cuir et une écharpe en cachemire, achetée à Paris, et quitta ces lieux où sévissait la tristesse.

Elle descendit par l'ascenseur, éprouvant quelque difficulté à contenir son impatience, et émergea dans le hall d'entrée de l'immeuble, surprise de constater que le portier n'était pas à son poste. Il devait dormir comme un loir au sous-sol.

Elle ouvrit le lourd portail et fut accueillie par un coup de vent glacé. Décidément, ce mois de janvier s'annonçait plutôt froid. Elle referma son blouson et éprouva quelque plaisir à sentir sur son visage le contact de cette bise matinale.

Les bars de la Troisième Avenue achevaient leur toilette dominicale, les employés somnolents sortant les sacs-poubelle avant de rentrer chez eux. La cité était un no man's land, comme tous les dimanches à cette heure.

Elle passa d'un pas rapide devant l'hôpital de Lennox Hill en s'adressant mentalement quelques reproches. Tu devrais avoir honte de t'apitoyer ainsi sur toi-même ! C'est là que la vraie souffrance sévit réellement, en ce moment même.

Les kiosques à journaux de Lexington Avenue étaient ouverts, étalant la presse du dimanche à la vue des passants. Les épiceries fines laissaient échapper jusque dans la rue les odeurs de café torréfié. Elle passa devant elles d'un pas résolu, de l'air de quelqu'un qui a une mission à accomplir.

Chaque fois que Kate commençait à penser au suicide, chaque fois qu'elle commençait sérieusement à imaginer l'effet que cela ferait de s'agenouiller sur le linoléum et de se fourrer la tête dans le four en se demandant comment il allait falloir régler le débit du gaz et combien de temps tout cela allait prendre, elle s'obligeait à se lever, à sortir et à marcher dans Madison Avenue.

L'effet était alors toujours le même. Elle inspira profondément en promenant son regard sur la rue déserte qui s'étalait devant elle. Madison Avenue était toujours là, superbe et pleine de retenue. On pouvait toujours compter sur elle. Après avoir déambulé pendant quelques minutes devant les boutiques luxueuses, aux vitrines somptueuses, elle avait toujours la même réaction. Je ne pourrai jamais me suicider : j'aime trop les belles toilettes.

Elle s'arrêta devant Givenchy et eut un sursaut en voyant son image dans la vitrine, cet air sérieux et ces sourcils qu'elle avait froncés pour analyser d'un œil critique les lignes élégantes des robes de bal qui s'offraient à sa vue. Elle inspira profondément et poussa un soupir pensif en repartant de son pas tranquille. Cela veut-il dire que je suis superficielle ? se demanda-t-elle avec horreur. Que je ne suis qu'une sotte, un être vulgaire à qui il suffit d'un nouveau hochet pour reprendre son chemin avec allégresse ?

Non ! répliqua-t-elle avec conviction. Soyons sérieuse. Dans cette ville, je me bats pour rester en vie et, s'il suffit de ce genre de spectacle pour y parvenir, je n'ai aucune raison de faire la fine bouche. Dans des cas comme ceux-là il faut savoir se contenter de petites choses. Il n'y a absolument rien de superficiel là-dedans, c'est tout simplement un triomphe de ma volonté.

20

Sa voix intérieure se radoucit. Pourtant le fil est si ténu, poursuivit-elle. Il est tellement facile d'entrer dans la vie ou d'en sortir. Elle frissonna. Et notre prise sur les événements est tellement mince !

Elle soupira de nouveau et reprit sa route, absorbée dans ses pensées. Oui, se disait-elle, on ne peut nier qu'il y a des gens qui décident de renoncer à la vie pour des raisons absolument impénétrables aux yeux d'autres personnes. A quel moment Virginia Woolf s'est-elle dit qu'elle ne vivrait pas une minute de plus ? Et pourquoi ? Et pour quelle raison Anne Sexton a-t-elle jeté l'éponge ?

Non, décida Kate avec véhémence, peu importe de savoir pourquoi on se raccroche à la vie, si futile que puisse être le lien qui vous rattache à l'existence lorsque arrive le moment sombre et fatal. Il faut seulement l'attraper et s'y cramponner de toutes ses forces.

Tout en marchant, elle se disait que des malheureux en proie à la dépression ne pourraient que voir leur tristesse s'accentuer encore en regardant, aux devantures de Madison Avenue, des articles qu'ils n'auraient jamais les moyens de s'offrir et qui représentaient un style de vie si différent du leur. Toutes ces toilettes superbes et opulentes, mais qu'ils n'auraient jamais l'occasion de porter, ces bijoux extravagants et ces meubles d'époque ne pouvaient que désespérer encore davantage les candidats au suicide. Mais, chez Kate, c'était exactement le contraire qui se produisait. La vue de ces objets de luxe l'inspirait. Ils mettaient l'idée de la perfection à portée de ses yeux, sinon de ses mains.

Prenons par exemple les cuirs souples et les superbes articles façonnés par Brigitte Cassegrain, se dit-elle, en adoptant automatiquement le style des rédacteurs publicitaires, campée devant la vitrine de l'élégante maroquinerie française. Je sais avec certitude qu'un sac à main de chez Brigitte parviendrait sans mal à me consoler de bien des vicissitudes. Oui, d'une certaine manière, le simple fait d'avoir en bandoulière un de ces sacs parviendrait à me convaincre qu'il existe un certain ordre en ce bas monde, dans la mesure où cela m'apporterait la preuve qu'il y a des gens qui réussissent dans leur profession. Si Brigitte Cassegrain a été créée sur cette terre, il y a bien une raison !

Arpenter le sol rugueux de ces trottoirs en portant les chaussures de cuir jaune pâle de Tanino Crisci, cet Italien charmeur, ou celles, si sexy, de Fratelli Rossetti, ça me procurerait l'impression que tout va on ne peut mieux pour moi. Etre ainsi chaussée prouve que je suis au plus haut de ma forme.

Elle examina longuement les vitrines de Sonia Rykiel. Merveilleux, soupira-t-elle. Je suis sûre que le monde me traiterait beaucoup mieux si je portais une robe en cachemire, façonnée par Sonia, rehaussée peut-être avec une de ces ceintures cloutées de faux diamants. J'aurais l'impression d'être une femme qui a un passé, une créature mystérieuse surgie d'une autre époque.

Pétrifiée sur place, fascinée par le spectacle, elle vit soudain, avec surprise, les mannequins de Sonia Rykiel prendre vie et se balancer d'un pied sur l'autre comme pour suivre le rythme d'une musique immatérielle qu'ils étaient les seuls à entendre. Kate jeta des regards de côté et d'autre pour savoir s'il y avait d'autres gens qui regardaient et pouvaient confirmer ce qu'elle voyait elle-même. Mais non, elle était la seule personne qui pût assister à cette danse curieuse.

Elle se tourna de nouveau vers la devanture où les mannequins continuaient de lui adresser des gestes de connivence comme pour l'impliquer dans une sorte de conspiration féminine. Qu'attendaient-ils d'elle ? Quel était leur message ? Kate s'écarta de la vitrine. Si seulement elle avait pu faire partie de leur univers !

Elle passa à la boutique voisine. Oh ! Quel brillant

coloriste, ce Kenzo! Avec Kenzo, je me sens jeune, fraîche, éclatante, prête à faire claquer mes talons avec insouciance. Elle continua de descendre la rue lentement, portant son appréciation sur chaque vitrine, s'arrêtant, pour finir, devant une boutique où elle s'inclina avec respect, rendant hommage au plus grand des maîtres: Yves Saint-Laurent.

Transportée de ravissement, elle disséqua les ensembles irréprochables, les robes de cocktail des femmes de la haute société, essayant d'imaginer quel effet cela pouvait bien produire de porter sur sa peau ces tissus arachnéens. Elle nota le raffinement des détails sur ces cols et ces manchettes et entendit soudain les slogans de cette publicité pour l'armée qui conjurait les téléspectateurs de s'engager pour « devenir celui que vous êtes capable d'être ».

« Je comprends, dit-elle à haute voix, je comprends maintenant ce que ça veut dire devenir celui que l'on est capable d'être. » Ses yeux dévoraient la pureté quintessenciée du style d'Yves et la qualité intransigeante qui résultait de cette recherche de la perfection. Et tout cela se retrouvait dans une robe de cocktail. Elle en avait le souffle coupé. Non, c'était trop. Une faiblesse soudaine lui fauchait les jambes. Elle se traîna jusqu'au magasin de Giorgio Armani.

Là, elle fit demi-tour, se préparant à rentrer au logis. La rue était une cathédrale élancée et solennelle et elle avait l'impression d'être une millionnaire qui aurait possédé tout cela pour elle seule. Soudain elle se sentit pénétrée d'un sentiment de fraîcheur et de jeunesse: toutes les possibilités s'offraient à elle. Elle pivota sur ses talons, pleine de la joie de se sentir vivante. Mon Dieu, qu'il pouvait être épuisant par moments d'être dans la peau de Kate Odinokov! Quand on est un couple, on ne peut pas imaginer la difficulté qu'il y a à vivre seule, à cheminer d'un jour à l'autre, ballottée entre l'espoir et l'accablement.

Ne pense plus aux problèmes fondamentaux, se dit-elle. Il n'y a que les petites choses qui puissent te raccrocher à l'existence. Prenons les frites, par exemple. Grâce aux frites, ce mets le plus délicieux du monde, je resterai en vie. Le fromage aussi, c'est un élément indispensable à la survie. N'était-ce pas une de ses activités favorites de rentrer chez Dean & DeLuca pour admirer et humer ces fromages suintants et moelleux, et ces chèvres impertinents, qui baignaient dans l'huile d'olive? Des fromages coulants, lisses, toujours parfaits.

Ou alors le riz. Il n'y a pas de meilleure raison de vivre que le riz. Elle s'était débattue pendant des mois pour essayer de répondre à la question que les New-Yorkais aimaient à se poser. S'il y avait une chose que l'on pût manger indéfiniment, qu'est-ce que cela pouvait être? Finalement, la réponse surgit, inattendue, du tréfonds de son être. Le riz, oui, le plus banal des aliments. On pouvait le faire bouillir, tout simplement, avec une noix de beurre et du sel, ou le présenter sous forme de risotto, fumant et crémeux, paré de tous ses attraits en le mélangeant, bien entendu, avec l'un de ces superbes fromages venus d'Italie.

Elle continua sa route. L'Italie! Comment puis-je envisager de me suicider quand il existe un pays comme l'Italie! Au fond de son cœur, elle savait que Dieu avait créé l'Italie pour que les désespérés puissent y trouver une terre d'espoir, la leur, celle qui leur était réservée personnellement. D'accord, d'accord, je consens à vivre, mais à condition que ce soit en Italie. Cette merveilleuse contrée, ce pays de l'abondance et de la douceur où seuls les mets les plus succulents franchissent vos lèvres, où seules les œuvres d'art les plus belles s'offrent à vos regards, où vous demeurez dans les maisons les plus magnifiques et où vous ne portez que les vêtements les plus élégants.

Elle se retrouva devant chez Fraser Morris, le traiteur prestigieux de Madison Avenue. En voilà encore de la perfection! Elle regarda les cuisiniers, déjà

24

levés et revêtus de leurs vestes blanches immaculées, qui arrangeaient les vitrines pour attirer l'attention des clients qui apparaîtraient dans quelques heures. Elle contempla les éclatantes tartelettes aux fruits, aux formes les plus inattendues, si séduisantes avec leur vernis de sucre glacé, qui semblaient lui faire de l'œil. Elle leur sourit en retour. Et ces magnifiques brioches miniatures, si comiques avec leurs formes bizarres. Elles semblaient lui dire : « Salut, bébé ! » Et ce jambon rustique de Virginie, il n'avait vraiment aucune pudeur ! Et ces asperges minuscules, quelle délicatesse de leur part de s'allonger si langoureusement dans cette vinaigrette qui paraissait relevée à souhait.

D'accord, Kate. Et alors ? Essayons de voir les choses en face. D'accord ? Au fond, il n'y a rien de plus réconfortant que de s'installer confortablement devant le poste de télévision pour regarder un bon vieux film. Surtout si tu as pris la précaution de te préparer du pop-corn au parmesan bien croustillant ou un bol de cacao bien crémeux avec des petits cubes de pâte de guimauve qui flottent à la surface.

Kate adorait les vieux films à cause des femmes qui y jouaient. Elle avait la conviction qu'elles avaient un tas de choses à lui révéler sur la féminité. Elle s'émerveillait devant l'assurance que tirait Marlene Dietrich de sa propre beauté, de son intelligence et de son pouvoir de séduction. On avait l'impression qu'elle était l'incarnation de la séduction féminine. Kate n'était pas certaine que cette séduction féminine existât encore à l'heure actuelle, mais à force de regarder ces vieux films, elle avait appris à soigner ses ongles, les taillant court et les enduisant de rouge.

Garbo et Hepburn se montraient provocantes et exaspérantes avec les hommes, et ils avaient l'air d'aimer ça ! Comment se faisait-il que dans les films les hommes paraissaient aimer qu'on les défie ? Les femmes compliquées avaient du succès auprès des hommes à cette époque-là. Il n'en était plus de même aujourd'hui. Non, de nos jours, les hommes avaient perdu le goût de la poursuite. Comment aurait-il pu en être autrement? Les femmes étaient maintenant prêtes à se précipiter dans leurs bras. Il était aussi facile de les cueillir que de ramasser la petite monnaie en achetant le *Times* du dimanche.

«Salut», dit Kate en souriant à l'Algérien qui lui adressait toujours un petit signe amical du haut de son perchoir, à l'intérieur du kiosque à journaux. Elle prit elle-même la pile imposante de fascicules composant le numéro dominical. Puis elle entra dans l'épicerie fine qui se trouvait juste à côté, «sa boutique attitrée», comme elle aimait l'appeler, et s'empara d'une baguette de pain français. Je vais me régaler, du *café au lait avec des tartines**, méditat-elle, la recherche de son langage correspondant tout à fait, dans son esprit, avec la solennité de l'occasion.

«Bonjour», dit-elle joyeusement au portier, surpris de la voir dehors à une heure aussi matinale. Il y avait quelque chose dans l'apparence de l'homme qui l'étonnait et, tout en montant vers son appartement, dans l'ascenseur, elle comprit qu'il avait dû se dire qu'elle avait passé la nuit dehors et rentrait seulement maintenant au bercail. Eh bien, si c'est ce qu'il pense, tant mieux!

Elle déverrouilla les trois serrures et pénétra dans l'appartement qu'elle avait quitté quelques instants plus tôt dans un état d'esprit radicalement différent. Elle jeta le journal dans le vestibule et se frotta les mains avec dégoût pour se débarrasser de l'encre noire qui les avait souillées. Elle pénétra dans la cuisine, mit de l'eau à bouillir et actionna son moulin à café. Puis elle gagna la salle de bains, se dévêtit et prit une douche.

Quelques minutes plus tard, elle ressortait complètement métamorphosée. Son visage rose éclatait de santé sous l'effet combiné de la promenade matinale et de l'eau bien chaude. Au lieu d'enfiler son peignoir en coton éponge elle décida de se faire une faveur en mettant le kimono de soie noire qu'elle réservait pour... pour quoi, au fait ? Les occasions spéciales ? Les hommes ?

Elle chassa cette idée de son esprit ; ce n'était pas le moment de se mettre martel en tête. Elle avait passé une mauvaise nuit, un point, c'est tout. Tout allait s'arranger. Si on veut qu'un événement heureux vous arrive, il suffit de se tenir prête. L'amour la trouverait au moment où elle s'y attendrait le moins, c'est ce que tout le monde dit. Elle se sentait calme et tranquille, prête à affronter de nouveau le monde avec toute l'énergie et le dynamisme que chacun lui reconnaissait.

Elle acheva de faire le café, y ajouta le lait fumant et emporta le plateau dans le salon pour s'installer sur le canapé. Bon sang, elle avait oublié le *Times*. Elle bondit sur ses pieds, alla le chercher dans le vestibule et le laissa tomber avec un bruit mou sur le sol à côté d'elle.

Buvant son café au lait à petites gorgées, elle regarda les manchettes de la première page, puis feuilleta l'ensemble, passant d'un fascicule à l'autre, jusqu'au moment où elle arriva à la chronique mondaine. Le plus machinalement du monde, elle s'attarda alors aux publications de mariage qu'elle lut l'une après l'autre, enregistrant tous les détails de ces existences privilégiées. Longuement, elle étudia les photos de ces heureuses jeunes mariées et éclata en sanglots.

Kate rencontre Boris

Le vendredi suivant, Kate sortit de son bureau vers trois heures et rentra chez elle complètement épuisée. Toute la semaine, elle avait dû participer à des réunions de travail très tôt le matin pour mettre au point le lancement d'une nouvelle campagne publicitaire, lancement que l'on avait enfin effectué le matin même à onze heures. Son agence avait voulu à tout prix s'assurer la clientèle de ce fabricant de rafraîchisseurs à vin. Se campant sur ses jambes devant le client espéré, elle avait scandé sur un rythme de jazz le slogan qu'elle avait concocté.

Elle avait même esquissé quelques pas de danse, faisant claquer ses doigts, pour finir par une pirouette, réussissant ainsi sans trop se ridiculiser à donner de l'agence une image dynamique et charmeuse à la fois. Tout le monde avait beaucoup apprécié.

Tandis que la rame de métro la ramenait vers le nord de la ville elle songeait à la bonne petite sieste qu'elle allait s'offrir. «Je ferai mes courses plus tard», annonça-t-elle au clochard avachi sur son siège à côté d'elle.

Elle pénétra d'un pas alerte dans le hall de son immeuble et alla droit à sa boîte aux lettres. Vendredi, c'était le jour du *New Yorker*. Tiens, une surprise! Une lettre de son frère, professeur de linguistique, qui avait déserté Penn pour passer une année sabbatique à courir l'Europe, à la recherche d'idiomes disparus.

Dans l'ascenseur, elle apprit qu'en jouant au frisbee au jardin du Luxembourg, à Paris, il avait entendu quelqu'un parler russe. Et c'est ainsi qu'il avait fait la connaissance de Boris, un poète russe émigré qui avait quitté l'Union soviétique depuis un an et demi. Ils avaient joué ensemble plusieurs après-midi de suite et maintenant ce Boris venait à New York passer une quinzaine de jours afin d'écrire quelques articles sur le jazz pour la revue française *Jazz Monde*. «Alors je lui ai donné ton numéro de téléphone et il va peut-être t'appeler, écrivait son frère. C'est la première fois qu'il va aux Etats-Unis. Il ne connaît personne et je lui ai dit que tu étais une New-Yorkaise sympa et relax.»

Parfait, se dit Kate.

Le lendemain matin, elle passait l'aspirateur dans l'appartement quand le téléphone sonna.

«Allô!» s'exclama-t-elle de l'air guilleret et avenant qui lui était habituel. Avec elle, ce n'était jamais un «allô» inquisiteur et chichiteux.

«Je voudrais parler à Katia Odinokov, dit une voix marquée par un fort accent étranger.

— C'est Kate elle-même qui vous parle», dit-elle en s'efforçant d'identifier cet accent. Français? Yougoslave?

«Moi, mon nom, c'est Boris Zimoy. Ami de frère à Paris, et moi ici, à New York, pour écrire articles sur jazz. J'aimerais que vous venir chez moi demain. Je préparerai le dîner.»

Kate écarta le récepteur de son oreille un moment. Avait-elle bien entendu? Un homme voulait lui préparer un repas? Un peu étrange, mais il s'agissait d'un Russe et non d'un habitant de Manhattan. Un New-Yorkais se contentait généralement d'inviter à prendre un verre de manière à pouvoir s'esquiver facilement si les événements ne prenaient pas la tournure qu'il avait espérée. De toute façon, il pouvait toujours inviter à dîner après, dans le cas contraire.

Elle avait oublié qu'il était encore au bout du fil quand elle dit à haute voix : «Je n'ai reçu la lettre de mon frère qu'hier.

— Une lettre ? Euh... je ne comprends pas», dit le Russe, la ramenant brusquement à sa conversation téléphonique.

Elle eut un petit rire.

«Non, excusez-moi. Je voulais seulement dire que vous êtes très gentil et que ce sera un grand plaisir pour moi», dit-elle par politesse et très lentement pour qu'il puisse comprendre tous les mots. «Mais comment pouvez-vous faire la cuisine dans un hôtel ?»

Il lui dit alors qu'il était en fait installé dans un appartement, à deux pas de chez elle.

«Parfait, alors à demain. A une heure ?» dit-elle.

Il poussa un grognement et ils raccrochèrent.

Bien qu'elle ne l'eût encore jamais vu auparavant, Kate put dire tout de suite que Boris était très nerveux rien qu'à la façon dont il ouvrit la porte de ce fabuleux duplex de Park Avenue où il s'était installé pour ce premier séjour aux Etats-Unis d'Amérique.

Eugene, le liftier, était nerveux lui aussi. Non, disons plutôt soupçonneux. Il resta à regarder Kate qui sonnait à la porte et Boris qui venait lui ouvrir. Le regard hésitant de Kate alla d'Eugene qui l'observait à Boris qui l'observait. Boris, qui avait l'air d'absorber d'un seul coup d'œil sa personne tout entière avec ses yeux perçants de Russe, semblait particulièrement agité. Il voyait une Américaine d'une beauté frappante qui avait les traits d'une Russe et il se demandait comment était son âme, russe ou américaine ?

Puis Boris regarda Eugene qui les regardait tous les deux. Eugene se dandina d'une jambe sur l'autre, mais ne bougea pas d'un pouce. Cette présence rappela à Boris la façon dont il avait été espionné à Moscou, non seulement par ces salopards du KGB, mais aussi par ceux qui se prétendaient ses amis. Il imaginait sans peine les pensées d'Eugene. Ainsi donc, ce sournois de Russe, installé dans l'appartement de Mr. Bunnell pendant que Mr. Bunnell passait l'hiver dans la République dominicaine à faire Dieu seul sait quoi, recevait une jeune femme qu'il ne connaissait manifestement ni d'Eve ni d'Adam. Non, Eugene n'avait pas l'air d'apprécier.

Boris tenta de comprendre la suspicion d'Eugene. A moins qu'il ne s'agisse tout simplement de curiosité. Evidemment, il fallait reconnaître que Mr. Bunnell n'était pas du genre à s'acoquiner avec des Russes. C'est des amis de Paris qui avaient organisé cet hébergement. Boris avait été choqué, à son arrivée, quand il avait offert à Mr. Bunnell une bouteille de bordeaux qui lui avait coûté les yeux de la tête, car Mr. Bunnell, qui manifestement n'avait aucune idée de la valeur d'un tel cadeau, avait remercié en se contentant d'y jeter un simple coup d'œil avant de la ranger avec toutes ses autres bouteilles de vin. Et puis il était reparti à Saint-Domingue, laissant Boris se débrouiller tout seul à New York.

En ce qui concernait les faits et gestes de Mr. Bunnell, Eugene considérait qu'en bon liftier qu'il était il se devait d'être discret et respectueux. Mais, pour ce Russe, il ne pouvait manquer de marquer sa réprobation. Cet homme avait toujours un air furtif, comme s'il craignait sans cesse d'être suivi, regardant par-dessus son épaule, parlant à voix basse, traînant les pieds, évitant les regards. Non, il ne devait pas avoir la conscience tranquille, se disait Eugene. Que se passait-il dans cet appartement, de toute façon ? Des réunions d'espions, probablement. Il les regarda tous les deux en secouant la tête, haussa les épaules et referma d'un coup sec la grille de l'ascenseur.

«Entrez», dit Boris à Kate d'un air cérémonieux, secrètement ravi de voir que son anglais lui servait à quelque chose, transporté de joie de se trouver enfin dans un lieu où l'on parlait anglais. Pendant toutes ces années où il avait étudié la langue à Moscou, à l'aide de ces disques de Frank Sinatra, achetés à prix d'or au marché noir, il n'avait jamais vraiment cru qu'il lui serait un jour donné d'utiliser ses connaissances ici même, dans la ville préférée de Frankie, New York, New York!

Il espérait que sous l'effet de sa surexcitation il n'allait pas sortir accidentellement des phrases comme «I did it my way» («Je l'ai fait à ma manière.») ou «Luck be a lady tonight» («La chance sera une dame ce soir.»).

Il avait vu des Américaines à Paris et avait été choqué de la manière méprisante dont les Français les considéraient, mais il ne s'était pas senti très à l'aise à leur contact, craignant qu'elles ne soient déçues de constater qu'il était russe et non français. Or, cette fois, il ne pouvait vraiment pas espérer mieux: une Américaine authentique, à New York!

Kate jeta un rapide coup d'œil à l'appartement et resta incrédule. Jamais encore elle n'avait eu l'occasion de voir un duplex new-yorkais. Elle en avait seulement entendu parler. C'était gigantesque, comme une maison. Et il y avait vraiment un escalier! Et même un feu douillet qui brûlait dans la cheminée!

Une inquiétude soudaine l'assaillit. Son imagination s'était mise à trotter. Ce gars ne pouvait être qu'un agent du KGB. Poète russe en exil? Pouvait-on avoir une meilleure couverture

Il va falloir ouvrir l'œil. Fais gaffe!

Elle tendit son manteau de vison à Boris qui avait avancé le bras pour le saisir. Elle le regarda pour voir s'il était impressionné; mais non, il avait l'air de trouver tout naturel d'accrocher un manteau de vison à son portemanteau. En Russie, c'était un «must» d'avoir un manteau de fourrure, une *chouba*. Les femmes russes d'une certaine classe ne pouvaient pas envisager de passer l'hiver sans avoir une fourrure, et la grand-mère de Kate avait pensé que Kate devait avoir un vison pour que les hommes la croient riche. C'était là une de ces idées un peu sottes qui avaient cours dans la famille, mais Kate n'y croyait pas vraiment. Pour elle, le manteau de vison faisait vraiment un peu parvenu. Passe encore pour les jeunes bourgeoises avec leurs écharpes de chez Hermès enveloppant leurs longs cheveux éternellement blonds. Mais elle, elle était simplement issue d'une famille de Russes moyens, pour devenir une Américaine de la première génération, qui avait parlé russe à New York avant de fréquenter l'école maternelle, après quoi elle s'était parfaitement intégrée dans la société américaine.

Finalement, elle avait décidé de ne pas être la seule femme de l'histoire du monde qui ait refusé un manteau de vison, si bien que, lorsque sa grand-mère le lui offrit, elle le prit sans discuter.

Kate était si nerveuse qu'elle oublia, ou plus exactement qu'elle ne remarqua pas, à quel point Boris pouvait être séduisant. Ce n'est que plusieurs mois plus tard, quand elle montra une photo de lui à ses amies, qu'elle comprit qu'il n'était pas seulement beau garçon mais «sensationnel», pour reprendre l'exclamation desdites amies.

Kate n'était jamais impressionnée par le physique des hommes, contrairement aux autres femmes. Pour elle, Boris ressemblait exactement à l'image qu'elle s'était faite du poète russe exilé, avec une barbe, bien entendu, et surtout des yeux intelligents. Des yeux profonds, sombres, inquisiteurs et torturés. Il avait une voix douce et chaude, et une façon délicieuse de parler un anglais hésitant, avec un accent irrésistible, un mélange indéfinissable d'accents français et russe.

C'était un homme compact, avec le physique d'un Apollon miniature. Elle fut surprise de constater qu'un homme aussi petit puisse être aussi masculin et aussi séduisant.

Il portait ces vêtements européens que les Américains n'ont jamais su imiter. L'ensemble produisait un effet profondément attirant, car il y avait dans son apparence une recherche qu'on aurait plutôt attendue chez une femme. Il s'était fait coiffer à la dernière mode, et la barbe était impeccablement taillée. Il avait une chemise de soie et un pantalon de laine qu'il portait avec une grande aisance. Style italien, elle en avait la certitude, rien à voir avec ces bluejeans négligés qu'affectionnaient les Américains.

Et puis il y avait cette eau de toilette tout à fait inhabituelle. Elle ferma les yeux une seconde pour se concentrer sur ce parfum. Ô mon Dieu, c'était l'odeur de la Sibérie! J'ai devant moi un homme qui sent la Sibérie. Elle n'avait jamais mis les pieds en Sibérie, mais elle était sûre que c'était cette odeur-là qu'il y avait là-bas. C'était un parfum sauvage, animal, exotique, profond, dur et on ne peut plus dépaysant. On y sentait la violence des sangliers et l'amour désespéré et passionné sous les fourrures, en plein cœur de la nuit, avec les loups qui hurlaient au-dehors, le crissement des cristaux de glace et, naturellement, l'imminence d'un immense danger.

«Quel bel appartement», dit-elle, s'efforçant d'être polie. Elle espérait que sa voix ne la trahissait pas. Elle lui tendit une bouteille de vin qu'elle avait choisie quelques jours plus tôt dans une boutique parce qu'elle avait l'air chère tout en étant d'un prix tout à fait abordable.

Elle se rendit compte que sa méfiance et sa nervosité étaient dues au fait que Boris n'avait pas du tout l'air d'être dans son élément naturel, dans cet appartement de Park Avenue malencontreusement décoré dans un style qu'elle qualifiait de «*nouveau riche* première période». Un tel intérieur la plongeait dans l'affliction. Certes, on s'était efforcé de mettre des meubles de bonne qualité, mais les tapis bon marché et vulgaires, la présence de tableaux médiocres et de bibelots de pacotille trahissaient le manque de personnalité du décorateur.

C'étaient les lampes, en fait, qui se montraient les plus révélatrices, exactement comme les chaussures. Vite, elle jeta un coup d'œil aux pieds de Boris. Il portait des bottines italiennes très élégantes.

Accroché juste au-dessus de la cheminée, il y avait ce que les magazines de décoration appelleraient un *objet**, un nuage de plastique en trois dimensions que l'on pouvait allumer à distance avec une télécommande disposée sur une table près du canapé. Comment un poète russe aussi pauvre mais aussi élégant pouvait-il connaître des gens aussi affreux? Elle se mit, mentalement, à refaire la décoration de la pièce. Elle adorait recomposer l'intérieur des autres en imaginant que c'était elle qui y vivait.

Quant à Boris, eh bien, il était tout simplement désespéré. A sa grande surprise, il constatait qu'il vivait sur les nerfs depuis son arrivée à l'aéroport Kennedy deux jours plus tôt. Un véritable enfer, cet aéroport! Le rêve de toute une vie venait de se réaliser, et pourtant il ne parvenait pas encore à se faire à l'idée qu'il était à New York.

Aucun pathétique dans ce désespoir qui ne devait rien à la solitude. Non, c'était uniquement une question de survie. Il avait été tout à fait à l'aise et on ne peut plus calme dans l'avion d'Air France, entouré de Français aimables et d'Américains heureux qui rentraient de leurs vacances de rêve en France. Mais, dès l'instant où le jet avait atterri à JFK, il avait éprouvé une violente secousse. Tout à coup il retrouvait l'odeur de Moscou. Il s'était renfermé sur lui-même en humant le relent familier de cette violence particulière qui sévit dans certains milieux urbains. Il y avait la même agressivité, la même hargne, la même impression que les gens se disaient: «Ici, c'est chacun pour soi.»

A Paris, où il avait vécu depuis qu'il avait fui Moscou, l'atmosphère était détendue, on allait à un rythme beaucoup plus lent. Les Français s'attachaient à satisfaire leurs sens et ne cherchaient pas sans cesse à concrétiser une idée. Quand ils se lançaient dans une discussion, c'était pour savoir quel était le meilleur camembert et quel vin il fallait pour accompagner tel ou tel plat. Ils marchaient sans se presser, laissant dans leur sillage un nuage parfumé.

Les New-Yorkais, comme les Moscovites, faisaient la course pour arriver avant le feu rouge et voulaient à tout prix remonter le flot de la circulation. Et il ne tarda pas à constater qu'ils buvaient le même breuvage marron et infect qu'ils appelaient du café. Non, New York était une ville où sévissait la cruauté. Contrairement à Paris, on n'y trouvait pas ces petits bistrots où vous pouviez poser les fesses à la terrasse si vous étiez fatigué ou arrivé en avance pour votre rendez-vous.

Bien que choqué et même dégoûté par l'état d'esprit qui régnait dans cette ville, il s'y sentait malgré tout assez à l'aise, car il savait ce qu'il fallait faire pour survivre sur un tel champ de bataille. Après tout, il avait déjà survécu, lui aussi, à d'autres combats.

Dès l'instant où il était descendu du 747, il avait remarqué le changement de comportement des gens. Ils se mettaient à se bousculer les uns les autres, c'était la course qui commençait. Tous savaient exactement où ils allaient, en apparence du moins. Lui, il se sentait un peu perdu, pris de panique dans ce dédale de couloirs dépourvus de toute indication. Aucun chariot pour les bagages, seulement de longs couloirs qui menaient à des halls pleins de courants d'air et de gens qui hurlaient. Personne pour vous dire où aller, ce qu'il fallait faire. Il n'arrivait pas à croire que cette pagaille, c'était New York. Epuisé par le vol, il avait l'impression qu'il ne s'en sortirait jamais.

L'officier d'immigration étudia avec un grand intérêt les papiers, établis en France, que Boris lui présentait. Il n'avait pas de passeport, n'étant plus citoyen d'aucun pays. Il avait déchiré son passeport soviétique aussitôt après son arrivée à Paris, près de deux ans auparavant, à bord d'un avion de l'Aeroflot. Son tampon métallique immobile au-dessus du visa de transit, prêt à frapper, l'officier demanda d'un ton négligent :

«Citoyen soviétique ?»

La bouche de Boris s'ouvrit brusquement. Il était à la fois choqué et irrité. Puis, il se sentit offensé. Il secoua la tête avec véhémence.

«Non», dit-il avec emphase.

L'officier ne s'était pas attendu à une telle réponse.

«Ah bon ? Vous êtes quoi alors ?

— Un apatride», dit-il d'un air de défi.

Le fonctionnaire, un homme aux yeux bleus et aux joues roses, tout droit issu des faubourgs de Queens, n'avait jamais entendu ce mot. Il reposa son tampon.

«Emigré soviétique, alors, hasarda-t-il.

— Non», répéta Boris. Il réfléchissait très vite : un émigré, c'est quelqu'un qui a adopté une nouvelle patrie, et lui, bien que vivant en France, il ne l'avait pas encore adoptée comme nouvelle patrie, il n'avait pas sollicité la citoyenneté française.

«Réfugié politique», dit-il en regardant l'homme d'un air sévère.

L'officier lui rendit son regard en se disant : Sûrement pas, un Russe un peu louftingue et complètement parano.

«Personne exilée», suggéra Boris. Il jeta un regard autour de lui et jura intérieurement en russe. Les gens qui faisaient la queue derrière lui le fixaient d'un œil irrité et impatient. Espèce d'abruti, toute ta vie tu as voulu venir aux USA et maintenant, te voilà en train de tout gâcher. On ne te laissera pas entrer si tu continues comme ça.

Ils se regardèrent fixement pendant une demi-minute, puis l'officier secoua la tête et dit : « Citoyen soviétique », en apposant son tampon. « Au suivant ! » lança-t-il en repoussant le visa en direction de Boris, sans lui laisser le temps de manifester son désaccord.

Et c'est ainsi que Boris était entré aux USA, ce haut lieu de la décadence occidentale, le pays dont il avait rêvé durant son enfance.

Ensuite, il dut chercher ses bagages dans une autre salle immense, emplie de gens venus de nombreux autres avions et qui poussaient de grandes clameurs en attrapant leurs valises. Les bébés pleuraient dans tout ce chaos. Il saisit son sac avec précaution, puis contourna une pauvre fillette qui était en train de rendre son petit déjeuner et, après avoir franchi la zone verte de la douane « Rien à déclarer », il se retrouva propulsé à travers les célèbres portes de verre dépoli devant un mur de visages inquisiteurs qui attendaient là.

Ballotté de côté et d'autre, tout seul, cramponné à son balluchon, il commença à s'apitoyer sur son sort. Qu'est-ce que je fais, maintenant ?

Il n'était pas très à l'aise en se frayant un chemin entre ces deux haies humaines, avec tous ces gens qui le poussaient pour le faire avancer, parce qu'il n'était pas le parent ou l'ami qu'ils étaient venus attendre. Personne ne fit le moindre geste pour l'aider.

Et puis, tout à coup, comme dans un rêve, il leva les yeux pour trouver le visage de Volodia qui le fixait en riant. Boris suffoqua de joie et tomba dans ses bras. Il n'avait pas vu Volodia depuis que ce dernier avait quitté Moscou avec sa femme, un an avant le départ de Boris, pour venir s'installer à New York.

Dans les bras l'un de l'autre, ils se fixaient d'un regard profond, chargé de sens, les yeux dans les yeux. Volodia et Kira s'étaient imaginé qu'il allait venir chez eux, dans le Queens, mais, en entendant le mot Queens, il s'était aussitôt hérissé, protestant avec véhémence, en plein aéroport. Mais, avaient-ils objecté, il ne le connaissait pas, ce Mr. Bunnell, comment pouvait-il séjourner chez un inconnu alors qu'il avait deux amis à sa disposition ?

Non ! Il voulait être à Manhattan, au cœur du vrai New York. Finalement, voyant à quel point il y tenait et bien qu'ils fussent terriblement mortifiés, ils l'avaient amené à Manhattan, dans le taxi jaune de Volodia.

Tout en étant heureux de voir Volodia et Kira, Boris se sentait un peu gêné en leur présence. Ils appartenaient à son passé et cette visite à New York, c'était son avenir. En quittant l'Union soviétique, il était devenu un Occidental, un homme nouveau et moderne, et ils lui rappelaient l'individu lamentable qu'il avait été là-bas, quand sa vie n'était qu'une lutte constante. Un combat pour trouver des objets venus d'Occident, des intrigues pour se faire publier, ou tout simplement des tours de force perpétuels pour trouver des marchandises aussi peu glorieuses que la viande ou le papier toilette.

On se sentait tellement désarmé à New York ! Tout ce que les gens avaient dit ou écrit à propos de cette ville, tout ce qu'il avait imaginé lui-même s'avérait absolument exact. C'était un rêve merveilleux mais effrayant, il fallait se montrer à la hauteur. Il voulait être bien certain de tout faire comme il le fallait dans cette ville qui était la ville par excellence, la ville de Sinatra, la ville de la vie nocturne, jusqu'à l'aube, la ville où les frisbees planaient haut dans le ciel, à Central Park.

Depuis le jour de son arrivée, il luttait contre sa nervosité et sa peur en buvant du scotch du matin au soir. Ce scotch bien-aimé, qui coûtait si cher en France et qu'on ne pouvait trouver qu'au marché noir à Moscou, était ici la boisson nationale, et à un prix abordable, par-dessus le marché.

Il était au septième ciel. Chaque jour, juste après le petit déjeuner, avant de téléphoner à tous les gens dont on lui avait donné les coordonnées, il se versait un doigt de scotch. Pour me donner du courage, se disait-il. Et il en allait ainsi tout le long de la journée. Avant la moindre démarche, il se servait un petit verre de scotch. Et après coup, pour se récompenser du moindre succès, il s'en reversait de nouveau. Comme Sinatra l'aurait fait, il en avait la certitude.

Et maintenant, il se trouvait en compagnie de cette Kate, la sœur de l'Américain avec qui il avait joué au frisbee. Boris n'avait aucune idée de ce qu'il pouvait attendre d'elle. Il n'avait pas assez d'argent pour l'emmener dîner au restaurant car, à New York, il n'était pas question, comme à Paris, de trouver des restaurants valables et bon marché à la douzaine. Il avait donc décidé de faire comme à Moscou et de l'inviter à venir manger chez lui.

Seulement, Boris était un peu inquiet sur le résultat de ses efforts culinaires. Il était allé faire ses emplettes au supermarché du coin, chez d'Agostino, un magasin aux couleurs gaies, d'un rouge orangé. Il avait l'impression que toutes ces victuailles lui souriaient du haut de leurs étagères. Il y avait de la musique et tous les gens avaient l'air de danser dans les allées avec ces énormes chariots de plastique d'un rouge étincelant.

Il avait saisi un poulet enveloppé dans de la cellophane et des tomates sous cellophane, et des oignons, enveloppés eux aussi dans du plastique ! Toute cette nourriture ressemblait à du plastique, mais ça ne l'empêchait pas de l'adorer, parce que c'était cela New York, et New York c'était une sacrée ville !

Toute la matinée il avait préparé son poulet avec le plus grand soin et maintenant il était trop cuit et tout racorni. Boris n'arrivait pas à le croire ! Dans son minuscule appartement parisien, il s'était avéré un chef tout à fait brillant, improvisant des plats somptueux sans le moindre effort. Grâce à sa mère, à Moscou, il avait appris à composer des plats impressionnants à partir de rien : il disait même, manière de plaisanter, que sa spécialité, c'était la soupe confectionnée avec une vieille chaussure de cuir. Malheureusement, ce jour-là, il avait tout de l'imbécile incapable de préparer le moindre plat. Boris était mortifié. Qu'allait-elle penser ?

Il prit la bouteille de vin qu'elle avait apportée et lut l'étiquette avec une grande attention pour décréter finalement :

« C'est un vin de dessert. »

Jamais encore Kate ne s'était trouvée devant un homme qui, après avoir lu l'étiquette d'une bouteille de vin, pouvait formuler un commentaire approprié.

« Oui, bien sûr ! » dit-elle, bien qu'elle s'en voulût de ne pas s'être rendu compte qu'il s'agissait d'un vin de dessert ; elle avait cru que c'était un vin blanc tout à fait passe-partout.

Boris avait d'abord cru qu'elle savait parfaitement à quoi s'en tenir sur ce vin, mais quand il la regarda, il commença à se poser des questions.

« Pas problème. Nous le buvons au dessert. En attendant, je le mets au frigo. » Il rit. Il adorait ce mot. C'était tellement américain. « Excusez-moi », dit-il. Il tourna brusquement les talons et s'engouffra dans l'escalier.

Kate resta seule dans le living-room, déconcertée. Pourquoi disparaissait-il ainsi ? Elle était un peu nerveuse. Ainsi donc, ce pauvre poète russe s'y connaissait en vins, et il avait à sa disposition un appartement luxueux dans Park Avenue. Il parlait trop bien l'anglais pour l'avoir appris dans une école soviétique et, par-dessus le marché, il parlait français aussi. Pouvait-il s'agir d'un agent du KGB ? Pourtant, il était impossible que son frère la fasse entrer en rapport avec un espion.

Elle jeta un coup d'œil à la porte pour voir combien de serrures il lui faudrait ouvrir si une fuite précipitée s'imposait. Elle fut prise d'un accès de panique. Il était monté à l'étage pour prendre un revolver.

Elle se reprit et secoua la tête. A force de vivre à New York, au sein d'une violence perpétuelle, elle finissait par être complètement névrosée. Kate, tu perds la boule, tu regardes trop de feuilletons à la télé.

En fait, le pauvre Boris était monté à l'étage au-dessus pour se calmer devant le miroir et s'asperger d'un supplément d'eau de toilette. Il voulait à tout prix avoir une petite amie américaine, mais ne savait pas très bien comment s'y prendre. Son séjour dans cette ville serait tellement plus agréable s'il avait quelqu'un pour le piloter un peu partout. Il espérait que ça allait bien marcher.

«On va boire quelque chose. Vous voulez un kir?», ronronna-t-il en redescendant l'escalier.

Kate acquiesça d'un signe de tête et le suivit dans la cuisine. Le spectacle était affligeant : des meubles affreux, tout en formica, brillamment éclairés par un plafonnier au néon. Boris avait mis le couvert sur une table minuscule, disposant impeccablement l'argenterie et les serviettes en papier artistement pliées.

Elle mesura la peine qu'il s'était donnée et en fut tout attendrie. Il y avait tellement longtemps qu'un homme s'était montré gentil à son égard, lui avait accordé la moindre attention, en fait!

Il ouvrit le frigidaire et en sortit une bouteille de vin entamée. Elle aima beaucoup la façon dont il fit sauter le bouchon, flaira le goulot de la bouteille et versa un peu de vin dans un verre, le goûtant pour s'assurer qu'il n'était pas éventé. Elle fut charmée de le voir faire tourner d'abord le vin au fond du verre, en prendre une petite gorgée, puis hocher la tête d'un air satisfait. C'était indiscutablement un homme compétent. Un homme comme elle les aimait.

Ils revinrent dans le living-room avec leurs verres, et il l'invita à s'asseoir sur le canapé. Puis Boris remonta de nouveau l'escalier en courant. Que se passait-il donc? Que c'était curieux, ces allées et venues incessantes d'un étage à l'autre, du living à la cuisine! Il redescendit en brandissant triomphalement une liasse de papiers.

«J'ai des poèmes au kilo», dit-il, satisfait de sa plaisanterie. Et il lui tendit les feuillets, sans doute, supposa-t-elle, pour prouver qu'il était bien un poète russe. Kate les parcourut, par pure politesse, car elle trouvait que ce n'était pas le moment de lire ces poèmes lugubres, intellectuels et mal traduits, reproduits avec un carbone archi-usé, qui avait servi à Boris de *samizdat*.

De temps à autre, elle relevait les yeux et le voyait qui fixait sur elle un regard intense.

«Je préférerais les lire à tête reposée, ça me permettrait de mieux les apprécier», dit-elle enfin, du ton le plus aimable possible. Elle les posa sur le guéridon et sortit de son sac un numéro du *Voice*.

«Tenez. C'est le *Village Voice*. Regardez, on y trouve un tas de clubs de jazz et on vous indique les programmes des concerts. Ça vous rendra de grands services pour les articles que vous devez écrire.»

Elle parlait lentement, en articulant bien, l'observant pour voir s'il la comprenait.

Il hochait la tête avec le plus grand sérieux et proférait un grognement de temps à autre, tandis qu'elle tournait les pages, désignant les annonces du même geste de la main que si elle avait révélé les cadeaux cachés derrière un rideau au cours d'un jeu télévisé. Il se disait qu'elle était vraiment très gentille de se donner tant de peine pour lui. Il se rappelait l'époque où il écoutait les concerts de jazz sur La Voix de l'Amérique ou Radio Europe libre, l'oreille collée au poste qu'il avait bricolé avec des pièces de rechange, dans le minuscule appartement qu'il avait partagé avec sa mère et son frère, à Moscou; seize mètres carrés pour eux trois. Maintenant qu'il était à New York, il allait pouvoir assister à tous ces concerts en direct.

Il se leva brusquement.

«Bien. Maintenant, nous allons boire un peu de vodka», dit-il.

Une fois de plus, elle le suivit dans la cuisine où elle

43

s'assit à la petite table de formica et regarda Boris disposer sur une assiette des tartines de pain noir, puis couper en tranches des cornichons qui avaient macéré dans un vinaigre relevé à l'ail. Il prit un morceau de pain qu'il porta à ses narines, inspirant profondément.

«Ooooh... Hmmm... Ça me rappelle la Russie. A Paris, la seule chose qu'on puisse trouver, c'est leur merde de pain blanc.»

Grâce à son merveilleux accent, tout ce qu'il disait paraissait agréable et chargé de sens.

Kate poussa un soupir.

«La vodka, ça me fait pleurer», dit-elle.

Boris, qui s'apprêtait à sortir la bouteille de Stolichnaya du freezer, se retourna brusquement, l'air intrigué. Ah ah! elle venait de dire quelque chose d'important, quelque chose qui était typiquement russe. Il était intrigué par cette femme à la fois tellement russe et pourtant tellement américaine. Elle avait les yeux noirs comme des prunelles, et un visage tout rond, comme les Russes. Selon lui, elle était plutôt de type ukrainien. Ses cheveux fins comme ceux d'un bébé étaient coupés court, et bouclés, dans un style jeune et moderne, révélant un cou d'aristocrate russe.

Se rendait-elle compte à quel point elle était séduisante? Boris voyait en Kate le visage de nombreuses femmes russes qu'il avait connues; elle aurait été tout à fait à sa place dans une cuisine de Moscou, à l'instant même. Et pourtant on ne pouvait nier qu'elle avait tout de «l'Américaine pure et dure». Il adorait cette expression.

«Vous êtes un cocktail russo-américain», dit-il gravement.

Il versa de la vodka dans deux verres et lui en tendit un en s'asseyant.

«Eh bien, à notre rencontre, dit-il en manière de toast.

44

— Bienvenue à New York», répondit-elle de sa petite voix polie.

Ils trinquèrent et il avala sa vodka d'un trait tandis que Kate en prenait une petite gorgée hésitante.

«Comment! s'exclama-t-il avec une indignation feinte. C'est comme ça que vous buvez votre vodka?» Il plia le bras. «Au niveau du troisième bouton de la chemise», dit-il et il lui montra, en faisant pivoter son coude, la manière officielle de boire la vodka à la russe. «Allez, hop!» dit-il et il renversa la tête en arrière, pour récupérer les dernières gouttes d'un verre déjà vide, en avançant la pointe de la langue à l'intérieur.

Kate était charmée. Il était tellement naturel. Il saisit alors un morceau de pain noir, le flaira de nouveau, puis l'entoura autour d'un bout de cornichon et en prit une bouchée. Kate reconnut là les gestes de ses deux grands-pères.

Le repas commença alors, un repas original pour ne pas dire bizarre. Elle avait déjà bu un kir et une vodka, et une sorte de gaieté la faisait rire intérieurement. Elle était de plus en plus fascinée par cet homme, et cela la rendait nerveuse.

Elle admira la manière merveilleuse dont il la servait, garnissait soigneusement son assiette avec une portion du poulet aux tomates qu'il avait préparé. Et aussi la façon dont il avait pris une tartine de pain pour la briser en deux, et lui en donner un morceau en disant: «Tiens», comme si elle avait été française. Un moment, il rinça le verre de Katia, qui avait contenu de la vodka, avec du vin blanc qu'il fit tournoyer au fond, avant de le boire et de verser de nouveau du vin blanc qu'il destinait à son invitée.

Et puis arriva le plateau garni des magnifiques fromages français qu'il avait apportés de Paris.

«Bououou! Ce que j'ai pu puer dans cet avion!»

Ce souvenir le comblait de joie. Il porta un chèvre à ses narines, inspira profondément, puis le mit sous le nez de Kate pour qu'elle puisse le sentir aussi. Mais c'est quand il lui présenta le petit pot de beurre français, enveloppé dans un délicat papier transparent à fleurs, qu'elle fut littéralement enchantée.

Le repas terminé, elle proposa de l'emmener dans un café qui venait de s'ouvrir non loin de là, pour qu'il voie un peu la façon dont vivaient les Américains.

«En fait, ce n'est pas très représentatif de l'Amérique, expliqua-t-elle, mais plutôt du quartier de l'Upper East Side.»

Elle vit qu'il avait un air inquiet en consultant les tarifs affichés au-dessus de la machine à espressos : un cappuccino coûtait deux dollars cinquante.

«C'est moi qui vous invite», dit-elle.

Ils s'assirent sur de minuscules et inconfortables tabourets chromés et observèrent un moment un silence gêné. Elle espérait qu'il prenait quelque plaisir à cette sortie. Elle jeta un coup d'œil à sa montre. Il était quatre heures et demie et le crépuscule hivernal commençait à tomber au-dehors.

Cet homme lui plaisait : il était tellement différent des Américains qu'elle avait connus. Mais il la rendait également un peu nerveuse. Elle le vit qui jetait autour de lui des regards inquisiteurs, observant les gens, et elle le plaignit. Il était vraiment seul dans la vie.

Pendant le repas, il lui avait parlé un moment de ses démêlés avec la censure, qui l'avait réduit au silence, et il s'était retrouvé sans emploi à cause de ses écrits. Il avait réussi à s'échapper d'Union soviétique en épousant une Française. Celle-ci était venue à Moscou avec un groupe d'activistes juifs qui voulaient apporter leur soutien au mouvement dissident. Elle avait rencontré Boris au cours d'une soirée et ils s'étaient ensuite revus à plusieurs reprises. Elle avait accepté de l'épouser pour l'aider à s'enfuir, bien qu'il ne fût pas juif.

La cérémonie civile avait duré cinq minutes et, en manière de plaisanterie, ils étaient allés sur la place

Rouge, comme tous les jeunes mariés soviétiques, afin de déposer une gerbe sur la tombe du Soldat inconnu. Il n'y avait rien eu entre eux. De la part de la jeune femme, cet acte avait uniquement une signification politique.

Au bout d'un an, après avoir rempli et fourni d'innombrables formulaires et subi, après une attente interminable, deux horribles entretiens à la Loubianka avec le KGB qui voulait s'assurer de son amour indéfectible pour la mère patrie, il avait enfin reçu l'autorisation d'aller voir sa femme à Paris pendant une semaine. Elle était venue chercher Boris à Roissy, l'avait laissé dormir sur un matelas posé à terre dans son appartement la première nuit et avait demandé le divorce le lendemain. Il ne parlait pas un mot de français et ne connaissait personne. Il se retrouvait tout seul au sein de ce monde occidental immense et pervers.

Que faire maintenant? se demandait Kate. Il était encore trop tôt pour qu'elle rentre chez elle finir toute seule cette soirée dominicale.

«Vous aimeriez voir un autre appartement américain? Mon appartement?» proposa-t-elle.

Boris dit qu'il aimerait beaucoup et quand il arriva chez elle il fut très impressionné, bien qu'il n'en laissât rien paraître. Il se contenta de pousser un grognement. Il se rendait bien compte qu'il était inutile de préciser qu'à Moscou on aurait logé plusieurs familles dans un tel espace.

Cet appartement apparaissait comme un refuge secret au cœur d'une ville grise et violente. Il appréciait beaucoup le piano et toutes ces étagères chargées de livres. Il ne fut pas peu surpris de voir un chat au pelage tacheté trônant comme un objet sculpté au milieu du living-room. Pendant le repas, Kate n'avait à aucun moment signalé qu'elle avait un tel animal.

Boris se mit à quatre pattes et s'approcha de Boo, en lui murmurant des mots doux, en français, comme à un bébé. Boo jeta à sa maîtresse un regard incrédule. Jamais un homme venu voir Kate à l'appartement ne s'était comporté ainsi auparavant. Boo s'efforçait de prendre un air blasé, mais il était manifeste qu'elle adorait cela. Elle s'amusa même à s'arranger pour rester hors de portée du visiteur quand il essayait de la caresser, mais se rapprochait quand il ne la regardait pas pour se frotter contre sa jambe avant de s'esquiver de nouveau.

Boris se mit à arpenter le living-room comme un lion en cage. Il se demandait s'il devait embrasser son hôtesse et commencer à flirter avec elle. Il avait entendu dire que les Américaines n'étaient guère formalistes en matière de relations sexuelles mais, en ce qui concernait Kate, il ne savait pas trop à quoi s'en tenir. Il voulait l'embrasser, mais elle ne lui adressait aucun signe, ou en tout cas, si elle le faisait, il ne le comprenait pas. Que faire?

Du canapé, il passa sur la chaise bien rembourrée puis sur le banc du piano. Il but un scotch, puis un autre. Il regarda tous les livres sur les rayonnages, puis se campa devant la fenêtre pour contempler ce qu'elle appelait «une vue à la Cole Porter». Puis elle lui offrit un cognac.

Il s'assit tout près d'elle sur une chaise et la regarda intensément au fond des yeux. Rien. Il commençait à s'impatienter; l'heure tournait. Il avait l'impression que la situation était complètement bloquée. Il avait dû perdre la main. Ou alors il y avait peut-être quelque chose qu'il ne comprenait pas chez les Américaines. Il ferait mieux de s'en aller. Il se leva une nouvelle fois et alla s'asseoir sur le canapé.

Kate ne comprenait pas, elle non plus. Pourquoi n'essayait-il pas au moins de l'embrasser? Elle avait pourtant bien l'impression de se montrer aimable et accueillante. Elle commençait à se poser des questions sur son propre pouvoir de séduction. Y avait-il en elle quelque chose qui clochait? Etait-elle affreuse à ce point-là? S'était-il aperçu qu'elle n'avait eu personne depuis bien longtemps?

Ou alors, ça venait de lui. Et si c'était un homosexuel ? Mais elle se rendit compte alors qu'elle ne lui avait guère facilité la tâche. Les hommes sont tous ainsi, non ? Elle poussa un soupir.

Kate, se dit-elle, que veux-tu au juste ? Un combat se déroulait en elle. En règle générale, elle n'aimait pas conclure dès la première rencontre car cela ne prouvait rien. Pour elle, les relations sexuelles étaient l'aboutissement des sentiments que l'on éprouvait l'un pour l'autre. Elle se demandait si elle était capable de faire l'amour sans qu'il y ait en même temps la moindre relation affective. En tirerait-elle quelque plaisir ?

Parfois elle enviait ses amies qui avaient l'air de pouvoir facilement coucher avec n'importe qui, et qui s'en contentaient. A la fac, elle avait essayé une fois de coucher uniquement pour coucher, et ça ne lui avait fait aucun effet. Mais elle avait peut-être changé depuis.

Mais oui, pourquoi pas, bon sang ! Elle se rendait bien compte que ce Boris lui offrait là une occasion intéressante. Elle en avait assez de se plaindre de la solitude, assez de n'avoir aucune vie sexuelle. Oui, se dit-elle en manière de défi, pourquoi pas, bon Dieu ? L'occasion était là, à sa portée.

Elle s'arracha à sa chaise et se laissa tomber sur le canapé, tout contre Boris.

«On ne m'a jamais donné de baiser à la russe, dit-elle. Je peux en avoir un ? »

Boris lui sourit d'un air conquérant. Il avait donc enfin réussi à briser la glace. Il mit sa main de Russe sur le cou russo-américain de Kate, et lui donna un baiser qui n'avait rien à voir avec ceux qu'elle avait jamais eus auparavant.

Bon Dieu, ils avaient vraiment une manière bien à eux d'embrasser les femmes !

«Je peux en avoir un autre ? » demanda-t-elle, un peu étonnée. Elle n'arrivait pas à comprendre exactement ce qu'il y avait de merveilleux dans ce baiser, mais elle voulait renouveler l'expérience. Immédiatement.

Il l'embrassa de nouveau. Ce fut un baiser sables mouvants. Un baiser tourbillon. C'était tout noir, une succion avec un mouvement de vrille, suivie d'un petit bruit d'air qui s'échappe.

« Non. » Il secoua la tête. « Ce n'est pas ça. »

Elle crut qu'il voulait dire qu'il n'avait pas fait ce qu'il fallait, mais c'était d'elle qu'il parlait : elle n'embrassait pas bien. Il l'embrassa encore, à plusieurs reprises, puis il dit :

« Non, tu n'y es pas. »

Kate ne se rappellerait pas qui en avait eu l'idée mais elle demeura persuadée que c'était elle qui avait suggéré que l'on se déshabille pour se mettre au lit. Si c'était ainsi que l'on embrassait en Russie, elle voulait absolument voir comment les Russes faisaient l'amour.

Cette fois, elle ne se posa pas les éternelles questions qui la préoccupaient d'ordinaire en pareil cas : n'avait-elle pas les cuisses un peu grosses ce jour-là ? Depuis combien de temps s'était-elle épilé les jambes ? N'allait-il pas la trouver trop impatiente ?

Tout en se déshabillant, elle réfléchit quelques instants, puis décida de ne pas utiliser son diaphragme : à cette période de son cycle, il n'y avait aucun danger. D'ailleurs elle en avait assez de toujours faire ce qu'il fallait, de prendre toujours tout au sérieux. Elle voulait profiter de l'occasion de baiser, de prendre la vie du bon côté, de mener une vie de patachon, comme les autres.

Il sortit de la salle de bains et Kate fut ravie de voir le mini-slip de couleur qu'il portait. Il se glissa dans le lit, l'enveloppant du parfum violent de la Sibérie. Quelle odeur sauvage ! Il avait le corps le plus chaud qu'elle eût jamais touché. Quand elle caressa ce torse velu, elle eut l'impression qu'il en émanait une sorte de bestialité. Elle se dit que les Russes ressemblaient vraiment à des ours.

Comme elle était nerveuse à cause de tout ce vin qu'elle avait bu si tôt dans la journée, elle avait le cœur qui battait vite. Il devina sa gêne et posa ses mains sur le front de Kate et sur son cœur, comme pour la soulager.

«Les gens me vident de mon énergie. Il faut que je fasse attention», dit-il d'un ton mystérieux.

L'effet était magique. Le contact de ses mains dissipait l'inquiétude qu'elle avait en elle. Elle resta immobile un moment tandis qu'il la caressait, appréciant visiblement le contour moelleux de ses courbes charnues.

Puis Boris passa à l'attaque et elle comprit qu'ils étaient deux animaux qui se roulaient ensemble dans la boue, jouant à se montrer les dents en proférant des grognements. Il la flairait en la mordillant. Jamais encore elle n'avait fait l'amour de cette façon.

Soudain, avant même qu'elle n'ait eu le temps de se rendre compte de ce qui lui arrivait, il enfouit son visage en elle et se mit à laper à petits coups de langue gracieux et même reconnaissants, comme un chiot altéré à qui on présente un bol de lait. L'énergie dont il faisait preuve excitait Kate. Manifestement cet homme aimait son odeur, à voir la façon dont il la stimulait avec sa langue. Elle se mit à gémir. Son plaisir était intense mais elle ne tenait pas vraiment à avoir un orgasme lors de sa première rencontre avec lui. C'est pourquoi elle le tira doucement par le bras pour lui faire comprendre qu'il devait arrêter. Il la chevaucha alors et pénétra violemment en elle, en murmurant :

«Allez, vas-y, vas-y.» Et elle imprima à son corps un mouvement de va-et-vient qu'il suivit en cadence.

«*Comme c'est fort, c'est fort**», grommela-t-il en éjaculant. Elle crut qu'il disait cela par politesse, mais Boris était sincère. Oh! Que oui! Pour lui, tout cela répondait à un besoin profond. Il considérait les relations sexuelles comme quelque chose de très important, bien qu'elles fussent pour lui naturelles et nécessaires, comme respirer, par exemple. Ayant ainsi fait l'amour pour la première fois à New York, il avait maintenant la certitude que son séjour de deux semaines dans cette ville allait très bien se passer, qu'il allait y avoir une femme pour le lui rendre agréable sur ce plan-là, et que cela lui permettrait de supporter d'autres aspects moins intéressants.

Kate s'était demandé dans quelle langue il lui parlerait en faisant l'amour ? Anglais, français, russe ? Et maintenant elle le savait. Du moment qu'il s'était exclamé en français, à l'instant le plus crucial, d'une manière presque inconsciente, cela voulait dire qu'il devait avoir une maîtresse française.

Elle n'appréciait pas vraiment la rapidité avec laquelle tout s'était déroulé, mais de quel droit allait-elle se plaindre ? D'ailleurs, la première fois, c'était toujours ainsi, c'est comme quand on est affamé, on se précipite sur la nourriture, sans s'arrêter pour en apprécier la saveur. L'amour en gourmets, cela viendrait plus tard.

Elle n'osait pas lui dire qu'elle n'avait pas eu d'amant depuis plus de deux ans. Elle craignait qu'il ne pense qu'il y avait en elle quelque chose qui faisait fuir les hommes.

Ils étaient allongés côte à côte, le calme après la tempête, et Kate fut tout aussi surprise que lui quand elle sentit ses yeux gonfler et de grosses larmes rouler sur ses joues.

« Qu'est-ce qui t'arrive ? » demanda Boris en s'efforçant de garder un ton léger.

Il tenta de la consoler mais elle resta silencieuse.

« Mais il faut que tu me dises ce que tu as. »

Elle en était bien incapable, mais elle ne parvenait pas à s'arrêter non plus. Une tristesse intense l'avait envahie.

« Bon, tu ne veux rien me dire ? D'accord ! »

Il n'insista pas davantage. Il détestait les femmes qui pleuraient, il n'allait pas se mettre à la cajoler comme un bébé.

Quant à Kate, tout en étant la première à admettre qu'elle ne connaissait pas grand-chose aux hommes, elle savait pourtant qu'il était hors de question de lui dire la vérité, et que ce n'était pas lui qu'elle aurait souhaité avoir à ses côtés. Comment aurait-elle pu lui dire que, si elle pleurait, c'était parce qu'elle regrettait que ce ne fût pas son merveilleux Dr Manne qui ait fini de faire l'amour avec elle ?

Ce n'est pas juste pour Boris, se dit-elle en tentant de se calmer. Les bras de Boris autour d'elle, elle ferma les yeux et essaya d'imaginer que c'était le Dr Manne qui la tenait enlacée. Le Dr Manne avec sa voix pleine de sollicitude et ses yeux humides d'Italien.

Mais ce fut peine perdue. Quand elle rouvrit les yeux, il y avait un poète russe dans son lit.

Comment Kate avait rencontré Frank

Aux yeux de Kate, le Dr Manne était l'homme que toute femme devrait avoir dans sa vie. Il était l'Homme Qui Ecoutait Vraiment. Puisqu'elle n'avait pas d'homme disposé à s'occuper d'elle en y mettant tout son cœur, bon Dieu, elle en paierait un pour l'écouter.

Elle trouvait que, dans l'ensemble, les hommes ne savaient pas bien écouter et c'était la raison pour laquelle il y avait tant de femmes névrosées, mariées ou non, qui consultaient des psy à New York. En revanche, les femmes, elles, étaient censées prêter une oreille attentive. Les maris, les amis, les amants et les enfants, tout le monde comptait là-dessus.

Selon elle, si les femmes qui restaient chez elles aimaient tant les séries télévisées, c'était parce qu'elles pouvaient ainsi se mettre à l'écoute des problèmes des autres. Kate, elle, n'aimait pas la télévision, bien que son métier consistât à faire des spots publicitaires pour la télé. Elle ne l'aimait pas parce qu'on se contentait de rester assis sur son canapé pour voir vivre les autres. Jamais on ne voyait les personnages de *Dynastie* ou de *Dallas* en train de regarder le petit écran, après tout.

Kate ne trouvait pas juste que les femmes aient besoin de payer des services que les hommes pouvaient généralement se procurer gratuitement, assurés par une petite amie toujours prête à écouter l'homme qu'elle aimait ou par une épouse qui l'attendait au logis et dont le travail consistait à dire: «Comment ça s'est passé pour toi aujourd'hui, mon chéri?»

Kate, elle, appartenait à cette catégorie de femmes qui devaient payer d'autres personnes pour la toucher, la caresser, l'entourer de prévenances, la consoler, la rendre belle et surtout l'écouter, la remettre sur pied et la renvoyer se débattre au sein d'un monde impitoyable.

Elle avait un esthéticien suisse qui lui reprochait de ne pas venir plus souvent, mais lui assurait qu'elle avait des pores excellents, et une manucure coréenne qui lui affirmait toujours que la nuance de vernis à ongles qu'elle choisissait était la plus belle de tout le salon. Il y avait aussi son doux et intrépide professeur de shiatsu japonais qui pouvait lui dire ce qu'elle avait mangé rien qu'en tâtant ses muscles et Erna, son épileuse belge, dévouée corps et âme, qui lui répétait sans cesse: «Il faut souffrir pour être belle», au moment où elle lui arrachait la couche de cire emprisonnant les poils de ses jambes. Sans oublier le coiffeur français qui s'enduisait les mains du dernier gel à avoir été mis au point et les passait amoureusement dans ses cheveux. Elle était constamment ballottée d'une paire de mains à une autre.

Oui, soupirait-elle, il faut aux femmes quelqu'un pour écouter leurs secrets les plus intimes, leurs fantasmes les plus choquants et surtout ces petits tracas quotidiens, qui s'accumulent et occasionnent les pires dégâts, que ce soit à cause du boucher qui vous roule en vous rendant la monnaie ou le conducteur de bus qui vous claque la porte au nez au moment où vous arrivez après avoir traversé la rue en courant, au péril de votre vie.

Mais le plus important, se disait-elle, c'est que seul le psychanalyste d'une femme sait comment elle aime atteindre l'orgasme. Il le sait très exactement. En le disant avec des mots. De la même façon qu'un garagiste hors pair ou un avocat de grande classe, un analyste était vraiment un plus dans la vie d'une femme.

Pourtant, il représentait aussi un concept des plus périlleux. Il était par excellence l'homme qu'une femme ne pouvait jamais avoir. Et c'est pour cela que Kate haïssait le Dr Manne. En fait, elle l'aimait, et c'est la raison pour laquelle elle le détestait. Parce qu'elle ne pouvait pas l'avoir, parce qu'il ne lui rendrait jamais son amour, et elle allait faire de son existence un enfer. Elle le ferait payer, cela elle le pouvait, c'était à sa portée. Après tout, n'était-ce pas lui qui avait fait d'elle l'être le plus malheureux que l'on puisse jamais imaginer : une femme dont l'amour ne pouvait être payé de retour ? Que pouvait-il espérer d'autre ?

Elle avait lu suffisamment de livres sur la psychothérapie pour savoir ce qui l'attendait désormais. Elle allait connaître avec cet homme les relations les plus intimes pendant des années et des années et tout cela pour qu'il lui dise un jour : « Eh bien, il ne me reste plus qu'à vous souhaiter bonne chance », en lui serrant la main, peut-être. Elle allait se faire jeter par l'homme qui possédait la clé de son âme, qui connaissait les moindres recoins de sa psyché, recommandables ou non.

Elle avait l'impression que New York était une ville où les gens qui savaient étaient justement ceux qui n'avaient pas besoin de savoir. Elle pensait à tous ces analystes qui connaissaient tous leurs patients, alors que c'étaient les patients qui auraient dû pouvoir se rencontrer et se parler les uns aux autres.

Au fond, on revenait toujours à ce problème fondamental : les gens ne savaient pas écouter et, surtout, ils ne cherchaient absolument pas à savoir le faire.

Et pourquoi avait-il fallu que le Psychoanalytic Institute lui assigne un docteur aussi jeune et aussi séduisant ? C'était vraiment injuste. Kate se considérait comme la victime d'une erreur effroyable parce qu'elle voyait dans le Dr Manne l'âme sœur par excellence. Ils auraient dû se retrouver tous les deux sous la verrière du temple de Dendur, au lieu de rester assis poliment face à face, à jouer au docteur et à la cliente. Cette idée l'avait frappée d'emblée, dès qu'il était sorti de son cabinet pour la rencontrer, lors de leur premier rendez-vous, par une soirée étouffante du mois de juin dernier.

C'était un vendredi, mais il n'avait pas pu la recevoir à un autre moment et elle s'était dit, non sans sarcasme : «N'y a-t-il rien de mieux à faire, un vendredi soir, que d'aller voir un psy ?»

Elle était arrivée à l'institut en tenue de sport, avec un sac de voyage et une raquette de tennis. Après le rendez-vous, elle sauterait dans un train pour se rendre à Mantoloking où elle avait été invitée à passer le week-end, au bord de la mer, dans la villa de sa patronne.

La salle d'attente respirait la détresse morale. C'était tout à fait le point de convergence des névrosés et des déprimés venus répondre à la convocation de leur psychothérapeute. Kate avait repéré l'immeuble plus de cent mètres avant d'y arriver. Une bâtisse désolée, grise, sinistre, qui avait absorbé tant d'afflictions, tant de fantasmes et de perversités que Kate avait eu toutes les peines du monde à y mettre les pieds. Heureusement les rendez-vous ultérieurs auraient lieu dans le cabinet privé du Dr Manne, une fois achevée cette consultation préliminaire.

Alors, quel est le docteur qui aura la chance de tomber sur moi ? s'était-elle demandé fébrilement, assise sur une affreuse chaise en plastique en attendant qu'on vienne la chercher. Juste à ce moment-là, un jeune homme brun — était-ce un Italien ? — aux yeux de biche était apparu.

«Kate ?» Il s'était adressé à l'autre femme qui se trouvait dans la salle d'attente en même temps que Kate. Cette méprise lui donna quelques précieuses secondes supplémentaires pour l'observer.

«Non, c'est moi, dit-elle en se levant.

— Oh!» Pourquoi avait-il l'air surpris? Il sourit aussitôt pour s'excuser de son erreur.

Elle le suivit dans une minuscule salle de consultation. C'est à lui que je suis censée parler? Mais il a mon âge. Si nous devions nous rencontrer, ce devrait être dans un bar, ou une classe de la New School, mais sûrement pas ici, dans ce cabinet.

Il avait refermé la porte derrière lui. Elle examina la pièce, à peine assez grande pour loger un canapé et deux chaises. Elle resta debout près du divan, le regarda, puis y posa son sac de voyage et sa raquette.

«Oh! Mais je ne devrais peut-être pas faire ça, dit-elle.

— Là-bas», dit-il en montrant une chaise.

Elle s'assit et se releva aussitôt pour enlever de la table basse située à côté d'elle un cendrier plein de mégots qu'elle alla poser le plus loin possible avec un air de dégoût très marqué. Manifestement le coupable était le patient précédent car le docteur n'avait pas l'air d'un fumeur. Elle lui décocha un regard nerveux et se rassit. Ô mon Dieu, va-t-il s'imaginer que je suis compulsive, ou quelque chose dans ce genre-là?

Kate avait le tournis, assise dans une pièce aussi petite, si près d'un homme aussi séduisant. Il lui fallait respirer à grands coups pour calmer les battements de son cœur. Alors, je suis censée faire quoi? Je lui raconte ma vie?

Pour se mettre en train, elle lui parla de son métier de publicitaire, et finit par poser toujours les mêmes questions: pourquoi n'aimait-elle personne, pourquoi n'arrivait-elle pas à se trouver un homme, qu'est-ce qu'il y avait qui clochait en elle?

«Mais je suis sûre que toutes vos clientes vous racontent la même chose, dit-elle.

— Oui, reconnut-il. J'ai l'impression que tout le monde est confronté au même problème.»

Elle remarqua le ton égal de sa voix et, plus important encore, l'attention avec laquelle il l'écoutait.

Jamais personne ne l'avait écoutée ainsi, dans le silence le plus total, lui consacrant tout son être, absorbant la moindre de ses paroles. Qui est donc cet homme et que pense-t-il de moi? se demandait-elle en dévidant son histoire.

Lorsque les quarante-cinq minutes tirèrent à leur fin, Kate, se disant qu'elle s'en était plutôt bien sortie pour une première séance, il demanda:

«Y a-t-il une question que vous désiriez me poser?»

Elle fit un signe de tête négatif, mais décida alors de lui demander s'il avait une idée de diagnostic à son sujet.

«Vous êtes une cabotine», déclara-t-il sans la moindre hésitation.

Elle en eut le souffle coupé.

«Mais... mais c'est affreux! s'exclama-t-elle, au bord des larmes.

— Oh! ne dramatisons pas. Cela relève simplement de l'hystérie. C'est un diagnostic tout à fait courant chez les femmes d'aujourd'hui», dit-il avec le plus grand calme. Il pensa — mais ne le dit pas: «Surtout les femmes qui ne sont pas mariées.»

Voyant que son commentaire ne faisait qu'aggraver la situation il ajouta:

«Ce n'est pas grave du tout. C'est le diagnostic à la mode, de nos jours.

— Ah bon! Et quel est le diagnostic à la mode pour les hommes, à l'heure actuelle?

— Ou la compulsion obsessive, ou le narcissisme.

— Parfait», dit-elle.

Cabotine, songeait-elle. Ça vient sans doute du fait que les femmes sont trop désaxées pour faire face au monde actuel. Elle fixait le sol en pleurant, la mort dans l'âme.

Elle leva les yeux vers lui.

«Et toute cette tristesse, où va-t-elle? Dans l'atmosphère? Elle se dissipe dans l'air, s'envole comme un nuage ou elle reste simplement ici?» demanda-t-elle.

Il jugea la question bizarre. Il détourna le regard. Comme il ne répondait pas, elle dit soudain :

« Tout cela n'est qu'une plaisanterie, n'est-ce pas ?

— Quoi donc ?

— Vous et moi. Que nous soyons ici, comme ça ? »

Il fit non de la tête.

Elle reprit son souffle.

« Bon, eh bien moi, ce que j'aimerais vraiment faire, dit-elle en rassemblant son courage, c'est fumer un peu de came et aller danser avec vous. »

C'était à la fois une requête et un ordre.

Il se leva.

« Je suis désolé, mais la séance est terminée », dit-il avec une grande douceur. Et il alla lui ouvrir la porte pour la faire sortir.

Et c'est ainsi que deux fois par semaine ils se rencontrèrent pour parler. Enfin, c'était elle qui parlait. Lui, il écoutait. Ils riaient ensemble mais elle pleurait seule.

Ah ! Le Dr Manne ! Son nom était un programme à lui seul. C'était la quintessence de l'homme, Mr. Parfait, avec un visage finement ciselé comme les têtes que l'on peut voir sur les pièces romaines antiques. Il avait une abondante chevelure noire et un sens de l'humour merveilleux. Quand il riait, elle avait du soleil plein la tête mais, quand elle lui posait des questions personnelles, il rentrait dans sa coquille.

Elle lui avait demandé quel âge il avait, et il avait répondu : « Je suis plus vieux que vous. » Elle en avait conclu qu'il avait le même âge qu'elle. Quand elle lui avait demandé où il habitait il avait dit : « Près d'ici. » A la question de Kate : « Etes-vous marié ? », il avait répliqué : « Cela n'a aucune importance, mais quel est votre avis ? » Kate pensait qu'une femme lui avait déjà mis le grappin dessus, c'était évident, mais elle n'en avait rien dit. Pourtant ce n'était peut-être pas forcément le cas, étant donné les vêtements ternes et informes qu'il portait. Elle le voyait tout de suite quand c'était une femme qui habillait un homme.

Sinon, il avait toujours un pantalon marron et des chaussettes marron, son imper était trop court et ses cravates trop larges, et l'inévitable blazer bleu marine dont il était si fier était totalement passé de mode.

Kate imaginait les vêtements qu'il aurait dû porter, eu égard à la profession qu'il exerçait. Il menait une vie contemplative, restait assis de longues heures, remuant des pensées profondes et luttant avec des émotions complexes. Il avait besoin de vêtements confortables et réconfortants. Confortables pour lui et réconfortants pour ses patients.

Un costume de tweed anglais, bien douillet, voilà ce qu'il lui fallait, de très bonne qualité, bien entendu, avec des cravates en tricot de teintes pastel. Et des gilets de laine, pour l'hiver. C'était l'homme type pour les gilets de laine. Et puis il avait besoin de jolies chaussures neuves. Des souliers Richelieu conviendraient à la perfection, avec d'épaisses chaussettes de style écossais aux couleurs pâles et acides.

Elle envisagea d'aller chez Bloomingdale afin de lui choisir des cravates, pour commencer, en les lui envoyant anonymement, mais elle se dit qu'il refuserait de les mettre et elle serait incapable de garder son secret. D'ailleurs, ces cravates n'iraient pas avec ses costumes actuels, de toute façon.

Kate s'habillait toujours pour lui. Le lundi et le vendredi elle se disait: aujourd'hui je vais voir le Dr Manne, et elle examinait sa garde-robe en se demandant ce qu'elle allait se mettre. Elle en passait le contenu en revue, réfléchissant aux différentes combinaisons possibles, essayant plusieurs ensembles, se demandant ce qu'il préférerait, ce qui la mettait le plus à son avantage, s'efforçant de varier ses toilettes au maximum pour qu'il soit toujours surpris.

Elle voulait être séduisante. Non, plus que séduisante. Belle. Mais elle avait parfois un mouvement de révolte. «Je me comporte comme si j'allais voir mon amant», disait-elle en secouant la tête. Cette pensée la mettait très mal à l'aise. Elle faisait l'impossible pour la chasser de son esprit mais, une fois qu'elle lui était venue, il n'y avait plus rien à faire pour s'en débarrasser. Elle était peut-être vraiment névrosée, après tout. Mais elle décida de ne rien dire de tout cela au docteur car il risquait de la trouver bizarre et même perverse.

De temps à autre ils se rencontraient dans le hall d'entrée de l'immeuble où il avait son cabinet particulier et ils attendaient l'ascenseur ensemble. Elle essayait de le regarder comme s'il n'avait pas été son docteur, comme s'il était un homme normal, et elle se demandait si elle s'intéresserait à lui s'ils se rencontraient dans une soirée, par exemple. Il n'y avait rien d'exceptionnel dans son allure, il était plutôt mal fagoté. Bref, il n'avait pas plus de classe que la salle d'attente de l'institut où elle l'avait rencontré pour la première fois.

Un jour, elle l'avait vu descendre la rue, juste devant elle. Etait-ce bien le même médecin, celui qui lui paraissait si séduisant dans le minuscule cabinet ? Mon Dieu, il se dandinait comme un canard.

Il s'était effacé pour la laisser entrer la première dans l'ascenseur, comme le font tous les hommes à peu près normaux, et ils étaient restés sans rien dire, tandis que le liftier actionnait les commandes. Elle se prit à espérer qu'ils n'avaient pas l'air d'un docteur et de sa cliente, mais plutôt d'un homme et d'une femme qui allaient à un rendez-vous galant, en plein milieu de l'après-midi.

Tout en le regardant, alors que défilaient les étages, elle laissait vagabonder son imagination. Qui pouvait être la femme qui lui prenait la tête dans ses bras, qui lui caressait ces cheveux superbes ? Quelle femme pouvait donc le contempler quand il avait les yeux fermés, le souffle apaisé, au moment où il se déboutonnait enfin ? Et, surtout, que mangeait-il au petit déjeuner ? Kate se disait toujours que c'était un indice révélateur de la personnalité d'un être humain.

«C'est vraiment dommage que nous ne puissions pas être amis», lui dit-elle tristement un jour.

Il réfléchit longuement à ces paroles comme il le faisait toujours avant de lui répondre.

«Vous obtenez beaucoup plus de moi, en tant que cliente, que si vous étiez mon amie», dit-il.

Comment pouvait-il croire ça?

Pendant plusieurs jours, elle médita ses paroles et finit par conclure, sans très bien comprendre pourquoi, pour l'instant, qu'il y avait peut-être du vrai dans ce qu'il avait dit.

Frank aime son métier

Frank Manne fut réveillé à six heures, comme chaque jour en semaine, par son odieux réveille-matin, une relique des années cinquante que son père lui avait donnée bien des années plus tôt. Il ne pouvait supporter que son corps fût ainsi arraché au sommeil à l'heure dite par une sonnerie stridente et insistante, mais il ne parvenait pas à se résoudre à jeter l'engin pour en acheter un autre.

Il répliqua par un grognement, se tourna vite sur le côté pour arrêter le vacarme et resta allongé, immobile, s'efforçant de calmer les battements précipités de son cœur mis en émoi par cette brutale interruption du sommeil.

Il pensait à l'objet qu'il désirait le plus : un Mr. Coffee muni d'un dispositif automatique. De cette manière, il pourrait se prélasser encore un moment au lit, humant l'arôme du café en préparation, et c'est seulement quand la machine émettrait son bip discret pour indiquer la fin des opérations qu'il sauterait à bas du lit. Ouais !

Mais il ne parvenait pas à justifier un tel achat à ses propres yeux. Son aspect frivole le mettait mal à l'aise, sans oublier que Frank était toujours en train de tirer le diable par la queue. Ce qui l'irritait le plus, c'est qu'aux yeux de la plupart des gens les analystes n'étaient que des propres-à-rien qui gagnaient de l'argent gros comme eux en extorquant à leurs patients des honoraires astronomiques. Il aurait bien voulu avoir en face de lui celui qui avait lancé ce bruit ridicule.

Pour lui, en tout cas, il en allait fort différemment. Peu attiré par la vie dans les petites villes, il avait quitté l'Indiana quelques années plus tôt pour venir se mesurer avec les grands pontes de la psychanalyse new-yorkaise. Maintenant, ça lui coûtait les yeux de la tête. La plus grosse part de ses gains et de ses économies servait à payer sa propre analyse, qui faisait partie de sa formation. Soixante-dix dollars la séance — prix de faveur pour un confrère — quatre fois par semaine. Et, en plus, il fallait payer les cours à l'institut où il préparait son diplôme de fin d'études. Enfin, pour ne rien arranger, il avait deux loyers à payer à Manhattan, l'un pour son appartement et l'autre pour le cabinet où il recevait ses clients.

Aucun de ses patients ne l'aurait cru s'il leur avait dit qu'un analyste new-yorkais comme lui n'avait pas les moyens de se payer un Mr.Coffee. D'ailleurs, comment pourrait-il trouver le temps d'aller l'acheter?

Il savourait la tiédeur des draps, refusant de se lever déjà. Encore quelques secondes, implorait-il en silence. Il étira les bras et ses mains atterrirent sur son pénis. Toujours fidèle au poste, de bonne humeur et souriant, solide comme l'acier et qui semblait lui dire : «Alors, on y va ?»

Comment il avait appelé ça, enfin la masturbation, son client l'autre jour ? Ah oui ! Gifler le macaque. Il croyait pourtant avoir tout entendu : épouser la veuve poignet, cirer la carotte, fouetter le dauphin, secouer le cornichon, battre l'évêque. Il glissa un œil sous les draps. «Salut, macaque. Tu veux te faire gifler ?»

Il éclata de rire puis poussa un grognement : trop tôt pour rire. Il se mit à se caresser. Après toutes ces années — j'ai trente-cinq ans, bordel —, il s'étonnait encore de le sentir si doux, si délicat, si merveilleux au toucher. Il se disait qu'un homme ne cessait jamais d'être fasciné par son pénis.

Il se demanda s'il allait se masturber dans le lit ou sous la douche. Mais il était trop paresseux pour se sortir du lit. Pour lui, la masturbation c'était comme le jus d'orange du matin, quelque chose que l'on fait après le réveil et avant le petit déjeuner. C'était comme le jogging ou le vélo, sauf que l'on fait marcher un autre muscle. Pour l'instant, il fallait se contenter de ce côté utilitaire de la vie sexuelle.

Il s'étira et finit par décider de se forcer à se lever. Il alla à la fenêtre pour écarter les stores vénitiens afin de voir quel temps il faisait. En passant les doigts entre les lames, au niveau de son œil, il se gourmanda une fois de plus pour ne pas avoir trouvé l'origine des stores vénitiens. On les utilisait à Venise ou quoi ? Ce matin, pendant la pause-café, à l'hôpital, il demanderait aux infirmières ce qu'elles en pensaient. Ça ferait une excellente entrée en matière.

Bien qu'il vécût déjà dans cet appartement depuis deux ans, il fut encore choqué par les barreaux qui garnissaient les fenêtres. Quelle vie ! Derrière des barreaux et un store vénitien ! Il faut dire qu'il habitait au rez-de-chaussée. Ce minuscule studio était le seul logement qu'il avait pu trouver dans le quartier de l'Upper West Side, quand il était venu prendre son nouveau départ à New York ; alors naturellement il s'était précipité, malgré le loyer exorbitant qu'on lui demandait : huit cent soixante-treize dollars et des poussières, et encore, à l'agence on lui avait dit qu'il faisait une affaire !

Il avait l'impression de vivre dans une cage, comme un oiseau, en plein sur la rue. Il détestait cette impression que la rue l'envahissait sans cesse, ces bagarres sur le trottoir, les coups de klaxon des chauffeurs de taxi impatients, qui tentaient de contourner les automobilistes inexpérimentés sortis tout droit de leur banlieue et qui se garaient devant chez lui pour aller flâner dans les quartiers chic, du côté de Colombus Avenue. Et il était agacé d'entendre les bavardages insipides des jeunes cadres qui s'étaient rempli l'estomac de pizzas margaritas et de plats typiques mexicains.

Lui, ce dont il avait besoin, c'était d'avoir la paix quand il rentrait enfin chez lui, le soir.

Il se trouva soudain saisi d'un sentiment de gêne à l'idée qu'il était complètement nu, bien que personne ne pût le voir. Frank avait beaucoup de pudeur; c'était le garçon qui vérifiait au moins trois fois que sa braguette était bien fermée avant d'entrer dans une pièce.

Il n'était pas très sûr de sa séduction mais estimait qu'on pouvait le trouver joli garçon. Dans le genre italien. Il aimait ses cheveux noirs et lisses, ses dents blanches étincelantes, son visage carré qui respirait l'honnêteté. Toutes ses clientes le trouvaient sexy, mais il ne pouvait pas se fier à leur avis car elles étaient peut-être en train de faire leur transfert, à moins qu'elles ne cherchent tout simplement à flirter avec lui ou à tenter de se concilier ses faveurs pour une raison qu'il n'avait pas encore pu déterminer.

En se dirigeant vers la douche, il parcourut son unique pièce du regard et se demanda ce que penseraient ses patientes si elles savaient comment il vivait effectivement. L'ameublement était des plus rudimentaires, avec un lit, un fauteuil et une lampe de bureau, et une vieille bibliothèque remplie à craquer de manuels de psychologie, de piles de journaux et de bulletins de l'*American Psychoanalytic Society*. Tout était soit brun, soit beige, ce que Kate, l'une de ses clientes, appelait des couleurs de célibataire.

Ça le gênait que son studio soit plein de cette odeur fade du célibat. Certes, il avait une petite amie, mais ils ne se voyaient qu'aux week-ends, et uniquement chez elle. Pendant la semaine, il vivait seul.

Ce que ça pouvait lui manquer, le réconfort d'une présence féminine, les innombrables flacons de parfum et boîtes de maquillage entassés sur le bureau, les fleurs qui achèvent de se faner dans un vase! Il savait que, quand il y a une femme dans la maison, on trouve toujours dans l'armoire à linge un paquet de Kleenex en réserve, attendant que l'on vienne le sortir dès qu'était épuisé celui dont on se servait avant. Sans oublier le rouleau de papier toilette gardé dans un coin pour être toujours à votre service, ou une boîte de conserve surprise, un petit plat délicieux dans le placard, qui vous tirera d'affaire un jour de pluie. Voilà comment on vit, quand il y a une femme, c'est sa façon à elle de voir les choses.

L'exemple de Kate était typique. Elle avait décrit la vie de Frank d'une manière qui l'avait fait rire quand elle s'était enfin arrêtée de parler.

«Cela ne ressemble en rien au genre de vie que je mène», avait-il déclaré d'un air dédaigneux.

Elle avait décrit un appartement spacieux, dans l'Upper West Side, tellement grand que, quand on hurlait dans une pièce, personne n'entendait rien ailleurs. Elle l'imaginait vivant là près de sa femme qui l'attendait tous les soirs avec un souper chaud et un amour torride. Y avait-il un teckel? Oui, et un chat. Peut-être même un bébé, mais Kate n'en était pas bien certaine.

La veille, il s'était endormi dans son fauteuil avec ses livres et ses papiers éparpillés autour de lui. Il ramassa le plat en carton contenant les reliefs de son repas du soir, du poulet et des petits pois achetés dans une épicerie chinoise et qu'il avait laissé sur le poste de télévision noir et blanc; puis il passa sous la douche.

Woody Allen devrait cesser de faire évoluer ses personnages dans ces lofts invraisemblables, et montrer au monde comment on vit vraiment à Manhattan, se disait-il; et, pour cela, il n'aurait tout simplement qu'à venir dans mon studio.

Se rendant compte qu'il commençait à s'apitoyer sur son propre sort, il renonça à poursuivre dans cette voie ridicule et destructrice. Pour l'instant, il voulait seulement venir à bout de son stage de formation de psychanalyste à New York. Non, finalement, ce qu'il voulait avant tout, c'était venir à bout de cette nouvelle journée.

Il avait ses petites habitudes bien ancrées, de sorte qu'il n'avait pas besoin de beaucoup réfléchir ; une fois sorti de la douche, il se frotta vigoureusement avec la serviette. La plupart du temps, c'était son seul exercice quotidien. Puis il noua la serviette mouillée autour de sa taille et commença à se raser à toute vitesse, s'entaillant aussitôt le menton. Merde ! Qu'est-ce donc que disait toujours son père ? Ah oui ! « Quand on se rase, on n'est jamais en retard. » Il ralentit les gestes et acheva son rasage avec beaucoup de précautions.

En prenant sa montre, il jeta un coup d'œil au cadran. S'il se dépêchait, il pourrait acheter une tasse de café et un croissandwich au Burger King de Broadway et avaler le tout avant l'arrivée de son premier client.

La veille au soir, sa fatigue avait été telle qu'il avait enfreint l'une des règles essentielles qu'il s'était imposées : préparer ses vêtements du lendemain pour ne pas avoir à réfléchir avant de partir travailler. Voyons ! Tout ce qu'il avait était brun ou beige, de sorte que tout allait toujours avec tout. Il mit un pantalon de laine brun, une chemise bleu pâle, une cravate marron et bleu et une veste à chevrons d'un beige brunâtre. Tout en nouant sa cravate, il se disait que cet accessoire était vraiment du dernier stupide : un bout de tissu que l'on s'accroche au cou ou, selon l'interprétation de Freud, un pénis que l'on arbore en public.

Il fourra quelques dossiers de patients dans son porte-documents, enfila son pardessus et claqua derrière lui la porte, fermant avec impatience les trois serrures de sûreté, avant de commencer à remonter Colombus Avenue. Comme il ne voulait pas qu'un de ses clients risque de le voir courir, il se contentait simplement de hâter le pas, même si cela risquait de le faire arriver en retard.

Il avait des journées d'une longueur invraisemblable, réglées à la seconde près, et parfois il ne savait plus où il en était. Il regrettait souvent de ne pas pouvoir mener une vie normale, avec une séance de gymnastique dans la matinée, un cocktail à six heures pour rencontrer des amis, ou une soirée passée dans un musée. Mais quand un analyste est sérieux, il n'a pas le temps de vivre, ne cessait-il de se répéter. Il doit consacrer son existence à sa clientèle ou, dans son cas à lui, aux clients que lui avait assignés l'institut de psychanalyse.

Il partait tous les matins à six heures quarante-cinq et allait à pied jusqu'à son cabinet, quinze rues plus loin, où il arrivait à sept heures et quart, juste à temps pour son premier client. Après en avoir terminé avec le deuxième, il allait voir son propre analyste qui avait justement son bureau dans le même immeuble, quelques étages au-dessus.

Sa psychanalyste, il l'appelait Dr Janet. Ils en étaient convenus ainsi, par plaisanterie. En fait, il voulait l'appeler Janet tout court, mais il disait Dr Janet pour manifester son respect. Tout comme ses malades s'étaient éprises de lui, il était lui-même amoureux de sa psychanalyste.

Ensuite, il s'engouffrait dans le métro pour se rendre à l'hôpital où il faisait fonction de psychologue consultant. Il avalait son déjeuner dans la cafétéria de l'établissement et passait le reste de l'heure consacrée au repas à regarder *All My Children* dans la salle de repos des infirmières.

A trois heures, il était de retour dans son cabinet où il recevait ses clients jusqu'à sept heures trente. Alors, il allait assister aux cours de l'institut ou à des conférences, et étudiait les dossiers de ses patients.

Il rentrait chez lui à onze heures.

Deux fois par semaine, il revenait directement à son appartement après ses consultations et s'effondrait sur son lit avant de pouvoir téléphoner au traiteur pour demander qu'on lui livre une portion de poulet. Quelle vie ridicule pour quelqu'un qui avait déjà un doctorat de psychologie !

Il commençait à avoir des problèmes de dos. Quand il s'en était plaint à son analyste, elle lui avait dit qu'il retenait la souffrance de ses patients dans le bas de sa colonne vertébrale au lieu de la laisser couler en lui comme dans une canalisation.

Sa vie était une course perpétuelle. Quand il ne travaillait pas, il lisait des livres de psychologie et étudiait les notes et les graphiques qui concernaient ses patients, essayant de déceler les côtés insaisissables de leur existence et d'établir la courbe des étapes de leur développement. Quand il avait le temps, il lisait des romans, ce qui veut dire que cela ne lui arrivait pratiquement jamais. Il s'était abonné au *New Yorker*, mais les numéros s'entassaient dans un coin. Comment faisait-il pour voir de temps en temps des amis, des films, des expositions dans un musée ? Il aurait été bien incapable de le dire, mais il y parvenait, de temps à autre. Quand faisait-il ses courses ou son petit lavage ? Quand allait-il chez le coiffeur ? Comme par miracle, cela arrivait à se faire.

En principe, il ne devait pas avoir de malade préféré, et pourtant c'était son cas. Evidemment, s'il la préférait, ce n'était pas pour les raisons habituelles. En fait, c'était elle qui lui causait le plus de soucis et, s'il la préférait, c'était parce qu'il la haïssait du fond du cœur. Elle l'exaspérait littéralement. Une véritable peste, déplaisante au possible ! Une écorchée vive, incapable de se contrôler, qui déversait sa hargne sur tout l'univers. Il avait souvent envie de la prendre par les épaules pour la secouer comme un prunier dans l'espoir que ça lui remettrait un peu les pieds sur terre.

Certes, s'il l'avait rencontrée à une soirée, il l'aurait sans doute trouvée séduis te. Elle ne manquait ni de vivacité, ni de talent, ni d'intelligence.

Mais la seule chose dont elle était capable, c'était de pleurnicher sur les malheurs qui l'accablaient. Et de vomir la haine qu'il lui inspirait.

L'analyse avait plutôt bien commencé, mais les séances avaient dégénéré en une série d'accrochages violents et épuisants. Il fallait bien le reconnaître : il avait un peu peur d'elle. On aurait dit une princesse russe pleine d'arrogance, à la voir entrer dans le cabinet de consultation ou en sortir, arborant des toilettes extravagantes.

Elle avait un travail complètement idiot dans une agence de publicité et élaborait des projets parfaitement imbéciles. A quel propos lui avait-elle cassé les oreilles la semaine dernière ? Ah oui ! Des bonbons à la menthe. Elle avait été chargée de faire une enquête sur la raison pour laquelle les gens suçaient des bonbons à la menthe, en particulier ceux qui étaient enrobés de chocolat, dans le but de mettre au point une campagne publicitaire qui fasse mouche en tapant pile sur le ressort émotionnel concerné.

Elle lui avait expliqué que les suceurs de menthe pure étaient différents de ceux qui la préféraient enrobée de chocolat, lesquels différaient eux-mêmes des adeptes des friandises en barre. Et savait-il pourquoi ? Il n'en avait aucune idée. Et savait-il que dans les amateurs de chocolat à la menthe il y avait deux sortes de gens ? Ceux qui voulaient du chocolat à goût de menthe et ceux qui ne juraient que par la menthe chocolatée.

Ensuite elle avait demandé à Frank s'il préférait manger beaucoup de petits bonbons à la menthe ou en avoir un gros morceau à la fois. Et quelle consistance aimait-il ? Lisse et crémeuse ou molle et sèche ? Aimait-il sucer de la menthe après un repas, ou au cinéma, ou simplement comme en-cas ?

Il avait senti l'eau lui venir à la bouche tout en s'efforçant inutilement de trouver une interprétation psychanalytique à ces propos. Elle avait le don de vous bloquer complètement. A n'en point douter, il y avait quelque chose qui devait l'ulcérer à un point tel qu'elle évitait soigneusement d'en parler. Il allait la laisser divaguer à sa guise encore un moment, dans l'espoir qu'elle finirait par s'en lasser, et ensuite il tenterait de la faire passer à des choses plus sérieuses.

En rentrant chez lui ce soir-là, il s'arrêta à un kiosque à journaux pour acheter un York Peppermint Patty et une boîte de Junior Mints, les consommant à tour de rôle, une bouchée de l'un, une bouchée de l'autre, pour essayer de voir ce qu'elle avait bien pu vouloir dire.

En quittant Colombus pour s'engager dans Broadway, Frank se dit une fois de plus que la vie était pour lui un spectacle et non quelque chose à quoi il participait activement. Il avait souvent l'impression de ne pas avoir de vie propre, tant il se trouvait impliqué dans la vie de ses patients. Les autres vivaient mais Frank, lui, il écoutait.

Il connaissait les parents de ses clients, ainsi que leurs amis. Il savait tout de leurs vacances, il était au courant de leurs lectures et n'ignorait rien des films qu'ils avaient vus. Kate avait toujours vu le tout dernier film avant même qu'il ne soit sorti dans les salles et elle lui racontait le dernier roman alors qu'il n'était même pas encore publié. C'était elle qui le mettait au courant de tout ce qui était dans le vent.

Ça finissait par devenir exaspérant. Le plaisir qu'il aurait pu éprouver en allant voir un film se trouvait irrémédiablement gâché par l'une ou l'autre de ses malades qui avait été profondément affectée par ce film. Et il fallait tout passer en revue dans le moindre détail, si bien qu'il n'y avait plus aucun suspense pour lui.

Il considérait cela comme un inconvénient grave du métier qu'il exerçait, et chaque fois qu'il allait assister à une réunion de la Société psychanalytique de New York, où on l'invitait comme membre provisoire, il ne manquait jamais de soulever ce point au moment des cocktails, trouvant là un sujet de conversation susceptible de mettre en valeur ses qualités d'homme du monde et son sens de l'humour.

« Ça ne vous ennuie pas, vous, quand vos patients vous parlent des films qu'ils ont vus ? demanda-t-il un mardi soir à une blonde accorte au cours d'une réception qui avait lieu dans les salons Frieda Fromm Reichmann.

— Pardon ? dit-elle.

— Oui, je veux parler du dénouement. Faut toujours qu'ils vous disent comment ça finit. »

Il fit un grand geste en souriant, la femme haussa les épaules et lui tourna le dos.

Il savait ce que ses clients préparaient pour leurs repas et quels cadeaux ils faisaient à leurs secrétaires. Il savait quels magasins soldaient leurs marchandises et quelles compagnies aériennes pratiquaient les meilleurs tarifs. Il savait comment ils faisaient l'amour et ce qu'ils disaient à leur partenaire au moment de l'extase. Il était une encyclopédie ambulante de *la vie quotidienne** car toute l'actualité défilait devant lui avec les divagations de ses clients. Il n'était plus qu'un figurant et il en arrivait à se demander où se terminaient ces existences et où commençait la sienne. En fait, avait-il vraiment une vie à lui ? Sa vie n'était-elle pas vécue dans le miroir de toutes ces autres vies ?

Par exemple, deux soirs plus tôt, il s'était arrêté dans une petite épicerie coréenne pour s'acheter de quoi manger. Epuisé comme d'habitude, bousculé par les yuppies qui emplissaient la minuscule boutique, il avait regardé les rayons d'un œil figé, saisi de cette frayeur qui lui était venue récemment à l'idée que l'un de ses clients risquait de surgir et de le surprendre à un moment où il était lui-même. Mais, au lieu de se demander de quoi il avait envie, il vit défiler en lui la liste de ses patients, chaque nom suggérant automatiquement la nature de l'emplette effectuée. Tim achèterait un pack de six bouteilles de bière sans le moindre complexe. Tony irait au comptoir des crudités pour se composer une salade, prenant bien soin de ne rien choisir qui ait une couleur rouge : pas de tomates, pas de radis ni de betteraves, ni de chou rouge, et pas de carottes non plus car l'orange c'est vraiment très proche du rouge.

Cynthia achèterait un paquet de biscuits enrobés de chocolat. Elle engloutirait le tout et le vomirait peu de temps après. Quant à Kate, voyons, elle achèterait une botte d'asperges primeurs et une douzaine d'œufs bien frais et elle se ferait le plat paysan italien qu'elle lui avait décrit un jour. Il avait dû reconnaître que ça paraissait bon. Des asperges cuites lentement à la vapeur, recouvertes d'œufs cuits sur le plat, à feu doux, le tout saupoudré de parmesan — râpé à la main, et tout frais, attention ! — et passé au four juste une petite minute. Un verre de vin bien frappé et une baguette croustillante.

Bon Dieu, le voilà qui parlait comme elle. Il resta plongé dans cette rêverie, avec un sourire niais, puis finit par se secouer. Tout cela était parfaitement ridicule ! Qu'est-ce que je prends, moi ? Il frappa le sol d'un pied irrité. Il n'en avait aucune idée. Il finit par opter pour un avocat et un *taco* garni de frites. Eh bien, oui, lui, Frank Manne, il allait se faire du *guacamole*. Ce n'était pas très difficile. Et il s'accorderait peut-être une petite récréation : il regarderait la télé.

C'était difficile de jouer le rôle de directeur de conscience, de supporter, de confesseur, d'être à la fois le point de ralliement, le papa poule, l'ami sévère mais tendre, le fantôme de l'être aimé, le rival, la perfection incarnée. C'était difficile, mais Dieu que c'était exaltant !

Merde ! Il n'avait pas le temps de se prendre un petit déjeuner. Pas question de courir le risque de rencontrer son client, un sac de chez Burger King à la main, et de se retrouver en face de lui dans l'ascenseur. Ça ferait vraiment commun ! D'ailleurs il n'aurait pas le temps de manger, de toute façon, et ça finirait par refroidir.

Il obliqua à l'angle formé par le Burger King, qui semblait l'inviter à entrer, et s'engouffra dans l'immeuble où se trouvait son cabinet, son confessionnal ensoleillé, comme il aimait l'appeler.

Ce qui l'agaçait, c'était que son bureau paraissait plus accueillant que son appartement. Il le partageait avec deux autres psychologues, ce qui lui permettait d'en assumer le loyer.

Frank ne dit pas un seul mot au liftier, qui se contenta de le regarder en hochant la tête et le fit monter, sans demander quoi que ce soit, jusqu'au dixième étage. Il éprouva un incontestable soulagement en constatant que son premier client, un certain Beau Appleman, n'était pas en train de l'attendre à la porte comme c'était son habitude. Il chercha ses clés et entra, prenant au passage le courrier de la veille. Puis il alluma la lumière et l'interphone blanc dans la salle de réception.

Une fois dans son bureau, il posa son porte-documents et enleva son pardessus pour aller l'accrocher à un cintre dans le placard, hors de la vue de tous. Il aimait donner à ses patients l'image d'un homme calme, imperturbable, comme s'il passait sa vie à les attendre dans son cabinet, assis sur cette chaise. Il se disait qu'ainsi il aurait mieux l'apparence d'une toile vierge, s'ils ne voyaient pas qu'il était astreint aux mêmes contingences qu'eux.

Il entrouvrit la fenêtre et abaissa légèrement le store pour que le soleil matinal n'atteigne pas ses yeux. Il s'assura que ses livres étaient bien alignés et vida la corbeille dans le vide-ordures, au fond du couloir, observant au passage les détritus laissés par ses patients : un sac à croissants de chez Zabar, des Kleenex mouillés de larmes, un papier qui avait enveloppé un Almond Joy, les pages économiques du *Times*, un prospectus d'Athlete's Foot, un étui de rouge à lèvres de Chanel. Celui-là, il devait provenir de Kate.

Passant son bureau en revue, il songea à l'ardeur avec laquelle Kate inspectait le décor où il vivait, critiquant tous les nouveaux objets qu'il y introduisait. Rien n'échappait à son regard.

Il s'était équipé d'un divan spécial pour la psychanalyse, un modèle courant n'aurait pu le satisfaire ; il voulait le vrai divan, avec le rebord en saillie au niveau de la tête. Il avait encadré quelques posters et des estampes, un nu grand format de Zuniga et le détail d'un tableau de Matisse.

Le Zuniga, Kate l'aimait plutôt, mais elle trouvait le Matisse trop voyant. Elle avait peut-être raison. Il rectifia la position de l'un des tableaux et fit une légère grimace en se rappelant le jour où Kate avait critiqué le cadre qu'il avait choisi. Elle devait avoir raison, là encore.

Sur le sol, il y avait un tapis vert pastel et prune de chez Conran, sur lequel trônaient deux chaises orthopédiques. Il tenait beaucoup à donner cette impression d'égalité : son siège était le même que celui du patient.

La pièce paraissait lumineuse, aérée, meublée au minimum. Agréable. Il y avait une bibliothèque qu'il avait assemblée lui-même et emplie de livres de psychologie. Les espaces vides, il les avait garnis avec des coquillages, un vase que sa sœur lui avait donné et une pendule où il pouvait lire l'heure de l'autre bout de la pièce.

Soudain, il s'aperçut que la lampe témoin de son répondeur clignotait. Ça alors ! Il avait quitté ce local à huit heures du soir la veille et maintenant, moins de douze heures plus tard, ça clignotait déjà ! Il passa le message. C'était Beau Appleman qui annulait son rendez-vous à cause d'un mauvais rhume. Bordel ! Lui, il ne se serait jamais permis de rester chez lui pour un motif aussi futile. Il allait au boulot, par vents et marées. Il n'y avait vraiment pas de justice.

Il se laissa tomber sur la chaise réservée à ses clients, en proie à un profond découragement. Il n'avait même pas eu son café et son croissandwich! Il jeta un coup d'œil alentour et vit son cabinet sous une perspective différente. Ça fait donc cet effet-là d'être assis sur cette chaise et de le regarder.

Il avait souvent réfléchi au rôle joué par le psychanalyste dans la vie contemporaine. En somme, l'analyste n'était rien d'autre qu'un philosophe moderne qui montrait aux autres les choix qu'ils pouvaient opérer pour mener leur existence. Il avait la conviction que la société souffrait d'un morcellement excessif. Les gens étaient complètement coupés de leur moi profond. «Nous ne nous connaissons même pas nous-mêmes, alors comment pourrions-nous connaître les autres? avait-il écrit dans son dossier de candidature à l'institut. Ce n'est qu'en nous connaissant nous-mêmes que nous pouvons espérer découvrir le sens profond de la vie. Le cosmos se trouve en nous et il faut avoir le courage de le regarder en face. Lorsque nous aurons appréhendé le moi divin qui est en nous, nous verrons ce même moi divin chez les autres.»

Il déplorait l'absence de spiritualité dans la vie moderne. La plupart des gens étaient secs, totalement dépourvus de magie et de mystère. Kate en était un exemple parfait. C'était une femme intelligente, mais elle s'embourbait complètement dans sa propre existence. Pourquoi? Parce qu'elle n'avait aucun contact avec son moi profond.

Que pouvait-il y avoir de plus passionnant que cette quête spirituelle, cette exploration des recoins les plus cachés de l'être humain, cette pénétration dans les cryptes les plus obscures, pour ouvrir grandes les portes et laisser la lumière entrer à flots?

Il se demandait pourquoi le monde entier ne voulait pas se consacrer à la psychanalyse. L'analyste avait la possibilité de jouer un rôle plus important que quiconque, car il pouvait se jucher sur une sorte de perchoir d'où il était à même d'observer sans le moindre risque le sang et les entrailles de ses contemporains. En somme, il pouvait jouer avec le feu sans le moindre danger de se brûler.

Le silence était total dans le cabinet de consultation, ce qui le surprenait, car d'habitude il était toujours empli de voix humaines. Frank savourait ce calme et cette solitude. Il inspira profondément et poussa un soupir. Quelques minutes plus tard, il dormait à poings fermés.

Boris aime New York

Pour Boris, les journées passaient trop vite dans un tourbillon accéléré par le froid vif qui sévissait alors. «New York en janvier», chantonnait-il sur l'air d'«Avril à Paris», tout en poussant sur ses patins de location, à Rockefeller Center, regardant les gratte-ciel massifs qui défiaient le ciel sévère et gris.

Pour le Russe qu'il était, la perspective de devoir repartir le plongeait facilement dans un désespoir morbide quand il se disait qu'il serait bientôt de retour à Paris, couché sur un matelas, à même le sol, dans son studio, écoutant cette stupide radio française, regardant les tours de Saint-Sulpice juste en face, avec ces vitraux luisant au clair de lune. Il se demanderait alors: j'y suis vraiment allé là-bas? A New York? En hiver?

Cette pensée renouvelait son ardeur, le poussait à jouir de l'instant présent pour que son plaisir alimente le rêve qu'il allait devenir.

Il vivait des journées de vingt-quatre heures, ses longues promenades de la journée suivies par une succession de nuits enfumées dans les clubs de jazz de Greenwich Village. Et, pour couronner le tout, il osait s'embarquer dans le métro pour regagner l'appartement de Park Avenue, à trois heures et demie du matin, avec pour seule compagnie les voyous complètement camés qui réintégraient leurs pénates.

Le matin, il repassait les enregistrements des interviews destinés à fournir la matière pour les articles qu'il allait écrire, s'écoutant parler anglais en sirotant le contenu de plusieurs bouteilles de scotch. Mais, en fait, c'était surtout New York qu'il buvait, il s'enivrait littéralement de la turbulence de cette cité, arpentant avenues et ruelles, s'imprégnant de la pugnacité qui conférait à la métropole son atmosphère électrique.

Ce qu'il aimait ces billets de banque américains! Ces dollars verts, avachis et imbéciles, la monnaie papier vulgaire et arrogante qui dominait l'univers, avec ces pièces naïves qui, elles, ne cherchaient nullement à en imposer. Les billets américains paraissaient ridicules à côté des roubles russes chargés de gravité et de sens historique, et des francs français hautains et élégants. Mais ce qui comptait à ses yeux, après tant d'années, c'était d'en avoir enfin dans son portefeuille.

Ce qu'il préférait à New York, c'étaient les quartiers populaires car c'était là que l'on trouvait le vrai parfum de la ville, du vieux New York. D'ailleurs, l'élégance, il en avait suffisamment à Paris. Park Avenue, Madison Avenue, la Cinquième Avenue n'arrivaient pas à la cheville de la rue de Rivoli, de l'avenue Foch ou du Faubourg-Saint-Honoré. Rockefeller Center était kitsch à côté de la place Vendôme. Pouvait-on comparer Staten Island à l'île de la Cité? Ou St. Patrick's à la Sainte-Chapelle? Alors, il préférait s'en tenir à la marginalité.

Il écumait Canal Street, cette rue borgne qu'il aimait entre toutes, avec l'état d'esprit d'un grand de ce monde. Il cherchait toutes sortes de trésors dans ce pullulement de bric-à-brac. Quel régal, une véritable aubaine pour un inconditionnel du marché noir! Il se retrouvait dans son élément, il retrouvait le fouilleur de poubelles que le système soviétique avait fait de lui.

Il découvrit des gadgets électriques qui n'auraient

jamais existé à Moscou et qui auraient coûté les yeux de la tête à Paris. Là, ça valait seulement un dollar !

Ce qu'il appréciait le plus, c'est que personne ne hurlait quand il farfouillait dans les présentoirs. On avait même l'air de l'y encourager. Il trouva des pièces de transistor insolites, des douilles de lampes, des enjoliveurs, des éponges géantes, des gants en caoutchouc, des cordes, des cubes en plastique et des objets dont il ne voyait vraiment pas l'utilité. Oh ! Qu'elle est belle, l'Amérique !

Il avait fait une affaire formidable, un four à micro-ondes d'origine louche que de jeunes gommeux lui avaient vendu dans la 14e Rue. Un truc absolument fantastique, on se serait cru au cinéma : une fourgonnette pile à mort, dans un hurlement de pneus, les hayons arrière s'ouvrent en grand, deux types sautent à terre et se mettent à bazarder des articles indiscutablement volés.

Naturellement, à Moscou, il en avait acheté des marchandises au marché noir, mais tout se passait dans le secret, il fallait connaître les trafiquants. Ici, tout se déroulait au grand jour ! Et dans une allégresse que l'on ne peut trouver que dans les pays capitalistes. Il était resté un moment à admirer les regards furtifs des margoulins qui guettaient l'arrivée des policiers et avait beaucoup apprécié leur façon d'attirer les clients : « Dépêchons-nous, m'sieurs-dames, psalmodiaient-ils, dépêchons-nous ! Vingt-cinq dollars pièce. Deux pour quarante dollars ! »

Comme si quelqu'un pouvait avoir envie d'acheter deux fours à micro-ondes !

Il n'avait pu effacer le sourire stupide de son visage en descendant la rue, serrant bien sous son bras le premier appareil électrique de la General Electric qu'il ait jamais eu en sa possession. Il était fier du logo de la GE, fier de cet emballage sur lequel on avait dessiné en couleurs des sandwiches grillés avec du fromage fondu qui dégoulinait sur les côtés, des pommes de terre et du bacon cuits au four, et des petits gâteaux enrobés de chocolat.

Ah! Si seulement sa mère pouvait le voir en ce moment! Il essaya d'imaginer quel effet ferait ce four, si étincelant, si américain sur la table de sa cuisine à Paris.

Il avait demandé à Katia — c'est ainsi qu'il appelait Kate — de l'emmener chez Bloomingdale et il s'était acheté un mini-slip de couleur avec «Bloomie's» écrit sur le derrière. Il était bien certain que les Parisiennes allaient le trouver très sexy, bien qu'il n'en eût rien dit à Kate.

Son travail terminé, elle l'emmenait en promenade dans Manhattan. Un soir ils étaient allés à Chinatown et ils avaient mangé des plats invraisemblables qui l'avaient véritablement enchanté. Un peu plus tard, ils s'étaient attablés dans un restaurant minable et il l'avait laissée commander le menu. Et c'est ainsi qu'il avait mangé son premier *cannoli*, le faisant descendre (c'est elle qui avait utilisé cette expression vulgaire) avec un cappuccino.

Il se croyait au paradis, d'autant plus que Frank Sinatra chantait à la radio. Il était là, en plein cœur de la ville de la Mafia, regardant par la fenêtre les gangs de voyous qui évoluaient dans la rue. Tout cela n'avait rien de bien rassurant mais, comme Katia avait l'air de trouver ça naturel, il s'était dit qu'il n'avait aucune raison de s'inquiéter.

Ah! C'était une New-Yorkaise qui n'avait pas froid aux yeux! Elle l'impressionnait et l'épouvantait tout à la fois. Il fallait la voir enjamber les clochards affalés dans le métro. Quelle hardiesse!

«Cesse de respirer un moment, disait-elle en parlant du nez, l'odeur est absolument abominable.»

Elle avait un œil de lynx et, sans avoir l'air de rien, elle lui faisait faire un détour pour passer au large des vagabonds qui pissaient dans les ruelles ou se piquaient au crack sur les perrons des immeubles en pierre de taille. Elle savait reconnaître les simulateurs de ceux qui étaient réellement dans le besoin. Quand un petit malin lui demandait si elle n'avait pas une pièce en trop, elle le regardait bien en face et répliquait : «Tu pourrais me dire, mon pote, ce que c'est une pièce en trop? Moi, mon gars, je bosse et c'est dur, crois-moi. Alors les pièces en trop, moi, connais pas.»

En revanche, pour ceux qui étaient vraiment sans abri, il en allait tout différemment. Il y en avait quelques-uns qu'elle connaissait bien et elle achetait pour eux un gobelet de café et un petit pain au lait quand elle savait qu'elle passerait sur leur trottoir.

Elle savait jouer des coudes dans un wagon de métro archibondé pour aller s'installer au meilleur endroit pendant les heures de pointe. Quand elle traversait la rue en dehors des clous, on aurait dit une danseuse de ballet et il n'en revenait pas de la voir arrêter l'unique taxi qui passait dans une rue encombrée alors qu'il tombait des cordes.

Un jour ils allèrent au Met pour voir l'exposition de costumes. La file d'attente était si longue que Boris, après y avoir jeté un simple coup d'œil, déclara sans ambages :

«Non, merci, très peu pour moi. J'ai passé mon existence à faire la queue en Russie, pas question de recommencer ici.»

Et il lui avait pris la main pour l'éloigner.

«Arrête de déconner», avait-elle dit en l'emmenant en tête de la file d'attente. Et quelle n'avait pas été sa stupéfaction en la voyant dire d'un air très ennuyé à l'employé chargé du service d'ordre qu'elle venait de sortir de l'exposition et qu'elle avait oublié de reprendre son chapeau au vestiaire. Pouvait-il la laisser aller le récupérer? Et ils avaient pu entrer tous les deux.

Elle s'accommodait des mesquineries quotidiennes de la vie à Manhattan avec une telle insouciance que Boris avait souvent l'impression qu'elle n'en voyait aucunement le côté sordide et offensant. Mais il savait qu'elle était sans cesse aux aguets pour éviter le faux pas qui pourrait aboutir à un désastre.

Elle avait également le chic pour profiter au maximum des occasions uniques qui pouvaient se présenter et qui rendaient si agréable la vie à Manhattan. Arrivages exceptionnels de saumon chez Zabar, soldes monstres chez Saks. Elle était toujours dans les premières au bon endroit.

Ce n'était pas tellement la visite des hauts lieux du tourisme qui impressionnait Boris, c'était la simple joie de se trouver là, de vivre la vie des New-Yorkais, de se faire bousculer dans le métro, d'avoir accès à un annuaire du téléphone empli des noms russes de sa jeunesse, d'utiliser les cabines qu'il avait vues dans tant de films, de se faire mal au poignet à force de zapper sur des chaînes câblées.

Il n'était jamais blasé. «Fantastique», ne cessait-il de répéter à mi-voix avec son accent à couper au couteau. Des femmes superbes avec leurs lèvres carmin. Les hommes d'affaires en complet trois-pièces. Les nantis en limousine. Les serveurs qui étaient des acteurs. Les flics de New York en uniforme bleu, qui jouaient du bâton. Et tous les gens qui se démenaient comme des fous, essayant de réaliser quelque chose, de réussir, de devenir riches.

«Katia, s'il te plaît», disait-il en lui tendant son appareil photo.

Il voulait qu'elle le prenne à tout instant, dans les endroits les plus invraisemblables, en face d'un parcomètre, devant un taxi jaune, près de Macy's, assis dans un bus de la Cinquième Avenue.

«Je vais l'envoyer à ma mère», expliquait-il en prenant la pose, et elle le regardait en se demandant comment cet intellectuel de poète russe pouvait se conduire d'une manière aussi infantile. Mais Boris s'en moquait complètement, il se contentait de babiller gaiement, tandis qu'elle appuyait sur le bouton :

«Comme ça, elle verra que j'ai enfin réussi à arriver dans *ma* ville. »

Pendant une promenade, il lui parla un jour de l'exposé qu'il avait dû faire, à douze ans, devant ses camarades de classe sur un sujet de son choix.

«Je leur ai parlé de New York pendant deux heures. L'Empire State Building, Broadway, Greenwich Village. Et, attention, ce n'est pas comme si j'avais pu aller dans une bibliothèque pour me documenter sur New York. New York n'existait dans aucun livre en Union soviétique ! » Le souvenir de cette prouesse le rendait très fier de ce jeune Boris qui avait quand même réussi à rassembler toutes ces informations.

«Vraiment, raillait-il, les Occidentaux ne connaissent pas leur bonheur. » Par exemple, savait-elle qu'il n'y avait rien, en Union soviétique, qui ressemblât à un annuaire téléphonique ? Quand on ne connaissait pas le numéro de quelqu'un, eh bien, on s'abstenait de lui téléphoner, tout simplement. Et il n'existait aucun plan de la ville. Si vous ne saviez pas où se trouvait l'endroit où vous vouliez aller, vous n'aviez qu'à rester chez vous.

Les magasins n'avaient pas de nom. Ils appartenaient à l'Etat et on allait chercher son pain à la boulangerie numéro 307 et sa viande à la boucherie 636.

Savait-elle que Moscou n'était pas éclairé la nuit ? Il n'y avait pas de réverbères ni même d'enseignes au néon pour illuminer les façades. L'intérieur des boutiques était éclairé par des ampoules nues de faible puissance qui jetaient leur chiche clarté sur des rogatons lamentables, les seules marchandises que vous pouviez trouver si la malchance vous contraignait à ne pouvoir faire vos courses qu'après le travail.

La ville était désagréable, rébarbative ; la seule chaleur que l'on pouvait y trouver, c'était dans les bras de l'être aimé ou chez votre ami le plus cher quand, les rideaux une fois bien tirés, vous leviez vos verres emplis d'une vodka qui n'était qu'un tord-boyaux fabriqué à l'échelon industriel.

Il raconta avec une certaine gêne qu'il apportait toujours son ampoule dans la cuisine commune, quand sa mère lui demandait d'aller faire chauffer de l'eau.

« Parfaitement, ma chérie, dit-il avec impatience. Il faut apporter son ampoule quand on veut préparer le repas. Tu visses ton ampoule, tu fais la cuisine, et quand tu as fini, tu la remportes. Toutes les familles font ça. »

Cette fois, il était lancé.

« Les jeunes Américains, quand ils arrivent à l'âge de dix-huit ans, c'est pas dans l'armée qu'il faudrait les envoyer, c'est en Union soviétique pendant un mois », ajouta-t-il d'un air convaincu.

Il était certain qu'une telle pratique mettrait fin à la mélancolie qui, selon lui, imprégnait toute la culture occidentale. Tous des névrosés ! Il était choqué de voir un tel vide dans les yeux des Américains. Ils se contentaient de consommer la vie comme si ç'avait été une nourriture insipide. De l'argent à gogo, mais pas d'âme.

Pour eux, la vie consistait à acheter sans cesse et, une fois qu'ils avaient acheté, ils ne parvenaient pas à comprendre pourquoi ils étaient malheureux. Et toutes ces interminables discussions sur la nouvelle voiture qu'ils voulaient pour remplacer celle qu'ils avaient déjà. Et cette façon de se mettre en rogne quand le serveur leur disait qu'il n'y avait plus de crevettes au menu !

Un jour il alla tout seul à Brighton Beach, dans Brooklyn, pour voir comment vivaient les Juifs russes qui venaient de fuir l'Union soviétique. Il déambula dans les rues du quartier qu'ils avaient baptisé la Petite Odessa. Ce qu'il y vit le dégoûta et le déprima. Ces gens avaient transplanté à New York le mode de vie stupide qu'ils avaient eu en Russie. A quoi bon quitter l'Union soviétique si c'était pour reproduire des habitudes malsaines, vulgaires et débiles ? Il fut écœuré de voir la trivialité de ces émigrés, leur hargne capitaliste ! Ils s'étaient tout simplement vendus et pour quel résultat ? Ils avaient perdu leur âme, leur grâce, la noblesse de leur condition de Slaves. Et maintenant ils allaient finir leurs jours dans cet enfer hybride américano-soviétique qu'ils s'étaient eux-mêmes forgé.

En revanche, il apprécia beaucoup les magasins d'alimentation russes et il acheta des spécialités qu'il offrit à Katia avec ravissement. L'une des choses qui lui manquaient le plus, c'étaient les cornichons russes. Il mangea tant de cornichons pendant son séjour qu'elle finit par l'appeler «mon petit cornichon», en russe.

Mais c'est le jour où il acheta des *pilmeni*, variétés ukrainiennes de ravioli, qu'il se rendit compte que Katia avait une âme de Russe. Il le vit à la vénération qu'elle manifesta dès la première bouchée. Il la fit asseoir, comme une enfant obéissante, devant la table pendant qu'il les cuisait avec soin dans du bouillon de poulet, puis il les apporta tout fumants pour les poser devant elle et s'assit à ses côtés, garnissant les pilmeni avec de la crème sure et de l'aneth fraîchement ciselé. Et ils dégustèrent ce régal avec le plus grand sérieux, enlevant de leurs baisers la crème qui leur tachait les lèvres.

Maintenant, pour lui, elle était devenue Katia. C'est ainsi qu'il aimait l'appeler. Il chuchotait son nom, comme un bébé, le psalmodiait de toutes les manières : Katia, Katinka, Katerina, mais jamais Kate. Cette fille tendre et toute chaude, c'était son trésor à lui, un mélange extraordinaire de douceur russe et de fougue américaine. La partenaire idéale pour les jeux de l'amour.

Sans compter qu'elle lui avait apporté une aide précieuse en mettant New York à sa portée, lui fournissant la touche personnelle dont il avait tant besoin. Elle servait de lien avec la cité de ses rêves. Il aimait la vie qu'elle menait, cet emploi stupide mais fascinant dans le monde de la publicité, et aussi son appartement, son chat moucheté.

«Envoie-moi Boo à Paris, chantonnait-il, et je lui donnerai du *pâté**.»

Il parlait toujours français à Boo.

«Ma grand-mère m'a toujours dit qu'il fallait parler français aux chats, allemand aux chiens et anglais aux gens», dit-il à Katia qui riait de ravissement. Il écouta avec le plus grand sérieux quand elle lui expliqua que Boo était le type même de la chatte de luxe des quartiers de l'Upper East Side. Elle raffolait du poulet rôti (surtout quand il était encore chaud), acheté à l'épicerie fine, elle adorait avoir une manucure (Katia, qui lui faisait les ongles), et une coiffeuse (Katia, qui lui brossait les poils).

Il trouvait touchante la simplicité tout américaine de Katia. Ça le changeait vraiment de ces Françaises qu'il méprisait. Rien à voir avec les grands airs et les jérémiades de ces mijaurées. Pourtant, pour lui, Katia n'était pas *la* Femme. Une femme, ça devait être quelque chose d'inaccessible, de mystérieux, d'inexplicable. Katia était trop ouverte, trop consentante, trop ardente. Cette façon qu'elle avait de se laisser tomber à côté de lui sur le canapé, comme un chiot. Non, décidément, il aurait préféré devoir lutter pour vaincre une résistance.

Il le savait bien, c'était son problème à lui, mais il n'avait aucune envie de chercher à en savoir davantage sur ses propres sentiments ni à modifier son état d'esprit. Finalement, il préférait garder ses distances. Il ne voulait pas établir une relation permanente avec Katia, ni avec aucune femme, d'ailleurs. Il avait trop de poèmes à écrire, trop de romans à cogiter. Il voulait se faire publier et rattraper le temps perdu.

En outre, dans quelques jours, il allait retourner à Paris.

Kate aime Frank

Le lendemain du jour où elle avait fait l'amour avec Boris pour la première fois, Kate dit au Dr Manne une chose qu'il attendait depuis huit mois. Au lieu de lui annoncer qu'elle avait fait la connaissance de Boris et qu'elle avait enfin couché avec un homme après avoir pratiqué une abstinence forcée pendant deux ans, elle lui dit ce que d'innombrables autres femmes bouleversées ont avoué à d'innombrables autres psychanalystes ahuris. Elle lui dit qu'elle l'aimait, qu'elle voulait l'avoir pour amant, que dans ses fantasmes elle le voyait faire l'amour avec elle.

Pourtant, elle aimait bien Boris ; elle l'aimait même beaucoup. Son côté exotique, sa drôlerie lui donnaient la certitude qu'elle aurait beaucoup de bon temps avec lui. Et elle était soulagée — enthousiasmée, plutôt — à l'idée qu'un homme la désirait de nouveau et qu'elle avait un amant pour lui tenir chaud par ces froides nuits d'hiver.

Seulement, Boris habitait Paris et il allait la quitter dans quelques semaines. Etait-ce bien judicieux de s'attacher à lui ? En revanche, le Dr Manne l'avait obsédée depuis des mois et des mois, une obsession qui avait grandi lentement mais qui, maintenant, avait atteint son paroxysme.

Tout en lui avouant son amour, Kate était furieuse contre elle-même. Elle avait l'impression de lire un rôle dans une pièce, de réciter consciencieusement les répliques laborieuses et bourrées de clichés d'une femme qui faisait une analyse freudienne traditionnelle.

Juste avant de commencer les séances avec le Dr Manne, Kate avait lu plusieurs livres de Freud et avait appris, à sa grande surprise et avec une horreur sans mélange, qu'elle allait concevoir pour son docteur un amour incongru, mais qu'il ne s'agirait pas d'un amour réel — enfin, pas vraiment — et que, d'une certaine façon, cette passion particulière appelée transfert serait le point de départ de la guérison.

En lisant ces lignes, elle s'était juré de ne jamais tomber dans ces stupides excès et c'est pourquoi, maintenant, elle ne parvenait pas vraiment à croire que c'était elle qui énonçait de pareilles insanités. C'était humiliant. Pire encore, c'était du dernier commun. Et Kate avait horreur de la vulgarité.

Mais comment allait-elle parvenir à le convaincre qu'il ne s'agissait pas de transfert, mais d'amour véritable ? Qu'ils étaient faits l'un pour l'autre ? Décidément, cette thérapie n'était qu'une mauvaise plaisanterie concoctée par des forces occultes ; quelle erreur ç'avait été de les faire se rencontrer ainsi dans le rôle de patient et de docteur !

Kate imaginait tous les analystes de la ville assis en face de leur cliente et se donnant toutes les peines du monde pour garder leur sérieux, prendre un air compatissant, plein de sollicitude, et se pencher en avant pour dire avec une infinie délicatesse :

« Allez, racontez-moi. Que voudriez-vous donc faire avec moi, au juste ? »

Et elle entendait les voix des femmes qui lançaient, partout dans Manhattan, ce cri désespéré :

« Non ! Vous ne comprenez pas ! Je vous aime vraiment ! Ça n'a rien à voir avec la thérapie. Je ne suis pas comme les autres ! » Oh ! Ces cris !

Kate resta immobile sur sa chaise. En tout cas, le Dr Manne n'avait pas l'air surpris. Assis en face d'elle, il fixait sur elle un regard attentif, ses yeux bruns pleins de sollicitude et de tendresse, les jambes croisées, les mains sur les genoux, attendant la suite.

Kate sortit un mouchoir en papier de la boîte posée sur une étagère à côté d'elle. Les larmes avaient jailli en abondance, des larmes d'humiliation, des larmes de peur et de colère, de désespoir et d'amour. Que de larmes! Et il n'y avait plus de mouchoirs.

«Pourriez-vous me donner des Kleenex, s'il vous plaît?» demanda-t-elle en reniflant, à la fois gênée et mortifiée de devoir se préoccuper d'un problème aussi trivial après avoir proclamé son amour.

Le Dr Manne s'extirpa de ses méditations psychanalytiques. Bon Dieu! Voilà la confession interrompue pour une simple panne de Kleenex. Début de panique. Le charme est rompu. Intérieurement, il était furieux, mais il espérait donner seulement l'apparence d'un embarras léger. Pris d'une inspiration subite, il sortit un mouchoir de sa poche-revolver et le tendit à Kate.

«Tenez, prenez ça.»

Il ne voulait pas sortir de la pièce pour aller chercher des Kleenex. Kate aurait risqué de se reprendre.

Elle fut choquée par ce geste mais allongea machinalement le bras pour prendre l'objet. En un sens, elle était très touchée mais, en fait, elle n'en voulait pas de ce foutu mouchoir. Ce qu'elle voulait, il ne le lui donnerait probablement jamais. Et puis comment pourrait-elle essuyer son mascara et se moucher dans cet adorable carré de tissu? Elle n'oserait jamais. C'était trop intime.

Et que ferait-elle ensuite? Remporterait-elle le mouchoir pour le laver avant de le rendre? Non, elle ne le rendrait jamais, elle le laverait et le garderait toujours.

C'était vraiment un geste bien masculin: un homme tend son mouchoir à une femme pour qu'elle puisse pleurer dedans. Elle ne pensait pas qu'il y avait encore à New York des hommes qui portaient des mouchoirs en tissu: n'avaient-ils donc pas des paquets de Kleenex dans leur porte-documents? Ce Dr Manne était un véritable héros romantique!

Elle se souvint alors d'avoir lu dans un livre d'Amy Vanderbilt qu'un gentleman devait toujours avoir deux mouchoirs; un pour son usage personnel et un propre pour l'offrir à une dame en détresse. C'était une marque de bonne éducation.

«Je garde toujours un mouchoir propre», disait le père de Kate chaque matin, après le petit déjeuner, quand elle venait le voir nouer sa cravate. Il ouvrait ensuite un tiroir et en sortait un mouchoir. Puis il lui tournait le dos pour ouvrir son pantalon, fléchissait les genoux et rentrait les pans de sa chemise, avant de remonter la fermeture Eclair et faire de nouveau face à sa fille, en bouclant sa ceinture.

C'était le travail de Kate de repasser les mouchoirs et les taies d'oreillers. Elle se souvenait d'avoir passé des heures dans le sous-sol humide avec son affreux sol en ciment, se prenant pour Cendrillon tandis qu'elle repassait soigneusement, l'un après l'autre, les mouchoirs de papa.

«Je ne sais pas s'il est très propre, dit le Dr Manne d'un ton hésitant avant de se rasseoir d'un air gêné.

— Ça ira très bien. Je n'ai pas l'habitude de faire des embarras pour ce genre de choses», dit Kate.

Un silence horrible s'installa pendant qu'elle dépliait le tissu. Ils se faisaient face, sur leurs chaises. La scène se déroulait au ralenti.

«Enfin, quand je dis qu'il n'est pas très propre, je ne veux pas dire que je m'en suis servi, mais simplement qu'il est resté dans ma poche un bon bout de temps.»

Il parlait lentement, choisissant ses mots avec soin.

«C'est parfait», dit-elle.

Elle garda le mouchoir poliment dans ses mains, se tapotant les yeux de temps à autre.

Elle continua de parler en pleurant et lui resta immobile à l'écouter. Elle lui dit qu'elle l'aimait, qu'il était le seul homme qui la comprenait, qui savait ce qui la faisait souffrir et ce qui la rendait heureuse. Bref, il était celui qu'elle avait cherché toute sa vie durant. Lui ne disait pas grand-chose et, quand les quarante-cinq minutes furent écoulées, quand il eut signifié à Kate qu'il était temps qu'elle s'en aille, elle ne sut plus que dire. Elle lui montra le mouchoir et demanda :

« Vous voulez que je le lave avant de vous le rendre ?

— Non, je vais le prendre », dit-il en tendant la main.

Elle trouva ce geste plein de noblesse. Le Dr Manne tendant la main pour reprendre le mouchoir souillé, comme s'il voulait lui enlever sa tristesse en emportant avec lui les larmes qu'elle avait versées.

Kate essaie d'aimer d'autres hommes

Frank se versa un verre d'eau et sortit un paquet de gâteaux de riz d'un petit sac en plastique. Il avait une heure de libre, il allait en profiter pour penser à Kate en savourant sa petite collation.

C'était vraiment un cas typique, un exemple classique des symptômes de notre époque, une jeune femme brillante des années quatre-vingt qui avait réussi une carrière étincelante mais dont la vie personnelle était un véritable désastre.

Indiscutablement, la situation des femmes avait bien changé. Autrefois, elles avaient été les maîtresses du foyer, régnant sans partage sur le royaume des relations personnelles. Maintenant, New York était plein de femmes intelligentes comme Kate, des femmes dont l'intelligence faisait merveille dans la vie professionnelle, des femmes vêtues avec la dernière élégance, impeccablement coiffées et maquillées dans les règles de l'art.

Comparé à elles, l'homme moyen, avec son visage ridé, paraissait bien fade ; mais l'homme, lui, n'avait pas besoin de jouer de son physique pour réussir. Ces légions de femmes, avec leurs chaussures de jogging aux pieds, rentraient chez elles le soir abattues par la défaite, pour retrouver un appartement vide et se consoler avec des glaces Häagen Daz.

Indiscutablement, se disait-il, chaque génération se trouve confrontée à un problème particulier ; ce combat, cette dissociation, c'était le destin tragique de ces femmes d'aujourd'hui.

Ce qui le fascinait, c'était de voir les femmes s'identifier avec ce qui leur manquait pour réussir leur vie, alors que les hommes se définissaient par ce qu'ils étaient parvenus à avoir. Au lieu de se dire : « Je suis une des meilleures rédactrices publicitaires de New York, j'ai un appartement fabuleux, une vie passionnante, une garde-robe luxueuse et un physique de rêve », Kate se voyait comme une femme sans séduction qui avait raté sa vie parce qu'elle ne s'était pas mariée.

Un homme dans la même position s'identifierait avec les côtés positifs de son existence ; il en tirerait de profondes satisfactions d'amour-propre. Le fait de ne pas avoir de femme serait ressenti comme un obstacle mineur, facile à surmonter, qui n'affecterait nullement l'image qu'il aurait de lui-même.

Pourtant, Dieu seul pouvait savoir quels efforts elle avait faits pour rencontrer un homme dans cette ville maudite. Mais lui, que pouvait-il faire ? Absolument rien ! Il l'avait écoutée raconter les tentatives, les stratagèmes, les expéditions qu'elle avait multipliés pour se lancer dans des activités qu'elle aimait dans l'espoir de rencontrer l'âme sœur. Et tout cela pour rien.

Par exemple, comme elle adorait la lecture, elle s'était inscrite dans un club de la 92e Rue pour assister à une série de séances consacrées à la lecture de poèmes. N'était-ce pas une excellente idée ? Pourtant, elle ne tarda pas à constater que l'assistance se composait presque uniquement de femmes venues pour écouter, dans une adoration muette, les auteurs mâles déclamer leurs vers. Où sont donc passés les hommes qui lisent ? avait-elle demandé à Frank. La lecture n'est quand même pas exclusivement réservée aux femmes !

Elle ne s'était pas découragée. Arrivant un peu en retard, juste au moment où on allait éteindre les lumières, elle s'était engagée dans l'allée à la recherche d'une place libre, choisissant celle qui se trouvait à côté de l'homme le plus séduisant de toute l'assistance. Et, chaque fois, il s'avérait que le siège situé de l'autre côté de l'homme qui l'avait intéressée était occupé par une femme possessive qui l'avait forcé à l'accompagner jusque-là.

Kate avait décidé d'adopter cette tactique dans toutes les circonstances possibles. Par exemple, avait-elle raconté à Frank, elle avait observé la manière dont les femmes choisissent leur place dans un train ou dans un bus. Elles optent toujours pour le siège le plus «sûr», c'est-à-dire un siège sans voisin, ou à défaut, un siège libre près d'une femme à l'allure respectable.

Kate avait décidé que désormais elle opérerait d'une manière radicalement différente. Restant un moment à l'avant du wagon ou de l'autobus, elle choisirait l'homme qui lui paraîtrait le plus intéressant et irait s'asseoir sur le siège libre situé à côté de lui.

Elle avait pris goût à ce petit jeu qui lui semblait des plus facile, en fait. Malheureusement, elle n'avait pas tardé à constater que ce comportement effrayait les hommes en question. Impossible d'arriver au moindre résultat, s'était-elle plainte à Frank. Pourtant, il était évident, à voir leur regard s'allumer quand elle arrivait dans le train ou le bus, qu'ils voulaient qu'elle vienne s'asseoir à côté d'eux; mais, dès qu'elle le faisait, ils se plongeaient encore plus profondément dans leur livre ou leur journal, tellement ils étaient gênés à l'idée qu'une femme était venue s'asseoir auprès d'eux alors qu'il y avait tant d'autres sièges inoccupés ailleurs.

Elle s'était inscrite au Club Sierra car elle adorait les randonnées à pied, et tout le monde lui avait dit: «Inscris-toi au Club Sierra, on y rencontre les hommes les plus séduisants de New York.» Et elle s'était attendue à voir des gaillards virils, trempés à la vie en plein air, avec des chemises de flanelle et des cheveux volant au vent. En fait, elle s'était trouvée confrontée à ce qu'elle appelait des mauviettes, des avortons de quarante kilos, des timides hypersensibles, incapables de se tirer d'affaire tout seuls en pleine nature et qui avaient besoin d'appartenir à un club pour se sortir des agglomérations urbaines.

Or, les hommes que Kate aurait voulu rencontrer, c'étaient les adeptes de l'escalade, ceux qui organisaient tout seuls leurs sorties à l'aide de cartes d'état-major. Ces hommes, ils avaient leur voiture, ils portaient des gourdes de whisky et des pitons accrochés à leur ceinture.

« Voyez-vous, avait-elle dit à Frank, des hommes de ce calibre seraient tout prêts à faire l'amour au bord d'un précipice. »

Frank avait dit qu'il comprenait.

Un hiver, elle s'était inscrite à un club de danses folkloriques. Là, au moins, elle s'était fait toucher par des hommes car les danses de type athlétique nécessitaient beaucoup de contact physique. Votre partenaire vous balance dans les airs, on se décale d'un cran et c'est un autre danseur qui vous reçoit dans ses bras.

« Vous vous rendez compte, avait-elle dit à Frank, au cours d'une seule danse, on peut se faire toucher par huit hommes différents ! »

Les soirs de danse folklorique, l'ambiance était chaude, dit-elle à Frank d'un ton sarcastique. Au moins, pour une fois, il y avait à Manhattan plus d'hommes que de femmes, cinq fois plus au moins, et les femmes étaient tellement demandées que les hommes devaient les réserver plusieurs danses à l'avance pour être sûrs d'avoir une partenaire.

« Et alors, demanda Frank, ce n'était pas ce que vous cherchiez ? »

Evidemment, c'était pas mal si on se contentait de marginaux, d'universitaires besogneux ou de types aux longs cheveux graisseux, que les danses anglaises d'autrefois avaient l'air de fasciner. Il y avait aussi beaucoup d'étrangers, surtout des Indiens. Sans doute venaient-ils là parce qu'ils voyaient l'occasion de pouvoir sans risque s'exciter en tripotant les Américaines. Elle raconta à Frank qu'il y avait un Indien, un type rondouillard au possible, qui poussait un grand cri chaque fois que la musique commençait : « Et maintenant, ça va swinguer ! » Et il l'envoyait dinguer à l'autre bout de la pièce avec une telle force qu'elle en avait la tête qui tournait et était obligée de s'asseoir.

Pendant les week-ends, elle faisait de longues promenades à pied sous la pluie et elle prenait un petit déjeuner au comptoir des salons de thé. Elle visitait les musées le dimanche après-midi et les galeries de peinture de SoHo en semaine, à l'heure du déjeuner. Elle faisait du vélo dans Central Park pour tuer le temps, par ces interminables et torrides après-midi de samedi, alors que tous les citadins étaient partis à la campagne ; elle espérait rencontrer un homme qui, comme elle, n'avait nulle part où aller.

Elle se disait que, puisqu'elle était là, il devait y en avoir d'autres dans son cas. Mais elle rentrait toujours seule dans son appartement.

Elle s'inscrivit à un club de remise en forme et tenta de lier conversation avec des hommes dans le sauna, mais elle constata qu'ils étaient trop gênés pour lui répondre.

« Les hommes sont moins hardis que les femmes », dit-elle à Frank.

Il se déclara d'accord avec elle. Kate reprit :

« Si seulement les femmes pouvaient savoir à quel point les hommes manquent de confiance en eux ! Et tout ça, ça vient de la taille de leur pénis ! Je n'arrive pas à le croire ! Voilà ce que toute femme devrait savoir. C'est là que tout commence, c'est là que tout finit. On devrait obliger toutes les femmes à apprendre à dire : "C'est toi qui as le plus gros et le meilleur, et tu sais vraiment t'en servir." »

Frank n'avait pas tellement apprécié ces propos, mais il avait dû reconnaître, en son for intérieur, que ce qu'elle disait était vrai. Beaucoup d'hommes étaient hantés par cette maudite obsession de la performance. Dans tous les domaines il leur fallait toujours être le meilleur. Non, vraiment, ce n'était pas toujours drôle d'être un homme.

Par un beau jour d'été, elle décida de s'inscrire à un club de loisirs, dans Fire Island. Tous les vendredis, elle prenait le train de Long Island, buvant bière sur bière avec les plus séduisants des hommes du groupe, mais sans résultat.

C'est cet été-là qu'elle apprit à haïr les femmes qui se maquillent pour aller à la plage. Et elle expliqua à Frank en quoi consistait le rituel du «six heures». Toutes les femmes célibataires se rassemblaient sur la promenade, un verre à la main, soi-disant pour admirer le coucher de soleil, mais en réalité pour regarder les hommes et se faire voir par eux. Kate dit que cette scène lui rappelait une peinture de Gérôme représentant un marché d'esclaves en Abyssinie.

Elle était écœurée par cet étalage de femmes maquillées, bronzées, agressives comme des vautours, toutes ces bourgeoises à la fortune récente qui attendaient la venue de leur nouveau propriétaire. Ce dernier trait avait fait rire Frank aux éclats.

Kate décrivit l'avidité de leur regard, un regard qui disait : «Je suis prête à tuer, s'il le faut, pour avoir un homme!»

«Vous n'auriez pas un peu tendance à exagérer? demanda alors Frank.

— Mais laissez-moi donc parler!»

Et elle avait continué sa tirade. Celui qu'elle plaignait le plus, c'était le malheureux mâle qui, sans se douter de rien, se serait aventuré dans les parages. Heureusement, comme la promenade comptait dix fois plus de femmes que d'hommes, les femmes passaient le plus clair de leur temps à se regarder les unes les autres.

Et il fallait les voir se regarder les unes les autres!

«Ça valait vraiment le coup», dit Kate. Elles toisaient leurs concurrentes, évaluant leur âge et leur poids, comparant leur sex-appeal, essayant de deviner le degré de désespoir où elles étaient arrivées. Des femmes aigries, des femmes cruelles. Whouff! Une scène horrible. Des femmes qui se pavanaient devant d'autres, lesquelles, assises sur les rambardes, prononçaient leur jugement.

Frank frissonna. Il imaginait Kate au milieu de ces femelles.

Les hommes avaient bien de la chance, lui dit Kate. Ils n'avaient qu'à se donner la peine de naître. Les femmes alignées sur la promenade en étaient arrivées au point de ne plus rien exiger de la part de l'homme, que ce soit l'intelligence, le charme, la personnalité, l'instruction ou même l'argent. Du moment qu'il avait un pénis, c'était tout ce qu'on lui demandait.

Elle prit des cours de jonglerie à la New School. «Initiation à la jonglerie», ça s'appelait; les autres élèves étaient plutôt braques, mais sympathiques. Elle était persuadée de n'avoir aucune disposition pour la chose, mais elle s'y mit bien, faisant même des progrès spectaculaires. Quand Frank venait la chercher dans la salle d'attente, il la trouvait en train de jongler et elle entrait dans le cabinet de consultation en riant, le visage empourpré. Ça avait l'air amusant de jongler, avait-il dû reconnaître.

Et puis, pour finir, il y avait eu les cours d'expression écrite. Ceux-là, il se les rappelait dans les moindres détails car ils avaient eu lieu pendant l'été de l'année précédente et Kate lui en avait fait chaque semaine un compte rendu circonstancié.

Ne trouvait-il pas que l'été était la saison idéale pour suivre des cours d'expression écrite, lui avait-elle demandé, avec toutes ces soirées romantiques dans Greenwich Village, les heures passées dans la brise vespérale, si favorables au flirt et à toutes sortes de possibilités? Au moins un verre de vin après la classe, non ? Elle avait donc décidé de se lancer dans l'apprentissage du roman, des poèmes, des nouvelles, n'importe quoi...

Le premier soir, elle arriva à l'heure pile, en bonne élève qu'elle était toujours. Elle aima beaucoup cette odeur familière des couloirs d'école, un mélange de craie, de parfum et de sueur. Elle chercha la salle dont le numéro était mentionné sur sa fiche d'inscription, regardant à la dérobée les visages de ses condisciples qui paraissaient aussi hésitants qu'elle et qui lui demandaient tous si elle savait où il fallait aller pour suivre ce cours, pompeusement intitulé : « Trouvez votre voix : introduction à l'écriture d'œuvres de fiction ». Tout le monde avait des cahiers flambant neufs, pour prendre des tonnes de notes pendant la séance.

Kate fut la première à entrer dans la salle. Elle s'installa sans hésiter au fond de la classe pour mieux voir les hommes au fur et à mesure qu'ils arriveraient. Pour une fois, elle ne fut pas déçue : les hommes étaient légion.

Et puis le professeur fit son entrée et, comme Kate le raconta à Frank : « Je me rendis alors compte qu'il ne fallait pas chercher plus loin. » Elle était comme électrisée. Mais enfin, se disait-elle, c'est ridicule, avec tous les hommes qu'il y a dans la salle, il faut que toi, tu t'amouraches du professeur !

Il s'appelait Jerome Rosen. Il était dynamique, intelligent, drôle, profond, mais, plus que tout cela, il était d'une humanité touchante et manquait totalement d'assurance. Et il aurait pu être son père. Et après ? Il avait l'air d'un adolescent attardé avec son merveilleux costume kaki tout fripé, son nœud papillon ridicule, ses longs cheveux soigneusement arrangés pour cacher une calvitie bien avancée. Bref, il avait tout de l'étudiant juif, vieilli avant l'âge. Elle eut tout de suite la certitude qu'il embrassait à la perfection.

Jerome promena sur l'assistance un regard attentif,

les femmes d'abord, les hommes ensuite. C'était un regard sans indulgence, pénétrant mais marqué par une pointe d'humour. Il y avait des années qu'il faisait ce cours.

«Il s'agit donc de "Trouvez votre voix", cours numéro 231-E», dit-il d'un ton officiel.

Il mit ses lunettes et sourit. Regardant par-dessus ses verres, il dit:

«Voyez-vous, je sais très bien que vous êtes venus ici pour vous trouver quelqu'un.»

La classe éclata de rire, tout le monde était ravi.

«Bon, maintenant que cela est bien établi, nous allons pouvoir commencer à apprendre comment écrire des nouvelles brillantes et captivantes. Et j'espère, ajouta-t-il avec une naïveté feinte, que vous trouverez l'âme sœur entre ces quatre murs.»

Il leur distribua des fiches à remplir où chacun devait mentionner, outre ses nom et prénom, sa profession et son auteur favori. On se mit à écrire fiévreusement, et il y eut les questions stupides habituelles: «Est-ce qu'il faut qu'on écrive sur la ligne du haut?» glapit une fille. «Qu'est-ce qu'on met quand on a deux auteurs favoris?» cria un grand gaillard du fond de la classe. Puis on passa les fiches vers le centre de la salle et quelqu'un se chargea d'en faire un petit tas bien net qui fut donné au professeur. Il prit les cartes une à une et chaque étudiant, à l'appel de son nom, dut parler de lui-même et dire à tout le monde pourquoi il voulait écrire.

Kate avait eu l'impression que Jerome l'avait tout de suite remarquée, appréciant le vif intérêt qu'elle manifestait ouvertement. Il devait se demander qui était cette fille, à la suite de quelles circonstances elle était arrivée là. Mon Dieu, pourvu que ce ne soit pas une conne, devait se dire Jerome.

Quand il prononça le nom de Kate Odinokov, il fut ravi de voir la manière dont elle levait la main et enchanté qu'elle eût un nom aussi intéressant. Il lui sourit.

«Alors, Kate?

— Bah... euh, j'ai pas mal de temps libre, et j'ai toujours tenu un journal intime... Alors maintenant, je voudrais bien me mettre sérieusement au travail», dit-elle. Puis elle haussa les épaules. Elle sentait sur elle son regard perçant, et éprouvait une certaine gêne.

«Je me demande si j'étais la seule, avait-elle dit ensuite à Frank, ou s'il n'était pas un peu embarrassé lui aussi.»

Le cours avait bientôt pris sa vitesse de croisière, dans la chaleur provocante de l'été. On se retrouva deux fois par semaine pendant dix semaines. Dès que Jerome entrait, il cherchait Kate du regard, elle en avait la certitude. Elle s'était avérée aussi intéressante qu'il l'avait espéré.

Kate avait remarqué depuis des années que la plupart des étudiants se remettaient toujours aux mêmes places que lors de la première séance. Mais, pour Kate, il en allait tout autrement. Elle écumait littéralement la salle. A chaque cours, elle allait à côté d'un homme différent. Jerome avait remarqué son manège, expliqua-t-elle à Frank, et paraissait s'en amuser, la cherchant du regard chaque fois qu'il entrait en classe. Ses efforts pour trouver l'âme sœur s'étant révélés infructueux, elle avait fini par se mettre, toute seule, au bout d'une rangée.

Jerome était intrigué par ce qu'elle écrivait. Elle s'en était rendu compte car quand il leur donnait quelque chose à rédiger en classe, il en interrogeait toujours quelques-uns avant de lui demander à elle de lire tout haut ce qu'elle avait écrit. Il avait l'air charmé par ce qu'il avait entendu et paraissait prêt à parler longuement de son style et du sujet choisi. Mais, au lieu de cela, il se contentait de dire «O.K.» en désignant brusquement un autre étudiant.

A mesure que les semaines s'écoulaient, Kate avait senti s'insinuer en elle une peur indéfinissable. Ce cours mettait tellement l'accent sur la grande littérature et sur la qualité du style qu'elle se trouvait peu à peu réduite au silence. Elle était comme paralysée. Finalement, elle ne réussit même pas à rédiger la moindre nouvelle. Oh! Elle multiplia les tentatives, certes, écrivant des volumes dans son cahier, mais elle se rendait compte que c'était du bavardage qui ne menait nulle part. Il n'y avait pas d'intrigue, aucune motivation, elle n'avait pas d'histoire à raconter. C'était horrible, ce désir d'écrire quand on n'avait rien à dire!

A la fin de chaque séance, en sortant de la classe, elle voyait Jerome parcourir tous les feuillets entassés sur son bureau par des étudiants empressés qui espéraient qu'il allait découvrir en eux un émule de Norman Mailer ou de l'auteur qu'ils admiraient le plus. Elle savait qu'il cherchait une histoire écrite par Kate, une histoire qui ne venait jamais. Elle espérait qu'il trouvait ce silence éloquent, comparé à tous les autres étudiants qui, sans la moindre vergogne, lui apportaient des flots d'âneries en pâture.

Finalement, le dernier jour de classe arriva. Kate n'avait pas la conscience tranquille à l'idée de n'avoir rien donné. Jerome doit me trouver complètement stupide, se disait-elle. Eh bien, elle ferait un geste, un geste plein de poésie, pour le remercier du profond silence dans lequel elle avait été plongée, grâce à lui, au cours des semaines qui venaient de s'écouler. Elle lui fit des madeleines.

«Vous ne trouvez pas que c'est tout à fait le cadeau qui convient à un professeur d'expression écrite quand on est un étudiant qui a perdu sa voix?» avait-elle demandé à Frank. Peut-être que lorsqu'il en tremperait une dans sa tasse de thé, un flot de souvenirs envahirait sa mémoire, lui permettant, à lui tout du moins, de noircir quelques feuillets.

Kate entra dans la classe, tel un automate, et s'assit dans un état de nervosité extrême, attendant l'arrivée de Jerome. Quelques étudiants discutaient avec animation. Maintenant, tout le monde se connaissait bien, après avoir étalé en public ses sentiments les plus intimes pendant les séances de critiques. Son cœur battait très fort.

Jerome entra de son pas traînant, ce brave Jerome qui se passionnait tant pour la bonne littérature, ce professeur si doux, si sévère, et toujours un peu fou. Elle vit qu'il coulait vers elle un regard oblique, pour tourner la tête d'un autre côté. Elle se leva et se dirigea vers lui, à pas rapides, avec son panier de madeleines. Il leva les yeux vers elle.

«Je n'ai rien écrit..., commença-t-elle.

— Je sais, interrompit-il.

— Mais je vous ai fait des madeleines.»

Sa voix se brisa soudain. Elle se trouvait ridicule. Elle n'était plus à la maternelle, où l'on apporte une pomme à sa maîtresse. Et qu'est-ce qui lui permettait de prétendre qu'un panier de madeleines était le juste prix pour ne pas avoir écrit une nouvelle?

Il lui prit le panier et le fourra vite dans son sac à provisions pour que les autres étudiants ne puissent pas le voir. Les madeleines étaient tout écrasées, elles avaient bien piètre allure, car Kate les avait trimbalées avec elle toute la journée.

«C'est quoi, votre téléphone?» demanda-t-il, le crayon prêt à entrer en action.

Interloquée, Kate lui donna son numéro, sans réfléchir. Les étudiants commençaient à s'attrouper autour d'eux, croyant que le professeur parlait de son cours. Ils n'avaient plus le temps de dire «pourquoi» ou «pourquoi n'avez-vous rien écrit», ou «je voulais vous expliquer».

Elle repartit à sa place et fut malheureuse tout le reste de la séance. Jerome leur adressa son discours d'adieu, une allocution pleine d'éloquence dans laquelle il les conjurait de persévérer: «Allez de l'avant, écrivez, soyez brillants, étonnez-moi un jour.» C'était un plaidoyer passionné pour la bonne littérature, leur demandant de croire en eux-mêmes et de se livrer à un véritable travail de création. «Seulement, je vous demande de ne rien m'envoyer à lire, merci beaucoup, maintenant le cours est terminé. J'ai déjà donné, et ce ne sont pas les lectures qui me manquent par ailleurs. Et ne revenez plus assister à aucun de mes cours, vous devez voler de vos propres ailes, de toute façon je n'ai plus rien à vous apprendre. »

Il s'inclina devant eux et leur adressa un dernier remerciement. Le cours était terminé. Tous applaudirent et se précipitèrent vers son bureau.

Kate se leva lentement et quitta la salle sans bruit. De tous les hommes qu'elle avait rencontrés en ces lieux, il avait fallu qu'elle s'amourache du plus inattendu d'entre eux : le professeur. Pendant tout un trimestre, Jerome l'avait regardée passer la salle au crible, et pour finir c'est à son bureau à lui qu'elle avait fini par échouer.

Jerome ne lui téléphona jamais. Frank s'était demandé pourquoi pendant des semaines, avec Kate. Personnellement, il préférait qu'il en fût ainsi ; sa cliente n'avait vraiment pas besoin d'une liaison avec un homme marié.

Et puis il se produisit quelque chose qui provoqua, chez Frank, une certaine gêne. Un jour où elle était sortie précipitamment, Kate avait oublié son sac dans le cabinet de Frank. Elle lui téléphona aussitôt après être arrivée à son agence, lui demandant de mettre l'objet en lieu sûr. Elle repasserait le prendre en fin de journée.

« Et surtout, ne regardez pas ce qu'il y a dedans ! cria-t-elle.

— Mais je n'ai aucunement l'intention de fouiller dans vos affaires, objecta-t-il. Vous avez confiance en moi, non ? »

Elle resta un moment silencieuse, puis finit par dire :

« Oui. De toute façon, je n'ai pas le choix. »

Naturellement, la première chose qu'il fit fut de regarder dans le sac. Après tout, je suis son analyste, s'était-il dit, elle ne doit pas avoir de secrets pour moi. D'ailleurs, que pourrait-il y avoir là-dedans qu'elle ne puisse me montrer?

Le côté freudien de ce comportement le frappait particulièrement: il fouillait dans les affaires d'une femme et, pire encore, et plus excitant aussi, il s'agissait d'un sac défendu, d'un sac qu'on lui avait expressément interdit de fouiller.

Il trouva une paire de lunettes de natation et une serviette, un peigne en écaille (authentique, pas du plastique), une cassette de Rickie Lee Jones, le *New Yorker*, un tube de crème Chanel pour les mains, un tire-bouchon (elle lui avait dit qu'elle en avait toujours un sur elle), une pomme et un carnet ayant pour en-tête «Trouvez votre voix».

Il glissa la cassette dans son Toshiba (il voulait savoir quel genre de musique elle écoutait) et commença à feuilleter le carnet. Toutes les pages étaient remplies de l'écriture de Kate. Il s'arrêta au hasard et lut:

La seule chose à laquelle j'aie pu penser toute la journée, ç'a été de rentrer à l'appartement pour pouvoir me masser les seins. Toute la journée, j'ai senti le sang battre en eux, ils étaient gonflés, brûlants et glacés tout en même temps. Ça me démangeait et ça me faisait mal. Tous les mois, c'est la même chose, et c'est une vraie torture. Ça veut dire que je suis à une semaine de mes règles et tout d'un coup j'ai l'impression d'être une FEMME, au sens plein du terme, une femme dont les seins sont sur le point d'éclater.

Les hommes que je rencontre ne peuvent pas soupçonner quel supplice j'endure alors. Pourraient-ils imaginer l'état de surexcitation sexuelle dans lequel se trouve une femme lorsque son corps prend le pas sur tout le reste? Voilà l'enfer où je suis plongée, un enfer muet, connu de moi seule, ce rappel constant de ma sexualité, une sexualité inutilisée, inexplorée, dédaignée de tous.

Bon sang! suffoqua-t-il. Heureusement qu'elle n'a pas donné ça à Jerome! Il était à la fois gêné pour elle et excité par ce récit candide de ses problèmes sexuels. Il n'avait jamais soupçonné qu'elle éprouvât ce genre de sensations. Et cette façon qu'elle avait de dire ce qu'elle pensait!

Soudain, un certain dépit se fit jour en lui: pourquoi avait-elle confié ses pensées intimes à ce carnet au lieu de les lui dire à lui? Mais il ne s'attarda pas à ces considérations mesquines. Il ne pouvait s'empêcher d'admirer la profonde humanité et la fragilité que trahissait cette page. Il lut un autre feuillet.

Bon sang, ce que j'ai pu être travaillée par le désir du sexe aujourd'hui! Je n'aurais jamais pu imaginer qu'il fût possible d'être excitée à ce point! Mon corps vibrait des pieds à la tête, appelant à grands cris qu'on vienne le toucher et pourtant sachant fort bien qu'il n'en serait rien. Personne vers qui se tourner, condamnée à vivre avec ce désir insatiable!

Extérieurement, j'étais une femme élégamment vêtue pour aller au bureau, faisant les gestes de tous les jours, prenant le métro, commandant un café léger au bar du coin, disant bonjour à sa secrétaire, mais en fait j'implorais qu'on m'embrasse, qu'on me touche, qu'on me tienne bien serré, qu'on me caresse. Une femme qui voulait seulement geindre, gémir, mouiller, se tordre sous l'extase. Mon corps me faisait mal. J'avais le cœur torturé.

Frank referma le carnet d'un geste sec. Il ne pouvait plus lire ça. Il sortait de ces pages une voix si pathétique, une solitude si désespérée! Et elle n'était qu'un exemple de ces millions d'êtres humains de cette ville, et même du monde entier, qui tentaient de se sortir de cette misère, de vivre du mieux qu'ils pouvaient, qui cherchaient à comprendre ce qu'est cette chose qu'on appelle la vie et pourquoi elle était si injuste à leur égard.

Et lui, il avait l'impression de faire quelque chose de sale, quelque chose de moche, de se comporter comme un voyeur étriqué. Et surtout, il était dégoûté de lui-même parce qu'elle lui avait demandé de ne pas regarder, elle lui avait fait confiance. Pourquoi avait-il donc agi ainsi ?

Frank aime Jo Anne

Heureusement, il avait Jo Anne, Dieu merci! Ces mots se répétaient en lui comme un refrain à mesure que s'écoulaient ses journées. Ce qui le surprenait, c'était de constater combien il pouvait être important d'avoir quelqu'un dans sa vie. Bien qu'il passât le plus clair de son temps loin d'elle, accomplissant ses tâches quotidiennes en compagnie d'autres gens et tirant de l'exercice de sa profession des satisfactions incomparables, le simple fait de savoir que Jo Anne existait donnait tout son sens à sa propre vie.

Comme ils avaient l'un et l'autre un métier très prenant, elle avait insisté pour qu'ils ne se voient qu'aux week-ends. Tant pis si le reste de la semaine, ils devaient se contenter de se parler, d'une voix endormie, le soir dans leur lit, au téléphone, avant de sombrer dans le sommeil. Le facteur «nous» produisait tout de même son effet.

Une véritable drogue, ces conversations au téléphone! Quelqu'un l'écoutait, lui donnait l'impression que sa vie avait de l'importance. Il y avait des jours où il ironisait sur ce qu'il fallait faire pour avoir l'impression de mener une existence vivable. Enfin, quoi, suffisait-il d'avoir une relation avec une autre personne?

Il avait l'impression de se conduire comme un hypocrite avec ses patients, quand l'un après l'autre ils s'écriaient: «Ah! si seulement j'avais quelqu'un, j'aurais une existence tout à fait vivable!» Lui, d'un air impassible, leur conseillait de chercher ailleurs la source véritable du bonheur. Quel que fût leur âge, les homos comme les hétéros, les vierges comme les divorcés, tous réclamaient la même chose.

«Mais je ne tiens pas une maison de rendez-vous!» dit-il un jour à Kate, exaspéré de l'entendre soupirer sans cesse après un homme. Il avait répété cette même phrase à tous ses patients, s'efforçant d'orienter dans une autre direction leur façon de voir les choses, affirmant qu'une relation avec quelqu'un d'autre n'était pas une solution, mais que c'était plutôt le point de départ de nombreux autres problèmes. Il les conjurait de rechercher les satisfactions dans leur travail, leur violon d'Ingres, leurs amitiés, leurs parents, proches ou éloignés. Il vantait les petits plaisirs quotidiens comme la lecture, la cuisine, la télévision.

«Le bonheur ne vient pas d'une relation amoureuse», s'était-il un jour entendu dire à Kate, alors qu'il savait très bien que c'était en pensant à Jo Anne qu'il réussissait à venir à bout de ses journées.

Quand ses patients insistaient, il leur disait d'être simplement eux-mêmes, de faire tous leurs efforts pour développer leurs potentialités personnelles, en temps qu'êtres humains, et l'amour finirait par les trouver. «Ça pourrait être aussi bien dans le métro, en pleine heure de pointe, au moment où vous achetez un carnet de tickets...»

C'est au milieu d'une de ces tirades, qu'il trouvait particulièrement éloquente, que Kate avait bondi de sa chaise pour entonner la chanson qui servait d'indicatif à l'émission «La caméra invisible». «C'est au moment où vous vous y attendez le moins que vous êtes élu, c'est votre jour de chance! Souriez! Vous allez connaître l'amour!» chanta-t-elle. Elle garda la pose un moment puis se rassit. «Changez de disque, docteur Manne.» Il l'avait vraiment dégoûtée. «Vous parlez comme ma mère.»

Et pourtant, n'était-il pas la preuve vivante de la validité de ses conseils ? Il y avait cependant des fois, quand il avait le cafard, où il se reprochait de dire à ses patients que, s'ils voulaient vraiment rencontrer quelqu'un, ils finiraient par y parvenir. Allons, Frank, comment peux-tu dire ça honnêtement ? Tout ne réussit pas toujours à tout le monde. Il ne suffit pas de vouloir très fort quelque chose pour l'obtenir nécessairement. Il y avait beaucoup de gens très bien qui étaient condamnés à la solitude.

Il pensa à la façon dont il avait rencontré Jo Anne. Il se souvint que la première chose qui l'avait frappé en elle, ç'avait été son austérité. Oui, son austérité. Au milieu d'un monde où sévissaient le laisser-aller, l'imprécision, les excès de toutes sortes, émotionnels ou autres, il y avait Jo Anne.

Ce jour-là, Frank eut la certitude qu'un miracle venait de se produire. Ce flegme imperturbable et superbe lui fit même douter qu'elle puisse exercer le métier d'analyste. Comment arrivait-elle à s'intéresser aux émotions des autres ?

Pourtant, Jo Anne était une analyste brillante, dotée d'un esprit d'une vivacité surprenante ; elle n'avait pas son pareil pour réduire l'infinie complexité des actes humains à des termes d'une simplicité et d'une logique irréfutables. Elle réglait sans coup férir les problèmes des femmes innombrables qui se précipitaient dans son cabinet, et sa réputation était telle que la liste d'attente de ses clientes s'allongeait de jour en jour. Frank était plus qu'impressionné, il était jaloux. « Mais dans le bon sens du terme », lui avait-il dit.

Il ne voyait pas avec qui il pourrait être mieux pour mener son existence. Il passait ses journées à tenter de régler les problèmes de ses patients et, maintenant, il avait Jo Anne pour l'aider à résoudre les siens. Avec son esprit clair et limpide, elle disait toujours exactement ce qu'elle pensait et avait même cette capacité si rare à s'analyser elle-même.

Grâce à elle, il avait enfin quelque chose à attendre de l'existence. Après tout, il avait besoin d'avoir quelqu'un à aimer, lui aussi! Ce n'était tout de même pas auprès de ses patientes qu'il allait trouver l'amour! Jo Anne essaya alors de lui expliquer qu'il montrait trop de froideur auprès de ses clientes, tellement il redoutait de se laisser séduire. Et c'était cet excès de réserve qui perturbait ces malheureuses. Jo Anne comprenait tout.

Maintenant qu'il la connaissait, il était surpris qu'elle se fût rendue à ce cocktail en septembre dernier, là où ils avaient fait connaissance. Il se rappelait la joie qu'il avait éprouvée à son retour de vacances en trouvant l'invitation que lui envoyait un éminent psychanalyste, le Dr Allen Geer Olderman. Le Dr Allen Geer Olderman (il utilisait toujours les trois noms) était le directeur des stages de formation de l'institut et tous les ans, à la rentrée, il organisait une soirée de bienvenue à l'intention de ses étudiants, en principe revigorés par la traditionnelle coupure du mois d'août.

C'est donc là qu'il avait rencontré Jo Anne, ce qui était d'autant plus surprenant qu'elle ne sortait jamais. Elle redoutait de quitter son appartement, prétendant qu'elle ne voyait pas pour quelles raisons elle aurait besoin de se rendre au-dehors. Au début, il avait diagnostiqué une phobie pure et simple; maintenant qu'il la connaissait, il considérait, comme elle, que c'était uniquement le résultat d'un choix.

Elle avait fini par le persuader que, quand on habite à Manhattan, on peut fort bien vivre sans jamais franchir la porte de son appartement. Jo Anne, par exemple, n'avait pas besoin de sortir pour se rendre à son travail, c'étaient ses clientes qui venaient chez elle. Elle commandait les provisions de bouche chez le traiteur du coin, qui lui apportait même son café tout chaud le matin. Elle adorait le café. Aux week-ends, c'était Frank qui le préparait. Il la réveillait de la manière qu'elle aimait entre toutes en lui mettant une tasse de café sous le nez, jusqu'à ce qu'elle ouvre les yeux. Puis, comme un bébé qui tend machinalement les lèvres vers le sein maternel, elle tétait quelques gorgées de ce breuvage bienfaisant et se rallongeait avec un grand sourire épanoui.

Ils s'étaient rencontrés près du buffet des hors-d'œuvre, chez le Dr Allen Geer Olderman, au cours de cette fameuse soirée, pendant que Doria, la femme de leur hôte, jouait du violoncelle pour les invités. Frank se sentait dans une forme éblouissante : cette soirée tombait à pic au moment où il avait pris la décision de se mêler un peu à la vie sociale de Manhattan.

Passant d'un groupe à l'autre, il entendait des bribes de conversation qui tournaient toujours autour des mêmes sujets. « Et vous, vous avez fait quoi en août ? Et vos patients, comment ils se sont débrouillés pendant votre absence ? » Il avait remarqué Jo Anne justement parce qu'elle ne faisait pas partie de ces bavards. Debout devant la table, elle regardait le contenu d'une assiette. Elle portait un pantalon de velours vert et un sweater moutarde. Ses longs cheveux bruns ondulaient sur ses épaules. Elle avait des lunettes d'écaille mais n'était pas maquillée. Il apparaissait clairement qu'elle faisait partie de ces femmes pour qui l'apparence ne compte pas dans un monde où il y a tant d'autres sujets de préoccupations. Et pourtant elle séduisait parce qu'elle était naturelle, elle se contentait d'être elle-même, sans fard et sans détour. Elle paraissait intelligente et directe.

Elle regardait l'assiette avec une petite moue étonnée.

« C'est quoi, ça ? » demanda-t-elle sans s'adresser à qui que ce soit en particulier.

Il jeta un coup d'œil au contenu de l'assiette et fit un grand sourire.

« Je suis italien », dit-il.

Il avait eu l'impression que cette révélation allait

tout expliquer mais à peine l'avait-il proférée qu'il se prenait à la regretter. Comment avait-il pu dire une telle stupidité ?

Mais le plus étonnant, c'est que Jo Anne avait compris. Il s'était conduit comme le dernier des imbéciles en répondant à une question très simple par une explication qui ne semblait avoir aucun rapport et elle avait compris.

Elle le regarda de haut en bas et éclata de rire. Il se sentit mieux.

«Ah oui! dit-elle le plus calmement du monde. Vous savez ce que c'est parce que c'est un plat italien. Et je suppose que, si c'est italien, il va sans dire que ce doit être délicieux. »

Frank acquiesça d'un hochement de tête.

«C'est de la mozzarella. De la mozzarella fumée et des tomates séchées au soleil. Avec quelques gouttes d'huile d'olive par-dessus. Et du basilic aussi. Voyez-vous, ils mettent les tomates au soleil pour les sécher. Comme des pruneaux. Et c'est délicieux. Si j'en crois mes patientes, c'est le hors-d'œuvre à la mode cette année. »

Il prit l'assiette et la lui tendit pour la mettre à sa portée.

«Comme ça? » demanda-t-elle en trempant délicatement le bout de ses doigts dans l'huile pour se servir. Elle prit une bouchée.

«Je m'appelle Frank Manne. »

Elle attendit d'avoir fini de mastiquer.

«Et moi, Jo Anne.

— Enchanté! Jo Anne comment ?

— Jo Anne tout court. Mon nom de famille est Gallagher, mais personne ne s'en sert jamais, et ça me convient tout à fait. Les gens ont l'air de trouver Jo Anne parfaitement suffisant.

— C'est une excellente idée! »

Bon sang, n'allait-elle pas trouver qu'il manquait de sens critique ?

116

Elle prit une deuxième tomate séchée et le regarda attentivement tout en mangeant.

«Man, c'est un nom de famille marrant pour un homme, dit-elle.

— Ça s'écrit M A N N E», épela-t-il.

Et ils restèrent ainsi un bon moment à bavarder, l'assiette et le verre en main. Ils parlèrent de leurs études et de leur spécialité, des gens qu'ils connaissaient ou ne connaissaient pas, de leurs analystes favoris et en particulier de ceux qu'ils avaient choisis comme modèles.

Frank était ravi d'avoir trouvé une collègue aussi intelligente. A la fin de la soirée, c'était l'enthousiasme : il avait découvert une femme qui comprenait, à qui il pouvait parler des problèmes de sa profession, au niveau analytique, dans un salon! Elle était des «leurs», ou plutôt des «nôtres».

Un moment, le dessert ayant été servi — des choux à la crème énormes et des fraises à profusion —, Frank plongea sa fourchette pour y goûter et son assiette se renversa, projetant de la crème fouettée tout alentour. Il se sentit ridicule, mais Jo Anne ne se démonta pas ; sans faire le moindre embarras, elle l'aida à réparer les dégâts. Frank apprécia énormément.

Il apparut qu'elle était venue à cette soirée pour essayer de changer un peu ses habitudes, de surmonter cette prétendue phobie à l'égard des sorties.

«Mais franchement, Frank» (elle trouva cette association de mots particulièrement drôle et fut prise d'un véritable fou rire), «cela ne me perturbe aucunement. Nous parlons confidentiellement, n'est-ce pas? Ça ne me dérange pas le moins du monde de rester enfermée chez moi, il n'y a que mon analyste pour trouver ça préoccupant. Il trouve que ce n'est pas du tout normal.»

«Confidentiellement», ce mot allait devenir «leur» mot. Comme d'autres gens avaient «leur» chanson. Ils commençaient souvent leur phrase par «confidentiellement», ou «je vais te confier ceci», ou «cela va rester entre nous, d'accord?». Ils avaient l'impression qu'ainsi leur amitié se trouvait située au-dessus du niveau ordinaire des relations humaines.

L'une des choses que Frank appréciait chez Jo Anne, c'était qu'il pouvait lui dire à quel point il se sentait nerveux parfois. Il savait qu'elle était capable de traiter cette nervosité sur un plan analytique. Par exemple, une fois la soirée terminée, ils avaient pu avoir une longue discussion sur les sentiments que leur séparation inspirait à Frank.

«Je crois que je vais m'en aller, avait-il dit. Et comme tu habites à peu de chose près dans le même quartier que moi, j'ai envie de te demander si nous pouvons faire le chemin ensemble. Cela ne va pas nécessairement tirer à conséquence, si tu vois ce que je veux dire, mais j'aimerais bien rester avec toi encore un peu parce que j'ai beaucoup aimé ta compagnie, tu es très gentille, enfin le peu que je connais de toi est très gentil et...

— Parfait», l'avait-elle interrompu.

Quelques mois plus tard, elle lui dit:

«Tu sais, Frank, l'une des choses que j'apprécie chez toi, c'est que je n'ai aucun mal à te comprendre. Tu es transparent pour moi... non, facile serait plus exact. Tu es absolument charmant et tu ne me poses pas trop de problèmes. J'apprécie ça chez un homme.»

Il n'avait pas trop su que penser sur le coup. Etait-ce un compliment? Il ne le lui avait pas dit, mais il avait l'impression que les hommes étaient une énigme pour elle. Bien qu'elle fût souvent amenée à dire à ses clientes que «les hommes sont aussi des êtres humains», au fond, elle ne comprenait rien aux hommes dans la mesure où elle n'avait aucun besoin d'eux. Comme tous les adeptes du zen, elle se contentait de ce qu'elle était. Pourtant, Frank décida qu'il jouait auprès d'elle un rôle positif par sa simple présence à ses côtés; il ajoutait, sans risque pour elle, l'élément inconnu qui manquait à son existence.

D'ailleurs, en tant que femme et thérapeute, elle se devait d'avoir un homme dans sa vie, surtout si elle était amenée à conseiller ses patientes dans leur comportement à l'égard de la gent masculine.

Bref, moins d'un mois plus tard, ils étaient devenus Jo Anne et Frank Manne. «Ça rime», disait-elle. Il lui avait également fait remarquer que leurs noms avaient chacun deux syllabes et étaient identiques à l'exception d'une seule lettre. «Le M veut dire masculin, avait-il dit. Ça veut sûrement dire quelque chose, que nos deuxièmes noms soient si proches l'un de l'autre. Tu ne crois pas?

— Je n'en sais rien, mais ce que je sais, c'est que je suis ravie de voir qu'un homme peut être plus bête qu'une femme», avait-elle rétorqué.

Frank avait trouvé un havre de paix. Mais seulement aux week-ends. Elle y tenait beaucoup, pour que leur travail ne fût pas perturbé. Leur relation était quelque chose qui s'inscrivait en dehors d'une vie régulière. Dans l'appartement de Jo Anne, le temps restait figé, tous les liens étaient tranchés avec l'agitation de la ville. Le vendredi soir, quand il allait chez elle, à six rues au nord de son propre studio, il se sentait à l'abri des périls du monde extérieur.

Ils aimaient rester étendus sur les deux divans, couchés sur le dos, fixant le plafond, leurs paroles rebondissant sur les murs. Cette liberté le grisait et l'enhardissait à la fois. Un véritable stimulant.

Le soir, ils regardaient souvent la télévision car Jo Anne adorait le petit écran. Il ne lui suffisait pas de vivre la vie de ses patientes à travers leurs divagations. Non, elle voulait davantage. Ce qu'elle aimait par-dessus tout, c'étaient les feuilletons qui revenaient toutes les semaines car les visages des personnages lui devenaient familiers et elle pouvait s'impliquer à fond dans les aventures qui marquaient leur vie. Elle s'attachait beaucoup à la vérité des sentiments, à l'authenticité des problèmes vécus.

Elle lisait avidement les journaux, étudiant attentivement les critiques des émissions nouvelles. Elle considérait comme un honneur et aussi comme un art la possibilité de voir les avant-premières des séries que les producteurs réalisaient afin de les présenter à leurs futurs sponsors. Elle pouvait, de cette manière, mieux comprendre le processus créatif de Hollywood et juger par elle-même les mérites de ces feuilletons avant que les médias ne tombent dessus à bras raccourcis.

Frank considérait qu'il faisait preuve de maturité en acceptant Jo Anne telle qu'elle était vraiment, sans chercher à la faire changer. C'était toujours le conseil qu'il donnait à ses patients : « Vénérez la différence de l'autre. » N'était-ce pas lui qui leur disait qu'avoir une relation ne consistait pas à s'efforcer de rendre quelqu'un semblable à soi ? Il s'agissait en fait de voir comment deux individus réagissaient l'un à l'autre.

Le fait que Jo Anne ne sortait pas lui apparaissait comme une excentricité. En revanche, comme elle n'aimait pas faire l'amour, il considérait qu'il allait devoir fournir un effort particulier. Après mûre réflexion, il conclut que c'était parce qu'elle n'avait pas encore pris goût à la chose et que c'était son rôle à lui de se montrer un amant attentif afin de la sensibiliser à l'amour, un peu comme un drogué qui cherche à accrocher un non-initié.

Ils discutèrent longuement de ce petit problème car elle ne refusait jamais de parler de quoi que ce fût. En fait, l'indifférence qu'elle manifestait ne faisait que le rendre plus passionné. Il adorait relever les défis. D'ailleurs, n'était-ce pas là l'essence même de son métier ? Aider les gens à trouver le bonheur malgré eux ?

Depuis quelque temps, Frank pensait beaucoup à l'amour physique tel qu'il apparaissait dans les films au cinéma. Tout y était toujours présenté d'une manière merveilleuse : on voyait deux corps superbes fondre l'un sur l'autre et se fondre l'un dans l'autre, atteignant l'extase à coup sûr, et simultanément, bien entendu. Et la première fois que les personnages faisaient l'amour ensemble, tout se passait toujours comme par magie, ils savaient d'instinct ce qu'il fallait faire sans jamais commettre la moindre erreur. Bref, tout cela lui apparaissait comme une fable bien difficile à croire!

Mais qu'en était-il de ce qui se passait dans la vie de tous les jours? Les tâtonnements, les hésitations, la timidité et les réticences? Les «Ô mon Dieu, il va me trouver trop grosse», ou «Et si jamais j'arrive pas à bander?», ou «Qu'est-ce qu'il fait donc? Ça ne me plaît pas du tout, mais je ne vais rien dire pour ne pas le vexer!», ou «Je ne vais sûrement pas pouvoir jouir ce soir, je suis trop énervée, mais ne te gêne pas pour moi!».

D'après ce que lui disaient ses patients, il savait que l'amour se faisait beaucoup plus souvent mal que bien, qu'il y avait beaucoup plus de maladresses que de grand art, plus de désarroi que de véritable communication. Il était donc persuadé que le cinéma donnait une idée fausse des relations sexuelles et amenait les gens à croire qu'ils n'étaient pas à la hauteur. Quand il discutait de tout cela avec Jo Anne, elle se contentait de hausser les épaules.

«Frank, les gens ne s'intéressent pas au réel; ils l'ont tous les jours sous les yeux. Tu devrais le savoir mieux que personne. Ils ne tiennent pas du tout à se voir sur l'écran, ils veulent voir la vie telle qu'elle devrait être, dans des conditions idéales. Qui cela intéresserait-il de voir des acteurs saboter les relations sexuelles? Il suffit de regarder ce qui se passe dans la vie quotidienne.

— Mais ça ne fait qu'accroître leur malheur, parce qu'ils ne peuvent pas en faire autant.

— Voyons, comment t'expliquer? Tu n'as pas des patientes qui travaillent dans la publicité? Elles seront les premières à te dire que la réalité est inacceptable dans les spots présentés au public. C'est pour ça que, quand ils "font" dans le réalisme, ils donnent toujours une version idéalisée de ce qui se passe effectivement. Des familles heureuses, des gens minces et bien bâtis, des chiots adorables, des cuisines et des salles de bains de rêve. Ils ne peuvent pas faire autrement. »

Mais toutes ces discussions n'amélioraient en rien leur vie sexuelle. Le véritable problème venait du fait que Jo Anne ne voyait pas où était le problème. Elle n'aimait pas le sexe ; pour elle, le sexe n'avait aucune importance. Un point c'est tout. Il avait essayé de la comprendre, s'efforçant même, pendant un temps, d'adopter la même attitude qu'elle et de ne penser qu'aux autres aspects de leur relation. Mais il n'avait réussi qu'à se culpabiliser, se reprochant d'être un individu aux bas instincts car son désir continuait de l'habiter sans cesse.

Ils se connaissaient déjà depuis six mois quand Frank eut une idée saugrenue. Etant tous les deux analystes, ils ne répondaient jamais directement au téléphone, c'étaient leurs répondeurs qui se chargeaient d'enregistrer les appels, au grand dam de Frank qui ne décolérait pas à l'idée que Jo Anne et lui ne pouvaient jamais avoir des conversations téléphoniques normales.

Il prit peu à peu l'habitude de laisser de longs messages, se confiant à la machine comme s'il avait parlé directement à son amie. Au milieu des messages laissés par des patients en proie à la dépression, Jo Anne entendait la longue suite des propos que lui tenait Frank. Elle avoua d'ailleurs un jour qu'il lui arrivait parfois d'écouter son appel au moment même où il parlait en direct, reconnaissant qu'en agissant ainsi elle éprouvait un sentiment de toute-puissance.

Un jour, donc, Frank lui laissa un message très osé. C'était une manière comme une autre de flirter, non ? Il l'avait fait pour lui, mais aussi pour elle. Une fois l'appel enregistré, elle pouvait l'écouter tout à sa guise, à son rythme.

Elle lui raconta par la suite comment les choses

s'étaient passées. Après le départ de sa dernière cliente — une quadragénaire éplorée qui venait de monter sa propre entreprise et qui avait surpris son associée au lit avec son petit ami —, Jo Anne était ressortie de la cuisine où elle s'était préparé une tasse de thé glacé, pour s'installer dans son fauteuil après avoir mis le répondeur en marche.

« Allô ? Je suis Jeanette Gould. Pourriez-vous reporter à un autre jour mon rendez-vous de mercredi ? Il faut que j'aille à Akron pour affaires. Akron ! Vous vous rendez compte ? Akron, vous connaissez ce bled ? Vous seriez gentille de laisser un message à ma secrétaire. Merci. Ciao ! »

L'appel suivant venait d'une collègue.

« Salut, Jo Anne, c'est Merry Swift. Dis donc, j'ai un client pour toi, si tu peux le caser. Passe-moi un coup de fil. Au fait, t'as lu l'article de Puckett dans le bulletin du mois dernier ? Je me demande où il va chercher ces conneries ! Bye ! »

Quelqu'un avait appelé, puis raccroché sans rien dire : encore un autre des malades qui voulaient seulement entendre sa voix.

Et puis était venu Frank. Son message commençait par un profond soupir.

« Oh ! Jo Anne, la seule chose que je voudrais faire vraiment, c'est m'approcher du fauteuil où tu es assise — je suppose que c'est le bleu, n'est-ce pas ? — et mettre ma tête sur tes genoux. Je crois que ça me réconforterait, parce que j'ai besoin de réconfort. Peut-être me caresserais-tu les cheveux. Mes clients me vident littéralement et j'ai besoin qu'on me touche. »

Il y eut un long silence, mais il était resté en ligne. Puis il dit : « Maintenant, j'aimerais abaisser la fermeture Eclair de ton pantalon. »

En entendant ces mots, Jo Anne sursauta. Frank, à l'autre bout du fil, reconnaissait qu'il était lui-même étonné de ce qu'il venait de dire.

« Et toi, tu me dirais — j'entends ta voix, comme si

tu me parlais —: "Frank, qu'est-ce que tu fais? Arrête. Non."» Il imitait à la perfection le timbre de Jo Anne. «Mais moi, je continuerais quand même, et je m'enfouirais le visage dans ta chatte. Tu veux que je te dise, c'est un mot que j'adore. C'est là que je voudrais être en ce moment, en train de te sentir, de te sucer, de t'embrasser, de jouer avec ma langue, là, dans le fauteuil où tu t'assois pour faire face à tes patientes, c'est ça qui rendrait la chose vraiment agréable, tu sais. Quand tu verrais tes clientes, tu saurais ce que tu as fait dans ce même fauteuil.»

De nouveau un silence, comme s'il avait réfléchi avant de poursuivre:

«Et puis je m'assiérais sur toi, pas pour te violer, non, pour pénétrer, de force, en toi. Je suis un homme et j'ai besoin de faire ça, Jo Anne. Et je sais que tu le veux, toi aussi, seulement tu as trop honte pour le demander. J'ouvrirais mon pantalon, je l'enlèverais et je m'assiérais sur toi, dans ton fauteuil d'analyste, pour te baiser. Ô bon Dieu, rien que d'y penser ça me fait bander. Tiens, en ce moment, je suis en train de me toucher. Bon Dieu, je vais me masturber séance tenante, devant ce téléphone. Oui, je veux que tu m'entendes jouir en enregistrement. Il faut à tout prix que tu te rendes compte que je suis un homme comme les autres. Un homme qui a des besoins, lui aussi, Jo Anne.»

Il y eut une série de «oh» et de profonds soupirs, puis soudain une longue expiration se fit entendre. Et enfin un déclic.

Jo Anne était stupéfaite. Elle éteignit l'appareil. Elle ne savait que penser. Cet homme était-il un pervers? Mais non, impossible! Il s'agissait de Frank.

«Doux Jésus!» ne cessait-elle de se répéter. Ses malades tenaient ce genre de propos avec elle tout le temps et elle n'en avait jamais rien pensé de particulier. En fait, elle les encourageait non seulement à partager leurs fantasmes avec elle, mais aussi à partager leurs fantasmes avec leurs partenaires. Mais était-ce à ce genre de choses que cela aboutissait?

Elle alluma une cigarette qu'elle avait prise dans un paquet enfermé dans un tiroir. Elle ne fumait pas, mais gardait toujours quelques cigarettes en réserve pour des cas comme ceux-là. Elle ne savait que penser et éprouvait un certain sentiment de malaise.

Prise d'une impulsion subite, elle fit revenir la bande en arrière et la remit en lecture. Est-ce que ça va m'exciter ? Il fallait qu'elle sache à quoi s'en tenir au juste. Pas question de rester dans le vague. Mais elle fit un effort de lucidité. Non, ce qui l'excitait en fait, c'était l'audace de Frank, son absence totale de respect humain, le fait qu'il ne reculait pas devant le risque. Oui, voilà ce qui l'émouvait le plus. Aucun autre homme ne lui avait fait un tel aveu. Mais cela voulait-il dire qu'il l'aimait ? Quand quelqu'un a besoin de vous, vous aime-t-il nécessairement ?

Elle décida d'écouter une nouvelle fois l'enregistrement pour voir si cela l'inciterait à se masturber. Elle grimaça un sourire. Décidément, c'est une relation bien particulière que nous avons ! Deux psy qui se masturbent devant un téléphone en écoutant la voix de l'autre.

Elle baissa la fermeture Eclair de son pantalon et commença à se caresser. Mais soudain elle s'arrêta, la bande était repartie trop loin en arrière et il lui fallut subir une nouvelle fois le message de sa cliente qui demandait le report de son rendez-vous et, quand la voix de Frank se fit de nouveau entendre, son envie était passée. Prise d'impatience, elle s'écria : « C'est vraiment trop ridicule, je n'ai vraiment pas le temps de me livrer à ce genre d'expériences ! » Et elle referma son pantalon d'un air gêné, comme si quelqu'un l'avait surprise dans cette position. C'est ainsi qu'elle avait raconté la scène à Frank.

Jo Anne avait toujours sur elle ce pantalon de velours vert poussière. Elle ne le quittait qu'une fois la semaine, pour le mettre dans son mini-lave-linge, dans la salle de bains, après quoi il allait dans le mini-sèche-linge. Pendant ce court intervalle, elle mettait un autre pantalon, en velours bleu roi, celui-là, mais c'était pour enfiler, aussitôt qu'il était sec, le vert qu'elle avait lavé. Elle ne s'embarrassait jamais de toilettes compliquées. Ça ne l'intéressait pas. Frank ne l'avait jamais vue avec une robe et tous deux étaient convenus en riant qu'elle était vraiment un cas. Mais Frank lui avait dit qu'il l'aimait ainsi.

Parce qu'elle était frigide? Il voulait vivre le fantasme de la guérison, si cher aux psychanalystes. Il serait l'homme qui allait la débrider, lui ouvrir les portes de ce royaume magique où régnait sa propre sensualité. Il voyait en imagination Jo Anne, après avoir connu l'extase. Elle se traînerait à ses pieds, le suppliant de la baiser sans cesse. Il tenta de l'imaginer au moment où elle jouirait enfin, mais il ne pouvait y parvenir. L'expression du visage de Jo Anne était floue quand il essayait de le visualiser.

Leurs relations sexuelles étaient donc fort primitives. C'est ainsi qu'il les décrivait au Dr Janet, en tout cas. Tout se passait en quelque sorte comme si Jo Anne le laissait se servir d'elle. En fait, cela l'excitait un peu de se sentir humiliée. Elle le laissait faire ce qu'il voulait avec elle, feignant la surprise quand, au milieu de la nuit, il l'obligeait à se mettre sur le ventre pour monter sur elle par-derrière.

« Qu'est-ce qui t'arrive? » demandait-elle, tout en sachant fort bien à quoi s'en tenir.

Frank la rassurait. Il lui disait qu'il l'aimait malgré tout parce qu'elle était une extraordinaire psychanalyste. Elle savait admirablement suspendre son jugement, et ses patients s'épanouissaient en conséquence.

« Jo Anne, tu es formidable. La mission que tu remplis sur terre est tout bonnement sublime : tu aides les autres gens à actualiser, ce qui leur permet d'atteindre le bonheur. Alors qu'importe si tu es un peu maboule? Nous le sommes tous », dit-il un jour alors qu'ils étaient allongés chacun sur un divan, fixant le plafond. Il lui paraissait tout naturel de s'occuper de quelqu'un, ce n'était même pas une question d'éthique.

Jo Anne était écœurée.

«Tu parles comme un golden boy, Frank. Tu ne vois donc pas ce que tu es en train de faire?

— Non. Quoi?

— Tu baises en golden boy.»

Il la regarda d'un air étonné.

Elle continuait de regarder le plafond.

«Ta relation avec moi est purement intellectuelle, alors qu'elle devrait être motivée par les gonades. Tu me fais penser à l'avocat qui baise une avocate, uniquement parce qu'ils pensent l'un et l'autre que c'est ce qu'ils doivent faire et non parce qu'ils ont envie l'un de l'autre. Toi, tu aimes l'idée que tu te fais de moi. Ce n'est pas moi que tu aimes. C'est pour ça que les jeunes sont en pleine confusion mentale de nos jours. Il est grand temps que nous revenions aux vraies raisons pour lesquelles les gens devraient s'accoupler l'un à l'autre. D'ailleurs, je pense même à écrire un papier là-dessus.

— Alors ça, c'est la chose la plus ridicule que j'aie jamais entendue.»

C'était le tour de Frank de se montrer écœuré. Puis, dans le silence irrité qui s'ensuivit, il tenta de réfléchir à ce qu'elle avait dit. Se pouvait-il qu'elle eût raison? Non. Il préférait être avec Jo Anne en pantalon de velours qu'avec... avec qui? Kate, et ses toilettes ultra-chic? Kate qui voulait toujours avoir tout ce qu'il fallait pour bien vivre, le parfait vernis à ongles pour se peindre les orteils à la dernière mode du printemps, par exemple, Kate qui lui disait toujours comment il fallait qu'il se coiffe, où il fallait aller manger à Little Italy ou à SoHo, comme elle l'avait fait elle-même? Cette pauvre Kate affamée d'amour qui...

Kate! Encore elle, bordel! Pourquoi fallait-il qu'elle arrive constamment sur le tapis? Quelle malédiction! Il n'osait plus en parler à Jo Anne. Peu de temps auparavant, il lui avait demandé son avis sur sa cliente, espérant obtenir un conseil d'ordre professionnel. Au lieu d'en discuter dans le calme et la sérénité, ils s'étaient querellés comme des chiffonniers.

Il se souvenait d'avoir dit à Jo Anne :

«Elle me déteste tellement qu'elle finit par m'épuiser. Je ne dois pas être le docteur qu'il lui faut.

— Mais non, avait dit Jo Anne, elle t'adore, c'est absolument évident.

— Oh! Jo Anne, comment peux-tu dire une chose pareille? Elle se montre constamment odieuse, à tout bout de champ.

— Non, Frank, son problème est plus profond que ça. Son problème, c'est toi. Elle te plaît et elle le sait. C'est pour ça que les séances sont si désagréables.»

Il était entré dans une violente colère.

«Ce n'est pas vrai! Comment peux-tu oser dire une chose pareille? Tu es vraiment ridicule!»

Sautant à bas du divan, il s'était mis à arpenter la pièce de long en large, hurlant à pleins poumons :

«J'en ai ras le bol de la façon dont tu m'analyses! Je fais ça toute la journée et j'ai ma propre analyste, merci beaucoup. On ferait mieux de s'occuper autrement. Pourquoi on n'irait pas faire un tour à Central Park, comme des gens normaux?»

Elle le regarda, comprenant que cette pique qu'il venait de lui décocher était la preuve qu'elle ne s'était pas trompée dans son diagnostic.

Frank la regarda à son tour, conscient tout à coup que Jo Anne venait de mettre le doigt sur un point sensible. Il s'était amouraché de l'une de ses clientes et, le pire, c'est qu'il ne s'en était pas rendu compte avant qu'elle ne le lui eût fait remarquer.

Kate aime Boris

Kate considérait la venue de Boris à New York comme un conte de fées russe qu'on lit tard dans la nuit. Il avait surgi dans sa vie en la prenant totalement par surprise. Elle avait rencontré son prince russe et était devenue une tsarine russe. C'était la dernière chose qu'elle aurait pu imaginer, voyant à quel point elle était amoureuse du Dr Manne.

Tout s'était passé comme si, au moment précis où elle avait dit au Dr Manne qu'elle l'aimait, elle avait succombé à l'amour de Boris. Pauvre Dr Manne, il n'avait vraiment pas eu de chance ! Mais pourquoi avait-il dédaigné son amour, après tout ? Maintenant, elle allait pouvoir le narguer en lui contant par le menu les péripéties de cette idylle exotique.

Avait-on idée par exemple de tomber amoureuse pendant les deux semaines les plus exécrables de l'année ? Personne ne commence à aimer en janvier ! C'était vraiment typiquement russe ! Et jamais elle ne se serait imaginé qu'elle pourrait s'amouracher d'un Russe ! Elle en avait tellement connu pendant son enfance et son adolescence qu'elle se croyait allergique à ces gens-là. Et il fallait, par-dessus le marché, que ce soit un poète dissident, un paria ! Quel romantisme ! Non seulement elle avait trouvé un homme, mais elle épousait aussi une cause.

Elle s'était promis que, quand Boris partirait, elle se renseignerait pour s'inscrire à la branche américaine du Pen Club. Elle se voyait déjà défiler dans les rues pour protester contre l'incarcération des écrivains en Union soviétique. Elle aurait un fichu sur la tête.

Elle pensait avec délectation aux nuits qu'elle passait à faire l'amour avec ce Russe sauvage et secret, et n'arrivait pas à voir si oui ou non il était un agent du KGB, avec ses airs mystérieux et compliqués. Elle devait admettre que le simple fait qu'il pût en être un ajoutait encore à son excitation. Ecrirait-elle un jour ses Mémoires ? *Mon amant du KGB*, de Kate Odinokov ?

Certes, elle se sentait parfois un peu plus nerveuse qu'elle ne l'aurait voulu quand elle était avec lui, à cause de ce côté mystérieux qu'il cultivait, mais elle admirait sans réserve son énergie et sa virilité et adorait la façon dont il faisait la cuisine pour elle, tous les soirs, ou presque, à grands gestes précis, laissant tomber les *pastas* dans l'eau bouillante en tournant le poignet comme il convenait afin de former une spirale parfaite, ou agitant la sauce vinaigrette avec juste ce qu'il fallait de vigueur, finissant par y tremper le petit doigt afin de la goûter.

Ce qui, entre autres, l'inclinait à croire parfois qu'il était un espion, c'était la manière dont il la quittait en pleine nuit. Elle n'arrivait pas à le comprendre. Chaque fois, elle ressentait la même frustration : après avoir dîné, ils allaient se coucher pour faire l'amour et regarder la télévision, et à minuit, au moment où elle commençait à s'endormir, il se glissait hors du lit, enfilait ses vêtements et retournait à l'appartement de Park Avenue. A ce qu'il disait du moins.

«Pourquoi t'en vas-tu, Boris ? Je souffre terriblement quand tu me quittes. J'ai horreur de dormir seule. Oui, horreur, disait-elle avec une moue suppliante.

— Baby, il faut que je m'en aille. Je suis incapable de rester avec une femme. Je ne dors jamais avec une femme. Il faut que j'aie mon lit pour moi tout seul. C'est pour ça qu'il n'y a pas de femme dans mon studio à Paris la nuit, parce que je ne peux pas leur demander de s'en aller.

— Je ne te plais pas ? »

Il feignit de ne pas avoir entendu la question.

« Je rentre chez moi avec ton odeur sur ma barbe, et le liftier va te sentir sur moi. Oui, c'est vrai, il sait ce que j'ai fait, et j'adore ça. Il est jaloux, et je rentre dans mon appartement en souriant. »

Une expression joyeuse illuminait son visage. Manifestement il aimait se conduire comme un mauvais sujet.

Kate le regardait avec une incompréhension totale. Comment un homme peut-il ne pas vouloir passer la nuit avec moi ? Comment peut-il s'arracher à la tiédeur de mes draps, à l'étreinte de mes bras soyeux et refuser de dormir blotti contre moi en se réveillant de temps à autre pour faire encore l'amour, à demi endormi ? Elle était prise de doute, se demandant si c'était parce qu'elle avait quelque chose de repoussant. Mais il ne servait à rien d'insister. Il refusait obstinément de l'écouter.

Rencontrait-il des agents secrets dans les clubs de jazz où il se rendait ? Ces interviews n'étaient-elles pas des prétextes pour couvrir ses activités illégales ? Et elle, son téléphone était-il branché sur table d'écoutes ? N'allait-on pas surveiller son courrier ? La suivrait-on dans la rue ? D'ailleurs, sa liaison avec Boris était-elle vraiment accidentelle ? N'avait-il pas prémédité cette histoire afin de pouvoir l'emmener partout et opérer au grand jour sans éveiller les soupçons ? C'est alors qu'elle se posa la grande question : pourrait-elle l'aimer encore s'il était un agent du KGB ?

A la réflexion, elle pensait que c'était le soir où elle avait emmené Boris à Carnegie Hall qu'elle était tombée amoureuse de lui. Sa patronne lui avait donné deux billets pour un concert parce qu'elle ne pouvait pas y aller elle-même.

«Carnegie Hall, c'est très new-yorkais, non? dit-elle alors à Boris au téléphone. Je quitte mon bureau à l'instant même, viens me retrouver chez moi, on prendra un cocktail et des canapés.»

Elle adorait le mot canapé. Ça faisait tellement années trente! A moins que ce ne soit plutôt cinquante?

Ils étaient assis à déguster leur verre de vin quand elle sortit de son sac à main une souris en herbe-aux-chats, qu'elle avait achetée ce jour-là à l'intention de Boo.

«Tu as déjà vu des trucs comme ça?»

Il détestait répondre à ce genre de questions par la négative, mais il dut admettre qu'il ne savait pas de quoi il s'agissait.

«C'est de la cataire. De la marijuana pour les chats», expliqua-t-elle en lui tendant l'objet pour qu'il puisse le regarder avant de le donner à Boo.

«Nous n'avons pas ce genre de choses en Russie.»

Il observa avec beaucoup d'amusement le manège de Boo, qui faisait toutes sortes de contorsions pour attraper la souris, bondissant en l'air, telle une véritable danseuse de ballet. Et puis, après la frénésie, ce fut le silence. Boo, complètement ivre, s'était affalée sur le sol, les regardant tous les deux d'un air hébété.

«Il faut que je me change», dit Kate en jetant un coup d'œil à sa montre.

Elle se précipita dans la chambre, et enfila son pantalon de velours noir et un sweater au décolleté triangulaire qu'elle aimait porter le devant derrière. Elle aimait bien son dos et trouvait que les dos étaient sexy. Puis elle peignit une ligne jaune comme les taxis de New York sous ses sourcils taillés à la dernière mode — elle estimait que ses sourcils étaient ce qu'elle avait de plus réussi dans sa physionomie — et enduisit ses lèvres d'un rouge très vif. Elle étudia l'effet produit dans le miroir et se jugea très néo-japonaise, l'idéal pour accompagner le style *haute nouvelle** adopté par Boris et qui faisait alors fureur à Paris. Il portait un minuscule nœud papillon rouge avec une chemise Kansai Yamamoto grise et un pantalon anthracite.

«Je suis prête», dit-elle en se présentant à lui à peine cinq minutes plus tard car elle aimait montrer qu'elle était une femme qui pouvait se faire très belle en un temps record.

Ils gagnèrent Park Avenue à pied et il fut horrifié de la voir s'engager jusqu'au milieu de la chaussée pour prendre d'assaut un taxi qu'un autre couple venait de héler.

«Mais c'est comme ça qu'on fait à New York, baby», protesta-t-elle tandis qu'il la prenait par le bras pour l'obliger à battre en retraite et laisser l'autre couple monter dans le taxi. Elle était vexée, il avait réussi à la culpabiliser.

Ils restèrent silencieux pendant le trajet dans une autre voiture jusqu'au moment où il se tourna vers elle pour dire d'un air solennel :

«Il faut que nous mettions sur pied un trafic de cataire. La connexion franco-américaine de cataire pour les chats.»

Il avait pris un ton des plus officiels.

Elle apprécia cette attitude théâtrale. Elle adorait cette façon de présenter les choses.

«Tu crois que les chats de Paris réagiraient de la même façon à la cataire américaine? demanda-t-il.

— Je vais t'en acheter. Tu n'auras qu'à essayer sur eux à ton retour.»

Kate se rendit compte tout de suite que Boris était très impressionné par cette première visite à Carnegie Hall. Il lui dit qu'il avait entendu parler de Carnegie Hall toute sa vie et éclata de rire pour masquer son émotion. Il fut surpris de la simplicité du hall d'entrée avec ses lignes nettes et plaisantes à l'œil. Ce n'était pas aussi grandiose qu'il l'avait imaginé. Il fut charmé de voir les gens se précipiter par les portes ouvertes comme s'ils avaient été invités à une soirée prestigieuse.

«Tu as de la chance, nous avons une loge», dit-elle en lui faisant signe d'entrer.

Pendant qu'il accrochait son pardessus dans leur vestibule privé et se lissait les cheveux devant le miroir, elle expliqua qu'ils allaient écouter l'American Composers Orchestra, un groupe qui se consacrait à l'exécution des œuvres des compositeurs américains contemporains.

Après le premier morceau, une composition d'avant-garde très enlevée d'Elliot Carter, Kate regarda Boris; il applaudissait avec une noblesse dans le maintien qui forçait l'admiration. Quelle élégance dans la manière dont il observait le public qui s'entassait au-dessous d'eux! Quand le compositeur se leva de son siège, au milieu de la salle, pour s'incliner, Boris lui adressa un signe de tête courtois et leva imperceptiblement les mains en hommage à la qualité de sa réalisation. Kate se dit qu'elle avait de la chance de se trouver en compagnie d'un homme aussi charmant.

Après le concert, elle aurait bien voulu prendre un taxi : il était tard et il faisait froid, mais il insista pour qu'ils se dégourdissent les jambes en remontant Madison Avenue à pied. Les rafales de vent transperçaient le manteau de Kate et les larmes brûlaient son visage, mais Boris se sentait vraiment dans son élément. Il adorait le froid. Ils marchèrent sur le trottoir désert, brillamment éclairé par les opulentes devantures des magasins. Désireuse de faire son éducation, elle s'arrêtait à tout instant en disant : «Regarde, Boris, regarde!» mais il l'entraînait, d'un air excédé, refusant de s'immobiliser.

«Baby, nous avons tout cela à Paris. Viens à Paris, c'est bien mieux à Paris. Ça, ce n'est rien.»

Quand ils furent enfin arrivés à l'appartement de Kate, après s'être arrêtés pour prendre des friandises au chocolat dans une épicerie fine ouverte toute la nuit, Boo était encore tout alanguie par sa cataire. Kate remarqua que sa chatte se montrait d'une grande coquetterie avec Boris. Couchée sur le côté, l'animal le fixait avec une grande adoration.

« Es-tu une ballerine de Balanchine ? susurra-t-il en français. Veux-tu du champagne ? » Il avait prononcé le mot avec une préciosité exagérée. Boo se mit sur le dos, les pattes de devant allongées, et le regarda de haut en bas. Kate sortit de la cuisine, avec un plateau sur lequel elle avait disposé les friandises au chocolat et une théière, et observa sa chatte qui flirtait avec son homme.

Nous sommes bien pareilles, se dit-elle, deux Charlotte Rampling échouées à Manhattan, partageant un appartement et essayant de survivre du mieux que nous le pouvons, toutes les deux charmées par le même homme.

Elle n'avait aucune idée des sentiments que Boris pouvait éprouver à son égard. Tantôt affectueux, tantôt distant, il avait une attitude qui ne manquait pas de l'intriguer. Mais, au fond, cette ignorance ne la préoccupait guère. En tout cas, c'est à ce moment précis qu'il y avait eu un déclic en elle. Se pouvait-il que la personne indépendante qu'elle avait été jusqu'alors se fût muée en une moitié de couple ? Quoi qu'il en soit, la sensation était loin d'être désagréable.

Le lendemain, un samedi, c'était l'anniversaire de Boris, et Kate voulut lui faire une surprise. Il lui avait dit, quelques jours plus tôt, d'un air plutôt réticent, qu'il allait avoir trente-neuf ans et, quand elle lui avait demandé ce qu'il aimerait pour fêter l'événement, il avait pris un air gêné, s'empressant de parler d'autre chose. Concluant que, peu habitué aux prévenances, il s'attendait une fois de plus à une déception, elle décida de lui faire une surprise.

Il lui avait donné le manuscrit de l'une de ses nouvelles rédigées en anglais, épouvantablement dactylo-graphié et surchargé de corrections manuscrites, en lui demandant si elle pouvait trouver quelqu'un, une secrétaire de son agence par exemple, qui pourrait lui taper le texte proprement.

« S'il te plaît, peux-tu faire ça pour moi ? lui avait-il demandé avec emphase, la main sur le cœur.

— Je vais essayer », avait dit Kate.

Mais le temps avait passé et elle n'avait trouvé personne. Elle décida donc de lui faire cadeau de son propre temps et de le taper elle-même. Elle était certaine de pouvoir améliorer le texte et, tout en pianotant sur les touches, elle supprima quelques passages inutiles et corrigea des fautes de traduction. Pendant qu'elle travaillait, Boo s'était installée sur le bureau et lisait chaque mot tout en mastiquant des élastiques, battant des paupières et savourant le tap tap tap de la machine à écrire ; elle sautait de ravissement chaque fois que Kate faisait revenir le chariot en arrière.

C'était une histoire bizarre. Un émigré russe habitant à Paris donnait de la drogue à une très jolie Espagnole nommée Alma ; un beau jour de printemps, ils étaient allés à Venise ensemble et il l'avait vue se jeter du haut du pont de l'Accademia et l'avait regardée se noyer, installé à bord d'une gondole qui flottait à quelque distance de là. Kate avait une impression de vertige en lisant cette macabre intrigue. C'était comme si, en s'introduisant dans l'histoire, elle avait participé à l'action.

Elle acheva son travail à quatre heures de l'après-midi, le jour de l'anniversaire de Boris. Elle se précipita à la boutique qui faisait les photocopies et attendit patiemment son tour pour en tirer cinq exemplaires. Puis elle s'arrêta chez le papetier du coin pour acheter un stylo qui écrivait avec de l'encre dorée. Boris s'était servi de celui qu'elle avait déjà quelques jours auparavant et avait déclaré que c'était

« fan-tas-tiiique ». Il fallait donc qu'il en ait un lui aussi.

De retour à l'appartement, elle enveloppa le manuscrit dans un papier cadeau et écrivit au dos d'une photo d'avant-garde en noir et blanc : « Heureux anniversaire pour mon prince poète russe. Avec tout mon amour, Kate. » Boris n'allait pas tarder à arriver.

Elle était en train de se changer quand l'interphone de l'entrée se mit à bourdonner. Elle se précipita dans la cuisine pour appuyer sur le bouton permettant d'ouvrir la porte et courut dans la chambre cacher ses présents sous le canapé. Elle s'efforça de paraître calme et naturelle en allant l'accueillir. Il avait une bouteille de champagne, mais paraissait morose.

« J'ai pensé que nous pourrions boire au bon vieux temps, dit-il d'un air maussade.

— Entre donc. »

Eclatant de rire, elle passa ses bras autour de lui. Il se comportait comme un grand bébé.

« J'ai une mauvaise nouvelle à t'annoncer, baby, dit-elle en imitant les intonations morbides de Boris, après l'avoir embrassé sur les deux joues à la française. Je n'ai pas pu trouver une dactylo pour taper ton histoire. »

Elle lui tendit son manuscrit original pour qu'il le reprenne. L'air profondément déçu, il écarta les feuillets d'un geste de la main. Elle les posa sur la table du vestibule.

« Va t'asseoir », dit-elle en désignant le canapé. Puis elle alla directement dans la cuisine. Elle l'entendit qui fourrageait dans le buffet.

« Où ils sont tes verres à vin ? Ah ! Ça y est, je les ai. »

Il vint la rejoindre avec le champagne et deux gobelets.

« Non, attends », dit-elle.

Elle repartit dans le living-room prendre deux flûtes à champagne dans une vitrine.

«Ça vient de Yougoslavie, dit-elle en lui montrant le cristal délicat incrusté de fleurs finement ouvragées.

— Ça, c'est fan-tas-tiiique», dit-il en saisissant un verre pour le faire tourner entre ses doigts. C'était exactement le genre d'objets qu'il aimait.

Il s'assit à côté d'elle sur le canapé, fit sauter le bouchon et commença à servir. Elle leva son verre vers lui et chanta : «Happy Birthday». Il écouta d'un air très solennel.

«Mon Dieu, c'est ça qu'on chante ici? demanda-t-il en prenant un air dédaigneux.

— Oui, baby.

— Hum! Pas terrible.

— Ah bon? Et qu'est-ce qu'on chante en Russie?»

Il se renversa en arrière, ferma les yeux et entonna une chanson russe aux accents dramatiques intitulée «Novoe Leto, Nouvel Eté».

«Pas mal», reconnut-elle. Evidemment, «Happy Birthday to You» faisait bien piètre figure à côté.

«Aucune importance, soupira-t-il. N'en parlons plus.»

Bien calés contre le dossier, ils dégustèrent le champagne en silence. Il était à mille lieues de là, perdu dans ses souvenirs d'anniversaires en Russie.

«Ton champagne est excellent, baby, dit-elle.

— Il n'est pas excellent. Il est O.K., corrigea-t-il, s'efforçant de l'éduquer. Tout juste O.K.»

Mais elle était morte d'impatience.

«Et voici un petit cadeau pour Boris!» s'écria-t-elle en sortant de sous le canapé le paquet qu'elle avait préparé.

Le visage de Boris s'illumina. Quelle surprise! Il la prit dans ses bras, la balançant d'avant en arrière. Avec de grands gestes pleins d'emphase, il défit l'emballage, se demandant ce qu'il allait découvrir. Quand il se fut rendu compte que c'était sa nouvelle, merveilleusement tapée sur un papier glacé tout blanc, il pressa les feuillets contre son cœur en soupirant, et regarda Kate avec une grande tendresse.

« C'est moi qui l'ai fait, dit-elle en se trémoussant sur les coussins, heureuse de son petit exploit. Ça m'a pris toute la journée. »

Il saisit son visage entre ses mains et lui donna des baisers à la russe, des baisers fougueux et des baisers délicats. Il la remercia pour la photo et, à l'aide du stylo qu'il avait découvert avec ravissement, il écrivit en lettres dorées : « Tu es la fille la plus sensationnelle des USA. Boris Zimoy. »

Ils restèrent blottis l'un contre l'autre, dégustant leur champagne, Boris était heureux qu'on ait pu faire un tel cas de sa personne et Kate ravie d'avoir réussi à lui faire plaisir.

« Si maintenant on pouvait entendre du Schubert, la fête serait vraiment complète, dit Boris d'un ton pensif.

— Ah bon ? Ça compléterait bien ? »

Elle se leva pour mettre un disque des Guarneri jouant un quatuor en *ré* de Schubert. Elle se rassit avec un large sourire et l'embrassa sur la joue.

« Bon anniversaire, Boris », murmura-t-elle.

Ils fermèrent les yeux et burent leur champagne en écoutant la musique. Jamais Kate n'avait éprouvé un tel bonheur. Après tant et tant d'efforts infructueux, elle atteignait enfin la béatitude parfaite.

Ils emportèrent la bouteille de champagne dans la chambre à coucher et il la fit boire à coups de baisers innombrables, regardant tous les deux la télévision au lit. Il ne se lassait pas de la télévision américaine, mais il trouvait les publicités exécrables.

Pourtant, ce soir-là, Kate ne voulait pas qu'il lui vole son attention en fixant le petit écran, elle tenait à tout prix à ce qu'il la distraie, et elle tourna le bouton. Boris s'assit dans le lit et se mit à imiter Khrouchtchev, Brejnev et Andropov, avant de se lancer dans des imitations d'homosexuels français ou de pim-bêches parisiennes. Kate gloussait sans discontinuer.

« Et moi, qu'est-ce que je pourrais faire pour toi ? demanda-t-elle soudain. Oh ! Je sais, dit-elle en se redressant sur son séant avec un grand air de résolution patriotique. Je vais te chanter une chanson que j'ai apprise en colonie de vacances. »

D'une voix pure et suave elle entonna :

J'aime les Etats-Unis d'Amérique
Car nous y vivons sans connaître la peur.
J'aime voter pour le candidat de mon choix
Dire ce que je pense, élever la voix.
Oui, j'aime vivre dans ce pays.

J'ai une telle chance de vivre en Amérique !
Et je suis reconnaissante tous les jours de l'année
Car je peux faire ce qui me plaît,
Car je suis libre comme le vent.
Oui, j'aime vivre dans ce pays.

Je voudrais grimper tout en haut
D'une montagne élevée
Et tourner ma tête vers le ciel
Et dire combien je suis reconnaissante
De la vie que je mène,
De pouvoir travailler, de pouvoir donner
Et d'aider le pays si cher à mon cœur
Oui, je l'aime,
Je l'aime,
Le pays où je vis.

Boris se tordait de rire. C'était son tour d'être ravi. Il embrassa Kate sur son épaule nue en l'appelant « mon petit enfant de troupe ».

Allongée dans les bras de Boris, elle sentit qu'il s'endormait et se demanda ce qui allait se passer maintenant. Il devait quitter New York dans quelques jours. Irait-elle s'installer à Paris pour devenir française ? Reviendrait-il à New York pour se faire américain ? Couleraient-ils des jours heureux jusqu'à la fin des temps ?

Elle se dégagea pour se redresser et le regarda dormir d'un sommeil léger, fixant sur lui un œil émerveillé. Elle lui caressa la poitrine avec ses joues, effleurant de ses lèvres la douce toison noire qui lui recouvrait le corps, puis s'attarda sur ses bras, s'efforçant d'en inscrire la forme et l'odeur dans sa mémoire, passant la langue à l'intérieur du coude et humant profondément l'arôme puissant exhalé par les aisselles, pour garder tout cela inscrit en elle.

Comme si elle récitait un chapelet, elle énuméra tout ce que Boris était à ses yeux ; elle énonça l'un après l'autre les traits marquants de cette existence, tout en explorant son corps avec sa bouche. Voici le corps d'un homme qui est seul au monde, un homme qui est né à l'âge de trente-quatre ans, au moment où un avion d'Air France l'a déposé sur le sol de l'Occident. Un homme qui ne reverra peut-être jamais sa terre natale.

Comme il devait être nerveux, à Cheremetievo, quand l'avion a décollé pour Paris ! Son corps tout entier a dû crier son allégresse devant les perspectives nouvelles qui s'ouvraient devant lui. Lui qui, à dix-huit ans, a été contraint de faire son service militaire dans l'armée soviétique et a failli mourir au cours de ces deux années passées en Sibérie. Voici le corps d'un garçon qui a passé des étés heureux en Crimée, pendant son enfance, et le corps d'un homme qui a vécu la double vie honteuse de tous les citoyens soviétiques moyens, et qui a connu les dangers constants qui guettent le rebelle clandestin ; le corps d'un homme qui vit dans un désespoir de tous les instants devant cette existence saccagée et qui aime tant son pays que chaque jour passé en Occident est à la fois une bénédiction et une torture. Cet homme est le lien qui me rattache à mes ancêtres. Quand je l'embrasse, c'est la Russie que j'embrasse,

141

j'embrasse mon âme. Il est la clé... qui ouvre mon âme.

Elle se remémora l'époque où elle avait été à l'université, quand elle s'était passionnée pour tout ce qui avait trait aux Slaves. Avec deux camarades, Donna et Shelley, elle s'était enivrée de littérature russe. Au début de chaque trimestre, elles ressortaient de la librairie, ployant sous le poids de la pile de romans, Soljenitsyne étant à leurs yeux le seul représentant de la production soviétique contemporaine.

Mais la lecture, même prolongée fort avant dans la nuit, ne pouvait satisfaire Kate qui s'était lancée dans un apprentissage intensif de la langue, cinq jours par semaine, à sept heures trente-cinq du matin : un véritable horaire de goulag ! Les «professeurs», elle en avait la certitude, ne pouvaient être que des agents du KGB. Quelle meilleure couverture auraient-ils pu avoir que d'enseigner le russe dans une université de Washington ?

Grand Dieu, il y avait bien longtemps qu'elle avait cessé de penser à cette époque ! A présent, ses lèvres avaient terminé leur parcours sur le corps de Boris et elle lui mordillait les orteils. Il respirait profondément, les traits épanouis par le plaisir. Le chevauchant soudain, elle regarda fixement son visage, tout en imprimant à son propre corps un mouvement de va-et-vient. En silence, elle lui voua son existence entière. Ce n'était pas de l'amour, c'était quelque chose de plus fort, quelque chose de beaucoup plus important.

Elle allait lui adoucir la vie, elle allait essayer de lui donner tout ce qui lui avait été enlevé. Peut-être ne l'aimait-il pas en ce moment, mais elle n'en était aucunement affectée. Elle se montrerait gentille envers lui et il finirait par se rendre compte qu'il avait besoin d'elle, qu'il la désirait et finalement qu'il l'aimait.

Quand elle atteignit l'extase, elle l'observa attentivement et remarqua qu'il y avait sur son visage une expression désespérée. Elle se pencha vers lui et l'embrassa sur la joue. Puis elle s'endormit dans ses bras et, quand elle se réveilla le lendemain matin, elle vit qu'il était parti.

Boris n'aime personne

Après s'être habillé en silence pour ne pas la réveiller, Boris resta un moment dans l'embrasure de la porte, observant la femme endormie qu'il venait de laisser seule dans le lit. Comme il l'enviait de pouvoir dormir ainsi, sans le moindre effort! Il admirait le tableau qui s'offrait à sa vue et se rappela que son appareil photo était encore sur le bureau de Kate. Il aimait la façon dont le duvet de la couche mettait en valeur les courbes gracieuses du dos, la chevelure châtaine retombant avec légèreté sur les épaules et les bras émergeant de la masse molle des oreillers. Il appellerait ce portrait: *Femme endormie avec Manhattan sous sa fenêtre.*

Le chat s'était pelotonné en une boule bien compacte pour dormir entre les cuisses de sa maîtresse. Boris sourit. Pas folle, la bestiole: elle connaissait bien les meilleurs endroits! Au déclic que fit l'appareil, Boo releva la tête.

Il s'assit dans le petit fauteuil de la chambre: il n'était pas encore prêt à fuir cet antre de la féminité. Ah! Cette maudite insomnie! Non seulement elle gâchait ses nuits, mais elle torturait aussi ses jours par un épuisement impitoyable. Elle faisait affluer les souvenirs de ce passé détestable, là-bas, par les fenêtres de son atelier, pendant que Paris dormait du sommeil du juste, rêvant seulement de café au lait et de croissants tout chauds.

144

Pour lui, la nuit était une période dangereuse, il n'y faisait pas bon errer dans les recoins sombres de ses souvenirs, car il savait que les règles de la vie étaient suspendues au cours de ces quelques heures séparant la nuit profonde de l'aube bienfaisante.

Il s'obligeait à s'habiller pour aller rôder dans le Marais. Il avait besoin du contact des gens pour se sentir en sécurité. Au moins, les prostituées lui manifestaient quelque gentillesse. Ce n'était pas comme ces salopes de Parisiennes! Certes, les putains voyaient bien à sa démarche qu'il n'était pas un client, mais un être semblable à elles-mêmes, un esprit inquiet qui voulait seulement déambuler dans les rues.

Il échouait souvent dans l'un de ces cafés miteux et pittoresques ouverts toute la nuit, où les mareyeurs venaient prendre un verre aux petites heures du matin. Il aimait rester debout au comptoir, se régalant d'un bol fumant de soupe de poisson frais tout en écoutant les propos familiers échangés autour de lui. Quelques cognacs plus tard, il passait par la boulangerie, où on le connaissait bien, pour prendre une ficelle encore tiède, de la première fournée de la nuit, et il rentrait au logis se colleter avec un sommeil tourmenté de quelques heures.

C'est pendant ces instants qu'il était souvent hanté par le souvenir de son geignard de frère, une victime du rêve soviétique. Il se demandait aussi ce qu'étaient devenus les amis qu'il avait laissés au pays, à qui il n'avait même pas dit adieu avant de partir pour cet innocent voyage d'une semaine qui lui permettrait de voir sa femme française à Paris. «Bien sûr que je vais revenir, leur avait-il assuré. Toute ma vie est ici.»

Il n'avait rien pu dire à personne. Parfois, il avait trop peur pour se le dire à lui-même.

Juste avant de partir, il s'était montré agité et inquiet, parcourant longuement son Moscou bien-aimé, de nuit. Il tentait, en pleurant, d'inscrire dans sa mémoire les lieux qu'il allait quitter à jamais, sachant que ce seraient les seuls souvenirs de sa vie.

Il se désolait pour ses amis, pensant au prix qu'ils allaient devoir payer pour sa disparition : visites du KGB, invitations à des entretiens «en ville». Plus jamais d'avancement ni d'augmentation de salaire. Ils ne recevraient jamais ses lettres. Tout se passerait comme s'il était mort.

Il se tourmentait sans cesse pour la santé fragile de sa mère et il pleurait en se disant qu'il ne la reverrait jamais. Pas question de l'autoriser à sortir du pays pour qu'elle vienne lui rendre visite, et il n'était d'ailleurs pas certain de souhaiter cette venue. Une fois à Paris, la vue de cette abondance, de cette exubérance esthétique, la beauté décadente de ces amandes, empilées dans une boutique qui se consacrait entièrement à l'art des fruits secs, toutes ces épiceries, ces papeteries, ces parfumeries, regorgeant de plaisirs, non, ce serait trop pour elle. S'apercevoir à son âge qu'elle avait passé la totalité de son existence en enfer ! A quoi bon ?

Quel gâchis ç'avait été sa vie à lui, en Russie. Les longues heures passées à faire la queue pour acheter de quoi manger devaient faire un total de cinq années au moins. Et les jeux stupides auxquels il fallait se livrer avec les sentiments d'autrui pour obtenir ce dont on avait besoin lui donnaient l'impression de se conduire comme une prostituée. Non, il valait mieux qu'elle reste à Moscou.

Les gens n'avaient aucune idée de ce que cela représentait de sortir de sa propre existence, de laisser tout, son lit défait, le lait pris dans la glace sur le rebord de la fenêtre, le chat bien-aimé, à qui on donne une petite tape sur la tête, les livres favoris, les photos, tout ce qui a été une vie, et que l'on abandonne, et qui va devenir la ville fantôme dont votre esprit sera hanté à jamais.

Maintenant, il payait sa liberté par des lettres mutilées venues du pays, les visites des voyous du KGB qui mettaient son atelier à feu et à sang et le suivaient dans la rue — pas en permanence, certes, mais de temps à autre, juste assez pour se rappeler à son souvenir, pour le mettre mal à l'aise, lui dire à leur façon : « Nous n'aimons pas les gens qui ne jouent pas le jeu. »

C'était là ce qu'ils cherchaient : installer en vous cette minuscule parcelle d'insécurité. Oh ! Pour ça ils étaient très forts !

Sa liberté, il la payait aussi avec sa santé, souffrant maintenant de l'absence du traitement médical dont il aurait eu tant besoin. Il pouvait remercier l'Union soviétique de la fragilité de son cœur et de la faiblesse de ses poumons.

Pauvre Katia, il ne pouvait pas lui en vouloir. Il avait essayé de lui expliquer, mais, comme la plupart des Américains, elle était incapable de comprendre. Elle lui avait posé des questions stupides, du genre : « Alors, quel genre de plats préparais-tu ? » Il se souvint de la fureur qu'il avait ressentie, puis de cette nouvelle émotion, cette gêne intense que lui avait inspirée la nécessité de mener une existence d'humiliation.

D'un ton sarcastique, il lui avait répondu :

« On faisait avec ce qu'on pouvait trouver, ma chérie, tant qu'on avait des roubles dans la poche. Alors on ramenait ses richesses au logis et on mettait tout dans une marmite avec une vieille chaussure, pour que ça cuise.

— Ton pays, c'est une farce sinistre, lui avait-elle dit tristement.

— Une farce sinistre avec de très grosses bombes.

— Mais s'ils sont incapables de construire un immeuble... Tu sais, j'ai lu dans *Time* qu'ils oublient de mettre du sable dans le ciment, alors tout s'écroule avant la fin des travaux ; et s'ils ne savent pas faire fonctionner les ascenseurs... comment peuvent-ils fabriquer des bombes ?

— Alors ça, c'est la question à mille francs », dit-il en riant.

Il ne pouvait jamais se défaire de ces pensées, oublier le viol de son existence et de son pays bien-aimé par les Soviétiques. Et pour aboutir à quoi ? A un pays qui traitait ses habitants comme des enfants, leur déniant sans cesse le droit au bonheur ! Un pays où il fallait apprendre à évoluer en dehors du système tout entier pour se nourrir, s'habiller, prendre soin de soi. Un endroit où une chose aussi simple que de poster une lettre dans une boîte produisait le même résultat que si on l'avait jetée à la poubelle.

Maintenant, il livrait un nouveau combat, il se battait contre la stupidité du temps pour écrire, écrire et écrire encore. Les seules choses qu'il voulait, c'étaient la solitude et le soleil, l'espace et la liberté pour écrire. Et pourtant, dans ses moments les plus sombres, il se consumait de l'envie de retourner en Russie. Il voulait sentir de nouveau le mordant d'une vie tendue et l'acuité des relations personnelles. Les choses les plus étranges manquaient à son bonheur présent : les larges boulevards de Moscou où se pressait une foule emmitouflée dans des fourrures et des écharpes, ces yeux qui vous fixaient de leur éclat vitreux, sans jamais rien révéler. Et aussi le crissement de la neige compacte sous les pas, la brûlure de la tasse de thé entre les doigts, le contact tendre de ses amies russes pendant la longue remontée de l'escalator dans le métro.

Les Occidentaux ne parvenaient jamais à comprendre pourquoi il désirait tant repartir au pays. Ils n'avaient aucune idée des choses dont il leur parlait quand il tentait de leur expliquer ce qu'il ressentait. Alors, à quoi bon insister ?

Et puis il y avait le problème de l'argent. En URSS, il pouvait survivre avec des sommes très modiques mais, à Paris, il lui fallait penser sans cesse à l'argent. Comment pourrait-il s'en procurer ? Comment arriverait-il à vivre ? Ce qu'il considérait désormais comme des nécessités avait fini par empoisonner son existence à Paris. A Paris, un blouson de cuir d'Issey Miyake était devenu une nécessité; un sweater de Kenzo, c'était quelque chose dont il ne pouvait se passer. Il avait honte de cette nouvelle et horrible maladie qui s'était abattue sur lui.

La France n'était pas comme l'Amérique dès qu'il s'agissait de se trouver un petit boulot d'appoint. Il n'était pas question de servir des clients à table pendant la période où l'on écrivait le grand roman russe qui serait la révélation de l'année. La profession de serveur ne pouvait s'exercer qu'à plein temps, elle était honorable et permettait de subvenir aux besoins de toute une famille.

D'ailleurs, il avait déjà perdu suffisamment de temps en Russie, il n'était plus disposé à se conformer à ces règles bourgeoises prescrivant qu'il fallait gagner sa vie en essayant d'écrire pendant son temps libre. Non, il allait agir conformément à sa volonté propre, c'est la vie qui se plierait aux diktats de sa volonté. Finis les compromis; ce petit jeu, il refusait désormais de s'y livrer. Il allait se montrer dur et intransigeant.

L'intensité de ses réflexions finit par éveiller Boo. La chatte l'aperçut sur le fauteuil, sauta à terre et se dirigea vers lui d'un air plaintif. Puis elle poussa un miaulement sonore pour manifester sa sympathie. «*Tais-toi**»*, dit-il en se penchant pour la caresser. Il risqua un œil vers Katia pour voir si elle avait été elle aussi arrachée à son sommeil par le tumulte des pensées qui l'avaient agité.

Pourquoi ne pouvait-il simplement l'aimer et se comporter normalement? Il avait érigé comme principe de ne jamais se préoccuper des problèmes des autres, mais il la plaignait du fond du cœur. Elle était tellement impliquée dans ses problèmes de bourgeoise! Evidemment ce n'était pas sa faute, elle se contentait de vivre de son mieux ce fameux rêve américain, complètement désorientée qu'elle était par le désordre confus de ses problèmes insensés. Elle aurait pu mener une vie riche et profonde mais, au lieu de cela, il avait fallu qu'elle aille s'acoquiner avec un psy imbécile qui ne faisait que l'inciter à s'enfoncer davantage en l'amenant à se poser des questions qui n'avaient pas leur raison d'être. Fallait-il changer d'emploi ? Demanderait-elle à son dentiste de lui mettre des dents en or ? Pourquoi ne pouvait-elle pas perdre quelques kilos ? Pourquoi était-elle si seule ? Pourquoi ne pouvait-elle pas rencontrer d'hommes ? Fallait-il rester à New York, faire partie d'un club naturiste ? Quel cours allait-elle suivre à la New School ?

Elle valait tellement mieux que tout cela ! Mais elle n'avait pas su découvrir sa véritable nature. La seule chose dont elle avait besoin était pourtant très facile à avoir.

« Aime-toi toi-même », lui avait-il dit un jour où elle s'était particulièrement empêtrée dans ses stupides dilemmes. Elle prit alors un air inquiet. Il lui caressa doucement les cheveux « Aime-toi toi-même, baby, répéta-t-il à mi-voix. C'est ça qui est le plus difficile. »

L'espace de quelques secondes, il s'efforça d'imaginer pourquoi il ne voulait pas se créer une vie nouvelle avec une femme, fonder un foyer et mettre autour de lui de la tendresse et un soutien affectueux.

C'était au-dessus de ses forces ! C'était la porte ouverte aux compromis, à une foule de stupidités du genre : qui va faire les courses chez l'épicier, tu ne fais jamais le lit, nous devrions prendre une femme de ménage, tu as oublié le pain, qu'est-ce qu'on mange ce soir, non, on en a déjà fait hier soir. Toutes ces conneries ! Ça commence par le désir et l'amour, et ça dégénère en une bagarre entre les murs d'une prison.

Il perdrait beaucoup trop de son précieux temps à organiser son existence. Ce qu'il voulait, c'étaient des hectares et des hectares de solitude. Il ne voulait parler à personne avant midi chaque jour. Il ne voulait pas être obligé de crier : «Au revoir, je vais au tennis. Je reviendrai à cinq heures!»

Maintenant, il était le seul à savoir à quoi il passait son temps. Les amis auxquels il écrivait ne savaient rien des amis avec qui il jouait au tennis, ses voisins ignoraient tout de son travail, ses maîtresses ne connaissaient pas ses amis du tennis. Non, il fallait que tout reste bien cloisonné, et qu'il soit le seul à connaître le contenu de chaque compartiment.

Cette solitude était à la fois son paradis et son enfer. Elle le torturait, et pourtant elle était ce qu'il chérissait le plus au monde. C'était paradoxal tout de même, mais le jour de Noël, à Paris, il aurait donné n'importe quoi pour se faire inviter dans une famille nombreuse, sabler le champagne avec des parents en participant aux démêlés qu'ils pouvaient avoir entre eux. Il aimait la complexité et la mesquinerie des rapports qui pouvaient s'établir entre les enfants, les petits-enfants, les maris, les femmes, les amants, les maîtresses, les frères, les sœurs, les cousins, les nièces, les oncles, les tantes, avec tous les malentendus, les rires, les vexations, les larmes et les tragédies domestiques.

Il sourit. Ce que tu peux être sentimental, mon pauvre Boris! Oui, mais en privé seulement. La sentimentalité et la vie de famille, c'était parfait pour les autres, pas pour lui.

Il caressa Boo une fois de plus et sortit de l'appartement de Katia, refermant soigneusement la porte derrière lui. Une fois dans la rue, il laissa ouvert son pardessus et inspira profondément l'air glacé de janvier. Ah! Ce qu'il aimait cela! Paris n'était jamais assez froid pour lui.

Il décida de marcher un peu, de savourer cette nuit, l'une des dernières qu'il passerait à New York. De toute façon, il ne pourrait pas dormir.

Il se rendait compte que la perspective de rentrer en France le rendait nerveux. Maintenant, Paris lui paraissait trop précieux, trop tatillon. Comment allait-il faire pour supporter ces Français constipés, teigneux et intrigants, après cette éblouissante incursion dans la Grosse Pomme[1] ? Les Américains manifestaient si ouvertement leurs désirs et leurs motivations ! Ils se contentaient de dire ce qu'ils voulaient et, ensuite, ils imaginaient un moyen de se le procurer. Une vulgarité parfaite.

A New York, on avait le sentiment enivrant que tout était possible. Chacun vivait dans son propre monde, faisant exactement ce qu'il voulait faire, et ceux qui n'y parvenaient pas, eh bien, ceux-là, ils étaient torturés par la certitude qu'ils pouvaient y arriver. Cette divine énergie s'était insinuée en eux, dans leur chair et dans leur sang. Et lui, il était persuadé qu'à New York il pourrait réaliser un tas de possibilités.

Il réussirait probablement à y vivre très confortablement, il gagnerait sa vie grâce à sa plume ou en faisant toutes sortes de petits boulots, sa condition d'émigré russe lui garantissant un minimum de ressources. D'autres Russes l'avaient fait avant lui. Peut-être lui décernerait-on une bourse pour lui permettre d'écrire. Katia lui avait donné un livre où figurait la liste de toutes ces bourses qui attendaient qu'on en fasse la demande. Incroyable ! Et il pourrait enseigner.

En tout cas, il n'aurait aucun problème à trouver des femmes qui ne demanderaient pas mieux que de s'occuper de lui, si le cœur lui en disait.

Seulement, le véritable problème, c'était qu'il ne voulait pas une nouvelle fois recommencer de zéro dans une autre ville. Ce serait beaucoup trop difficile. Non, il allait retourner à Paris. Il le fallait. Ça lui permettrait de couler une existence plus paisible. A New York, il aurait l'impression de repartir pour la guerre

1. Surnom donné par les Américains à la ville de New York (N.d.T.).

et il lui faudrait apprendre toute une série de techniques de combat.

Mais il n'allait pas couper les ponts avec Katia. Elle pourrait lui être d'une grande utilité ici, à New York, pendant qu'il serait à Paris.

Boris regagna l'appartement de Park Avenue où il trouva un nouveau liftier qui, celui-là, se moquait complètement de savoir où il allait et d'où il venait. Il resta éveillé toute la nuit, zappant d'une chaîne câblée à une autre tout en dégustant des glaces Häagen Daz à même la boîte avec une petite cuiller. Elles lui rappelaient les glaces russes et il en conçut un grand bonheur.

Kate hait Frank

Il y avait une chose que Kate n'avait jamais dite au Dr Manne : c'était qu'elle adorait danser seule dans le living-room, tard le soir, dans le noir.

Cette danse solitaire, ou plutôt cette danse avec elle-même, ainsi qu'elle aimait à le dire, elle avait commencé à la pratiquer à douze ans, chez ses parents, dans leur maison de banlieue. Son père et sa mère avaient fini par consentir à lui acheter une chaîne hi-fi bon marché et, quand ils sortaient le soir ou quand sa mère partait avec la voiture, le samedi après-midi pour aller faire les courses, Kate, qui avait observé la situation de la fenêtre de sa chambre, descendait en trombe dans le salon et mettait la musique à fond pour se livrer à son passe-temps favori.

Parfois, elle se précipitait dans la cuisine pour ouvrir le frigo et fourrager dans le tiroir à légumes jusqu'au moment où elle trouvait ce qu'elle cherchait : une carotte, un concombre ou un *zucchini* dont la forme convenait parfaitement à l'utilisation qu'elle voulait en faire. Alors, elle retournait dans le salon et portant le légume près de ses lèvres, comme un micro, elle singeait les chanteuses de rock and roll, criant les paroles à pleins poumons, grimaçant, faisant des moulinets avec les bras, conformément à une chorégraphie bien précise destinée à surexciter les adolescents de son auditoire en leur permettant de fantasmer tout à leur guise. Elle était la reine du rock and roll, la grande prêtresse du jazz, l'ange du folk.

« De la musique de singe », ne manquait jamais de dire son père.

La musique avait évolué avec le temps. D'abord, Kate n'avait juré que par Dionne Warwick et Lesley Gore, puis les Beatles avaient fait irruption dans sa vie et elle était devenue une de leurs fans inconditionnels. Elle avait fait partie du fan-club officiel des Beatles, se coiffant d'une casquette en cuir à l'effigie de ses idoles pour aller à l'école et confectionnant des colliers avec le bubble-gum qui accompagnait les photos du célèbre groupe anglais. Elle avait tapissé tout un mur de sa chambre avec leurs posters et demandé qu'on lui envoie un carré de cinq centimètres de côté extrait de l'un des draps de Paul McCartney.

Elle se dandinait au rythme de « Sergeant Pepper », après avoir mis au point un show époustouflant dont elle était l'unique spectatrice, jouant les quatre rôles à la fois, incarnant même le cinquième mystérieux personnage, cette femme qu'ils aimaient tous.

Ensuite, elle s'était lancée dans les blues langoureux de Bonnie Raitt. « Je ne vais pas te supplier de m'aimer, il y en aura un autre pour le faire », gémissait-elle. Et quand sa mère arrivait, Kate allait vite s'asseoir sur un canapé, lisant tranquillement un livre, le souffle un peu court.

Maintenant, elle était adulte, elle avait trente-trois ans. Elle avait son salon à elle, dans son appartement de New York, et en plus elle ne dansait que le soir, dans le noir. Pourtant, Kate se posait des questions. Danser avec soi-même, n'était-ce pas la même chose que de jouer avec soi-même ? N'était-ce pas une forme de perversion ou de retard mental ?

Sans aucune contestation possible, elle aurait dû passer depuis longtemps à des fantasmes beaucoup plus « hard » ou évoluer vers des territoires nouveaux et plus gratifiants. Elle pensait à ses amies qui, maintenant qu'elles étaient mariées et mères de famille, s'adonnaient à des passe-temps originaux, peignant au pochoir des motifs décoratifs du style «folk art» sur leurs parquets et confectionnant des chaises Shaker en kit, alors qu'elle en était restée à des jeux d'adolescente, se contentant de danser dans le noir.

Pourtant, après tout, il en était peut-être ainsi pour tout un chacun. Seulement les autres n'osaient sans doute pas donner libre cours à leurs pulsions secrètes? Plus elle réfléchissait à cette question, plus ses idées s'embrouillaient. Finalement, elle conclut qu'il y avait une déficience dans son comportement. Il était grand temps qu'elle trouve autre chose de plus adulte pour réaliser ses fantasmes.

Elle avait refusé d'aborder ce sujet avec le Dr Manne: c'était trop humiliant. Mais d'un autre côté ces réticences n'avaient eu pour effet que d'accroître le ressentiment qu'elle éprouvait à son endroit. A quoi servait-il d'avoir un psychanalyste si on ne pouvait pas lui parler de ses fantasmes ou de ses sujets de préoccupation? Il y avait quelque chose qui clochait en lui, elle en était bien certaine, et c'est à cause de cela qu'elle ne se sentait pas suffisamment sûre d'elle pour révéler ces secrets honteux. Car, enfin, ces danses dans le noir ne pouvaient être que la partie émergée de l'iceberg formé par ses fantasmes. Au bureau, le directeur artistique avec qui elle travaillait lui avait offert une photographie grandeur nature de Ricardo Montalban. C'est dire à quel point on savait à quoi s'en tenir sur sa propension à s'aventurer dans le royaume des fantasmes. Chaque fois qu'elle commençait à s'égarer dans une digression, le collègue se contentait de secouer la tête en montrant la photo de Ricardo.

Mais elle ne parvenait toujours pas à s'arrêter de danser dans le noir. Un soir où elle s'était lancée dans une chanson particulièrement suggestive de Rod Stewart, «Tonight's the Night», imprimant à son corps de lents mouvements langoureux et observant son ombre sur les murs, elle s'immobilisa soudain, le cœur battant, puis courut à la fenêtre. Cachée dans les replis des doubles rideaux, elle scruta les ténèbres, se demandant si ses soupçons étaient fondés. Le concierge de l'immeuble d'en face n'était-il pas en train de l'espionner ? Le clair de lune avait trahi sa présence. En fait, le clair de lune les avait trahis l'un et l'autre.

Elle l'aperçut alors qui regardait dans la direction de sa fenêtre, l'œil luisant, comme s'il implorait qu'elle continue le spectacle. Mon Dieu, quand il rentrait chez lui, disait-il à sa femme : « Chérie, tu n'imagineras jamais jusqu'où peuvent aller ces femmes en chaleur de l'Upper East Side ! » N'allait-elle pas recevoir des coups de téléphone anonymes, percevant un souffle rauque à l'autre bout du fil ? Allait-il se cacher dans un recoin tout noir pour l'attaquer quand elle sortirait de chez elle ?

Mais le fantasme avait pris un autre caractère. Pendant qu'elle dansait avec Mikhail Baryshnikov, il y avait un homme tout seul dans la foule qui la regardait fixement. Il représentait l'homme qui la voulait mais ne pouvait jamais l'avoir. Pourquoi ? Elle ne parvenait jamais à en discerner les raisons. En tout cas, pour ne rien arranger, cet homme lui apparaissait toujours sous les traits du Dr Manne.

Etait-ce parce qu'elle lui en voulait de ne pas l'aimer ? Puisqu'il ne voulait pas d'elle, eh bien, ce serait elle qui le repousserait. Et elle en était arrivée à se persuader que c'était lui qui la désirait. Elle pourrait donc le gifler pour lui apprendre à se conduire en gentleman.

Tout en ayant décidé une fois pour toutes qu'elle était amoureuse de Boris, elle ne pouvait s'empêcher de penser au Dr Manne. Elle pensait à lui tout le temps. C'était horrible. Quand elle faisait la cuisine, c'était pour lui. Que voudrait-il manger au dîner ? se demandait-elle en déambulant parmi les étals au marché. Quand elle essayait une robe chez Bergdorf, elle s'étudiait attentivement dans le miroir car elle tenait à choisir un modèle qu'il aimerait.

Et lui, était-il obsédé par elle? Elle s'efforçait de trouver une réponse pendant les séances mais il demeurait pour l'essentiel une énigme insoluble, bien que parfois il y eût dans ses yeux comme une faible lueur qui faisait naître chez Kate les espoirs les plus fous.

Mais, au lieu de tenter de le charmer pour le séduire, elle adoptait un comportement ironique, caustique même, qui compromettait toutes les chances qu'elle aurait pu avoir de se faire aimer. Tout se passait comme s'ils se livraient tous les deux à un match destiné à déterminer lequel était le plus fort. Elle l'observait tandis qu'il s'efforçait de rester dans un rôle de médecin des âmes, puis dès qu'elle détectait en lui le moindre soupçon de peur, elle tirait le parti maximal de la situation, se sentant parfaitement capable de le manipuler. Et il s'en rendait parfaitement compte.

«Au fait, Frank, dit-elle un jour, où avez-vous eu cette montre?»

C'était la première fois qu'elle l'appelait par son prénom et elle crut discerner en lui un mouvement de recul.

«Qu'est-ce qu'elle a, ma montre?» demanda-t-il d'une voix neutre.

Elle lui fonça dessus avec la fougue du vampire qui vient de goûter le sang. Elle ne se sentait plus de joie car c'était lui l'analyste, c'était à lui de faire front, telles étaient les règles. Elle avait le droit d'exprimer n'importe quelle pulsion, à lui de tirer les conclusions qui s'imposaient, en adulte réfléchi. Elle n'allait pas lui faire de cadeau!

«Personne ne porte plus de montre digitale! Vous n'êtes donc pas au courant? C'est sûrement un cadeau qu'on vous a fait, car vous ne pouvez pas avoir choisi un modèle aussi tarte. Ça doit venir tout droit de l'Indiana, un truc comme ça. Vous devriez faire attention à ce genre de détail.

— Et pourquoi? demanda-t-il sans se démonter.

— Parce qu'une montre révèle un tas de choses sur celui qui la porte... Exactement comme les chaussures. »

Leurs regards s'abaissèrent vers les chaussures qu'il avait aux pieds et il ne put s'empêcher de rire. Elle essaya de rester parfaitement immobile, après avoir pris un air sévère, espérant qu'il éprouverait une certaine gêne à l'idée d'avoir mis des mocassins ornés de pompons.

« Pourquoi faites-vous ça? demanda-t-il.

— Ça quoi?

— Pourquoi vous me parlez de ma montre et de mes chaussures?

— Mais j'essaie tout simplement de vous aider. Vous venez du Middle West, non? Alors j'ai pensé que vous pourriez tirer quelque utilité de mon sens de l'élégance et de mon bon goût. »

Elle haussa les épaules comme pour laisser entendre que, si quelqu'un avait un problème, ce ne pouvait être que lui.

« C'est donc ainsi que vous désirez que se passent ces consultations? En parlant de ma montre et de mes chaussures? Que ressentez-vous au juste en ce moment? Vous me haïssez vraiment, n'est-ce pas? »

Elle se réfugia dans un mutisme total. Non! Elle l'aimait. Non! Elle le haïssait. Il y avait en elle tout un bouillonnement de crainte et d'incertitude. Ses sentiments la submergeaient. Elle était désespérément malheureuse et ne parvenait pas à voir comment elle pourrait se sortir de ce tunnel.

Juste au moment où il pensait que les choses avaient repris leur cours normal, Kate revint à la charge.

« Mais vous savez, Frank, ce n'est pas vraiment la montre, ce sont vos cravates qui me rendent folle.

Elles sont en quoi? En polyester? Et pourquoi sont-elles si courtes, si larges et si beiges?»

Et ça n'en finissait plus. Prenant un par un tous les articles de son habillement, elle les démolit systématiquement.

Un autre jour, elle se précipita dans le cabinet de consultation en lui reprochant la manière dont les tableaux étaient encadrés.

«Bon, fit-elle au bout d'un moment. Ce n'est pas ça le pire. Parlons plutôt des tableaux eux-mêmes.»

Des reproductions de peintures à l'huile? Etait-il sérieux? Puis elle se lança dans une critique acerbe de la manière dont ils étaient disposés dans la pièce, expliquant les règles des proportions des tableaux par rapport à l'espace mural et énonçant la célèbre théorie du niveau de l'œil et de l'alignement des droites.

Il y eut aussi le jour où elle souleva le tapis.

«Vous n'avez jamais entendu parler des thibaudes? Vous devriez vous en payer une; après tout, cette imitation de dhurrie a dû vous coûter suffisamment cher. Comme le dit ma mère: "Les tapis adorent les thibaudes. Une thibaude ça donne de l'épaisseur au tapis et ça lui permet de durer plus longtemps."»

En dépit du ton qu'elle adoptait avec lui, elle essayait sincèrement de lui venir en aide, de le dégrossir en quelque sorte. Il y avait des fois où il se déclarait d'accord avec elle mais, comme il ne faisait jamais le moindre geste pour changer quoi que ce soit, elle ne l'en détestait que davantage. Comme la fois où elle lui avait dit que ses énormes plantes vertes auraient bien besoin de passer l'été sur la terrasse, devant son cabinet. Il avait approuvé cette suggestion mais les avait-il sorties? Bien sûr que non. Il ne faisait jamais rien de ce qu'elle lui disait.

Un jour où elle s'était montrée particulièrement virulente, il lui avait demandé:

«C'est ça, votre manière de flirter?»

Pas de réponse.

160

«C'est ainsi que vous traitez les hommes que vous aimez?»

Pas de réponse. Elle pensait à Boris. Elle se montrait très tendre avec Boris. Le silence se prolongea.

«Pourquoi êtes-vous aussi hargneuse avec moi?» demanda Frank avec une grande douceur.

Ces paroles troublèrent Kate au plus haut point. Son esprit partit au grand galop. Pourquoi suis-je un tel monstre? La panique s'empara d'elle. Dès qu'elle arrivait dans la salle d'attente, tout enfiévrée à l'idée qu'elle allait enfin se trouver en présence de son bien-aimé, elle se suppliait de se montrer gentille avec lui car c'était ce qu'elle désirait vraiment. A chaque séance, elle avait l'impression de pouvoir recommencer de zéro, d'avoir une nouvelle occasion de se comporter normalement, et cela ne faisait qu'accroître l'amour qu'elle avait pour lui. Il y avait ce regard complice qu'il lui jetait en sortant de son cabinet pour l'accueillir, la façon dont il lui adressait un signe silencieux, avec ses yeux, comme pour lui dire: «Le moment est venu, viens me parler.»

Elle se levait pour le suivre comme un automate, ravie d'être avec lui et redoutant pourtant de se retrouver face à la tendresse délicate qui émanait de son regard.

Il s'asseyait dans son fauteuil, le visage empreint de cette expression ouverte et attentive, attendant qu'elle commence à parler. Parfois, elle surprenait dans ses yeux un regard dont elle avait l'impression qu'il signifiait: «Alors, qu'est-ce que tu vas me dire de méchant aujourd'hui?»

Et, immanquablement, elle se remettait à le harceler, malgré la consternation que cette agressivité faisait naître en elle.

Frank hait Kate

Au cours de ses séances d'analyse avec le Dr Janet, Frank ne cessait de critiquer Kate. Comment une cliente pouvait-elle l'affecter à ce point? Il essayait d'être aimable avec elle et, plus il se montrait aimable, plus elle l'accablait de ses accès de mauvaise humeur. Il valait peut-être mieux qu'il cesse de s'occuper d'elle si c'était là l'effet qu'il produisait sur elle et l'effet qu'elle produisait sur lui. Que se passait-il donc? Il essayait de garder son sang-froid pendant que se déchaînait la tempête des émotions exprimées par sa patiente, mais il avait de plus en plus de mal à y parvenir. Finalement, il s'en prit au Dr Janet parce qu'elle ne voulait pas lui dire ce qu'il fallait faire.

Et puis, un jour, il sortit de ses gonds. Ce fut le jour où se produisit «l'épisode» — c'est ainsi que tout le monde, Kate, Frank et même le Dr Janet, baptisa l'incident. Ah! Si seulement l'esprit pouvait être comme une vidéocassette, on pourrait effacer un mauvais souvenir. Mais non, l'épisode demeurerait pour toujours le souvenir qu'il conserverait de Kate.

Il avait enfin réussi à la persuader de quitter son fauteuil pour s'allonger sur le divan. Il adorait cet instant où ses patients se mettaient à l'horizontale, car cela lui procurait davantage l'impression d'être un psychanalyste. Il pouvait concentrer encore plus son attention sur les propos du client et il lui était plus facile de glisser dans une rêverie analytique quand on ne le regardait pas.

Il avait gardé un souvenir très précis de ce qui s'était passé ce jour-là; les détails restaient douloureusement gravés dans son esprit. Quand Kate avait pénétré dans son cabinet, il n'avait su à qui il aurait affaire ce jour-là, à une femme ou à une tigresse. Les séances avec Kate, il les attendait toujours dans la crainte ou dans l'espoir, restant sur ses gardes jusqu'au moment où elle prononçait ses premières paroles. Ensuite, il savait à quoi s'en tenir.

Kate mettait toujours des heures à se décider à commencer, et il n'en fut pas autrement ce jour-là. Il observa ses préparatifs avec un amusement où se mêlait un certain agacement. Elle s'installa sur le divan, ajusta le bas de sa jupe, croisa les jambes, chassa d'une pichenette un grain de poussière qui maculait sa chaussure, retroussa ses manches, inspecta ses ongles manucurés, se passa la main dans les cheveux, laissa son regard s'attarder sur le titre des livres de psychologie ornant la bibliothèque, inspira profondément et commença enfin à parler. Elle lui avait rappelé Ed Norton dans *The Honeymooners*, car le personnage qu'il incarnait mettait lui aussi un temps infini quand il s'installait pour manger ou se préparait à affronter un adversaire au billard. Il ne put se contenir.

«Vous avez vu *The Honeymooners*? demanda-t-il.

— Non, je n'ai jamais vu *The Honeymooners*», répondit-elle sur le même ton, sans prendre la peine de s'enquérir de la signification de cette question. En effet, ces derniers temps, elle ne parlait plus guère que de Boris et Frank se félicitait de cette idylle avec ce Russe étrange, pensant qu'elle allait lui procurer un certain répit. C'était bien mal connaître Kate.

Elle poussa un soupir, cherchant quel sujet intéressant elle pourrait aborder.

«Hum! Je suis en colère contre vous aujourd'hui, murmura-t-elle d'une voix timide.

— Je vous écoute », dit-il avec calme.

Beaucoup de patients commençaient ainsi, mais c'était la première fois que Kate se montrait capable d'identifier et d'exprimer ses sentiments. Tant mieux, se dit-il, nous allons peut-être aboutir, sans trop tarder, à un résultat intéressant.

« Eh bien, je ne sais pas. J'ai eu un fantasme. Mais j'ai peur de vous en parler. »

Elle le regarda pour voir si elle pouvait continuer.

« Allez-y. »

Il hocha la tête avec un flegme imperturbable.

« En fait, ce n'est pas vraiment un fantasme, parce que les fantasmes sont agréables, n'est-ce pas ? Là, il s'agit plutôt d'un fantasme négatif. Quelque chose de… plutôt déplaisant. »

Elle resta un moment silencieuse. Sa voix n'exprimait aucune impatience, aucune hâte ni colère particulières.

Comme il ne répondait pas, elle continua :

« Voilà. Ce que je veux faire, c'est m'approcher de votre bibliothèque et faire tomber vos livres de psychologie — non, les jeter à terre. Je veux m'offrir une crise de rage. »

Elle s'exprimait avec le plus grand calme, les yeux fixés au plafond.

Frank se surprit soudain à crier à tue-tête. C'est lui qui avait la crise de rage.

« J'en ai archimarre de ce cirque ! La seule chose que vous voulez, c'est mon pénis. Mais enfin, quand arriverez-vous à vous mettre dans le crâne que vous ne pouvez pas l'avoir, mon pénis ? Vous ne voyez donc pas, continua-t-il en s'étranglant de fureur, que c'est impossible ? Et c'est pour ça que vous voulez détruire mes livres. Oui, j'ai un pénis. Oui, j'aime me servir de mon pénis ! Et, non, je ne me servirai jamais de mon pénis avec vous ! »

Il ne cessait de répéter « pénis » à tout propos, comme si l'usage de ce mot avait pu le libérer.

En dépit du désordre de ses pensées, il voyait bien

164

que Kate était abasourdie. Pendant tout le temps qu'avait duré cet extraordinaire éclat, elle avait observé un silence total, le bout des doigts crispé sur les bords du divan. Elle tourna la tête vers la porte devant laquelle il était venu se poster, écumant de rage, et le regarda fixement.

«La séance est terminée», annonça-t-il en ouvrant la porte à toute volée.

Kate se leva aussitôt et passa devant lui, avec la mine effrayée d'une fillette qui s'est mal conduite.

Frank referma la porte derrière elle et fut aussitôt pris de panique. Ô mon Dieu! Il se mit à trembler. Il arpenta la pièce de long en large en se tordant les mains. Non, non, non! Je n'ai pas pu faire ça!

Il se dirigea vers le téléphone et composa le numéro du Dr Janet. Elle n'était pas là, alors il raconta toute l'histoire au répondeur. «Qu'est-ce qu'il faut que je fasse? Qu'est-ce qu'il faut que je fasse? Je ne sais pas ce qui m'a pris.»

La faute professionnelle qu'il venait de commettre l'emplissait d'un désespoir frénétique. Tout le reste de la journée fut un enfer pour lui. Il n'arrivait pas à admettre qu'il eût pu se comporter ainsi.

Il pensa à ses autres clientes. Jamais il ne leur avait rien dit de semblable. L'amour qu'elles lui vouaient ne l'affectait nullement. Pourquoi fallait-il qu'il en aille différemment avec Kate? Certes, Jo Anne lui avait dit que Kate lui plaisait, mais pourquoi trouvait-il cette attirance si menaçante, et comment pouvait-il être attiré par une femme qui le traitait aussi horriblement? C'était tout simplement un contre-transfert de son transfert à elle, non? Après tout, comme elle ne l'aimait pas vraiment, il n'était pas vraiment attiré par elle, d'accord?

Quand le Dr Janet se manifesta enfin, un peu plus tard, elle lui conseilla de ne rien faire, d'attendre de voir comment Kate allait réagir. Bon sang! C'était cela qu'il détestait le plus dans son métier d'analyste: se comporter comme un analyste alors qu'il aurait voulu agir comme n'importe quel autre être humain, lui téléphoner, s'excuser auprès d'elle et lui demander ce qu'elle ressentait.

Quel ne fut pas son soulagement quand Kate l'appela chez lui ce soir-là. Il avait tellement espéré qu'elle le ferait. Il s'efforça de parler avec calme.

«C'est moi, Kate. Je suis absolument bouleversée», dit-elle d'une voix tremblante. Puis elle se mit à pleurer si fort qu'elle put à peine continuer. «Je suis très en colère contre vous.

— Je suis moi-même très...

— Je ne sais plus que penser : vous me demandez toujours de vous parler de mes fantasmes et, pour une fois que je vous en raconte un qui n'avait rien de bien méchant, voilà que vous montez sur vos grands chevaux.

— Je suis désolé. Vous avez tout à fait raison. J'aimerais entendre, dès maintenant, tout ce que vous avez à me dire, fit-il.

— Eh bien... Pourquoi avez-vous crié comme ça après moi ?

— Je ne sais pas.»

Il poussa un grand soupir dans le téléphone. Il voulait lui dire la détresse dans laquelle il se trouvait. Il avait l'impression que c'était la première fois qu'il lui parlait avec naturel.

«Vous ne cessez de m'aiguillonner pour voir comment je vais réagir, alors forcément, vous avez fini par me pousser à bout.

— C'était horrible, dit-elle.

— Oui. Et après avoir enfin réussi à me faire réagir, vous n'avez pas apprécié ce qui s'est passé. Ça m'amène à me poser une question, Kate... fit-il d'un air pensif.

— Ah bon ? Et laquelle ?

— Je me demande si ce n'est pas dans votre nature d'inciter les hommes à s'éloigner de vous.»

Elle ne répondit pas. Ils restèrent tous les deux silencieux puis elle dit :

«Vous savez, j'étais tellement bouleversée aujourd'hui que j'ai tout raconté à un de mes amis. D'après lui, le problème ne vient pas de ce que je veux votre pénis ; c'est vous qui êtes en cause. Parce que vous avez peur de moi. »

Il inspira profondément. Nous y voilà, se dit-il.

« Il y a peut-être du vrai là-dedans, reconnut-il.

— Alors, dit-elle d'une voix rêveuse, cela veut dire que je vous plais. »

Il devina qu'un sourire était apparu sur le visage de Kate. Il resta avec elle au bout du fil jusqu'à ce qu'elle ait fini de dire tout ce qu'elle avait à dire, s'assurant qu'elle se sentait déjà un peu mieux. Il reconnut qu'il avait eu tort de terminer la consultation aussi brutalement et s'excusa auprès d'elle. Elle resta silencieuse. Finalement, il demanda :

« Y a-t-il autre chose que vous aimeriez me dire ?

— Non », dit-elle.

Ils raccrochèrent.

Quand Kate vint à son cabinet la fois suivante, elle resta un moment immobile dans l'embrasure de la porte.

« J'ai l'impression qu'il y a des choses qui sont trop personnelles pour que je puisse en discuter avec vous, dit-elle d'un air condescendant mais sans méchanceté. Elles vous bouleversent trop. »

Il l'observa un moment pendant qu'elle regardait le divan, puis le fauteuil et de nouveau le divan. Finalement, lorsqu'elle opta pour le fauteuil, il comprit qu'elle ne s'étendrait plus jamais sur le divan et il entendit se fermer la fenêtre par laquelle il aurait pu distinguer les secrets de son âme.

Boris quitte Kate

Le séjour de Boris à New York tirait à sa fin. Le dernier jour, Kate décida de ne pas se rendre à l'agence. Elle accompagnerait Boris dans une ultime promenade au cœur de la cité. Bras dessus, bras dessous, ils arpentèrent lentement la grisaille hivernale de Central Park. Ils ne parlaient pas, la tristesse de Kate encore accentuée par la solitude désolée du lieu.

Comment est-ce possible? se disait-elle. Il est arrivé tout à coup dans ma vie et maintenant il faut qu'il s'en aille! Tout la faisait soupirer: les branches noires comme du charbon de bois qui se détachaient sur un ciel bas et cotonneux, les bancs inoccupés qui, en été, se remplissaient d'amoureux venus déguster leurs cornets de crème glacée.

Elle s'arrêta soudain. Elle avait atteint l'endroit qu'elle préférait entre tous: on y voyait la fontaine Bethesda et, plus loin, une sorte de tonnelle sous les arbres, avec des bancs.

«Tu ne trouves pas que ça ressemble à Paris? demanda-t-elle en soupirant.

— Non, baby, pas du tout.

— Mais si, je t'assure», insista-t-elle en faisant la moue.

Il haussa les épaules et ils repartirent. Elle savait que Boris n'aimait pas les idées romanesques qu'elle affichait à propos de Paris, où elle avait séjourné pendant un an au cours de ses études à l'université. Oui,

Paris était belle, très belle — il parlait toujours de Paris au féminin —, mais c'était aussi une sacrée salope. Il était facile de vivre à Paris en cultivant la sentimentalité, car la ville était une grande séductrice. C'était sans doute pour cela qu'on n'arrivait jamais à faire à Paris ce que l'on faisait à New York : les Parisiens passaient leur temps à trouver du charme à *l'idée** qu'ils se faisaient de leur existence.

En somme, pour Kate c'était l'idéal et Boris s'efforçait de la convaincre que, si elle n'arrivait pas à s'accommoder de son existence à New York, c'était parce qu'elle croyait avoir une mentalité d'Européenne. Avec une grande douceur, il lui suggérait qu'elle serait peut-être plus heureuse si elle vivait en France ou en Italie, et ces discussions se terminaient toujours de la même manière : il lui lançait d'une voix tonnante : « Et surtout, baby, débarrasse-toi de ce maudit psy. Contente-toi de vivre. Oui, de vivre ! »

Ils remontèrent lentement Colombus Avenue puis revinrent — traversant le parc en un autre endroit — vers l'appartement de Kate où Boris avait décidé de préparer le repas pour la dernière fois. Soudain, en plein milieu du parc, elle fut prise d'une vive douleur au niveau du ventre. Quand ils arrivèrent dans sa rue, elle lui dit qu'il fallait à tout prix qu'elle fasse pipi dans les plus brefs délais. Il essaya de plaisanter pour lui occuper l'esprit et lui permettre d'aller jusqu'à l'appartement, mais il vit qu'elle se précipitait sur ses clés, ouvrait la porte à toute volée et courait en criant jusqu'à la salle de bains. Il entra dans la cuisine pour s'occuper du déjeuner.

« Quelle saleté ! »

Kate ressortait des toilettes, au bord des larmes.

« Quoi ?

— J'ai du sang dans mes urines. Autrement dit, il y a une infection urinaire. Oh la la ! J'ai horreur de ça ! C'est terrible ! Pourquoi faut-il que ça m'arrive à moi ? » gémit-elle.

Boris fut pris de panique. Il n'avait pas compris un

seul mot. Il fourragea dans le sac de voyage en cuir noir qu'il avait toujours sur lui et en sortit un dictionnaire anglais-russe.

«Trouve-moi le mot», dit-il en lui tendant l'objet.

Elle feuilleta fébrilement les pages et mit son doigt sur *cystitis*.

«Ah! De la *cystite**!» dit-il en français d'un air connaisseur et avec une grande commisération.

La douleur lui envahit soudain tout le corps, avec violence. Elle se sentait glacée et à bout de forces. Drôle de façon de mettre fin à une idylle! Ils n'allaient même pas pouvoir faire l'amour après le repas, conformément au programme qu'elle s'était fixé!

Elle prit un cachet qui lui restait de sa dernière attaque et téléphona à son docteur pour lui demander une ordonnance. Le praticien lui posa quelques questions. Quand avait-elle souffert de cette infection pour la dernière fois?

«Il y a deux ans», dit-elle.

Elle se rendit compte alors que c'était lorsqu'elle avait couché avec un homme pour la dernière fois. C'était bien sa chance! Etait-ce une punition?

Tandis que Boris s'affairait dans la cuisine, elle dut écouter son docteur lui expliquer les effets du frottement du pénis dans le vagin. Il fallait qu'elle se lève pour uriner après chaque rapport, sinon ça recommencerait. Ensuite il prit le nom et l'adresse de sa pharmacie et lui dit qu'elle pourrait aller chercher ses médicaments dans le courant de l'après-midi.

Elle entra dans sa chambre et enfila les vêtements qu'elle aimait porter quand elle était patraque : un pantalon en molleton bleu pâle et un sweater en laine d'agneau rose bonbon. Elle se mit de grosses chaussettes blanches aux pieds.

Boris avait préparé des *pilmeni* à la crème sure et à l'aneth, et ils mangèrent dans un silence quasi total. Ce dénouement imprévu les avait abasourdis l'un et l'autre. Le repas terminé, ils s'allongèrent sur le canapé, l'un contre l'autre, et restèrent abîmés dans leurs pensées. C'était ce que Kate désirait toujours le plus : la possibilité de partager son silence avec quelqu'un.

Le temps s'écoulait avec une lenteur affreuse, distillant la torture de cette séparation, mais il passait tout de même beaucoup trop vite. Ces derniers instants leur pesaient. Le cœur de Kate était empli de tristesse et Boris était nerveux à l'idée de retrouver Paris.

Et puis, tout à coup, le moment arriva pour Boris de rentrer à son appartement pour attendre que Volodia vienne le chercher dans son grand taxi jaune afin de l'emmener à l'aéroport Kennedy. Le séjour à New York était fini.

Kate l'accompagna jusqu'à l'entrée de son immeuble, prétextant qu'elle avait son courrier à aller chercher. Elle tenait à feindre une certaine indifférence. Inclinant la tête sur le côté, elle dit « bye » avec désinvolture et lui fit, de la main, un geste nonchalant.

Il l'embrassa vigoureusement sur chaque joue, puis, avec tendresse, sur la bouche.

« Ciao, baby », dit-il.

Il s'arrêta à la porte et fixa pour la dernière fois sur Kate un regard plein d'intensité. Elle lui fit un demi-sourire, haussa les épaules et se dirigea vers sa boîte aux lettres. Quand elle se retourna, il était parti.

Vers le milieu de l'après-midi, elle alla à la pharmacie voisine chercher ses médicaments et passa le reste de la journée au lit à boire de la tisane de camomille, à demi hébétée par la douleur physique et la tristesse de l'âme. Elle avait le sentiment d'une défaite, trouvant que son sort était vraiment trop affreux. Voilà donc le prix que mon corps doit payer pour le plaisir qu'il a eu ? Et la solitude, c'est ça le souvenir de l'amour ? Ah ! Pour avoir de la chance, elle en avait, railla-t-elle. Après avoir rencontré un homme merveilleux, hors du commun, elle le voyait disparaître de sa vue, d'une chiquenaude! Non, ce n'était vraiment pas juste. Il y avait sûrement une conspiration dirigée contre elle.

Elle secoua la tête. Arrête de penser, s'adjura-t-elle. Tu n'es pas en état de penser quoi que ce soit. Contente-toi de guérir.

Quand le soir tomba, elle ne prit même pas la peine d'allumer la lumière. Elle donna à manger à Boo, mit le disque de Schubert que Boris aimait et se rallongea dans le noir, les bras serrés sur sa poitrine. Elle essaya d'imaginer le voyage de Boris. En ce moment il est dans l'avion. Il boit de la vodka. Maintenant, il enlève le couvercle en plastique du plateau-repas et soulève la feuille de papier alu pour voir ce qu'il y a dans le plat. Il regarde le film. Il essaie de s'endormir. Il faut que je m'endorme, moi aussi. Bonne nuit, Boris.

A trois heures du matin, elle se réveilla. Elle se sentait mieux. Elle alla dans la cuisine pour se préparer quelque chose à manger. Boo lui réclama son petit déjeuner et elle lui jeta quelques croquettes dans son bol.

Elle se fit chauffer une boîte de soupe à la scarole et s'assit sur le lit, indifférente aux miettes de cracker Saltine qui tombaient sur ses draps. Maintenant, il arrive à Paris. C'est déjà le matin, là-bas. Une belle matinée d'hiver, avec un froid bien vif, qui vous fouette le sang! Il parle français de nouveau, il prend le métro, il monte l'escalier, avec ses valises, jusqu'au troisième étage où se trouve son atelier.

Il est chez lui. Il prend une douche. Il se fait une tasse de ce café bien épais qu'il aime tant. Il défait ses bagages. Il branche son four portatif. M'a-t-il déjà oubliée?

Kate aime Boris et Paris

Lorsque le cognac Rémy Martin fit appel à l'agence au cours du printemps, Kate sauta aussitôt sur l'occasion. Avec la dernière énergie, elle intrigua pour qu'on lui confie la responsabilité de la campagne, rappelant à chacun que grâce à son texte sur les rafraîchisseurs à vin, la société avait eu le marché, et qu'elle était donc toute désignée pour s'occuper du cognac. En outre, elle parlait très bien le français.

Il s'écoula alors deux semaines cruciales, au cours desquelles elle parla d'abondance en français à un correspondant imaginaire, décrochant le téléphone chaque fois qu'elle voyait son chef de service traverser le hall, pour qu'il se mette bien dans la tête qu'elle était la seule à pouvoir mener à bien une telle campagne. De longues conversations en tête à tête lui permirent de l'assurer qu'elle se trouvait une extraordinaire affinité pour le cognac, ce qui voulait dire que l'on verrait ses publicités dans les meilleurs magazines, comme *Vogue* et le supplément dominical du *New York Times*.

Elle se garda soigneusement de faire allusion aux voyages qu'il faudrait faire en France pour présenter les projets de campagne à la direction de Rémy Martin qui se trouvait basée à Cognac, dans le département de la Charente.

Quand arriva le moment d'effectuer le premier voyage d'études à Cognac, il n'y avait que deux personnes, sur les quatre intéressées au projet, qui pouvaient y aller. Dans un grand souci d'équité, le directeur des créatifs prit la décision en jouant à pile ou face. Et il y eut cet horrible instant d'incertitude où le destin de Kate tournoya en l'air. Face, elle restait à New York; pile, elle gagnait un voyage en France. Avec Boris en prime.

Boris vint attendre Kate à la descente de l'avion à Orly. Elle avait subi avec une grande impatience l'heure de vol entre Bordeaux et Paris parce qu'elle savait qu'à ce moment précis, Boris faisait le trajet jusqu'à l'aéroport pour venir l'accueillir.

Elle le chercha avec anxiété, une fois dans le terminal, et crut un instant qu'il ne s'était pas dérangé, mais elle finit par apercevoir son visage : il la regardait à travers la cloison vitrée du balcon. Boris n'avait pas l'air particulièrement heureux. Bah! Il se demande peut-être avec inquiétude comment ça va être, nous deux, après six mois. Rien de plus naturel, conclut-elle.

Elle venait de terminer ce voyage de conte de fées. («Oh! une mission comme une autre, il faut bien que quelqu'un s'en charge», avait-elle plaisanté auprès de ses collègues moins chanceux, avant son départ.) La ville de Cognac était très sympathique et Kate y avait appris tout ce qu'il fallait savoir sur le cognac et les vins fins. Ah! ça, elle avait été bien traitée partout où elle était allée. La journée commençait par une séance de dégustation, le matin, dans des salles spacieuses, aux murs tout blancs (pour que vous puissiez mieux apprécier la couleur du vin), avec de petits éviers en métal près de chaque place (pour recracher le vin), et des assiettes de cubes de pain français (pour vous nettoyer le palais).

Ensuite, c'étaient les déjeuners avec cinq plats et cinq verres à vin disposés devant elle. Après cela, venaient les dîners. L'un d'eux s'était déroulé dans une ferme charmante au bord de la Charente, un autre dans un restaurant situé dans une grotte sur les falaises dominant l'Atlantique. Des plateaux gigantesques de langoustines et de crevettes trônaient sur les tables, et c'était seulement l'entrée! A la fin du repas, on servait du cognac qui avait cent ans d'âge!

En se remémorant ce voyage, elle se rendait compte qu'elle avait eu la gueule de bois en permanence et que, si elle n'avait jamais été ivre, c'était uniquement parce qu'elle avait mangé sans discontinuer.

Ses hauts talons d'un rouge éclatant s'enfonçaient dans la glaise tandis qu'elle arpentait les vignobles les plus réputés du monde, caressant du bout des doigts les grappes qui mûrissaient au soleil. Personne ne l'ayant informée de cette petite excursion dans la nature, elle n'avait pu revêtir la tenue adéquate, mais qu'importe! Courageusement, comme un soldat, en New-Yorkaise intrépide, elle avait décidé de braver l'adversité, juchée sur ses hauts talons.

Elle avait appris le B.A.-Ba de la fermentation et de la distillation, se familiarisant avec toutes ces notions ancestrales : la nécessité du vieillissement, la mise en bouteilles avec les multiples précautions qu'il fallait prendre. Dans les caves odorantes, elle avait goûté du cognac en cours de vieillissement tiré d'une antique futaille en chêne par un œnologue en blouse blanche.

Espérant qu'elle n'avait pas trop l'air d'une Américaine ignare aux yeux de ce Français qui l'observait d'un œil critique, elle avait porté à sa bouche la petite louche en bois. L'arôme était si puissant qu'elle avait failli en tomber à la renverse et la gorgée d'alcool lui avait mis le feu à la bouche.

Il y avait aussi une autre chose qu'elle n'oublierait jamais : la vue de ces Portugais au torse nu qui façonnaient des tonneaux. Elle avait été à ce point fascinée par la virilité de ces corps ruisselants de sueur et par ces bras musclés qui incurvaient les planches de bois dans les flammes qu'elle s'était sentie toute gênée et avait dû détourner le regard.

La Française chargée des *public relations*, une femme de l'âge de Kate, n'avait cessé de l'observer et Kate ne s'était pas privée non plus d'étudier son comportement. A croire qu'elles cherchaient à se copier mutuellement. Lorsque Kate avait sorti les lunettes de soleil rouges qu'elle avait achetées à un vendeur à la sauvette au coin de la Sixième Avenue et de la 47e Rue, Nicole les avait admirées sans réserve, mais Kate avait eu le coup de foudre pour les lunettes jaunes de Nicole, des Yves Saint Laurent. Jaunes! Voilà une couleur à laquelle elle n'aurait jamais pensé. Il faudrait qu'elle revoie la question une fois de retour en Amérique.

Elle remarqua aussi que Nicole regardait souvent à la dérobée sa Timex ultra-sophistiquée en plastique noir, tandis que Kate convoitait l'élégante montre Cartier de Nicole.

Enfin, Kate adorait la classe avec laquelle Nicole allumait ses cigarettes françaises et elle espérait que la Française lui enviait son style d'Américaine saine et dynamique.

Bref, ce séjour à Cognac lui avait énormément plu, mais elle se consumait d'impatience à l'idée de revoir Boris. Boris à qui la chance avait souri car il venait de s'installer dans un appartement moderne du VIIIe arrondissement que venait de libérer pour juillet un couple plutôt bourgeois parti passer un mois de vacances aux Etats-Unis, et qui savait que Boris avait besoin de respirer un peu après avoir étouffé dans son studio exigu et sombre. Boris était ravi de cet arrangement; il évoluait avec grâce dans ce décor d'un blanc étincelant, pourvu d'un escalier menant à un jardin privé sur le toit, équipé d'une table et d'un parasol. Cet appartement, c'était pour lui une véritable aubaine, un luxe inespéré dans son existence d'écrivain désargenté. Grâce à lui, juillet devenait supportable.

«Je déteste ce quartier, dit-il en gravissant avec Kate l'escalier de la station Etoile. C'est d'une stérilité! On se croirait dans ton Upper East Side.»

Il peinait sous le poids de la valise. Kate tenta de la lui prendre, mais il insista pour la garder. Il semblait de fort mauvaise humeur mais, comme il faisait très chaud, Kate ne s'en formalisa pas le moins du monde. Elle n'arrivait pas à croire qu'elle était là, à Paris! Avec Boris! Ainsi donc, ce qui s'était passé en janvier n'avait pas été un rêve; Boris et elle, c'était du réel. Il était normal qu'elle eût un amant russe à Paris, après tout. Cela convenait tout à fait à son style. En tout cas, c'est ce qu'elle avait dit à Frank avant son départ.

«Mais lui, tient-il vraiment à vous revoir? avait demandé l'analyste. Il a peut-être une amie là-bas.»

Kate avait balayé l'objection avec impatience. Il ne faisait aucun doute pour elle que Boris serait aussi ravi de la revoir qu'elle le serait elle-même.

«Ecoutez, dit-elle, ce n'est pas à moi de dire ce qu'il va ressentir. La seule chose que je sache, c'est que je veux le voir et que de toute façon il faut que j'aille en France pour affaires. Maintenant, s'il a une maîtresse…»

En fait, elle n'avait pas envisagé cette possibilité. Elle réfléchit un moment et reprit:

«Il est adulte, et je suis une adulte, moi aussi. Ce serait une grande naïveté de ma part de croire qu'il a pu rester six mois tout seul, mais…»

Elle espérait donner l'impression d'une grande force morale. D'un ton résolu elle poursuivit:

«Quelque chose me dit qu'il n'y a pas d'autre femme dans sa vie. De toute façon, j'aviserai une fois là-bas, si le problème se pose.»

«C'est merveilleux», dit-elle en découvrant l'appartement qui faisait songer au décor d'un film de Rohmer. Tous les murs étaient blancs et les meubles français modernes avaient dû coûter fort cher mais paraissaient de très mauvaise qualité, comme tous les meubles français, à moins que l'on n'y mette vraiment le prix.

Finalement, après six mois de séparation, elle se

sentait plutôt mal à l'aise dans cet environnement. Après tout, soupirait-elle, c'est normal quand on est resté si longtemps à rêver et à fantasmer. Naturellement, ils s'étaient écrit quelques lettres, ils avaient même échangé plusieurs coups de téléphone, mais il n'en demeurait pas moins qu'elle se sentait tout intimidée devant ce corps et ce visage intouchables. Boris était si précis, si délicat dans le moindre de ses mouvements. Il portait un tee-shirt en filet noir, quelque chose qu'un Américain n'aurait jamais pu mettre sans paraître vulgaire, et un pantalon blanc. Il arriva auprès de Kate par-derrière et passa le bras autour d'elle, explorant son corps, et quand sa main arriva au niveau du ventre, il éclata de rire.

«Trop de foie gras, dit-il en tâtant les rondeurs de son abdomen.

— Oui.»

Gênée, elle tenta de s'éloigner, mais il la tenait étroitement serrée.

«Tu étais à Bordeaux. C'est là qu'on trouve la meilleure table et les meilleurs vins du monde. Quand on y va, c'est pour manger. Tu as donc fait ce qu'il fallait», dit-il en la libérant enfin.

Il mélangea deux vodkas avec du jus de pamplemousse et ils montèrent sur le toit pour s'asseoir à la table de jardin. Paris flambait sous le soleil et Kate mit ses lunettes rouges. Au bout d'un moment, Boris allongea la main et les lui enleva. Il la regarda d'un œil si inquisiteur qu'elle finit par se sentir toute gênée. Que cherchait-il ? Que voulait-il savoir ?

«Non», murmura-t-elle. Du bout des doigts, elle détourna le visage de Boris pour qu'il cesse de la fixer ainsi. Que se passait-il donc ? Elle avait enfin ce qu'elle voulait. Elle se retrouvait avec lui. Pourquoi cette impression de gêne ?

«Il ne faut pas que tu caches tes beaux yeux, dit-il. Ni à moi ni au reste du monde.»

Kate ne pouvait supporter ce regard perçant qui

l'étudiait. Elle détourna les yeux. Ils restèrent un moment silencieux puis il dit :

« Bon, il est temps de faire une petite sieste.

— Maintenant ? demanda-t-elle avec nervosité.

— Oui, chérie, maintenant », dit-il en lui prenant la main.

Elle en conclut qu'il voulait faire l'amour. Bien qu'elle se rendît compte que ce serait sans doute le meilleur moyen de supprimer le malaise qui s'était installé entre eux, elle était hésitante. Mais y avait-il un meilleur moyen d'en finir avec cette conversation mondaine et de redevenir vraiment soi-même ?

Pour Kate, ce fut un rêve de toucher ce corps qui avait été durant des mois l'objet de ses fantasmes. Naturellement, elle n'avait fait l'amour avec personne d'autre, si bien que ce contact physique, ces caresses furent pour elle une délivrance. Mais elle avait l'impression d'être trop grosse, presque repoussante, auprès de ce corps musclé, nerveux et bien soigné. Quand il eut pénétré en elle, elle se mit à pleurer. D'abord surpris, Boris eut l'air d'apprécier.

« Oui, c'est ça, pleure, pleure, dit-il en la caressant. Pour moi, une femme, c'est quelque chose qui est mouillé, expliqua-t-il tendrement. Ici » — il toucha ses yeux. « Ici » — il toucha ses lèvres. « Et ici » — il toucha son sexe. Il avait l'air de trouver ça drôle, mais elle n'avait pas envie de rire, alors elle pleura encore plus fort. C'étaient des larmes viscérales qui venaient de très loin, d'un endroit très profond en elle.

Le lendemain matin, Kate fit la grasse matinée tandis que les Mirages survolaient Paris. C'était le 14 Juillet et Boris s'était levé de bonne heure pour se poster sur le toit afin de ne rien perdre du défilé. Il salua les avions sillonnant le ciel sans nuages en laissant derrière eux une traînée de fumées bleues, blanches et rouges au-dessus de l'avenue des Champs-Elysées, avant de contourner la tour Eiffel. Le 14 Juillet, c'était le jour de son arrivée à Paris et il considérait cette date comme son véritable anniversaire. Aujourd'hui, il avait cinq ans d'âge.

Quand Kate s'éveilla, constatant qu'il n'était pas dans l'appartement, elle monta dans le jardin pour le chercher. Le soleil était déjà haut, dardant impitoyablement ses rayons sur la perspective magnifique qui s'offrait à elle, avec tous ces toits, la tour Eiffel et l'Arc de triomphe qui luisaient et vibraient dans la chaleur de l'été.

«Mon Dieu, tu dors comme un bébé», dit Boris d'un ton plein d'envie.

Il prenait son bain de soleil, nu comme un ver, avec un chapeau sur la tête. Elle trouva le spectacle comique.

«Tu sais, ça fait des années que je n'ai pas dormi toute la nuit avec une femme.»

Il écoutait le bulletin d'informations de la BBC, jurant sans cesse à mi-voix, commentant pour son usage personnel les événements qui secouaient le monde. De temps en temps il s'extrayait de sa serviette tout effilochée, marquée d'une publicité des bières Heineken, pour aller s'asperger au tuyau d'arrosage. Enlevant son chapeau, il mettait le tuyau au-dessus de sa tête, se régalant de cette eau glacée qui ruisselait sur son corps mûri par le soleil et lui faisait pousser des gloussements de joie. Quand Kate se baissa pour embrasser son ventre, elle eut le contact de quelque chose de doux et de brûlant.

Les quatre jours précieux qu'elle passa à Paris s'écoulèrent comme un rêve enfiévré. Vingt-quatre heures sur vingt-quatre d'une chaleur accablante, impossible, érotique. Il faisait si chaud qu'elle n'arrivait plus à avoir les idées claires. Elle déambulait d'une rue à l'autre, perdue dans un brouillard constant. La sueur dégoulinait de son front et de sa nuque. Les guêpes tournoyaient sur les éclairs, à la devanture des pâtisseries, et les roses rouges du jardin du Luxembourg se dressaient fièrement sous le soleil. Comment donc y parvenaient-elles ? se demandait Kate. Elle avait tout juste la force d'incliner la tête pour dire oui, avec un pâle sourire. Elle se déclarait d'accord avec tout ; refuser aurait été au-dessus de ses forces. Elle n'avait plus qu'une envie : s'asseoir à l'ombre, à la terrasse d'un café, et commander citron pressé sur citron pressé, ou, de temps à autre, pour changer, un panaché bien glacé.

Elle décréta que les Français ne savaient pas très bien se comporter par grosses chaleurs : ils considéraient la canicule comme une insulte personnelle. La chaleur n'avait aucunement sa place dans la mentalité délicate du Parisien. Elle était vulgaire et discourtoise. Mais, cet été-là, c'est elle qui avait le dernier mot et elle remettait les populations à leur place.

Kate, finalement, ne s'en accommodait pas trop mal. Comme elle le disait à Boris : «New York connaît des étés torrides, effroyables. On dit toujours qu'il est possible d'y cuire un œuf rien qu'en le posant sur le trottoir. Et New York devient très dangereux l'été. Les bagarres éclatent, il y a des gens qui se font tuer. La vie devient tout à coup très primitive et rude. Il flotte dans l'air un véritable désespoir sexuel.»

Tous les étés, elle sentait monter en elle de constantes bouffées de désir. Quel dommage qu'il restât toujours inassouvi !

Boris, lui, perdait tout espoir quand il y avait une vague de chaleur. Il regrettait le temps de Moscou, le froid le plus glacé, le plus excitant du monde. Un froid humide, poisseux, un froid de merde ! Et ça durait des mois !

Ce qu'il aimait par-dessus tout, c'était marcher dans la rue, par un vent glacial, quand le thermomètre était largement au-dessous de zéro, le manteau complètement déboutonné et sans chapeau. Quand Kate l'avait vu se comporter ainsi à New York, en janvier, elle lui avait demandé : « Comment arrives-tu à résister, baby ? » Il s'était contenté de hausser les épaules. « Ce n'est rien du tout. C'est parce que la température de mon corps est très élevée. »

Des chaleurs comme celle-là, il y résistait en se douchant cinq ou six fois par jour, se saupoudrant ensuite le corps avec un talc chatoyant au parfum d'abricot ou de fougère des forêts. Elle adorait le mélange formé par ces senteurs légères et fruitées, et l'odeur de Russe de Boris.

Tous les jours, à partir de midi, il préparait à boire : beaucoup de vodka additionnée de jus de pample-mousse. Il allait et venait dans l'appartement avec son verre plein de glaçons qu'il faisait tinter. Il allait boire sous la douche et avait l'impression d'être au paradis. Ou alors il buvait au soleil. Il adorait le soleil. Il disait que le soleil le guérissait, qu'il lui for-tifiait le cœur, qu'il lui redonnait du tonus. Il aimait acheter de l'huile tahitienne, de l'ylang-ylang, et il s'en frictionnait tout le corps. Déjà hâlé naturelle-ment, l'été il devenait presque noir.

Etre amoureuse et vivre à Paris, que pouvait-on demander de plus ? Kate raffolait de la vie sensuelle qu'ils menaient, suspendus entre les vagues de silence et de chaleur, perdus dans le monde de leur existence intime. Préparés par Boris, les petits déjeu-ners que l'on prenait sur le toit formaient le point de départ de ces journées qui se terminaient par la contemplation des étoiles au clair de lune, goûtant la fraîcheur de l'air et sirotant le cognac qu'elle avait rapporté des Charentes. Enfin, ils allaient se coucher.

Boris écrivait le matin et elle le laissait travailler tranquillement ; elle déambulait dans les rues, faisait son shopping, abîmée dans ses rêveries. Elle n'avait aucune envie de visiter les musées ou de faire du tou-risme. Non, ce n'était pas du tout le but de son voyage. Cette fois, Paris n'était que la toile de fond pour l'homme qu'elle aimait. Elle menait enfin la vie internationale à laquelle elle avait tant aspiré.

Quand elle rentrait à l'appartement, elle trouvait Boris dans la cuisine, avec pour tout vêtement une serviette nouée autour de la taille, qui préparait allégrement le déjeuner de midi: généralement une salade, du pain, du fromage, des saucisses et du vin. Et ils emportaient le tout sur le toit où ils mangeaient nus sous le parasol.

Après le repas, ils faisaient la sieste. Boris lui avait confié qu'il aimait particulièrement la sérénité toute méditerranéenne de l'amour l'après-midi. Alors que le jour flambait au-dehors, écrasé par l'impitoyable chaleur blanche, la chambre était obscure et maintenue au frais par un ventilateur. Elle jouait parfaitement son rôle de décor pour des jeux amoureux qui semblaient appartenir à une autre planète. Kate s'aventurait sur la pointe des pieds dans un érotisme d'un genre nouveau, car leurs ébats n'étaient plus l'aboutissement d'un romanesque souper aux chandelles, ni le point culminant d'une longue suite de préliminaires délicats. Il s'agissait plutôt d'une sorte de congé que s'octroyaient deux êtres humains au milieu de leur journée pour s'explorer l'un l'autre, en vertu d'un pacte mutuel, suspendus quelque part entre la grâce et l'enfer.

Avec Boris, Kate se sentait plus femme, presque animale. Parfois, elle en était gênée elle-même.

Au réveil, ils prenaient une douche et il l'emmenait en promenade. Ils marchaient dans la ville et il lui montrait son Paris, ses découvertes, les endroits qu'il aimait entre tous, en la prenant par la main ou en glissant les doigts sous la ceinture de sa jupe en jean.

«Tu vois, baby, c'est ça le vrai Paris», chantonnait-il, en désignant d'un large geste les fenêtres mansardées d'un vieil hôtel du Marais ou un bistrot populaire traditionnel dans lequel ils entraient prendre un verre.

«Ferme les yeux, lui dit un jour Boris alors qu'ils descendaient une rue, lui prenant la main pour la guider.

— Pourquoi ? demanda-t-elle, les paupières closes, un sourire épanouissant lentement son visage.

— Parce que cette rue n'est pas particulièrement belle », dit-il en faisant la moue, fier de son affectation toute française.

Elle était bien obligée d'admettre qu'il connaissait admirablement son Paris. Jamais encore elle ne s'était trouvée avec quelqu'un qui voyait vraiment la ville, qui savait aussi bien que lui en apprécier les splendeurs. Ils s'arrêtaient plusieurs fois pour reprendre haleine dans un petit café où ils commandaient un citron pressé bien frais.

Un soir, en rentrant à l'appartement, ils passèrent devant le petit arc de triomphe du Carrousel, à l'intérieur de la cour du Louvre. Boris posa à terre son sac de cuir noir et en sortit un frisbee. Il ouvrit grands les bras et pivota sur place.

« As-tu déjà joué au frisbee dans un décor aussi merveilleux ? demanda-t-il en riant. Tu te rends compte ? »

Il ne manquait jamais une occasion de tirer quelque plaisir de sa propre présence à Paris. En fait, ce qu'il reprochait aux Parisiens, c'était de ne plus aimer Paris.

Le soir, Boris et Kate allaient au cinéma, choisissant ceux qui étaient climatisés, et ils dégustaient des esquimaux au Grand Marnier, blottis dans les bras l'un de l'autre.

« *J'adore le cinéma** », lui murmurait-il à l'oreille chaque fois que les lumières s'éteignaient.

Kate aimait par-dessus tout voir Boris faire son shopping. Il se montrait à la fois si rusé et si aimable, si exigeant et si souriant ! Il achetait spontanément s'il y avait quelque chose de vraiment spécial ou si l'affaire était intéressante. Il savait reconnaître les bonnes tomates des mauvaises et ne se laissait jamais abuser par la belle apparence des framboises qui n'avaient aucun goût. Il choisissait les fines herbes,

184

les fourrant dans son panier avec une moue dégoûtée, comme s'il s'était agi de pissenlits.

Il aimait entrer dans une charcuterie fine pour voir s'il y avait quelque chose qui justifiât qu'il y perde un temps précieux, l'air grave et blasé, devant une Kate éblouie par ces pâtés luisants, ces saucissons de toutes sortes et ces hors-d'œuvre d'une variété infinie. Il tenait à tout inspecter d'un œil sévère, choisissant avec soin le morceau qui convenait le mieux à Kate. Et, quand elle lui demandait ce qu'il avait acheté, il balayait la question d'un grand geste de la main en disant : «Plus tard, baby, je t'expliquerai plus tard. »

Le matin du troisième jour, ils étaient tous les deux dans la salle de bains lorsque Kate remarqua que la bouteille de Yatagan — l'eau de toilette sibérienne de Boris — était presque vide.

« Regarde, dit-elle en lui montrant le flacon.

— Oui, chérie », dit-il en exagérant son accent russe, fâché contre elle parce qu'il savait fichtrement bien qu'il allait falloir une autre bouteille et que seule une aubaine imprévue lui permettrait de s'en procurer une.

Kate comprit immédiatement son erreur. Ils finirent de s'habiller et ils sortirent acheter les souvenirs que Kate avait promis de rapporter aux collègues de son agence pour les consoler d'avoir dû rester à New York. Après tout, elle avait eu beaucoup de chance et elle leur devait bien une petite compensation.

L'après-midi, elle commença à s'affoler. Il faisait encore plus chaud que d'habitude et Paris devenait insupportable avec ses hordes de touristes. Kate savait que son séjour se terminait bientôt : demain, c'était le dernier jour. Quatre journées de rêve après six mois d'enfer et de solitude !

Après avoir fait la queue une heure au Crédit Lyonnais pour changer de l'argent, Boris était à bout de nerfs. C'était le Paris qu'il détestait. Il décida de la réconforter en l'emmenant dans l'un de ses lieux favoris et ils allèrent à la Samaritaine, le plus grand et le plus bourgeois des grands magasins de Paris. Elle protesta tout le long du chemin.

«Baby, je te l'ai déjà dit. Je ne veux pas acheter quoi que ce soit dans un grand magasin. Nous en avons des flopées à New York.»

Il se contenta de pousser un grognement sans répondre.

«Mais enfin, pourquoi faisons-nous ça?» demanda-t-elle, excédée par cette foule compacte et cette enfilade d'escaliers circulaires qui se rétrécissaient à mesure qu'ils montaient. Mais Boris semblait savoir exactement où ils allaient.

Lorsqu'il ouvrit la dernière porte, la lumière l'aveugla. Ils pénétraient dans une oasis, un jardin en terrasses baigné de silence, occupé par une poignée de Français qui admiraient un incomparable panorama. Très peu de touristes en connaissaient l'existence car, pour une raison ou une autre, ils n'en remarquaient pas la mention dans leur Guide Michelin.

Boris expliqua à Kate que ce jardin était pour lui une véritable bénédiction. Il y venait souvent avec ses papiers et ses livres pour travailler sur sa vieille machine à écrire russe et c'est là qu'il avait écrit son premier roman à l'Ouest, tout en s'imprégnant de cette inestimable vue de Paris. L'entrée était gratuite, mais il savait qu'il devait payer chèrement le droit de jouir de ce privilège. Sa mère et tous les amis qu'il avait laissés là-bas payaient eux aussi, seulement, eux, ils ne pouvaient pas en profiter. C'était un plaisir dérobé, un plaisir dont il n'aurait jamais assez lui-même. Et maintenant, avec un profond ravissement, Boris faisait cadeau de cette vue à Katia; un Paris enfumé, cuisant à petit feu, étalé à ses pieds comme un joyau.

Kate restait plantée sur ses jambes.

«Qu'est-ce qu'il y a?» demanda-t-elle.

Elle ne voyait rien. Quand Boris eut balayé l'horizon d'un geste de la main, elle dit :

« Et alors ? »

Elle pivota sur place, incapable d'apprécier ce qu'on voulait lui montrer. Son regard était comme bloqué par la tristesse de son cœur.

Elle était submergée par le désespoir. Quel avenir y avait-il pour eux deux ? Pour la première fois elle voyait le côté sauvage de la nature de Boris. C'était un solitaire ; jamais il ne lui appartiendrait ; ni à elle ni à personne. Pourquoi comprenait-elle cela à cet instant précis, elle n'en savait rien, mais ce dont elle était sûre, c'était qu'elle éprouvait le sentiment d'être une victime. Victime de qui ? De lui ? D'elle-même ?

Pourquoi ne pouvait-elle pas jouir de l'instant ? L'aimer, aimer leur présence, ici même, sur le toit ? Pourquoi ne pouvait-elle pas rejeter la tête en arrière, comme dans les films, et tourner sur elle-même en riant pour se jeter dans ses bras ? Pourquoi ne pas repousser cette faim qui l'habitait et accepter cet homme tel qu'il était, admettre qu'il vivait à Paris et qu'elle vivait à New York, et qu'il ne voulait rien changer à cet état de choses ?

Non. Elle avait découvert en lui l'âme sœur et elle le voulait en permanence à côté d'elle. Elle trouverait un moyen de lui faire mesurer l'importance qu'elle pouvait avoir auprès de lui. Elle pouvait l'aider, elle pouvait l'amener à l'aimer.

Boris vit tout de suite qu'elle était trop accaparée par ses propres problèmes pour voir quoi que ce soit. Il en conçut un profond découragement. Il avait tout tenté mais il ne pouvait plus rien faire. Sans prononcer la moindre parole, il lui prit la main et ils redescendirent les escaliers jusqu'au rez-de-chaussée.

En traversant le rayon de la parfumerie pour ressortir, Kate dit :

« Attends. Je veux t'acheter du Yatagan. »

Il resserra sa main sur celle de Kate et l'obligea à continuer de marcher.

« Mais le tien est presque fini. Il faut que tu aies de l'eau de Cologne », protesta-t-elle.

Elle sentait bien qu'il fallait à tout prix que Boris soit en mesure de jouir de ces raffinements d'homme civilisé ; c'était sa manière à lui de mener son existence : il n'avait pas les moyens d'acheter des timbres-poste, mais il buvait du whisky qui avait dix ans de bouteille. C'est de cette manière qu'il choisissait d'être pauvre, expliquant que, s'il dépensait son argent pour satisfaire les besoins fondamentaux, il n'en aurait jamais assez pour jouir des choses vraiment agréables.

« Non », dit-il en l'éloignant du comptoir de Caron.

Il y eut alors entre eux une véritable querelle au rez-de-chaussée de la Samaritaine. Elle se mit à pleurer, l'esprit complètement perdu, tandis qu'il criait sans discontinuer :

« Je ne veux pas que tu m'achètes quoi que ce soit. Je ne veux rien ! »

Il la prit par la main et l'emmena dans le métro, compostant son ticket pour elle. Ils rentrèrent à l'appartement sans mot dire, dans la chaleur accablante. A voir l'expression de son visage, Kate se rendait compte qu'il la trouvait impossible, mais elle s'en moquait. Elle ne cessait de se dire : il est vraiment trop intransigeant !

Une fois qu'ils furent rentrés, Boris ôta ses vêtements et monta sur le toit avec *Tropique du Cancer*, une première édition du roman de Henry Miller à laquelle il tenait comme à la prunelle de ses yeux. Et il resta étendu pour lire aux derniers rayons du soleil.

Kate se réfugia dans la bibliothèque et alluma la télévision. Elle aimait regarder la télévision française pour améliorer sa connaissance de la langue. C'était l'heure de son émission favorite, un jeu intitulé « Ni oui ni non ». C'était un jeu absurde, primitif et puéril, comme seuls les Français peuvent en produire. Le candidat, un quidam venu de Nantes ou de Toulouse, devait répondre à un déluge de questions sans jamais employer les mots *oui* et *non*. Il devait utiliser des locutions comme «peut-être», ou «de temps en temps» ou «je l'aime». Mais le meneur de jeu s'ingéniait à le désarçonner en lui demandant tout à coup un truc du genre: «Avez-vous déjà trompé votre femme?» et le malheureux, qui commençait à prendre de l'assurance, tombait en plein dans le panneau. Au bout d'un moment elle éteignit le poste et monta sur le toit.

Une douce brise commençait enfin à rafraîchir le crépuscule parisien. Boris était allongé à sa place habituelle, sa serviette nouée autour de la taille. Il lisait tranquillement en écoutant un concert de musique classique à la BBC. Il leva les yeux vers Kate et abaissa son livre. Kate s'approcha de lui et s'agenouilla, posant la tête sur sa poitrine qui était encore toute pleine de la chaleur du soleil. Elle posa un baiser sur chacune de ses épaules et redressa la tête.

«Il faut que tu te connaisses toi-même, dit-il sobrement. Il faut que tu saches ce qui t'est arrivé à la Samaritaine. L'introspection.» Il agita un doigt dans sa direction. «C'est là qu'est tout le secret.»

Elle le regarda avec tristesse. Ils restèrent immobiles et silencieux. Elle ne savait que dire. Elle ne savait vraiment plus où elle en était. Puis Boris reprit d'une voix tendre.

«Aime-toi toi-même, baby. C'est ça le plus difficile. Crois-moi. Aime-toi toi-même et le monde t'appartiendra.»

Le lendemain matin, elle dit à Boris qu'elle avait encore des courses à faire mais que ce serait plus facile si elle y allait seule. Telle une femme pénétrée de sa mission, elle prit le métro avec calme et détermination. Elle savait ce qu'elle devait faire, elle allait se comporter en femme.

Elle entra à la Samaritaine d'un pas décidé et alla droit au comptoir des parfums Caron où elle demanda un flacon de Yatagan.

La pimbêche à qui elle s'était adressée fit semblant

de ne pas la comprendre. Kate savait par expérience que c'était la punition qu'on lui infligeait régulièrement pour la manière dont elle prononçait le français. La vendeuse la fixa d'un regard vide, puis se tourna vers les autres filles du rayon en haussant les épaules comme pour dire: «Ces Américaines, ce qu'elles peuvent être gourdes!» et elle continua sa conversation.

Mais Kate commençait à en avoir assez de ces Françaises constipées. Elle porta les mains aux hanches et dit à la vendeuse, dans un français irréprochable:

«*Pardon, mademoiselle, est-ce que vous êtes américaine*?*»

Ce fut un éclat de rire général. La fille à qui cette question était destinée prit un air offensé.

«*Non!* réplica-t-elle avec arrogance. *Pourquoi me demandez-vous ça*?*

— *Ah?* s'étonna Kate d'une voix suave. *Je le croyais parce que vous parlez français avec l'accent américain *.*»

Et elle lui adressa son sourire le plus candide.

Elle avait fait mouche. Elle atteignait les Français à l'endroit le plus sensible: leur précieux et stupide accent français. Dans n'importe quel autre pays au monde, Kate avait constaté que les gens se comportaient avec une énorme gentillesse à votre égard dès que vous faisiez l'effort de parler leur langue. Mais les Français, eux, mettaient un point d'honneur à vous empêcher de les aimer. Vous multipliiez vos efforts, mais vous n'aviez droit qu'à des rebuffades.

Après avoir longuement réfléchi à la question, Kate avait mis au point une théorie qu'elle avait appelée «le phénomène du papier toilette», concluant que ce trait de caractère manifesté par la majorité des «Froggies» venait de cet article anodin. Il lui paraissait évident, en effet, que le papier toilette rugueux et épais que l'on utilisait en France n'accomplissait pas correctement son office, si bien que la nation tout entière se baladait avec un derrière irrité et malpropre. Comment s'étonner alors qu'ils se montrent si hargneux ? Comment aurait-on pu expliquer autrement que les Français, qui vivaient si près des Italiens et des Espagnols, n'aient pas imité leurs joyeuses façons de vivre, leur exubérance et leur chaleur ?

Quand Kate vit que la jeune Française avait été, grâce à cette passe d'armes, ramenée à une plus juste compréhension des choses, elle revint à la charge.

«*Yatagan, c'est un parfum de Caron pour les hommes*».*

— Ah oui, bien sûr, Yatagan», dit aimablement la vendeuse, comme si la lumière venait enfin de se faire en elle. A croire que Kate lui avait parlé auparavant dans une langue tout à fait différente.

Ce soir-là, le dernier qu'elle allait passer à Paris, Boris prépara un dîner d'adieu tout simple : saucisses, pommes de terre, oignons et fenouil, qu'ils dégustèrent en silence sur le toit, à la lumière des chandelles, accompagné par un brouilly bien frappé. Kate se demanda pourquoi ce plat qu'elle avait bien des fois préparé à New York paraissait tellement meilleur ici à Paris.

Tout comme elle, Boris paraissait fatigué et peu enclin à parler. Sans doute était-ce le prix de ces quatre jours de vie commune continue. Etait-il triste parce qu'elle partait ? En tout cas il semblait avoir apprécié sa compagnie. Perdue dans ses pensées, elle s'efforçait de comprendre la signification de ce voyage intense, de ces vacances d'une semaine qu'elle s'était octroyées loin de sa vie quotidienne. Quel sens fallait-il leur accorder ?

Elle soupirait en mangeant, levant de temps en temps les yeux vers les étoiles. Elle trouva un certain réconfort dans l'idée que, lorsqu'elle regarderait le ciel nocturne à New York, elle verrait les mêmes étoiles qu'à Paris. Elles établiraient un lien cosmique avec Boris lorsqu'elle souffrirait trop de la solitude.

Le repas achevé, elle lui prit la main et la serra très fort et fut heureuse quand Boris lui rendit cette étreinte. Mon Dieu, se dit-elle, il va penser à moi pendant mon absence.

Ils firent la vaisselle ensemble et elle alla se coucher. A travers les lames de la porte de la chambre elle le vit assis dans le salon. Il écoutait du jazz en sirotant du cognac et fumait un cigare cubain que lui avait donné un de ses amis.

Elle se leva de bonne heure le lendemain matin. Pendant qu'il dormait encore, elle prit une douche et prépara ses bagages. Quand il se leva enfin, elle lui lança :

« Ne t'inquiète pas, c'est moi qui vais faire le lit. »

Il la regarda d'un air qui voulait dire : « Comme tu voudras » et se dirigea vers la douche. Kate prit les clés et descendit à la boulangerie pour acheter des croissants chauds et s'arrêta dans un supermarché où elle choisit un saucisson français afin de le rapporter à New York.

En revenant à l'appartement, elle se sentit envahie par la nostalgie. Comme elle regrettait de laisser tout cela derrière elle ! Elle appréciait tant le charme de la vie en France, une vie qui était faite pour elle. Elle se sentait vraiment chez elle ici !

Avant d'avoir eu le temps de dire ouf, onze heures sonnèrent et il fallut partir pour l'aéroport. Boris mit quelques pièces de monnaie dans sa poche et chercha ses clés pendant que Kate attendait à la porte, en proie à une certaine nervosité. Juste au moment où ils se préparaient à sortir, Boris inspira longuement puis il dit d'une voix rauque :

« Bien. Maintenant, asseyons-nous. »

Kate fut saisie d'émotion. C'était une vieille coutume religieuse russe selon laquelle, lorsqu'un membre de la famille partait pour un long voyage, quelqu'un demandait que l'on s'assoie un instant.

C'était le dernier moment passé ensemble, on restait assis en silence. En apparence, il s'agissait de souhaiter au partant de faire un bon voyage mais, en réalité, on voulait garder le souvenir de la dernière minute passée en sa compagnie. Pour le cas où il lui arriverait quelque chose.

Kate fut charmée et attristée par cette coutume étrange qu'elle avait vu pratiquer étant enfant, mais qu'elle n'avait jamais eu l'occasion de respecter depuis. Elle l'associait à ses grands-parents, et non à des gens de son âge. Vraiment, ces Russes, ils n'avaient pas leurs pareils! Ils amplifiaient toutes les émotions et, d'un départ triste, ils faisaient un office commémoratif rappelant que celui qui s'en allait pouvait fort bien mourir. Il fallait être russe pour regarder ainsi la mort en face, prendre le taureau par les cornes pour ne pas avoir à dire un jour: «Ah! Si seulement je lui avais fait correctement mes adieux!»

Boris s'assit dans le salon et Kate prit un siège en face de lui. Moins de dix secondes après, elle fut prise de sanglots convulsifs. Elle se leva d'un bond et alla s'asseoir sur ses genoux. Il lui caressa les bras et, la tête légèrement inclinée, scruta le fond de ses yeux. Il sourit de la manière peu conventionnelle dont elle interprétait cette coutume russe, charmé par sa sentimentalité mais conscient des responsabilités que cette tristesse impliquait. Ils restèrent silencieux, Kate s'efforçant de contenir ses larmes. Puis, voyant que l'épreuve était vraiment trop pénible pour elle, il dit:

«O.K. Ça va suffire.»

Et il se leva pour partir.

A Charles-de-Gaulle, Kate sentit son anxiété redoubler, désespérant de lui faire exprimer le moindre sentiment sur ce départ et sur la façon dont il envisageait leur avenir. Elle regarda son élégant émigré russe, planté sur une marche de l'escalator tubulaire futuriste, et se demanda pourquoi il était si inaccessible. Il lui tenait la main, lui embrassait la joue, lançait des plaisanteries anodines et s'amusait à adresser un signe de la main à des gens qu'il ne connaissait pas.

Elle avait envie de demander : «Alors, quand est-ce qu'on va se revoir?» Elle avait envie de lui dire : «Je t'aime. Je veux vivre avec toi.» Mais elle ne pouvait pas. Il avait érigé autour de lui-même un mur de silence, un cercle infranchissable qu'elle n'osait pas briser. Ou alors trouvait-il cette séparation si pénible qu'il cherchait un dérivatif dans des occupations de toutes sortes, enregistrant les bagages, cherchant à quelle porte il faudrait qu'elle se présente, s'assurant qu'elle aurait assez de temps pour faire quelques emplettes dans les boutiques hors taxes?

Les précieuses secondes s'envolaient à toute vitesse. Elle avait l'impression d'être dans un de ces films des années quarante, où le héros et l'héroïne s'aiment en secret mais n'osent pas se le dire : assise dans le noir, les yeux rivés sur l'écran, Kate avait alors envie de crier : «Dis-lui que tu l'aimes. Mais dis-le-lui donc !»

Quand arriva l'heure de se dire au revoir, au contrôle des passeports, elle décida de se reprendre. «Surtout, ne pleure pas, Kate. Boris n'a que faire de dire au revoir à une borne-fontaine.» Elle eut un sourire courageux et tourna vite les talons, fourrageant dans son sac pour en extraire son passeport afin que Boris ne puisse pas voir son visage empourpré.

Elle fit quelques achats dans les boutiques hors taxes, choisissant du Campari, de la vodka et du parfum, le visage ruisselant de larmes. En quittant Paris, elle allait retrouver des journées de travail de douze heures. Et ce serait de nouveau la solitude dans son appartement de New York.

Quand Kate arriva à l'aéroport Kennedy, elle fut prise d'un accès d'inquiétude à l'idée d'introduire en fraude le saucisson qu'elle avait acheté à Paris. En général, elle n'avait rien de ces gens qui veulent toujours appliquer les règlements à la lettre, mais elle avait pris peur en lisant le formulaire de déclaration des marchandises pour la douane: «Il est interdit d'introduire aux Etats-Unis toute espèce de nourriture. Le contrevenant risque la confiscation, l'emprisonnement, le paiement d'une amende ou l'expulsion.» Elle se voyait déjà derrière les barreaux d'une prison. Elle décida donc de le déclarer.

Le regard du douanier s'alluma quand il vit ce qu'elle avait écrit sur le formulaire.

«Parfumé à l'ail, mais subtilement. Parfait pour le cocktail avec du pain français bien croustillant et des cornichons. Du saucisson français pur porc.»

«Voyons la marchandise», dit le fonctionnaire d'un ton revêche.

Quelle vulgarité! Quand Kate eut sorti son précieux saucisson tout embaumé d'ail et de poivre, les yeux de l'homme s'arrondirent encore davantage.

«Il va falloir que je le confisque», dit-il avec un peu trop d'empressement, s'efforçant de maîtriser la convoitise qui allumait son regard et faisait trembler ses lèvres.

Soudain furieuse, Kate tapa du pied. Et voilà où ça te mène de vouloir jouer les vertueuses! Elle aurait mieux fait de passer sans rien dire, comme elle le faisait toujours.

«Vous allez vous régaler, ce soir, n'est-ce pas, monsieur le douanier?» lança-t-elle d'une voix sarcastique.

L'autre la regarda d'un œil irrité. Il n'avait que faire de ses protestations.

«Madame, ces marchandises sont interdites par la loi. Allez, circulez!»

C'est vraiment de circonstance, se dit-elle en refermant la fermeture Eclair de son sac avant de se le remettre sur l'épaule pour s'éloigner du comptoir et pénétrer dans le hall des arrivées internationales. Il faudra que je raconte ça à Frank! On ne peut plus freudien, non? Je me paie un séjour merveilleux et libertin à souhait en France et, quand je rentre à New York, on me confisque mon saucisson.

En se mettant au lit ce soir-là, elle se dit que Boris se serait déjà allongé sur cette couche qu'ils avaient partagée cinq nuits. Allait-elle lui manquer un peu? Ou serait-il heureux d'être seul? Elle s'était efforcée de se faire toute petite pour ne pas le déranger dans son sommeil et, le matin même, il lui avait dit que sa façon de dormir avait dû déteindre sur lui, car, tant qu'elle avait été là, il avait eu, lui aussi, un sommeil des plus profonds.

Elle l'imagina savourant sa tranquillité retrouvée et étendant les bras vers les bords du lit. Quoi? Qu'est-ce qu'il y a donc là? Sa main trouverait quelque chose sous le drap et il sortirait un sac de plastique avec un flacon à l'intérieur. Une bouteille de Yatagan. *Un petit souvenir**. Il allait sourire. C'était le moyen idéal de lui faire un cadeau, en lui donnant quelque chose qu'il pourrait trouver tout seul, sans avoir de merci à dire à personne.

NEW YORK

Frank et Kate

Bien que Kate ne se fût absentée que pour dix jours, Frank attendait son retour avec impatience. De temps à autre, il ajoutait six heures à l'heure présente, essayant d'imaginer ce qu'elle pouvait être en train de faire. Je me mets à table pour le dîner, elle dort déjà depuis plusieurs heures, ou je suis sur le point de me coucher, elle est déjà attablée devant son petit déjeuner.

Un jour, il se surprit à regarder la rubrique météo du *New York Times*. Ça devient ridicule, se dit-il en refermant brusquement le journal. Quand on annonça à la radio, dans le salon des docteurs, à l'hôpital, qu'un avion s'était écrasé à l'aéroport Kennedy, il pâlit soudain et fut soulagé d'apprendre que ce n'était pas un vol en provenance de Paris.

En fait, ce qui le préoccupait surtout, c'était la personnalité de Boris. Bien qu'il n'en eût jamais parlé à Kate, il n'approuvait pas du tout ce qu'elle lui disait de leur aventure. Naturellement, il se plaçait uniquement dans l'optique d'un docteur qui ne voulait pas que sa cliente s'attire des désagréments, c'est du moins ce qu'il se répétait et ce qu'il affirmait au Dr Janet. Bref, il était facile de voir que ce poète russe ne valait pas grand-chose. Kate se faisait des illusions sur son compte, incapable de voir que ce Boris la faisait tout simplement marcher.

Il fut donc très soulagé de la voir à la porte de son cabinet, pile à l'heure pour son rendez-vous, et lui décocha un large sourire. Aussitôt assise, elle se mit à fourrager dans un sac de cuir noir qu'il ne lui avait jamais vu et qu'elle avait dû acheter à Paris. Il attendit patiemment.

« J'ai pensé à vous en voyant ça, dit-elle en lui tendant un flacon d'eau de toilette qu'elle avait acheté à la boutique hors taxes. Je sais bien qu'en principe je ne devrais pas vous faire de cadeau, mais je l'ai prise parce que vous me manquiez et j'ai pensé que ça me rapprocherait de vous par la pensée. J'ai préféré vous l'apporter aujourd'hui, parce que j'en avais envie et vous m'avez toujours recommandé de bien vous dire tout ce dont j'ai envie. »

Elle reprit son souffle et continua :

« J'aurais pu laisser ce flacon chez moi, je le sais, mais vous n'êtes pas obligé de l'accepter si vous jugez que j'ai eu tort. »

Elle se carra bien sur son siège, d'un air résolu, poussant un profond soupir. Elle avait fait ce geste d'offrande et maintenant, elle se préparait mentalement à essuyer un refus, si brutal fût-il.

Frank fixa le paquet qu'il tenait dans ses mains, le tournant et le retournant lentement, pesant le pour et le contre. Certes, ce cadeau était contraire aux usages, mais le geste ne manquait pas de gentillesse. C'était toujours un problème pour les psy : fallait-il accepter les présents des clients ? On aurait pu écrire un traité sur la question. « Enfin, vous n'apporteriez pas un flacon d'eau de toilette à votre dentiste ou à votre pédicure, n'est-ce pas ? » C'était l'exemple qu'il donnait à ses patients pour les aider à comprendre la signification de leur comportement. Yatagan. Caron. Paris. Eau de toilette pour homme.

Ses doigts caressaient la cellophane enveloppant la boîte. Yatagan, quel drôle de nom pour une eau de toilette. Ça paraissait impressionnant, presque dangereux, même. Non, ça ressemblait à un nom géographique, comme Irkoutsk ou le Turkestan. Lui, il préférait des appellations plus civilisées du genre Flanelle grise ou Polo. C'est donc ça le parfum qu'elle aimerait que je me mette ?

Il porta la boîte à ses narines, tentant de percevoir une odeur en dépit de l'emballage, mais il la reposa bien vite quand il se souvint que Kate l'observait.

« Il faut que je réfléchisse », dit-il d'une voix hésitante.

Au fond, il était flatté, il avait envie d'accepter mais ne savait que faire.

Soudain, il fut pris de panique. En refusant ce présent, il repoussait Kate. N'était-ce pas contraire à sa mission de psychanalyste ? Il se rendait déjà compte qu'il avait beaucoup trop parlé. Il aurait dû se contenter de dire merci, en posant le flacon sur sa table, sans y attacher la moindre importance. Il décida de tenter d'en savoir davantage sur les motifs de cet acte.

« Comment cette eau de toilette vous a-t-elle fait penser à moi ? demanda-t-il brusquement. Qu'est-ce qu'elle représente pour vous ? Dans vos fantasmes, bien entendu. »

Il s'efforçait d'affirmer son autorité en donnant à ses questions un aspect clinique.

Kate parut désarçonnée. Elle répondit d'une voix timide :

« Eh bien, c'est un parfum sombre et mystérieux. Comme vous. » Elle s'interrompit un moment pour chercher ses mots et reprit : « Ça impose le respect. Un peu comme vous, avec votre façon de vous asseoir dans ce fauteuil, attendant que je parle. Oui, c'est ça, c'est un parfum qui me fait venir à vous, qui me fait réagir à votre guise, comme toujours quand je suis ici. »

Silence. Puis :

« J'ai eu tort de vous apporter cette eau de toilette. »

Elle lui dit qu'elle avait la même sur l'étagère de sa salle de bains. Elle aimait en mettre sur sa poitrine, après avoir pris une douche bien chaude, et en vaporiser partout dans son appartement. C'était un parfum qu'elle avait découvert récemment. Elle avait l'impression qu'il la rendait désirable, aguichante, d'un romantisme échevelé. Et elle voulait que Frank exhale ce parfum lui aussi.

Frank se disait : Bravo, ça marche très fort ! Voilà une séance qui s'annonce très bien.

Ils restèrent silencieux un moment, puis elle se laissa aller, parlant sans discontinuer. Elle commença par lui dire qu'elle était lasse de mentir, et que si elle avait menti c'était pour éviter de le faire souffrir. Elle ne l'aimait plus. Il s'en était peut-être douté ; bref, elle était tombée désespérément amoureuse de Boris.

L'enthousiasme de Frank s'éteignit. Cette séance ne marchait pas si fort qu'il l'avait d'abord cru.

« J'ai pris une grande décision », annonça-t-elle.

Elle le laissait sur le gril, marquant une pause théâtrale.

Attention, se disait Frank, qu'est-ce qu'elle est encore allée chercher ?

Elle le regardait d'un air lourd de sous-entendus. Bon sang, elle aimait le suspense ! Il se contenta d'incliner la tête sur le côté, les sourcils froncés, dans une attitude d'attente sereine. Il n'aimait pas réagir trop directement à ses provocations.

« Je change de nom. Je veux dire : j'ai changé de nom. Je veux qu'on me donne mon nom russe. Alors, plus de Kate. Maintenant je m'appelle Katia. »

Le cœur de Frank se mit à battre très fort. Il espérait que son agitation ne se voyait pas. Cela s'annonçait mal, très mal. Il perdait le contrôle du traitement. Elle avait basculé de l'autre côté. Qu'allait-il bien pouvoir raconter à son patron de thèse ce soir ? Ses mains étaient trempées de sueur. Il se passa les doigts dans les cheveux, d'un geste qu'il espérait plein de nonchalance.

« Et qu'est-ce qui a motivé ce changement ? demanda-t-il en s'efforçant de paraître calme.

— Non, je veux que vous le disiez, dites Katia, tout

de suite. Appelez-moi Katia, je veux voir quel effet ça me fait. »

Elle se renversa en arrière dans le fauteuil et ferma les yeux, attendant le mot qui allait sortir de la bouche du praticien.

Il se trémoussa sur sa chaise d'un air gêné. Enfin quoi ? Fallait-il qu'il se prête à ce petit jeu ? S'il consentait à l'appeler Katia, cela ne voudrait-il pas dire qu'elle le faisait marcher à sa convenance, qu'elle le manipulait à sa guise, créant ainsi un précédent fâcheux pour leurs relations futures ?

Et s'il ne l'appelait pas Katia, cela ne démontrerait-il pas qu'il était intransigeant, qu'il refusait à sa cliente la possibilité de vivre ses fantasmes ?

Il décida qu'il n'avait qu'une seule chose à faire. Cesser de se poser des questions et entrer dans ce fantasme avec elle pour voir jusqu'où cela les entraînerait. Peut-être cela les libérerait-il l'un et l'autre.

Il la regarda dans les yeux avec intensité.

« D'accord, Katia. »

Il avait eu beaucoup de mal à prononcer ces syllabes.

« Non. Ka-ti-a, dit-elle, corrigeant sa prononciation.

— Katia », répéta-t-il.

Il se sentait tout bête car il ne parvenait pas à donner aux voyelles la douceur de la prononciation russe qu'elle réussissait à reproduire à la perfection.

« Et ce n'est pas seulement pour aujourd'hui, vous savez. Dans vos notes, il faut que vous m'appeliez Katia et, si vous téléphonez à mon agence pour changer un rendez-vous ou autre, il faudra demander Katia.

— D'accord, Katia.

— Vous n'êtes pas obligé d'en remettre.

— Je n'en remets pas, Katia.

— Vous voyez bien ! »

Elle ne tenait plus en place.

« Katia, voilà qui je suis. Voilà qui je suis vraiment. Je me sens bien dans la peau de Katia.

— Et qui a eu cette idée?»

Elle tourna la tête en soupirant, comme s'il avait posé une question stupide.

«Eh bien, moi, naturellement.»

Au bout d'un moment de silence, elle se redressa sur son siège.

«O.K. Maintenant que cette question est réglée, il faut que je vous parle de mon voyage à Bordeaux.»

Elle se lança dans une longue dissertation sur le cognac et il l'observa tandis qu'elle feignait d'oublier les propos tenus précédemment. Au bout d'un moment, il décida que cela ne pouvait continuer ainsi.

«Pourquoi voulez-vous à tout prix me compliquer la tâche? interrompit-il.

— Mais je ne vous complique rien du tout, protesta-t-elle, bien qu'elle vît parfaitement à quoi il faisait allusion.

— Ecoutez, il me semble tout de même que, si vous changez votre nom, ce qui est une décision importante, il faut que nous nous interrogions sur vos motivations. Et il y a une quantité de problèmes à étudier. Par exemple: qu'allez-vous dire à vos amis et à vos collègues de travail?

— Eh bien, j'ai tout arrangé, s'exclama-t-elle, prête à lui livrer les détails de sa petite conspiration. Aussitôt rentrée chez moi ce soir, je me refais un autre curriculum vitae avec mon nouveau nom et je me mets en quête d'un nouvel emploi dans une autre agence de publicité. Tout le monde fait ça, vous savez. C'est la seule façon d'avoir de l'avancement et un salaire plus élevé. Comme ça, personne ne saura que je m'appelais Kate. Pour eux, je serai Katia, dès le début. Formidable, non? D'ailleurs, même si je ne décroche pas un nouvel emploi tout de suite, je dirai à mes collègues que je me suis repositionnée en me donnant un nouveau concept et un nouveau nom. Croyez-moi, ils comprendront parfaitement. Voyez-vous, nous autres publicitaires, nous sommes toujours en train de repositionner les produits. »

Il fit une grimace d'incompréhension.

Elle roula les prunelles d'un air excédé.

« Bien. Nous allons prendre un exemple concret. Quand la bière légère est arrivée pour la première fois sur le marché, on l'a appelée bière de régime, vous vous rappelez la Gablinger's ? Mais les hommes virils, les machos, ne voulaient pas qu'on les voie boire de la bière de mauviettes, alors le produit est resté en carafe dans les rayons. Miller a alors eu une idée géniale. Il a changé le concept et le nom, utilisant l'appellation Light Beer, bière légère, et il a expliqué aux hommes que, si elle était légère, ils pouvaient en boire davantage ! On a modifié la vertu en un vice aimable. Vous ne trouvez pas que c'était là un gigantesque pas en avant dans le domaine du marketing ? »

Etant lui-même amateur inconditionnel de bière légère, Frank ne put qu'acquiescer, bien qu'il n'appréciât cette marque qu'à cause de sa faible teneur en calories.

« D'ailleurs, dans les milieux publicitaires, on aime bien les gens un peu excentriques. On s'imagine que vous êtes plus créatif si vous avez l'air d'avoir une araignée au plafond. En fait, mon changement de nom va leur plaire énormément. »

Voyant qu'il n'était pas convaincu, elle reprit :

« Tenez, j'ai couché ça sur le papier, noir sur blanc. »

Elle rouvrit son sac et en sortit un feuillet dactylographié, d'une présentation irréprochable. Il était intitulé RELEVÉ DES OBJECTIFS ET DES STRATÉGIES, et le client, ou plutôt le produit, était Kate. Elle lui expliqua qu'on établissait un document de ce type pour chaque commande, avant que l'équipe de créatifs ne se mette au travail pour qu'elle sache bien quel contenu donner à son annonce publicitaire, à la télévision ou dans la presse.

PROBLÈME CENTRAL : La cliente ne se satisfait plus de vivre en Américaine. La cliente éprouve le profond regret d'avoir perdu son héritage russe.

CIBLE : Le monde dans son ensemble.

OBJECTIF : Retrouver l'héritage et la richesse de la cliente, lui rendre son existence de femme sensuelle russe, afin de revaloriser sa vie.

STRATÉGIE : Repositionner la cliente en tant que femme russo-américaine.

PROMESSE CLÉ : La cliente se sentira mieux. Elle sera plus heureuse en femme russe.

CONTRAINTES : La cliente reprend la version originale (russe) de son nom : Katia. La cliente doit se retremper dans son héritage russe.

Katia lui dit qu'il pouvait garder le document, qu'elle en avait mis un exemplaire sur la porte de son réfrigérateur. Puis elle se leva pour partir.
« Où allez-vous ? demanda-t-il.
— La séance est terminée. »
Il regarda sa montre, vexé qu'elle ait usurpé le privilège de l'informer qu'il était l'heure d'arrêter.

Une fois rentré chez lui, il relut les notes qu'il avait prises dans la journée, étudia le document que Kate lui avait remis, puis entreprit d'en rédiger une autre version, sur un bloc jaune.

KATE
Version de l'analyste

PROBLÈME CENTRAL : Kate est incapable de mettre le

grappin sur son petit ami russe. P. secondaire : elle n'a aucune idée de ce qu'elle est réellement en tant que personne.

CIBLE : Boris Zimoy.

OBJECTIF : Amener son ami à l'aimer (si on peut appeler ami quelqu'un qui vit de l'autre côté de l'océan Atlantique, qui ne la voit pour ainsi dire jamais et qui la connaît à peine).

STRATÉGIE : Devenir russe afin de faire revivre en lui les sentiments qu'il éprouvait quand il était dans son pays.

PROMESSE : Si la cliente est russe, elle est persuadée que son petit ami russe va s'éprendre d'elle. P. secondaire : épuiser le psychanalyste.

CONTRAINTES : Les mêmes.

Frank fixa le feuillet et finit par ne plus savoir que penser. Cette histoire de changement de nom le rendait nerveux. Comment allait-il pouvoir mener son analyse désormais ? Fallait-il qu'il intervienne activement et qu'il tente de la dissuader de se comporter ainsi ? Les événements s'étaient vraiment précipités de manière excessive.

Il se leva et se prépara un cocktail à base de gin et de citron vert. Puis il vint se rasseoir dans son fauteuil, se calant les reins avec un petit coussin pour atténuer la douleur. Il ouvrit le classeur où étaient rangées toutes les notes qu'il avait prises à propos de Kate, étudiant lentement les feuillets couverts de son écriture en pattes de mouche. Il avait l'impression de tenir entre ses mains la vie de sa cliente. Toute l'histoire était là. Il but une petite gorgée de son cocktail et renversa la tête en arrière, laissant le gin se répandre dans son corps et apaiser son esprit suractivé.

L'image qu'il avait en tête était celle d'une femme qui se noyait et qui entourait de ses bras un homme qu'elle implorait de la tirer de l'eau. L'homme sauveur! Mais lui, qui ne voulait pas couler avec elle, tentait de se dégager et la seule façon de lui faire lâcher prise, c'était de l'étrangler. Ce qui ne faisait que l'inciter à l'agripper encore davantage. Et c'est ainsi que nous nous livrons à cette danse de malentendus, une valse de passion marquée par l'ivresse et qui ne peut aboutir qu'à la mort.

Frank se disait que Boris avait surgi dans la vie de Katia comme l'un de ces flacons magiques d'*Alice au pays des merveilles*. Sur lui, il y avait cette étiquette : « Obsession. Essayez-moi. » Il n'est nul besoin d'avoir deux personnes pour obtenir une obsession : une seule suffit.

Mais pourquoi donc faut-il que les femmes s'abandonnent à un homme pour se perdre en lui, se fondre à son être et devenir lui? Car enfin, elles ont vécu jusque-là une existence qui avait ses hauts et ses bas, ses problèmes majeurs ou secondaires, ses joies et ses peines, et les voilà tout à coup qui rencontrent un homme et déclarent qu'elles ne peuvent plus vivre sans lui! Alors que, auparavant, elles se débrouillaient fort bien toutes seules...

L'univers a-t-il donc la bougeotte? Avec toutes ces particules qui se cognent les unes aux autres? Quelle est cette mystérieuse pièce qui manque en chacun de nous et qui nous pousse à trouver la personne qui va nous apaiser comme une drogue ou nous injecter le nectar divin de la vie? Pourquoi faut-il que nous voulions être avec cette personne, pour nous imprégner de sa présence et nous imbiber de son essence? Nous sommes tous des affamés. Nous sommes tous égarés et nous cherchons tous notre voie.

Frank était persuadé que Katia se débattait comme une somnambule dans une dépression qui lui interdisait de voir toutes les âmes sœurs qu'elle avait pu rencontrer au cours des ans. Et maintenant, elle s'agitait comme une hystérique parce qu'elle s'apercevait qu'elle avait perdu sa fraîcheur, tel un article d'occasion qui n'a plus l'éclat du neuf. Elle avait perdu le soyeux de sa personnalité, la lueur de surprise qui ravivait son regard. Elle prenait de l'embonpoint, s'arrondissait et perdait sa bonne humeur, persuadée qu'elle était que sa vie aurait pu prendre un tour tout à fait différent.

«Je vais me marier avec Boris, annonça-t-elle à Frank d'une voix triomphante. Je le sais. Il y a quelque chose en moi qui me le dit.

— Vous voulez dire que vous vous imaginez que vous allez l'épouser, dit-il d'un ton sarcastique.

— Ce que vous pouvez être désagréable!

— Vous avez raison. Excusez-moi.»

Mais il revint à la charge:

«C'est encore un de vos fantasmes, dit-il doucement.

— Non!» Cette fois elle était fâchée. «C'est la vérité. Il est l'homme qu'il me faut! Vous savez pourtant bien qu'il y a des gens qui disent: "Dès le moment où je l'ai aperçu, j'ai eu la certitude que nous allions nous marier." Vous le savez bien, que les gens disent ça. Eh bien, pour moi, c'est tout à fait le cas. C'est l'homme que je vais épouser. Je le sais. Un point c'est tout.

— Oui, oui, bien sûr. Mais avez-vous déjà songé que les seuls à dire ça sont des gens mariés? Alors, bien sûr, comme ça leur est effectivement arrivé, ils peuvent regarder en arrière et dire ce qui s'est passé. Vous n'avez jamais entendu parler ainsi des gens qui n'ont pas épousé celui ou celle qu'ils étaient persuadés d'épouser un jour.»

Frank constatait toujours avec une profonde tristesse que les femmes qu'il rencontrait, et en particulier celles qu'il traitait, se faisaient une haute idée du mariage et du jour de leurs noces. Toute leur vie, elles pensaient à l'instant où elles uniraient leur existence à celle d'un homme. Depuis leur plus tendre enfance, on leur avait seriné sans cesse le même refrain : une mariée doit être belle, le jour du mariage est le plus important de la vie, c'est le jour qu'il faut attendre avec impatience car c'est à partir de là que commencera la vie véritable. Quelle mascarade !

Les hommes, eux, étaient beaucoup moins pressés. Ils ne s'excitaient pas le moins du monde à l'idée de se retrouver devant une foule de parents ou d'étrangers pour déclarer qu'ils aimaient cette jeune fille et ne pouvaient pas vivre sans elle.

Comment se faisait-il que les hommes pouvaient fort bien être des hommes, considérés comme des adultes à part entière, même s'ils n'avaient pas de femme ? Tandis qu'une femme se faisait traiter comme une enfant à partir du moment où elle vivait seule, parce qu'il n'y avait personne pour s'occuper d'elle ?

La réalité, se disait Frank, c'était que la femme changeait la vie de l'homme en mieux, mais que la sienne empirait plutôt. Dès l'instant où elle se mariait, elle tombait de son piédestal et perdait à la fois sa grâce et son pouvoir. C'était peut-être à cause de cela qu'on lui faisait tant miroiter les avantages de la condition d'épouse ; pour l'amener plus efficacement à accepter les chaînes et la servitude.

Il avait pourtant la certitude qu'une femme pouvait fort bien avoir une vie émotionnelle d'une grande richesse, même si elle vivait seule : son instinct naturel la poussait à construire un nid, à se faire un chez-soi. L'homme, lui, avait besoin de la femme pour y parvenir.

Il trouvait que, dans l'ensemble, les hommes n'avaient pas les qualités requises pour traiter une femme comme elle le méritait. Rares étaient les hommes suffisamment ouverts sur le plan émotionnel pour recevoir vraiment une femme dans ce que sa féminité avait de plus profond. La femme était dotée de pouvoirs considérables mais, au lieu de reconnaître et d'accepter ces pouvoirs, la plupart des hommes avaient tendance à les déprécier, tellement ils en avaient peur, et cette attitude déclenchait un cycle de colères et de frustrations chez l'un comme chez l'autre. La femme irritable et castratrice, l'homme frustré qui ne comprend plus rien à rien. Et le fossé ne cessait de s'agrandir.

Naturellement, il ne pouvait pas le dire à ses patients, et pourtant c'était vers lui qu'ils se tournaient avec toutes leurs aspirations et toutes leurs anxiétés. Que pouvait-il faire? Que pouvait-il dire? Et finalement, que savait-il?

« Et que vont dire vos parents ? » avait-il demandé à Kate.

Oh! Aucun problème, avait-elle répondu avec un geste de la main, comme pour balayer l'objection. Ils pousseraient un soupir de soulagement. Elle dit à Frank que lorsqu'elle était encore petite, ses parents s'étaient fait une très haute idée de l'homme qui l'épouserait. Ce serait un docteur ou un avocat, un sujet brillant, riche, séduisant. Bref, un être d'exception. Et puis, à mesure qu'elle avait pris de l'âge, leurs exigences avaient décru considérablement. Maintenant, n'importe quel homme ferait l'affaire, tant qu'il avait des bras, des jambes, deux yeux, et ne bavait pas dans sa soupe. Frank et Katia avaient bien ri quand elle avait évoqué ce dernier point.

Il en était arrivé à son troisième cocktail et ses pensées commençaient à se ramollir. Il avait une crise à résoudre. Comment allait-il s'y prendre?

Frank et Frank

Si Frank était si troublé par le changement de nom de Kate, c'était parce qu'il avait lui-même opéré une modification de sa propre identité. En réalité le nom de Frank Manne était Francesco Mangiapanne. Après avoir décroché sa thèse en psychologie et commencé à pratiquer la psychothérapie, il s'était rendu compte que cela amusait ses clients de voir que leur psy était italien. Ils n'arrivaient pas à comprendre comment un Italien pouvait se faire médecin des âmes. Pour eux, les Italiens avaient plutôt tendance à assouvir leurs passions et non à les réprimer ; leur instinct sexuel était sain et joyeux, et non bourrelé de culpabilité et empli de secrets honteux.

Ses patients lui avaient décrit la réaction de leurs amis en apprenant que leur docteur s'appelait Mangiapanne.« Un psy italien ? » Ils en hurlaient littéralement de rire.

C'est pourquoi, lorsque Francesco Mangiapanne vint s'installer à New York après avoir peiné comme un esclave dans le service de psychiatrie de l'hôpital de Bloomington, Indiana, il décida que dorénavant il s'appellerait Frank Manne. Et ce fut le bonheur parfait. Quelle liberté !

Il marchait dans les rues de Manhattan en riant de joie. Ce qu'il appréciait le plus, c'était d'être devenu semblable aux autres, un Américain à part entière. Il pouvait manifester la même insensibilité que ses congénères, fourrer sa langue dans la bouche de n'importe quelle fille avec le même sans-gêne que Fred Harris, l'étudiant qui avait partagé sa chambre à l'université. Il se disait qu'avec son statut d'Américain cent pour cent, il pouvait se permettre d'avoir un comportement moins responsable. Rien ne l'empêchait, si on l'accusait de manquer d'égards, de lever les bras au ciel en disant : « Bah quoi, je suis un homme comme les autres. Que voulez-vous de plus ? »

« Salut, Frank ! » lui lançaient ses collègues de l'institut, qui faisaient tous partie de la nouvelle fournée de docteurs en psychologie se préparant à devenir psychanalystes. Et il connaissait un bonheur parfait rien qu'à l'idée de porter un pantalon de flanelle grise et un blazer bleu marine.

Seule le Dr Janet était au courant de ce qui s'était passé car Frank lui avait raconté, pendant des mois, toute cette histoire dans le moindre détail.

« S'ils s'aperçoivent, à l'institut, que j'ai changé de nom, ils vont me croire complètement ravagé », dit-il un jour.

Elle était encline à le penser aussi et elle avait bien gardé le secret, car elle savait qu'un nom italien aussi marqué était un handicap sérieux dans le monde précieux de la psychanalyse.

Telle était donc la raison pour laquelle Frank avait été pris de panique quand Kate lui avait annoncé qu'elle voulait devenir Katia : c'était exactement le contraire de ce qu'il avait fait lui-même. Au cours des mois qui venaient de s'écouler elle avait embelli à vue d'œil, en se rapprochant de son héritage russe, tandis que lui, à mesure qu'il s'était éloigné de ses racines italiennes, il n'avait cessé de se dessécher davantage.

Francesco ou Frank ? Il avait peut-être eu tort de changer de nom. Alors, que pouvait-il faire maintenant ? Reprendre l'ancien ? Mais tout le monde s'en rendrait compte, et la vie ne deviendrait guère facile pour lui. Le Dr Francesco Mangiapanne.

Soudain, comme par miracle, il eut l'impression que cette appellation produisait un effet extraordinaire. Il appela aussitôt le Dr Janet pour lui demander un rendez-vous d'urgence.

Naturellement, elle fut prise d'inquiétude. Mais alors elle vit, étendu sur son divan, cet Italien ténébreux, si élégant, si beau et si sensuel. Il émanait de sa personne un *je ne sais quoi** que seuls les Européens peuvent avoir, et il avait le nom le plus imposant du monde : Dr Francesco Mangiapanne. Voilà quelqu'un à qui on avait envie de confier ses secrets les plus intimes !

« Il faut faire ce qui vous semble préférable, Frank », dit-elle.

Puis elle ajouta après un moment de silence :

« Mais il faudrait peut-être que je dise Francesco. »

Quand Frank émergea dans la rue, il avait l'impression d'avoir grandi de plusieurs centimètres. Il héla un taxi et lança d'une voix pleine d'assurance :

« Giorgio Armani, Madison Avenue, s'il vous plaît. »

Le chauffeur démarra en trombe et le conduisit à destination en un temps record, se faufilant adroitement au milieu des voitures innombrables qui encombraient la chaussée à cette heure de pointe. Il s'arrêta en douceur pour le déposer devant la prestigieuse boutique dont les devantures se dissimulaient derrière des vitres en verre fumé. C'est Frank Manne qui était monté dans le taxi. Maintenant Francesco Mangiapanne en personne émergeait sur le trottoir.

Une fois dans le magasin, il pâlit en voyant le prix des vêtements, mais, dès qu'il eut commencé à palper les belles gabardines italiennes, il se rendit compte qu'il n'était pas question de revenir en arrière. Il retrouvait son héritage. C'étaient tout à fait les articles qui lui convenaient. Un vendeur s'était approché discrètement, tentant de supputer l'identité de ce client qu'il n'avait jamais vu auparavant. A en juger d'après ce qu'il avait sur le dos, il n'avait rien des habitués de cette maison prestigieuse.

« J'aimerais essayer celui-ci, dit Francesco.

— Comme vous voudrez, monsieur… ?

— Dr Mangiapanne.

— Ah ! Docteur Mangiapanne, mais bien entendu ! »

Le vendeur se frotta les mains avec ravissement ; un spécialiste italien éminent, sans aucun doute, et qui allait dépenser des sommes considérables, cela allait de soi.

Francesco avait choisi un blazer dans le style prince-de-galles italien. L'étoffe était moelleuse et le vêtement tombait admirablement. En se regardant dans le miroir, il eut l'impression de voir un tableau encadré, un tableau dont il était le sujet. Il fit la roue un moment, sentant déjà qu'il était un meilleur analyste.

Il acheta deux costumes et un sweater, qu'il paya avec sa carte American Express. Le vendeur regarda le nom inscrit sur la carte — Frank Manne —, puis leva sur lui un œil interrogateur. Francesco marmonna quelque chose entre ses dents, balayant l'objection informulée d'un geste impatient.

Quand il sortit avec son sac marqué Giorgio Armani et contenant le tissu qui bruissait à l'intérieur d'une manière si engageante et si prometteuse, il eut l'impression d'être dans la peau d'un millionnaire. Il se dirigea d'un pas vif vers S'ant Ambroeus, un café italien qui se trouvait un peu plus haut, dans la même rue, et commanda un double espresso avec une grappa. Quand le breuvage épais entra en contact avec son palais, il se sentit désirable, séduisant. Il entendait la voix d'une femme qui susurrait : « Francesco, Francesco. »

Il se vit en train de préparer le dîner avec une dextérité exceptionnelle, posant une assiette de *pasta al dente* surmontées d'une sauce au gorgonzola épicée à souhait, devant cette femme qui levait sur lui des yeux énamourés. Plus tard, il ferait l'amour avec elle, déployant un art si consommé, si digne des plus grands Latins, qu'elle lui serait ensuite dévouée corps et âme, devenant l'esclave de son Francesco italien.

Ô mon Dieu! Comment allait-il s'y prendre pour payer les cinq mille six cents dollars que lui avaient coûté ses achats chez Armani? Qu'allait-il raconter à ses clients? Allait-il faire preuve de la même franchise, de la même honnêteté que Katia avec lui? Après tout, quoi de plus noble, de plus légitime que de se réclamer de son héritage culturel? Il n'était pas obligé de dire qu'il avait déjà changé de nom une première fois. Heureusement, New York était une ville où tout était permis, même le meurtre, et c'est bien là ce qui en faisait l'intérêt.

Il pourrait même peut-être écrire un article sur son changement de nom et, pourquoi pas, devenir un spécialiste du changement de nom? Les gens viendraient le consulter pour qu'il les aide à surmonter ce traumatisme particulier provoqué par la modification de leur identité!

Il fit une liste sur la nappe: changer les cartes de crédit, prévenir la compagnie du téléphone, la banque, modifier le permis de conduire... Naturellement, il connaissait bien la question, il l'avait déjà fait une fois. En avalant les dernières gouttes de grappa, il se dit que ce devait être cela que ressentaient les travestis, en dix millions de fois pire. Il vivrait l'enfer pendant six mois et, après, à lui la belle vie!

À mesure que passaient les semaines, il remarqua que ses clients manifestaient davantage leur émotion en sa présence. Les femmes pleuraient plus volontiers et proclamaient leur amour beaucoup plus vite.

«Vous êtes un homme qui comprend», criaient-elles désespérément à travers leurs larmes, alors que quelques mois plus tôt, quand il n'était encore que le Dr Manne, elles l'avaient accablé de leurs sarcasmes :

« Vous n'êtes qu'une brute ! Un Américain typique, qui n'a pas pour deux sous de sentiment ! »

Les hommes qu'il traitait avaient vu en lui un frère d'armes mais maintenant, quand ils se confiaient à lui, ils considéraient sa sexualité d'un œil tout à fait différent :

« Mon salaud, je suis sûr que vous baisez à longueur de journée sans problème. Comment pourriez-vous comprendre à quel point je suis frustré et malheureux ? » s'écriaient-ils mentalement.

Oh ! pour le détester, ils le détestaient !

Et lui, le Dr Mangiapanne, il levait les yeux vers le buste de Freud, trônant sur son étagère chargée de livres. Hé oui, petit génie que tu es, pensait-il joyeusement, c'est moi. Je suis là, toujours le même. Il m'a suffi d'endosser un costume italien à deux mille dollars et de changer mon nom et, tout d'un coup, je suis devenu l'homme le plus sensuel du monde.

Parfois, il devait se cramponner à son siège pour résister à l'avalanche de critiques et d'accusations décochées par ses patients exaspérés.

Bzzz ! Frank se tourna sur le côté et arrêta cet imbécile de réveil. Bordel ! Le matin était arrivé trop vite. Quel horrible rêve ! Il se secoua pour en chasser le souvenir et se dirigea vers la douche.

Katia devient russe

Chère Katia,

Comment ça va, ma vaillante petite dure à cuire ? Il y avait un goût d'amertume dans la lettre que je t'avais d'abord écrite et que je viens de déchirer. Ça ferait peut-être un bon pudding avec des raisins secs et de la cannelle.

Grand-papa Beethoven à la radio. Fenêtres couvertes de givre. Toute l'Europe frigorifiée. Moins 13 à Paris, une semaine d'affilée. Toutes mes plantes vertes sont mortes. Mais qu'est-ce qui m'arrive tout d'un coup ? La chaise est cassée, le répondeur en panne. Walkman, machine à écrire, tout a rendu l'âme. Théière et scotch en grève ! Jusqu'au frisbee qui refuse de prendre l'air.

Aujourd'hui, j'ai fait une découverte horrible : je ne serai jamais heureux en Occident. Malheureux en URSS, à cause de ces salauds de communistes, malheureux hors de l'URSS. Quel choc ! Je ne m'y attendais vraiment pas. Si je suis incapable d'apprécier l'existence que je mène à l'Ouest, c'est parce que je commence toujours par traduire tout ce que je ressens avec mon âme de Russe. Aucune paix n'est possible. J'avais cru pouvoir recommencer de zéro, me détendre, voir l'existence d'un œil neuf ; impossible. Mais, malgré tout, je préfère Versailles à Lefortovo, merci.

Il faut que je te dise une chose. Il n'y a que fort peu de gens qui peuvent rendre juste cette équation : personne réelle = son image. Pour toi, c'est pareil. J'en suis convaincu. Tu m'as vu à New York et à Paris, et pourtant tu refuses de voir la vérité à cause de l'idée que tu te fais de moi. Ne fais pas de grimace. Contente-toi de prendre cette cuiller laquée à la russe que tu as dans ta cuisine et mélange dans le pudding tous les autres ingrédients de Boris : mes problèmes d'argent, mes problèmes d'écrivain, la vie de patachon que je mène, le scotch, mes crises de mauvaise humeur, et ajoute une grosse pincée de sel. Je suis sûr que ton salaud de psy serait ravi de mettre la main sur nos lettres.

Si tu pouvais m'envoyer quelques dollars, ça me rendrait bien service. Par l'American Express, de préférence, parce que beaucoup plus rapide. Comme un télégramme. Je suis en train de sombrer.

Gros baisers et merci de penser à moi. Ça m'aide énormément.

Ciao, Boris

Pendant l'hiver, les lettres de Boris arrivaient de loin en loin, comme des flocons de neige épars. Katia sentait qu'elles lui fondaient sur la langue avant de disparaître.

Boris habitait un Paris qui dépassait son entendement. Un Paris sibérien. Certes, elle connaissait les rues dans lesquelles il marchait, les boîtes qu'il mentionnait, les parcs où il allait s'asseoir, mais il évoluait dans un univers dont elle ne pouvait que rêver. Bien que ses lettres se fissent de plus en plus distantes, bien qu'elle y décelât une souffrance infinie, elle se disait sans cesse que tout pourrait s'arranger si seulement il la laissait l'aimer.

Il était un loup solitaire hurlant dans la nuit, et son cri plaintif frappait de terreur le cœur de ceux qui ne pouvaient dormir. Mais qui était éveillé à cette heure de la nuit? Katia, bien sûr, mais elle savait qu'on ne pouvait pas aider Boris plus qu'on ne pouvait aider un loup. Sa souffrance lui allait comme un gant. Il vouait un véritable culte à sa propre douleur. C'est elle qui lui donnait l'impression de vivre.

Afin de le comprendre mieux, de partager son existence et de devenir quelque chose, *quelqu'un*, qui lui serait familier, Katia entreprit de se russifier avec la même ardeur que pour tout ce qu'elle faisait dans sa vie. Un simple changement de nom ne pouvait suffire, elle voulait vivre l'existence d'une Katia.

La métamorphose la plus visible, elle la réalisa en cessant de se maquiller.

« Pour mieux comprendre mon visage de Slave », dit-elle après avoir passé des heures devant la glace de la salle de bains, en se demandant si elle aurait le courage d'aller jusqu'au bout.

Pourtant, au bout de quelques séances d'étude attentive de sa physionomie, elle finit par apprécier des traits que nul fard ne venait enjoliver et exhiba fièrement son visage au reste du monde. Elle supprima sa frange et tira ses cheveux en arrière, les nouant en une sorte de chignon.

Il va sans dire qu'elle se mit à porter des foulards à fleurs sur la tête, enleva tous ses bijoux — vestiges d'une culture bourgeoise — et accrocha la croix orthodoxe russe en or que lui avaient donnée ses grands-parents à l'occasion de son baptême.

Ainsi qu'elle l'avait prédit, tout le monde, à l'agence, tomba sous le charme. « Notre Katia est toute métamorphosée ! » disait-on en riant, et bientôt tous les articles de journaux et de magazines ayant trait à la Russie arrivèrent sur son bureau, témoignages du soutien qu'on lui manifestait dans sa revendication d'un héritage ancestral.

Elle alla à la bibliothèque et en rapporta, par fournées de six à la fois, des ouvrages comme *La vie en Russie*, *L'histoire de la Russie*, *Les Russes*, *Comment survivre en Russie*, *La magie de la Russie*, *Pierre le Grand* et *La vie russe*.

Elle acheta une balalaïka chez un brocanteur du Lower East Side et s'inscrivit à la New School pour y suivre des cours. Quel tableau elle faisait, dans son appartement, s'acharnant des heures durant à pincer furieusement ses cordes, suant sang et eau pour en tirer un son aigre et asthmatique qui flottait dans l'air à la ronde.

Elle servit le thé dans des verres, se brûlant les doigts chaque fois qu'elle tentait de le boire. Au lieu d'y mettre du sucre, elle y mêla de la confiture ou s'entraîna à garder un morceau de sucre entre les dents pour y faire passer le breuvage amer.

Elle fréquenta les boutiques d'antiquités de l'East Village et finit par dénicher un vieux samovar qu'elle rapporta chez elle pour le nettoyer. La première fois qu'elle essaya de s'en servir pour faire le thé, ce fut un véritable désastre. Un appartement, ce n'est pas le lieu idéal pour brûler du charbon. Décidée à ne pas se laisser décourager pour si peu, elle transforma son samovar en lampe de bureau.

Elle acheta tous les livres de cuisine russe qu'elle put trouver et constata que c'était celui qui était édité par Time-Life qui avait les recettes les plus authentiques. Pendant des semaines, elle régala ses amis de champignons marinés, de pirojki fourrés à la viande et à la saucisse, d'aubergines au caviar et de salades aux olives.

Elle fit macérer des petits concombres dans du vinaigre additionné de fenouil pour obtenir les cornichons traditionnels russes que Boris aimait tant et les servit avec du pain noir suri. Elle veillait toute la nuit pour faire des blinis à la farine de sarrasin, qu'elle servait avec de la crème aigre et du caviar, et que l'on faisait descendre avec de la vodka bien glacée.

La vodka! Pour être une bonne Russe, il fallait

qu'elle boive des tonnes de vodka, et qu'elle souffre en permanence de la gueule de bois : elle s'en procura toutes sortes de variétés, avec du poivre, du citron, de l'oignon, à la framboise, et laissa les bouteilles dans le freezer de son réfrigérateur. Elle pressait ses amis de boire leur vodka dans des verres minuscules qu'il fallait vider d'un seul coup, après qu'elle leur eut souhaité : *«Na zdaroviye!»*

Elle décida de se montrer extrêmement sentimentale et démonstrative avec ses amis et prit l'habitude de recourir à la pratique des adieux assis chaque fois que l'un d'eux quittait l'appartement. Elle les accompagnait jusqu'à l'ascenseur et faisait un signe de croix sur leur front au moment où les portes se refermaient sur eux.

De temps à autre, elle se rendait dans les boîtes russes de Brighton Beach pour parler russe avec les serveurs et s'imprégner de l'atmosphère mélancolique et désuète créée par les récents émigrés qui s'y retrouvaient.

Consciente des réalités propres aux conditions de vie en Union soviétique, elle cacha des livres sous son lit pour voir ce que l'on pouvait ressentir quand on était un dissident. Deux fois par semaine, après le travail, elle s'obligeait à faire la queue, choisissant la file d'attente la plus longue devant un cinéma, pour se mettre dans la peau de quelqu'un dont c'était le lot habituel. Et, quand elle arrivait au guichet, elle se mettait à l'écart pour mieux comprendre l'effet que ça produisait d'avoir attendu pour rien.

Se fiant aux livres publiés par les correspondants à Moscou de différents journaux et magazines, elle imita les Moscovites et courut d'un magasin à l'autre pour se mettre en quête d'articles impossibles. Elle voulait, par exemple, se procurer des Reebok montants noirs qui avaient disparu du marché parce que tout le monde s'était rué dessus. Après des journées de recherches infructueuses, elle dut se contenter de

Reebok montants rouges. Mais n'y avait-il pas une valeur symbolique dans cette obligation de choisir la couleur du communisme ?

Elle dut modifier sa politique alimentaire en voyant la façon dont les ouvrages qu'elle consultait décrivaient la pénurie de nourriture qui sévissait en Union soviétique. En somme, elle avait préparé des plats de la période prérévolutionnaire. Finis, donc, les blinis et le caviar ! Son régime ne se composa plus que de choux, de pommes de terre, de pain et de vodka. Pas une seule feuille de salade dans son assiette. Quand elle achetait de la viande, c'était pour prendre le morceau le plus racorni et le moins appétissant qu'elle pouvait persuader son boucher de lui donner. Un jour où on l'avait invitée à déjeuner au Cygne, elle choqua le maître d'hôtel, un Français à la moue dédaigneuse, en ne commandant rien d'autre que des pommes de terre — oui, de simples pommes de terre, bouillies — et un verre de vodka coupée d'eau, « la marque maison, s'il vous plaît ».

Chaque jour elle achetait le journal des émigrés russes, se délectait des récits de Soljénitsyne sur les purges staliniennes dans l'archipel du Goulag et s'identifiait sans réserve avec Raskolnikov de *Crime et Châtiment*. « C'est le crime qui a été son châtiment », se plaisait-elle à dire.

Elle écouta les disques de Vladimir Vysotsky, le chanteur populaire dont on avait fait un martyr, le laissant pousser ses gémissements fort avant dans la nuit. Au piano, elle joua du Scriabine ou du Rachmaninov mais c'est Tchaïkovski qui revenait le plus souvent, jusqu'à la nausée, parce que Boris lui avait dit un jour que les Russes étaient gavés de Tchaïkovski : sa musique étant la seule à être approuvée par le régime soviétique, il revenait sans cesse à la radio.

« Je ne veux plus jamais entendre de Tchaïkovski », lui avait-il dit.

Alors Katia était décidée à éprouver le même dégoût que lui.

Mon petit biscuit chéri,

Une boutique des rêves. Voilà ce qu'il faut pour que soit vivable cette putain d'existence. Je tiendrai cette Boutique des Rêves. Chez Boris! L'idéal pour ceux qui ne peuvent se rappeler les leurs ou pour ceux qui ne peuvent pas faire le rêve dont ils ont besoin pour vivre. Service amical. Clients heureux. Les prix? Pas trop cher. En liquide, par chèque ou carte de crédit. Ça te va? Alors, au boulot, sans tarder.

Salut et à bientôt.

Boris

Elle l'avait fait ce rêve. Elle avait rêvé qu'ils vivraient ensemble. Mais comment allait-elle pouvoir le lui faire voir?

Katia marchait dans les rues de New York en réfléchissant à la nouvelle vie qu'elle s'était donnée. Oui, c'était bien cela, se disait-elle, la vie, on se la donne, on doit d'abord découvrir qui on est, et ensuite cette vie vous appartient.

Elle avait l'impression d'avoir décrit un cercle complet : venant de racines russes, elle était maintenant amoureuse d'un émigré russe. Cet amour pour Boris, c'était la perfection, mieux que cela, c'était son destin merveilleux. S'imprégnant de cette obsession comme d'un cadeau divin, elle se mit à écrire à Boris des lettres compliquées sur l'amour.

Elle se dit qu'elle allait vendre tout ce qu'elle avait dans son appartement de New York. Ils vivraient à Paris, bien sûr. Non, à la réflexion, elle garderait son appartement de New York. Boris préférerait avoir deux logements. Leur faire-part de mariage dans le *Times* préciserait que le couple avait l'intention de vivre à New York et à Paris.

Choisiraient-ils un appartement au charme vieillot

ou se décideraient-ils pour quelque chose de strict, dans le style ultramoderne affectionné par les Français ? En tout cas, elle voulait une chambre japonaise, avec un futon au ras du plancher, pour dormir enveloppée dans des montagnes de duvet. « *Luxe, calme et volupté** », avait dit Baudelaire.

Elle imagina le canapé qu'elle choisirait pour le salon, et les meubles qu'ils achèteraient. Il faut un bureau pour Boris et un autre pour moi. Elle allait devenir une femme internationale, adoptant les qualités les plus précieuses des Européennes, mais avec l'aisance et la convivialité que seule une Américaine peut avoir.

Ils allaient former un couple fascinant, les vedettes de Paris et de New York, Boris et Katia, le poète russe émigré et son adorable épouse américaine. Elle se lancerait dans la publicité française, imposant de nouvelles tendances en Europe. Elle s'habillerait chez Comme des garçons et Kenzo. Boris lui choisirait ses toilettes : ils passeraient des heures dans les boutiques et c'est lui qui aurait le dernier mot.

Les magazines comme *Paris Match* et *Vogue* publieraient des photos où on les verrait assistant à des soirées, et des articles relatant leurs faits et gestes. Boris donnerait des interviews sur ses derniers ouvrages dès qu'ils rentreraient de leur maison de vacances de Fréjus, dans le midi de la France.

Naturellement, juste après le mariage, la carrière de Boris allait prendre son essor. On parlerait de lui pour le Goncourt et même pour le Nobel.

Mon enfant de troupe chéri,

Paris est si grise. Un gris célèbre et coûteux, cependant. Quand je me sens en pleine forme, c'est la meilleure revanche sur la vie. Toi aussi, garde la forme. Tu verras. Si je comprends bien, tu veux vivre avec quelqu'un, te donner à un autre. Mais je ne suis pas du tout l'homme qu'il te faut. Tu te trompes lourdement en voulant que ce soit moi. Je suis un parachutiste qui tombe d'un avion sans parachute. Je croyais que tu le savais. Je suis un coureur de marathon engagé dans la plus grande course de son existence. Si tu m'attrapes, tu perds. Et, en plus, tu tombes.

Ce qui m'obsède, c'est ma liberté toute neuve. Je veux la garder jalousement. Et toi, tu veux perdre la tienne, à ce qu'il me semble. Si tu me prends la mienne, ce n'est pas Boris que tu auras, c'est quelqu'un d'autre. Comme tu m'as rencontré en Occident, tu me considères comme un Occidental. Mais il n'en est rien. Je ne peux pas ignorer mon passé. Il est douloureux, bien sûr, mais il fait partie de moi-même, lui aussi.

Tu vois, tu n'as jamais lu aucun de mes livres. Tu ne m'as même pas connu un mois. Comment peux-tu croire que tu me connais ?

Ne sois pas si américaine, mon petit biscuit, le sexe, ce n'est rien. Rien d'autre que la frénésie de deux épidermes. Eros et la vie sont bien plus que ça. Beaucoup trop, en tout cas pour les gens à l'heure actuelle.

Je suis en train de m'empoisonner avec la vie que je mène à Paris. Je tue mon âme d'écrivain. En ce moment, j'écoute Bob Dylan et je bois du scotch au goût de velours. C'est l'enfer, mais au moins il est confortable.

Gros baisers, aussi gros que le Yankee Stadium,

Boris.

A mesure que l'hiver tirait à sa fin, Katia se lassait de sa condition de femme russe, et elle finit progressivement par redevenir aussi dynamique et gaie qu'autrefois.

« Il fallait tout de même que j'en passe par là », dit-elle à Frank. Cet exercice n'a pas été inutile, il m'a apporté un enrichissement considérable en opérant une synthèse des deux cultures qui se livraient en moi une sorte de guerre froide. Et maintenant, je suis une version nouvelle et améliorée de mon moi russo-américain. »

Frank approuva d'un hochement de tête.

« Tant mieux, dit-il en faisant la moue, s'efforçant de dissimuler son soulagement.

— Mais le nom, je vais le garder. C'est quand même beaucoup plus joli de s'appeler Katia que Kate, vous ne trouvez pas ? »

La chute de Frank

A mesure que s'écoulait cette année qui lui paraissait particulièrement longue, Frank voyait de plus en plus la vie de Katia comme un roman dont l'intrigue se déroulait sous ses yeux. Il aurait été le premier à reconnaître qu'au début elle l'avait exaspéré avec ses histoires. Mais, maintenant, il ne voyait plus les choses de la même façon, elle lui apparaissait sous les traits d'une Schéhérazade qui avait le don de présenter la vie qu'elle menait sous un jour séduisant. Cela tenait surtout à la manière dont elle s'exprimait, utilisant des tournures hautement évocatrices. Pour elle, il ne pleuvait pas, il tombait un petit crachin taquin. Elle ne buvait pas du thé, elle prenait le temps de déguster un thé fumant et revigorant.

Au début, il s'était dit qu'il s'agissait là d'un problème ayant trait au métier qu'elle faisait. Elle était tellement impliquée dans l'emphase du langage publicitaire qu'elle ne parvenait plus à voir la réalité de sa vie et des gens qu'elle côtoyait. Mais, maintenant, il était obligé de reconnaître que cette manière de vivre ne manquait pas de charme car elle ajoutait une certaine richesse, un certain romantisme à des existences qui en étaient si dépourvues chez ses autres patients. Et peut-être même chez lui, tout le premier.

C'est pourquoi, bien qu'elle se plaignît sans cesse

auprès de lui de la vie qu'elle menait (il disait qu'elle souffrait de la solitude «d'une manière primitive en quelque sorte»), il ne pouvait s'empêcher de penser qu'il y avait un certain charme dans cette existence qu'elle lui décrivait parfois sous un jour des plus flatteurs.

Par exemple, elle lui disait qu'elle adorait s'allonger nue sur son futon en coton cent pour cent. Elle insistait sur l'importance du cent pour cent, c'est cela qui donnait à ses draps un chic typiquement français. Quant à ses doubles rideaux à fleurs, des Givenchy, ils retombaient en cascade jusqu'au sol, ce qui donnait à sa chambre une note d'extravagance, non? Une chambre qui n'était pas vert céleri mais céladon, une teinte beaucoup plus translucide, un peu laiteuse pourtant, précisait-elle. Elle avait des tables de nuit laquées de noir, avec des lampes en papier japonais sur chacune d'elles, l'une en forme de pyramide et l'autre d'un ovale dissymétrique. C'était dans cette dissymétrie que se trouvait tout le charme, n'est-ce pas?

Il ne pouvait manquer de constater, disait-elle, que sa chambre était une pure merveille, un lieu fastueux, où vous pouviez faire le vide en vous, et qui vous incitait à vous laisser aller avec un abandon total.

A ce point de sa description, elle levait les sourcils d'un air suggestif. Et elle se décrivait étendue toute nue sur le futon, l'air frais du matin caressant son épaule. Et puis elle se précipitait sous sa douche chaude, presque brûlante, tenant à la main un verre de jus d'orange fraîchement pressée, un jus d'orange glacé. Pouvait-il imaginer cette sensation : cette eau chaude qui se déversait sur vous, comme dans un rêve, et le goût de ce nectar qui vous ravissait le palais?

Et quelle délectation ensuite, de sortir de la douche pour enfiler un peignoir moelleux, tout blanc, en pur coton lui aussi. Alors, elle se préparait le thé sur un plateau qu'elle emportait dans sa chambre et elle s'asseyait sur son canapé pour lire quelques pages en dégustant son petit déjeuner. Le thé venait d'une petite boutique de Paris — Hédiard, bien entendu — car c'était là qu'on trouvait le meilleur thé du monde, et pourquoi se priverait-on de savourer le meilleur du meilleur? Celui qu'elle préférait? *Le thé aromatisé aux fruits de la passion*,* disait-elle en français, marquant ensuite un temps d'arrêt avant de traduire à l'intention de Frank. Lui, il hochait la tête. Bien entendu.

La séance terminée, il se levait pour lui ouvrir la porte et la refermait immédiatement, ravi de se retrouver seul après ces luxuriantes évocations qu'il trouvait enivrantes et inquiétantes à la fois. Décidément, cette femme savait à merveille cultiver la sensualité, mais n'était-ce pas épuisant de se remémorer cette débauche de sensations les plus diverses?

Au cours des quelques minutes de répit qu'il s'accordait avant d'accueillir le patient suivant, il prenait note de quelques observations. C'étaient des remarques du genre : «Le malade trouve que nous n'avançons pas beaucoup», ou : «La patiente éprouve une gêne certaine à parler de son père.» Mais depuis quelque temps, quand il s'agissait de Katia, ses notes étaient de plus en plus axées sur les détails qu'elle avait donnés à propos de sa manière de vivre. Il en arriva même à inscrire le nom des restaurants qu'elle avait mentionnés, les itinéraires de ses promenades, les titres des livres qu'elle avait lus.

Quand elle parlait de ce qu'elle mangeait, il était aussi excité que si elle lui avait raconté des histoires salées. Son pop-corn au parmesan, il aurait donné n'importe quoi pour y goûter et l'eau lui venait à la bouche quand elle lui disait comment elle préparait sa «tarte aux prunes bien rondelettes rehaussée d'une confiture de groseilles noires au cognac et passée

sous le gril juste assez pour rendre la pâte croustillante à souhait».

Tout en feuilletant ces pages, Frank était assailli
par le doute. Etait-il normal de s'intéresser à ce point
à une patiente? Où donc se trouvait la frontière entre
l'écoute professionnelle et la curiosité inspirée par la
vie qu'elle menait?

Il résolut de s'en ouvrir auprès du Dr Janet dans les
plus brefs délais, mais pas tout de suite, ça le gênait
trop. Pour l'instant, il allait continuer ainsi, il verrait
bien où ça le mènerait.

Ce jour-là, après le départ de Katia, il avait écrit
fébrilement: «Il n'y a qu'un seul café place des
Vosges, impossible de ne pas le voir. Y prendre le
petit déjeuner, c'est l'endroit le plus beau de Paris.»

Bon sang, il aimait vraiment ça quand elle parlait
de Paris. Le voyage qu'elle avait fait en France l'été
dernier avait éveillé en elle quelque chose de profond
qu'il n'y avait encore jamais vu. Une lueur brillait
dans ses yeux; son style avait pris une richesse et un
velouté qui le laissaient pantois. Elle débordait d'histoires pleines de sensualité. Selon elle, Paris respirait
et vibrait, il invitait Frank à venir à lui.

Frank savourait le goût de ce café épais et crémeux
que seuls les Français savent faire, et il sentait fondre
sur sa langue la pâte tiède de ces croissants légers,
s'imprégnant de la vision offerte par Katia, assise au
soleil à la terrasse d'un café, fumant une cigarette
française et lisant *Vogue*, version française. Il l'imaginait assise sur un banc, fixant un tableau à l'Orangerie, ou essayant une robe dernier cri chez Kenzo.
«Vous savez bien, place des Victoires?» Elle avait
recréé le modèle dans le bureau de Frank. «Un
article formidable, disait-elle, on peut se faire une
garde-robe tout entière à partir de ça; mais oui, ça
convient aussi bien pour la journée que pour aller en

soirée. » Pirouettant sur place, elle s'était ensuite écroulée dans son fauteuil en riant aux éclats.

Depuis quelque temps déjà, il constatait que Boris l'intéressait de plus en plus. Les descriptions dithyrambiques qu'en faisait Katia avaient fini par éveiller sa curiosité. Mais il voulait découvrir par lui-même ce qu'était vraiment cet homme car il ne pouvait se fier aux propos de Katia pour démêler la part de fantaisie qui se mêlait au réel.

Il regarda attentivement les photos que Katia lui montra. Il eut même entre les mains le premier roman de Boris, sans pouvoir en comprendre un seul mot car il était écrit en français. Il avait tout de même la preuve que cet homme existait vraiment. Ses oreilles se dressaient quand Katia lui disait :

« Oh ! Boris m'a téléphoné de Paris hier. »

Ce qu'il aimait par-dessus tout, c'était lire les lettres que Boris écrivait à Katia, car elle en apportait une de temps en temps pour en discuter le contenu, lisant un passage de-ci, de-là à haute voix. Il n'osait pas lui demander de la lui montrer mais, quand elle le faisait d'elle-même, il était ravi. Boris tapait ses lettres à la machine, dans un anglais approximatif auquel se mêlaient des mots russes et français. Frank aimait tenir entre ses doigts ce papier mince et légèrement froissé, si imprégné de la vie intellectuelle et littéraire parisienne. La sensualité de Boris jaillissait de ces feuillets.

Malheureusement, Katia le perça à jour et elle prit un malin plaisir à le maintenir sur le gril. Pendant des mois, elle lui tint la dragée haute, disant qu'elle avait chez elle la traduction anglaise de son tout dernier roman. Elle parlait de l'histoire à tout bout de champ et lui demandait sans cesse si ça lui plairait de la lire. Il répondait toujours par l'affirmative, mais elle feignait de penser qu'il voulait seulement se montrer poli et se contenta de lui résumer l'ouvrage. Il s'agissait d'un émigré russe, un docteur, qui tuait une de ses malades parce qu'il la soupçonnait de travailler pour le KGB.

Frank ne put se défendre d'une certaine nervosité car, d'après ce qu'elle lui avait dit des romans de Boris, l'auteur faisait toujours mourir les femmes dans ses histoires. Ou bien elles étaient assassinées, ou bien elles ne pouvaient survivre à quelque horrible maladie.

Frank lui demanda avec une insistance croissante d'apporter le livre.

« Pourquoi voulez-vous le lire ? » demanda-t-elle d'un air inquiet.

Frank se retrancha dans l'attitude contemplative qu'il adoptait toujours quand Katia prenait une initiative.

« Parce que ce sera très bon pour votre thérapie si je lis ce roman. »

Katia demeura silencieuse. L'argument ne l'avait pas convaincue. Elle se pencha en avant d'un air perplexe, comme si elle cherchait à comprendre. Soudain, la lueur jaillit.

« Non, dit-elle en souriant. C'est uniquement pour vous faire plaisir. Parce que vous vous intéressez à Boris. »

Elle se renversa contre le dossier de son fauteuil, ravie de sa découverte.

Pendant son année de russification, Katia s'était mise, comme elle l'avait dit *sotto voce*, « à fréquenter des hommes », bien qu'elle fût trop absorbée par ses fantasmes pour pouvoir leur accorder beaucoup d'attention.

Frank s'étonna des sentiments mélangés que lui inspirait cette révélation. Il ne savait pas ce qui était souhaitable pour elle. Le praticien qu'il y avait en

Frank essayait d'encourager Katia à se trouver un homme à New York mais, chaque fois qu'elle se lançait dans une nouvelle aventure, l'homme qu'il y avait en Frank retenait son souffle, espérant qu'elle n'allait pas tomber amoureuse. Pas encore.

Il y eut cet interlude bizarre avec Harry Halston. Il était noir et elle ne savait que penser, se demandant pourquoi il s'accrochait ainsi à elle.

Ils s'étaient rencontrés dans Long Island, au cours d'une réception donnée par des amis communs, un dimanche après-midi, et il lui avait offert de la ramener à Manhattan dans son époustouflant coupé Mazda vert. Harry venait de faire installer une radio CB dans sa voiture et ils s'étaient amusés comme des petits fous pendant tout le trajet, se passant le micro ou plutôt se le jetant l'un à l'autre comme une pomme de terre brûlante, Katia glapissant : « Non, parle, toi ! »

Elle raconta à Frank que Harry était le seul homme de sa connaissance capable de rouler un joint tout en conduisant une voiture. Frank ne sut s'il devait se montrer impressionné par un tel exploit ou la réprimander pour s'être livrée à des excès aussi condamnables. Quand Harry s'était arrêté devant l'immeuble où elle habitait, Katia s'était ruée hors de la voiture pour courir à son appartement, décidée à ne plus jamais revoir cet homme.

En dépit de cette réticence initiale, ils étaient devenus amis. Harry s'était révélé un compagnon merveilleux, d'une générosité incomparable. Il arrivait chez Katia à n'importe quelle heure du jour ou de la nuit, chargé de cadeaux comme les trois rois mages. Un soir, il arriva juste après minuit avec une bouteille de gin de Tanqueray, des citrons verts tout frais et une bouteille de Schweppes. D'une poche de sa veste, il sortit de la marijuana de toute première qualité et du papier à cigarettes, et de l'autre poche une fiole de cocaïne et un aspirateur miniature pour pouvoir l'inhaler plus commodément.

Mais la *pièce de résistance** était une boîte de tuiles chocolatées, tout juste sorties du four, de chez David.

Après s'être reculé d'un pas pour qu'elle puisse admirer la nature morte qu'il avait créée sur le guéridon, attendant la réaction de Katia, celle-ci s'écria avec un rire sonore :

« Non, mais c'est quoi, tout ça ? Un jeu nouveau intitulé "Choisissez votre poison" ? »

En entendant cette histoire, Frank était au comble de l'embarras.

Ils s'étaient livrés à tous les plaisirs. Après avoir fumé l'herbe, ils s'étaient éclairci la gorge avec le gin-tonic. Pris de faim, ils avaient mangé les biscuits et, quand le sommeil les avait gagnés, ils avaient reniflé la cocaïne. Katia n'avait encore jamais touché à la cocaïne. Elle tenta de protester.

« Vraiment, Harry, c'est donner de la confiture à des cochons. C'est beaucoup trop cher. Offre ça à quelqu'un qui pourrait vraiment l'apprécier. »

Mais Harry avait insisté avec beaucoup de gentillesse et, le matin venu, elle avait compris pourquoi Freud adorait la cocaïne.

Ils avaient veillé toute la nuit, parlant sans discontinuer, examinant leur vie dans le moindre détail. Rien à voir avec les divagations suscitées par la marijuana. Grâce à la cocaïne, on se sentait intelligent, précis, intéressant. Après avoir épuisé tous les sujets possibles, ils en étaient arrivés aux souvenirs d'enfance. Et c'est d'un regard incrédule qu'elle avait fixé les premières lueurs roses de l'aube.

Katia vécut avec Harry d'autres soirées du même genre jusqu'au jour où il disparut purement et simplement de son existence. Ils n'avaient jamais fait l'amour. Elle se demanda pourquoi mais sans s'en inquiéter outre mesure.

« Cet homme n'était autre que le diable ; il s'est

mêlé à mon existence pendant quelques semaines, dit-elle à Frank. On me l'a envoyé pour que je puisse me livrer à certains plaisirs insouciants.»

Et puis il y eut Sam, le menuisier hollandais.

«Toutes les femmes aiment un menuisier, dit-elle à Frank en s'efforçant de ne pas sourire. Toutes les femmes aiment un homme qui perce des trous.»

Elle avait fait la même remarque à Sam, mais en pure perte. Ce pauvre Sam ne comprenait pas la moitié de ce qu'elle disait. Au début, elle s'en était inquiétée, et puis elle avait décidé qu'il serait son amant de lady Chatterley à elle. Et il fallait voir les améliorations qu'il avait apportées à l'appartement de Katia pendant leur idylle! Avant de l'autoriser à lui faire l'amour, elle avait demandé des étagères dans la salle de bains, des tringles pour les rideaux, des consoles pour ranger les bibelots et il avait fallu qu'il raccourcisse les pieds du guéridon.

Il y avait pourtant une chose qui chiffonnait Kate: Sam avait toujours un crayon sur l'oreille, même quand il se mettait à table pour dîner. Elle savait que c'était à cela qu'on reconnaissait un bon menuisier, qui voulait toujours être à même de noter une cote ou une mesure quelconque. Pourtant, le jour où elle le vit arriver au lit, le crayon coincé sur la tempe, elle décida que cette fois c'en était trop. D'autant plus que leurs ébats amoureux ne la satisfaisaient pas vraiment; elle avait du mal à trouver son plaisir avec quelqu'un qui n'était pas son égal.

Eh bien, tant mieux, tant mieux, se dit Frank.

Et puis il y eut Clint. Clint faisait partie de cette catégorie qu'une amie de Katia appelait les «troupes de choc». Il s'agissait de ces hommes qu'une femme gardait toujours à sa disposition pour les jours de manque. Peu portés sur le sexe, ils étaient constants et sincères.

Clint avait un don magique qui lui permettait d'appeler Katia au moment où elle avait le plus besoin d'un ami. Il était toujours là le vendredi soir, quand il lui fallait quelqu'un pour éviter de sombrer dans la solitude, et il accourait aussitôt quand elle l'invitait à venir chez elle préparer un plat de spaghettis.

Katia avait en Clint un ami merveilleux. Il l'emmenait dans les restaurants élégants, la promenait dans sa BMW à toit ouvrant, l'escortait dans les galas où l'entrée coûtait mille dollars par tête. Ils allèrent à Lincoln Center écouter des concerts donnés par l'orchestre de Philadelphie, et à Greenwich Village pour assister à des récitals de danses bohémiennes. Ils campèrent ensemble dans les Adirondacks, partageant la même tente, allongés côte à côte dans des sacs de couchage séparés.

Clint était merveilleux. Il partageait tout avec gentillesse et générosité. Elégant et beau garçon, il avait toujours le mot pour rire. Mais elle ne l'aimait pas. Elle était incapable de l'aimer.

Quelle torture c'était pour elle! Elle multipliait ses efforts pour tenter d'éprouver ne fût-ce que l'amorce d'un sentiment mais peine perdue! Ses amies la pressaient de l'épouser.

«Bah oui! Mais alors il faudrait que je l'embrasse», geignait-elle.

Et c'était bien là le problème. Ils étaient amis depuis plus de trois ans et ils ne s'étaient jamais seulement embrassés. Quand elle rentrait chez elle après avoir passé la soirée avec Clint, elle avait toujours mal à la tête. Cette migraine n'était pas due à la tension provoquée par l'attirance sexuelle, mais à celle que faisaient naître ses efforts pour vaincre la répulsion physique qu'il lui inspirait.

Katia finit par avouer à Frank que des soirées comme celles-là, elle les terminait comme beaucoup d'autres s'étaient terminées cette même année: dans le salon où elle dansait seule, dans le noir.

Boris n'aime pas Katia

Il y avait trois jours que Katia était à Paris quand elle décida que le moment était venu de retirer son diaphragme de son sac à main. Il était parfaitement ridicule de se promener avec ça en ville. Chaque fois qu'elle ouvrait son sac pour sortir un peu d'argent, si elle voulait prendre le métro ou se payer un sorbet, quand elle cherchait ses lunettes de soleil ou le Guide Michelin, elle voyait le diaphragme qui la narguait, lui rappelant cruellement son échec.

Comment ce diaphragme avait-il échoué là ? En emballant ses affaires pour le voyage, elle avait été sur le point de le mettre dans sa valise, puis s'était ravisée. Si jamais ses bagages étaient perdus, elle se trouverait confrontée à un sacré problème ! Ah ! Si seulement les hommes pouvaient savoir à quoi les femmes doivent penser !

Elle avait donc rangé l'objet dans son sac à main pour l'avoir à sa disposition en toutes circonstances. «Toujours prête !» — comme les boy-scouts.

A New York, Boris lui avait dit qu'il n'avait jamais couché avec une femme qui se servait d'un diaphragme et Kate avait ressenti une certaine fierté à l'idée que, grâce à elle, il faisait en quelque sorte une première. Quand il lui avait demandé pourquoi elle utilisait cet accessoire, elle avait répondu, après un moment de réflexion :

«J'ai trente-trois ans et je ne tiens pas à devenir stérile en recourant constamment à la pilule. Je veux être prête à avoir un enfant à tout moment. »

Boris l'avait fixée d'un air pensif, puis avait hoché la tête.

«Oui, dit-il d'une voix solennelle. Tu as parfaitement raison. »

Mais le Dr Manne n'avait pu cacher sa surprise.

«Il y a des moyens plus modernes», dit-il une fois qu'elle l'eut mis au courant. Elle n'avait cure de ses réflexions. Comment pouvait-il oser se livrer à de tels jugements de valeur ?

«Je suppose que vous trouvez ça dégoûtant. Eh bien, vous voulez que je vous dise ? Ça l'est. C'est un truc primitif, et absolument répugnant. »

Il n'eut aucune réaction, la fixant d'un regard vide.

«Imaginez ce que je ressens, continua-t-elle, quand il faut que je m'enfonce ça dans le corps, avec la crème qui dégouline toute la journée. »

C'était une belle journée d'août à Paris et Katia s'était installée dans un café juste après être descendue d'un bateau-mouche. Quelle promenade agréable elle avait faite sur la Seine ! Mais, maintenant, elle était contrariée par l'arrogance avec laquelle le serveur la traitait. Pourquoi fallait-il que les Français se comportent toujours ainsi ? Boris l'avait mise en garde.

«Tu es beaucoup trop aimable avec les Français. Plus tu seras aimable, plus ils seront déplaisants. Vois-tu, baby, il faut leur tenir la dragée haute, alors ils te respecteront car tu leur auras montré que tu étais douée de discernement. On ne peut plus simple. »

Il ne cessait de lui donner des conseils sur la façon de se comporter en France. Par exemple, il lui avait adressé de vifs reproches lorsqu'ils avaient dîné ensemble le soir de son arrivée. Dès la première bouchée elle s'était pâmée devant le pâté qu'on venait de leur servir.

« Katia, je t'en prie, avait-il chuchoté d'un air courroucé, tu me gênes beaucoup avec toutes ces démonstrations. Il faut que tu aies l'air de trouver ce plat tout à fait normal, comme si tu en mangeais tous les jours. »

Et, quand elle entrait dans une boutique, il lui avait dit qu'elle devait regarder autour d'elle le nez en l'air d'un air dégoûté.

« Ensuite, tu dis à la vendeuse : "Vous n'avez rien d'autre ?" Comme ça, tu vois, tout le monde te respectera. »

Paris au mois d'août était tout à fait conforme à ce qu'elle avait toujours entendu dire : le désert. Jusqu'à l'air ambiant qui dégageait une impression de vacuité. Indiscutablement, rien d'important n'allait se produire au cours de ce mois. Les Français en avaient décidé ainsi pour pouvoir partir tous sans crainte de manquer quoi que ce soit.

Toutes les boutiques intéressantes, tous les bons restaurants avaient fermé leurs portes, les théâtres affichaient des programmes de dixième ordre destinés aux touristes, les écrivains et les peintres étaient partis. L'âme de la cité se trouvait maintenant dans les montagnes ou sur les plages.

Mais les monuments étaient encore là et les touristes affluaient du monde entier, les bus envahissant la place de la Concorde. Les rares Parisiens qui n'avaient pas fui afin de gagner quelque argent montraient déjà des signes d'épuisement et d'énervement.

Katia buvait son vin à petites gorgées tout en observant les deux Françaises assises à la table qui se trouvait devant la sienne. Elle passa en revue tout ce qu'elles avaient sur elles, depuis leurs vêtements jusqu'aux anneaux qu'elles portaient aux chevilles. Stupéfiant ! Les Françaises pouvaient se permettre de n'avoir qu'un jean et un sweat blanc, et pourtant elles avaient une allure folle, une classe incroyable. Comment faisaient-elles donc ?

Elle soupira, songeant que maintenant elle en avait terminé avec Boris, ce qui lui procurait une certaine fierté et un soulagement incontestable à l'idée d'être désormais libérée de ses obsessions. Ils étaient bons amis, un point c'est tout. Alors que faisait-elle à Paris ? Eh bien, son dernier voyage avait éveillé en elle un tel appétit pour tout ce qui était français qu'elle avait décidé de revenir y passer ses vacances. Si Boris se trouvait dans les parages, cela ne la gênait nullement. S'il voulait la voir, tant mieux, mais elle ne comptait pas du tout sur sa compagnie. Elle lui avait téléphoné, comme elle aurait téléphoné à n'importe laquelle de ses amies pour lui dire qu'elle venait.

Elle avait rêvé de ces vacances pendant des mois. Cela faisait plus d'un an qu'elle ne s'était pas accordé le moindre congé. Tout l'été elle avait travaillé comme un forçat à l'agence pour décrocher un contrat de première importance : l'emballage plastique Presto. Pendant trois semaines elle s'était rendue dans six villes différentes, et s'était assise dans le noir, derrière une glace sans tain, pour regarder, en mâchonnant du pop-corn au caramel, des ménagères de la petite bourgeoisie, âgées de vingt et un à quarante-cinq ans, discuter des qualités d'un bon emballage.

On avait consacré des centaines de milliers de dollars à cette étude préliminaire.

« Il faut voir les choses en face, avait dit le patron, après avoir convoqué toute son équipe de créatifs. Tout le monde se sert des emballages. C'est une catégorie de consommateurs de toute première importance. »

Elle se rappelait encore mot pour mot la présentation qui avait permis d'emporter le morceau : un contrat de vingt millions de dollars.

« Les gens veulent que ça colle », avait-elle dit d'une voix guillerette. C'était l'amorce destinée à accrocher l'attention. « La vérité, l'amère vérité, c'est que les gens attendent deux choses d'un emballage plastique : que ça colle et que ça soit facile à manipuler. »

Et elle avait continué :

« Seulement, voilà, ils ne peuvent pas avoir les deux ! Les propriétés qui permettent à un plastique de coller sont les mêmes que celles qui le rendent difficile à manipuler. Or, grâce à nos tests, nous avons constaté que Presto n'est pas le plus facile à manipuler mais c'est celui qui colle le mieux. Et vous savez pourquoi ? Placés devant l'obligation de choisir, les gens voulaient en priorité que ça colle ! »

Une fois l'affaire conclue, Katia avait passé le reste de l'été dans un studio obscur et climatisé afin de mettre au point le premier spot publicitaire réalisé par l'agence pour vanter les mérites de Presto. Son idée avait été de construire un trampoline uniquement avec des feuilles d'emballage plastique, en demandant à des acteurs de représenter une famille américaine typique (deux parents blonds et leurs deux enfants blonds, sans oublier le chien frétillant) qui sautait et bondissait en tous sens sur ce trampoline, folle de joie grâce à cet emballage Presto tout nouveau !

Dès le lendemain de la réalisation de ce spot qui durait trente secondes, elle avait réservé sa place dans un avion à destination de la France.

Maintenant elle était prête à redécouvrir Paris, treize ans après y avoir passé une année entière, en deuxième année de fac ; elle s'était installée alors rue de Fleurus, non loin du jardin du Luxembourg. Elle était toujours très fière d'habiter dans la même rue que Gertrude Stein. A présent, elle se faisait une fête de rester à rêvasser à la terrasse des cafés, de s'enivrer de ce vin fabuleux (« C'est un crime, baby, de ne pas boire de vin en France », lui avait dit Boris), de flâner paresseusement dans les petites rues et sur les grands boulevards. Elle avait devant elle deux semaines pour acheter de belles toilettes françaises, pour essayer de nouveaux parfums et de nouveaux maquillages, investir dans d'époustouflants sous-vêtements en soie, déguster des plats succulents, admirer des œuvres d'art et laisser Paris l'envelopper de son étreinte envoûtante.

Mais pour l'instant, dans ce café, elle était fâchée contre le serveur et fâchée contre elle-même pour avoir manqué d'assurance et de fermeté. Elle s'en voulait aussi de son incapacité à trouver son équilibre, et tout cela à cause de Boris. Non seulement il lui montrait une indifférence totale, mais en plus il lui arrivait de se montrer agressif envers elle. Et alors ? Elle était tout de même assez grande pour se débrouiller seule, vivre à sa guise les aventures qui pouvaient se présenter à elle ! Bien sûr. N'empêche que, pour le moment, elle était complètement déstabilisée.

Pourtant, tout avait si bien commencé ! Le voyage s'était déroulé dans des conditions idéales, dans la douceur et la sérénité. Comme dans un rêve, l'avion l'avait arrachée à la laideur et à la crasse des faubourgs de New York pour l'amener dans un pays aimable, où la culture était reine, où le fromage avait de l'importance, où le parfum n'était pas négligeable, où les yeux étaient constamment récompensés par la beauté.

Katia arriva à l'aéroport Charles-de-Gaulle avec un sentiment de vigueur renouvelée. Depuis des semaines, elle pensait à cet instant où elle émergerait dans le hall, à l'image qu'elle présenterait à Boris quand il la regarderait pour la première fois. Elle ne lui demanda pas de venir la chercher. C'est lui qui proposa de le faire.

« *Katia à la japonaise**. » Ce fut la première chose qu'il dit en la voyant dans la salle de récupération des bagages.

Elle portait une robe japonaise grise avec un

242

sweat noir, des sandales noires et des chaussettes blanches. Elle avait tressé ses cheveux en nattes enroulées autour de sa tête. Non sans peine, et elle était la seule à le savoir, elle s'était laissé pousser les cheveux spécialement pour cet instant. C'était une coiffure russe, sophistiquée et innocente à la fois, et très douce.

En attendant le bus qui les conduirait au métro, elle porta les mains vers ses nattes, comme pour les libérer.

« N'y touche pas, dit-il en lui décochant un regard aigu. Laisse-les telles quelles. »

L'arrivée soudaine de Boris l'avait désarçonnée. Elle ne l'avait pas vu après le contrôle des passeports. Elle l'avait cherché du regard en faisant la queue avec les autres passagers, s'efforçant de dissimuler sa déception. Et c'est au moment où elle s'y attendait le moins qu'il avait surgi, alors qu'elle cherchait à repérer sa valise sur le tapis roulant. Elle avait eu un haut-le-corps, pressentant que les choses ne se passeraient pas aussi bien qu'elle l'avait espéré.

Frank avait tenté de la mettre en garde.

« Vous êtes bien certaine de ne plus l'aimer ? Vous ne devriez peut-être pas aller à Paris. Pourquoi pas Venise ? »

Non, elle ne l'aimait plus. Et c'était Paris qui l'intéressait.

« Eh bien… » Il avait continué à l'interroger, décidé à ne pas lâcher prise aussi facilement. « Imaginons que vous soyez là-bas. Qu'attendez-vous de lui ? Comment croyez-vous qu'il va se comporter avec vous ? Et que ressentirez-vous s'il n'est… pas très gentil avec vous ? » dit-il en essayant de ne pas trop la heurter.

Elle reconnut que ce serait dur, mais elle considérait ce voyage comme un test, pour voir si elle avait réussi à briser le charme, à s'affranchir de cet amour. Elle voulait tout recommencer de zéro et elle avait besoin de retrouver son amour-propre.

Naturellement, elle n'avait pu s'empêcher de penser que ce serait vraiment une chose merveilleuse si Boris, après l'avoir regardée un instant, déclarait qu'il s'était conduit comme un imbécile, que c'était elle qu'il aimait en fait, et s'ils tombaient dans les bras l'un de l'autre à l'aéroport... Mais elle n'en dit rien à Frank car elle ne tenait pas le moins du monde à ce qu'il se mette à épiloguer sur l'impossibilité d'une telle éventualité.

La seule chose que Boris lui avait dite, c'était : « *Katia à la japonaise** » , et il l'avait embrassée sur les deux joues, à la française. Frappée de mutisme, elle s'était sentie tout intimidée, prise de panique. Il avait changé. Il paraissait agressif, presque méchant. Que s'était-il donc passé au cours de l'année qui venait de s'écouler ?

Extérieurement, il avait toujours son apparence insolite, voire extraordinaire. Avec une note curieuse d'homosexualité. Il portait un pantalon d'une élégance fabuleuse, en cuir noir — un Jean-Paul Gaultier, lui dit-il —, et un blouson de chez Girbaud. Il ressemblait à ces hommes boudeurs et provocants que l'on photographie pour les publicités de mode, dont la virilité brutale plaît autant aux femmes qu'aux hommes, avec leurs cheveux encore humides, comme s'ils sortaient de sous la douche. On ne voyait jamais des hommes comme ceux-là dans la vie réelle, seulement dans les réclames.

Dans le bus de l'aéroport, ils ne se dirent pas un mot, puis ils montèrent dans le train qui allait les amener à Paris. Boris avait la tête de quelqu'un qui souffre et qui s'ennuie. Il ne paraissait pas du tout enchanté de l'avoir retrouvée. Elle regarda par la vitre la sinistre banlieue qui défilait à toute vitesse.

« Pourquoi es-tu triste ? demanda Boris.

— Moi ? Je ne suis pas triste », dit-elle en se forçant à sourire. Il paraissait si exaspéré qu'elle avait peur de prononcer la moindre parole. Bon Dieu ! Pourquoi était-elle si nerveuse ?

Grâce à des amis de New York, elle pouvait disposer librement d'un appartement situé dans le XVIᵉ arrondissement, à Passy. Katia n'était pas spécialement ravie de s'installer dans un quartier aussi cossu, mais il aurait fallu être fou pour refuser un logement gratuit à Paris. De toute façon, Boris ne lui avait pas offert de partager son studio et elle se serait bien gardée de le lui demander. Dans les lettres qu'il lui avait envoyées ces derniers mois, il n'avait cessé de se plaindre de l'exiguïté de son unique pièce. S'il l'avait aimée, il lui aurait tout de même proposé de venir chez lui. Le manque d'espace n'a jamais été un obstacle pour les amants. En fait, quand on s'aime, on apprécie de se trouver l'un contre l'autre, car on n'a jamais loin à aller pour s'embrasser.

Ils descendirent la rue des Belles-Feuilles, après la place du Mexique, Boris ployant sous le poids de la valise et elle marchant sur ses talons. Un moment, elle leva les yeux en l'air et resta bouche bée. Boris s'arrêta et posa la valise à terre.

« Qu'est-ce qu'il y a ? »

Du doigt elle désigna la tour Eiffel qui dominait la rue de toute sa hauteur.

« Ce que ça peut être kitsch ! dit-elle en riant.

— Hé oui, baby, c'est Paris tout craché », chantonna-t-il d'un air excédé. Il voulait hâter le pas pour voir le plus vite possible l'appartement où elle allait s'installer.

Ils finirent par trouver l'immeuble. Elle était si nerveuse en le sentant tout près d'elle qu'elle ne réussit pas à introduire la clé. Il la lui prit des mains d'un air dégoûté et ouvrit la porte sans la moindre difficulté.

Une odeur de moisi les prit à la gorge. Un fouillis de cannes et de béquilles encombrait le coin du vestibule. L'unique pièce du logement respirait la mort. Elle évoquait les derniers jours d'un veuf décrépit que l'on avait emmené à l'hôpital pour passer de vie à trépas. L'ameublement et la décoration sortaient tout droit du fin fond de la province, avec les tentures aux lourds pompons dorés, encrassés de poussière, les fauteuils laids et inconfortables, dont le rembourrage pendait sous les sièges, le matelas nu, étalé en plein milieu, et les lampes aux abat-jour trop petits et jaunis.

Katia avala sa salive avec effort. Boris se précipita vers les fenêtres et les ouvrit à toute volée. Puis ils explorèrent les lieux sans dire un seul mot. Elle l'entendit qui entrait dans la salle de bains et actionnait la chasse d'eau pour voir si elle fonctionnait correctement. Ce n'est que plusieurs mois plus tard, très longtemps après son retour à New York, que Katia se rendit compte qu'elle aurait dû fuir immédiatement et sans délai pour aller s'installer dans un adorable petit hôtel de l'île Saint-Louis. Elle aurait eu *une chambre sympathique** où elle aurait disposé un bouquet de fleurs dans un vase, sur le rebord de sa fenêtre au soleil. Pour toute décoration, il y aurait eu une boîte de chocolats, un numéro de *Vogue* — édition française — et une bougie parfumée. Une chambre où elle aurait pu s'allonger sur le lit, la nuit, enveloppée par la clarté de la lune, dégustant du vin et fumant des Gitanes.

Mais, sur le coup, l'idée ne l'effleura même pas, tant elle était accablée par la froideur de Boris. Dans la cuisine elle ouvrit un placard et vit une douzaine de bouteilles de ce vin aigrelet dont elle avait gardé le souvenir remontant à son année de séjour. « *Grappes jolies** », disaient les étiquettes.

Katia était si déçue qu'elle se sentit dans l'obligation de trouver l'endroit absolument charmant. Boris ne dit pas grand-chose. Ayant trouvé un poste de radio, il l'alluma et tourna le bouton pour avoir de la musique. Et ils restèrent immobiles, écoutant un concerto de piano d'une tristesse insupportable.

«Tu connais ce morceau ? » demanda-t-il en tentant mentalement d'en retrouver le titre.

Elle le connaissait. C'était le concerto n° 2 de Chopin. Chopin n'avait écrit que deux concertos de piano, et elle les connaissait tous les deux. Celui-ci était le plus désespéré car il avait composé cette musique au moment où il se croyait sur le point de mourir de chagrin.

Katia regarda le lit et se demanda s'ils y feraient jamais l'amour. Elle imagina Boris, soudain consumé de passion, dans cette chambre décrépie. Un accès de frénésie, un rut bestial y auraient été les bienvenus ; dans cette odeur de mort, la vie aurait repris ses droits, s'affirmant avec un désespoir délicieux.

En fait, le silence gêné se prolongeait et Katia sortit d'un sac marqué *Life Magazine* les cadeaux qu'elle avait choisis avec tant de soin pour lui. Elle se rappelait la joie qu'elle avait éprouvée en cherchant dans tout New York les objets qu'il avait demandés, y ajoutant même des surprises de son cru.

Mais il se contenta de les prendre, les acceptant après un bref regard, comme s'il s'agissait d'un dû. Katia fut d'abord désarçonnée par cette ingratitude, mais elle ne tarda pas à se rendre compte que, s'il se montrait aussi froid et indifférent, c'était uniquement parce que ces articles venus de New York revêtaient pour lui une importance considérable.

«Et voici du scotch, détaxé», annonça-t-elle gaiement, sachant qu'il adorait le whisky. Boris regarda l'étiquette et dit d'un air maussade que ce n'était pas du pur malt.

«Garde-le ici, baby, garde-le pour tes invités», dit-il en reposant la bouteille sur la table.

Elle lui donna trois flacons de vitamines qu'il inspecta attentivement pour déclarer que ce n'était pas la marque qu'il avait demandée. Il professait la même foi que les Américains pour les vitamines et il était convaincu que les Français ne savaient pas les fabriquer. Il lui écrivait souvent pour la supplier de lui envoyer des vitamines parce que sa santé le trahissait et il en avait un besoin désespéré.

Elle lui donna cinq livres, trois qu'il avait réclamés et deux qu'elle avait choisis elle-même. Il les feuilleta un moment et les remit sur la table en haussant les épaules. Elle sortit un frisbee bleu roi orné d'étoiles blanches et un pantalon de survêtement en coton, s'écriant joyeusement :

« Regarde, rouge comme du rouge à lèvres, exactement ce que tu avais demandé ! »

Il prit le frisbee, le soupesa et marmonna O.K. d'une voix à peine perceptible. Les frisbees américains, il n'y avait rien de tel. Il leva le pantalon de survêtement devant lui et grogna qu'il était trop grand pour lui.

« Mais il faut toujours les prendre la taille au-dessus, comme ça, une fois lavés, ils sont juste comme il faut parce qu'ils rétrécissent dans le sèche-linge. »

D'un ton sarcastique, il lui dit qu'en France il n'y avait pas de sèche-linge.

Il y avait deux jouets qu'il fallait remonter avec une clé.

« Ça fait fureur à New York ! » dit-elle d'un air très renseigné.

Elle avait choisi un monstre mobile qui crachait des étincelles et une paire de chaussures de tennis qui marchaient toutes seules.

« Tu les mets sur ton bureau quand tu écris et tu joues avec elles quand l'inspiration t'a lâché ou quand tu réfléchis », expliqua-t-elle.

Cette fois il fut séduit. Il y avait là-dedans un côté Magritte et une touche de folie qui ne pouvaient le laisser indifférent, lui dit-il.

Elle lui donna aussi trois brosses à dents américaines, enveloppées séparément dans un étui de cellophane. Se souvenait-il qu'il les lui avait demandées un an plus tôt alors qu'elle était encore à Paris ? Cela s'était passé un après-midi, après la sieste, à un moment où ils se trouvaient tous les deux dans la salle de bains. Se lavant les dents avec la brosse de Katia, il lui avait demandé si elle pouvait la lui laisser quand elle repartirait à New York. Katia avait trouvé cette requête poignante. Il détestait les brosses à dents françaises qu'il trouvait trop dures. En Amérique, on les faisait plus douces, bien plus agréables en quelque sorte.

A mesure qu'elle sortait chaque objet, comme pour lui faire une offrande, il l'inspectait d'un air grognon et l'entassait dans le sac marqué *Life Magazine* comme un écureuil qui engrange des noisettes pour l'hiver. Finalement, elle sortit le plus beau de ses présents ; à New York, il avait admiré ses draps avec leurs motifs surprenants et leurs couleurs soutenues et inhabituelles.

«Les Mille et Une Nuits, de chez Martex, dit-elle. J'espère qu'ils te plaisent.

— *Génial*!* » dit-il avec un large sourire.

Il les regarda un moment, puis les fourra dans le sac avec le reste.

Ne sachant plus que faire, elle ajouta :

«Tu devrais prendre le scotch. Moi, je n'en bois pas ; et puis, soupira-t-elle, c'est pour toi que je l'ai acheté.

— Bon, si tu insistes» concéda-t-il en mettant la bouteille dans le sac.

Ils sortirent pour aller dans un café qu'elle allait fréquenter régulièrement pendant deux semaines, et il commanda deux cafés crème et un croissant. Elle n'avait pas faim. Il trempa le bout du croissant dans le café brûlant et le présenta à Katia qui prit une bouchée comme une enfant obéissante. C'était chaud, avec un bon goût de beurre et de pâtisserie fraîche.

«Allez, détends-toi, baby. Tu es à Paaa-ris», répéta-t-il.

Il sortit du sac les chaussures de tennis mécaniques

et les posa sur la table. Tous les clients du café regardèrent d'un œil rond les semelles qui martelaient le marbre, entre les tasses. Boris sourit fièrement : il possédait un gadget que personne encore n'avait vu à Paris, France. Mais il paraissait tout de même pressé de partir.

«Tu peux t'en aller si tu veux», dit-elle avec un pâle sourire.

Il se leva immédiatement et essaya de lui donner un baiser sur la bouche. Mais elle détourna la tête et ses lèvres atterrirent sur une joue. Il poussa un petit gloussement, secouant la tête comme si elle s'était mal conduite.

«Va faire une petite sieste. Viens ce soir pour dîner.»

Elle le regarda disparaître dans la rue. Il marchait très vite, avec son gros sac rouge rempli de cadeaux sur l'épaule.

Katia finit son café, l'esprit à la dérive. Elle ne pouvait dire si c'était à cause de Boris ou du décalage horaire, mais elle avait le cœur aussi barbouillé qu'au 4 Juillet, quand ils avaient fêté, à l'agence, le jour de l'Indépendance. Sans s'en rendre compte, perdue dans sa vague tristesse, elle avait avalé plusieurs cocktails à la vodka comme s'il s'était agi de verres d'eau. Quelques heures plus tard, en traversant le hall, son patron l'avait trouvée en train de vomir par la fenêtre de son bureau au seizième étage.

«Voilà qui illustre parfaitement la vie des publicitaires, avait alors dit le patron. L'une de mes rédactrices conceptrices qui dégueule sur Madison Avenue.»

Il avait ensuite appelé un taxi, la raccompagnant jusque chez elle.

Et à présent, à quoi est-ce que je ressemble ? On dirait une toile de Manet : «Femme désespérée dans un café parisien». Au bout de quelques minutes elle paya l'addition et demanda au garçon où se tenait le marché du quartier.

Elle s'aperçut alors que la rue des Belles-Feuilles, sa rue, était l'une des mieux pourvues de Paris en commerces d'alimentation. Eh bien, cette fois, elle avait l'impression d'être de retour. Pauvres Américains! Que de privations ils doivent subir, songeait-elle en voyant ces boutiques tentatrices et ces étals alléchants, bourrés de victuailles incroyables. Par quoi allait-elle commencer?

A la crémerie, elle se trouva entourée de plusieurs centaines de fromages. Elle ne connaissait ni le nom ni le goût de quatre-vingt-dix-neuf pour cent d'entre eux. La vendeuse, impatiente et hargneuse, la fixait du regard, attendant de savoir quelle décision stupide cette bonne femme, une Américaine! allait prendre. Toutes les autres employées semblaient lui dire : « Dépêche-toi! Mais dépêche-toi donc! »

Katia aurait voulu s'asseoir sur un tabouret tranquillement au milieu du magasin pendant un bon quart d'heure et observer tous les fromages pour essayer de voir dans quelle catégorie ils se classaient et quel goût ils pouvaient avoir. Elle tenta de faire son choix, mais ne put que virevolter de côté et d'autre sans parvenir à prendre un parti. Mais le regard furieux des vendeuses l'emporta finalement et elle se contenta de pointer l'index en disant : « Ça, ça, ça », montrant trois fromages qu'elle n'avait jamais goûtés. Ses achats furent enveloppés dans du papier sulfurisé et le petit paquet entouré d'un ruban jaune aux teintes délicates. « Au revoir, mademoiselle », entonnèrent-elles en chœur quand elle quitta leur domaine.

En route pour l'épicerie. Les fruits et les légumes avaient été disposés dans les rayons comme de véritables œuvres d'art. Fraises des bois, pêches blanches, cassis noirs, tous semblaient lui dire : « Choisis-moi, choisis-moi! » Elle eut autant de mal pour choisir les fruits que pour les fromages. Dieu merci, elle savait que l'on ne devait pas se servir soi-même comme elle le faisait dans les épiceries coréennes de New York. Pas question de flairer ou de palper ici. Elle s'apitoya sur le sort de ces malheureux touristes innocents qui ne savaient pas que c'était un sacrilège de toucher un fruit ou un légume en France. Elle résolut d'écrire une lettre à Arthur Frommer pour lui dire d'inclure ce petit détail dans son guide.

Un jeune vendeur, plus aimable mais d'allure un peu trop tyrannique, l'observait, un sac en papier à la main, prêt à bondir au moindre de ses désirs. Eh bien, allons-y, c'est tellement facile de tout désigner, sans la moindre retenue. Tomates italiennes, laitues de couche, haricots verts filiformes. Oui à tous ces régals !

La même situation se reproduisit chez le marchand de vin quand elle se trouva confrontée à des centaines de bouteilles de vins français, des vins qu'elle n'avait jamais pu se payer à New York mais dont le prix était tout à fait raisonnable ici. Et puis ce fut la boulangerie avec toutes les sortes de pains qui semblaient lui dire : « Achète-moi, achète-moi. »

Katia éprouva un plaisir intense à redescendre sa rue, ployant sous le poids de ses achats. Je suis plus française que les Français, se dit-elle. Et elle éclata de rire.

Sa joie de vivre retrouvée, elle rentra dans l'appartement, rangea ses emplettes et fit le lit. Elle dormit d'un sommeil profond et, quand elle s'éveilla, ce fut au son des cloches d'une église. Elle compta six coups.

Elle se leva, l'esprit brumeux, désorientée, et erra de part et d'autre. Les miaulements de son chat lui manquaient. Elle se lava la figure et se plongea la tête dans l'évier pour se faire un shampooing. Puis elle s'habilla avec le plus grand soin, choisissant ses vêtements une fois de plus dans le souci de produire l'effet maximal. Une robe d'un gris différent avec un sweat noir qui lui prenait bien la taille. Des sandales noires, un nuage gris-bleu autour des yeux, une bouche abricot. Elle se regarda dans le miroir en plissant les yeux. Qui voyait-elle ?

Katia remonta lentement la très large avenue Kléber pour gagner la station Trocadéro, « sa station » pour les deux semaines à venir, située juste en face de la tour Eiffel.

Eclairée par le soleil de cette fin d'après-midi, la place du Trocadéro ressemblait à un décor réalisé à Hollywood, avec son kiosque à journaux et les grilles art déco du métro. Il y avait un café avec des parasols dont les franges voletaient au vent, toutes les tables occupées par des couples nonchalants ou des employés épuisés qui finissaient leur journée ou plutôt commençaient leur soirée. Les touristes déambulaient, prenant des photos de cette vue splendide. Quant à Katia, elle avait l'impression d'être une figurante. Ces gens savaient-ils qu'elle avait peur, malgré l'euphorie qui l'avait gagnée ? Avait-elle l'air d'une Française ou d'une Américaine ?

Elle descendit dans la station et regarda les gens glisser leur ticket dans la machine pour pouvoir franchir le tourniquet automatique. Elle acheta un carnet et imita les autres, glissant ensuite, comme Boris le lui avait appris, le ticket composté sous le bracelet de sa montre, pour le cas où il y aurait un contrôle en fin de parcours.

En s'asseyant dans le wagon, elle eut l'impression d'avoir retrouvé ses vingt ans et elle laissa vagabonder son esprit, se remémorant les souvenirs de sa vie d'étudiante à Paris. Elle avait cette ville dans le sang et les Français eux-mêmes n'y pourraient rien changer.

Elle regarda d'un œil consterné un hippie américain qui avançait lentement dans le couloir central,
demandant dans un français approximatif de l'argent
pour nourrir son bébé qu'il portait dans une sorte de
sac à dos. Katia était gênée pour l'Amérique, s'indi-
gnant qu'il se serve ainsi de son enfant. Elle se sentit
soulagée quand la rame arriva à Montparnasse-Bienvenüe où elle devait avoir sa correspondance pour
Saint-Sulpice.

Elle trouva facilement la rue de Boris et ne put
s'empêcher de rire en passant devant la caserne des
pompiers dont il se plaignait constamment dans ses
lettres. Comme il les détestait, ces jeunes et vigoureux
soldats du feu qui faisaient la foire jusqu'à une heure
avancée de la nuit, vociférant d'une voix avinée sans
discontinuer ! *J'en ai marre des pompiers*!* écrivait-
il.

Arrivée devant l'immeuble ancien où il logeait, elle
resta un moment immobile, regardant les fenêtres
ouvertes, écoutant la multitude de sons qui flottaient
jusqu'à elle. Les accents sauvages d'un rock and roll
s'échappaient d'une boutique voisine, quelqu'un
tapait à la machine, une femme chantait *a cappella*,
un bébé pleurait, le journal télévisé venait de commencer. De délicieuses odeurs de cuisine parvenaient
à ses narines. Elle adora cet instant, regrettant de ne
pouvoir le prolonger indéfiniment.

Elle poussa la lourde porte et pénétra dans une
cour pavée sombre et fraîche avec des boîtes aux
lettres alignées sur l'un des murs. A en croire sa boîte
aux lettres, Boris partageait son studio avec deux
autres personnes, un certain Roland Campbell et lady
Sarah Bradshaw, tous deux très anglais à côté du
nom slave de Boris Zimoy. Elle savait qu'il avait mis
ces deux noms pour s'assurer une sorte de protec-
tion, afin de faire croire aux agents du KGB qu'il ne
vivait pas seul. Ils ne cessaient de traquer le pauvre
Boris, envahissant à tout bout de champ son apparte-

ment sans jamais rien prendre, simplement pour le déstabiliser.

Elle grimpa les trois étages menant à son studio. D'après la description que Boris en avait faite, elle savait qu'il donnait sur la rue.

«La porte est ouverte», lança-t-il quand elle eut frappé.

S'il ne venait pas lui-même l'accueillir, c'était parce qu'il refusait de modifier en quoi que ce soit ses habitudes quotidiennes, et c'était maintenant l'heure de son bain. Il lui avait écrit qu'il passait la matinée à écrire, puis qu'après le déjeuner il jouait au tennis au Luxembourg pour se défouler un peu. A cinq heures, commençait son rituel favori. Epuisé et suant sang et eau, il se dépouillait de sa tenue de tennis et, pendant que coulait l'eau de son bain, il se faisait un grand pot de thé à la russe, mettait une bonne dose de scotch au fond de la tasse, et se plongeait dans la baignoire fumante. C'était indiscutablement le point fort de sa journée.

Il restait allongé dans son bain, lisant des revues ou des lettres de ses amis. Il réfléchissait aussi à ses travaux tout en sirotant son thé, l'esprit au repos. Boris était un animal amphibie. «Je suis un Verseau, c'est normal», disait-il fièrement.

Katia alla directement à la salle de bains. Il paraissait totalement heureux dans ce sanctuaire plus douillet peut-être que celui de bien des femmes. On y trouvait toutes sortes de savonnettes colorées, de shampooings, d'huiles de bain, de gels pour la douche, un assortiment d'éponges et de gants de toilette et un énorme entassement de serviettes moelleuses impeccablement empilées. Il y avait aussi un assez grand choix de talcs aux parfums exotiques — patchouli, goyave —, rangés sur une étagère à côté des eaux de toilette et d'une armée de peignes en écaille de tortue et de brosses à cheveux aux formes des plus originales, toutes en soie naturelle, bien entendu.

«J'espère que tu vas mieux? dit-il. En tout cas, tu as meilleure mine.

— Je vais beaucoup mieux», dit-elle en tournant sur elle-même pour qu'il puisse admirer sa robe. Cette fois, elle allait serrer les poings, tenir bon et refuser de se laisser marcher sur les pieds.

«Tu es sensationnelle, baby. Ta robe vient de chez, hum, Agnès B, je parie.

— Faux. Comme des garçons.»

Elle savait qu'il détestait Agnès B. Il admirait beaucoup les toilettes féminines. Un jour il lui avait téléphoné de Paris, un dimanche après-midi, pour lui dire qu'il était resté devant la boutique de Comme des garçons, fasciné par une robe de soie magnifique.

«Oui, baby! Ah la la! Ce que j'aurais voulu être une femme pour pouvoir porter cette robe!» lui avait-il dit.

Katia rabattit le couvercle du siège des cabinets pour pouvoir s'asseoir. Mais Boris avait l'air gêné, il dissimulait son bas-ventre avec sa main, comme si elle ne l'avait jamais vu nu. Cette pruderie inhabituelle finit par la mettre mal à l'aise et elle décida de le laisser prendre son bain tranquille. Elle se leva pour sortir.

«Prends ton temps, je t'attends à côté», dit-elle.

En passant devant l'armoire de toilette, elle vit les trois brosses à dents américaines accrochées bien en ligne dans un compartiment spécial en plastique.

Sans trop pouvoir s'en expliquer la raison, elle avait le sentiment d'être une espionne en pénétrant dans son mystérieux domaine. Une belle musique classique se faisait entendre. La pièce était paisible, magistrale et totalement masculine. Aucune femme ne pouvait pénétrer dans ces lieux et pourtant il y avait çà et là quelques notes féminines. Un grand vase contenait un somptueux bouquet de fleurs des champs, les jardinières garnissant ses fenêtres débordaient de géraniums rouge feu.

«Tu as la main verte, cria-t-elle pour dominer la musique.

— La main verte? Qu'est-ce que ça veut dire?»

Elle prit un bâton de craie et écrivit l'expression sur un tableau vert accroché près du bureau. Elle regarda tous les dictionnaires alignés sur la table : français-russe, français-anglais, russe-anglais. Elle observa la machine à écrire russe avec ses caractères cyrilliques et le manuscrit aux feuillets torturés empilés à côté, avec tous ces mots biffés, ces multiples annotations en marge.

Au bout d'un moment de réflexion, elle écrivit une ou deux expressions d'argot américain sur le tableau, pensant que cela amuserait Boris. Puis elle passa son doigt sur le foulard russe accroché au mur et étudia la rangée de livres en trois langues entassés sur une étagère. Il avait épinglé des cartes postales et Katia en vit une de la collection Frick qu'elle lui avait envoyée. Elle s'apprêtait à la prendre pour lire ce qu'elle avait écrit au dos quand elle vit les draps qu'elle avait offerts à Boris. Ils étaient déjà en place, dans le lit. Quant aux gadgets, ils étaient sur le plancher, à côté. Le scotch avait été versé dans une carafe, sur un plateau de laque noire, et les nouveaux livres disposés sur le bureau en un petit tas bien net. Les vitamines trônaient sur la table du coin salle à manger et le frisbee était exhibé fièrement près de la porte, comme un trophée.

Elle se laissa tomber dans l'unique fauteuil de la pièce, les jambes coupées par une lassitude soudaine. Elle venait de comprendre ce qu'il attendait vraiment d'elle. Elle n'était là que pour lui apporter les objets dont il avait besoin. Elle lui servait de commissionnaire. Et, le pire de tout, c'est qu'elle n'avait rien à espérer en retour.

Katia déteste Paris

Paris était une ville lunatique, qui pouvait vous agresser à tout instant. Parfois c'était une séductrice charmante qui vous chuchotait des mots doux à l'oreille et vous faisait fondre de tendresse, et tout à coup elle s'avérait être une garce hargneuse qui vous faisait voler ses jupes au visage comme une harpie.

Tout cela venait peut-être du fait que Paris était empreint d'une classe incomparable. Si au réveil vous n'étiez déjà pas très sûr de vous, la vue de ces perspectives grandioses et gracieuses, ou même de ces petites fenêtres ornées de rideaux de dentelle et de fleurs palpitant sur un balcon en fer forgé pouvait vous donner une impression de gaucherie et vous priver de votre spontanéité.

Au contraire, New York était l'endroit idéal pour ceux qui n'étaient pas bien dans leur peau. La ville était mue par l'énergie de tous les désespérés qui, après s'être ébroués un moment, repartaient de l'avant. C'était une ville pleine de cafétérias à l'éclairage cru et de pauvres bougres déçus, aux cheveux graisseux et aux vêtements tachés, qui s'asseyaient aux comptoirs pour commander «un petit déjeuner spécial». A New York il n'y avait nul endroit pour cacher sa tristesse, elle vous giflait le visage en disant: «Du cran, mon gars.» C'était la ville où la pitié n'existait pas: prenez le métro de New York quand vous êtes triste et vous en ressortirez encore plus désespéré. Pourtant, la vie y était rendue supportable par l'idée insaisissable et enivrante que votre vie pouvait changer à tout moment.

Mais quand vous êtes triste à Paris, vous n'êtes rien d'autre qu'un trouble-fête. Extérieurement, vous avez l'impression que la cité adoucit votre peine, vous baigne de son romantisme, multipliant les marques de tendresse. «Allons, allons, raconte-moi tout», semblait susurrer la Seine quand on longeait ses berges, rongé par la solitude. Pourtant, Katia ne tarda pas à découvrir la vérité. Il n'y a pas de sentiments à Paris, c'est une ville d'illusions, une ville où on étale avec élégance une émotion de surface. Tout se doit d'y être charmant; pas question d'y montrer les tripes, le sang et la douleur de vivre.

C'est donc ainsi que Paris montra son hostilité à Katia et la rendit incapable d'éprouver les sentiments nobles et élégants qu'elle croyait que l'on attendait d'elle.

Pour Katia, ces deux semaines s'écoulèrent lentement, comme si des Chinois lui avaient fait subir le supplice de la goutte d'eau, et ses vacances de rêve se muèrent en cauchemar. Elle essaya bien de réagir mais tous ses efforts restèrent vains.

Elle se laissa rudoyer par les vendeuses, tenta de s'expliquer dans un français approximatif, se perdit dans le métro, but trop de vin, et ne parvint pas à tirer le moindre plaisir des musées, des jardins publics ni même des livres qu'elle lisait. Elle était hésitante, manquait d'assurance. Elle avait l'impression d'assister à un film français au moment où tous les spectateurs rient sans qu'elle comprenne de quoi il est question.

Ah! Si seulement elle avait pu se reprendre, maîtriser cette ville comme un cheval rétif en lui assenant quelques coups bien appliqués pour lui montrer lequel des deux était le maître! Si seulement elle avait pu s'offrir un bon déjeuner dans un restaurant de classe, après une matinée à l'Orangerie, pour passer l'après-midi dans les galeries d'art avant de prendre le thé dans une petite *boîte** de la rive gauche. Et après ça, une douche, changement de toilette, cocktails, puis le théâtre et un petit souper, à minuit, avec des amis courtois et spirituels.

Le mal, bien entendu, venait de Boris. Il ne se comportait pas du tout comme Katia l'avait espéré. Tout juste s'il consentait à dîner avec elle un soir sur trois — quand elle avait de la chance. Si elle était sage et le laissait en paix, elle avait le droit de venir boire un verre chez lui, quand il ressortait de son bain, paré avec une négligence toute française.

Il paraissait si parfait, si achevé, que Katia se sentait balourde et démodée. Un soir, elle était arrivée trop tôt après avoir marché tout l'après-midi dans la poussière et, ne sachant où aller, elle s'était assise sur une marche en l'attendant. En la voyant ainsi, à son retour du tennis, il lui avait jeté un regard désapprobateur. Ne savait-elle pas à quoi servaient les cafés ? avait-il dit. C'est là qu'on va pour ne pas imposer sa présence à ses amis.

Qu'était-il donc arrivé à Boris ? Elle faisait tout son possible pour lui plaire et lui semblait la mépriser chaque jour davantage, s'obstinant à la chasser comme une mouche qui vous harcèle de son bourdonnement intempestif.

Ils allaient dîner dans un restaurant peu connu qu'il avait toujours voulu essayer, et le repas se déroulait dans une atmosphère gênée et inconfortable. C'était un établissement de type bourgeois, un peu comme un club privé, où jamais des touristes n'auraient osé s'aventurer, même s'ils avaient réussi à le dénicher.

Pendant le repas, il critiquait les films auxquels elle avait assisté, les musées et les boutiques qu'elle avait vus, les hors-d'œuvre qu'elle avait choisis, la façon dont elle prenait un cornichon avec ses doigts, et la réprimandait parce qu'elle n'avait pas d'abord humé son vin avant de le boire. A la fin du dîner, il protestait mollement quand elle parlait de régler la note, mais Katia voyait bien son air soulagé quand elle mettait sur la table sa carte de l'American Express.

Ensuite, il la raccompagnait à pied jusqu'à la station Saint-Sulpice et elle rentrait chez elle toute seule dans le noir. A Montparnasse-Bienvenüe, au lieu de changer de train, elle ressortait pour enfiler les immenses boulevards impersonnels, regardant les grands édifices, et elle se sentait toute petite et insignifiante, se demandant quelles existences bourgeoises se déroulaient derrière ces fenêtres imposantes, sous ces lustres de cristal, et elle se consolait en se disant que dans trois jours elle allait de nouveau se retrouver avec lui.

Ses journées se déroulaient dans une agitation fébrile et épuisante. Elle marchait sans cesse, sans destination précise, et sans éprouver jamais l'impression d'avoir accompli quelque chose qui en vaille la peine. En fait, elle était en quête d'une paix intérieure qu'elle ne pouvait trouver nulle part.

Elle partit un jour en direction de la basilique de Montmartre mais se perdit à tous les carrefours, incapable d'apprécier le spectacle de ces rues charmantes et de ces petites maisons exquises. Enfin arrivée à destination, elle regarda fixement l'édifice en se demandant ce qu'elle était venue y faire.

Elle s'arrêta un moment dans un café sordide mais éprouva aussitôt un sentiment de gêne, car elle était assise auprès d'un groupe de jeunes particulièrement turbulents.

Un autre jour, elle fit la queue pendant une heure pour entrer au Louvre et, quand elle eut enfin réussi à pénétrer à l'intérieur du musée, elle s'aperçut qu'il n'y avait rien qu'elle désirât voir. D'ailleurs elle était trop fatiguée pour s'intéresser à quoi que ce fût.

Regarde au moins un moment la «Victoire de Samo-thrace», se morigéna-t-elle, mais elle n'en tira pas le moindre plaisir, tant l'atmosphère était déplaisante avec tous ces touristes qui se bousculaient bruyamment autour d'elle. Le Louvre est un musée stupide, décida-t-elle. C'est trop grand et on n'y voit que des gens qui viennent là pour pouvoir dire aux autres, une fois rentrés chez eux, qu'ils sont allés au Louvre.

Un après-midi, elle décida de faire une petite halte sur le quai de l'île Saint-Louis pour écrire quelques lignes dans son journal. Comme elle aurait voulu être l'une de ces délicieuses créatures qu'elle avait vues en descendant la Seine à bord d'un bateau-mouche, une Parisienne à n'en point douter, assise sur un banc, comme elle à présent, et qui admirait le spectacle offert par cette île splendide !

Elle dénicha un banc entièrement libre et s'installa pour écrire. A peine avait-elle commencé à tracer quelques mots qu'un clochard vint s'asseoir à côté d'elle. Et après ? A Paris cela n'a rien d'exceptionnel, se dit-elle. Elle essaya de se concentrer sur son occupation, mais ne tarda pas à éprouver une certaine gêne. Elle avait la nette impression que l'homme la regardait fixement en se masturbant. Elle ne bougea pas d'un pouce, elle ne voulait en aucune manière tenter de confirmer ses soupçons. Finalement, elle referma son cahier d'un geste brusque et se leva. Impossible d'avoir la paix une minute !

Elle décida d'aller chez Bertillon pour déguster un sorbet. Mais, naturellement, l'établissement était fermé pour le mois d'août. Elle résolut alors d'aller se faire faire les ongles chez une manucure. Ça permettrait déjà de tuer une heure. La perspective de rentrer dans son sinistre appartement lui souriait de moins en moins. Elle s'efforçait d'y rester aussi peu que possible, mais le simple fait d'y dormir était pour elle une véritable torture. Elle restait allongée sur son lit, écoutant la radio française, essayant d'imaginer qu'elle était un vieil homme.

Et puis, le 31 août, la ville changea complètement de visage : les Parisiens, comme par miracle, se déversaient dans Paris, leurs vacances terminées. Le changement était du plus haut comique. Le 30 août, c'était le calme plat. Le lendemain matin, quand elle sortit pour aller prendre son café, elle vit surgir des millions de citadins, joyeux, affairés, reposés, qui paraissaient ravis d'avoir réintégré leur domaine.

Les cafés, encore fermés la veille, regorgeaient de clients qui se congratulaient mutuellement en comparant leurs souvenirs de vacances. Les boutiques relevaient leurs rideaux, révélant les tout derniers modèles de la nouvelle mode. Les mères se mettaient en quête de vêtements d'écoliers pour leurs enfants et les femmes de ménage tordaient furieusement leurs serpillières en échangeant leurs impressions dans les rues.

Katia se sentait frustrée. Elle était venue à Paris au mauvais moment : maintenant que la cité renaissait à la vie, l'heure était arrivée de rentrer à New York.

Deux ou trois jours avant son départ, elle alla au jardin du Luxembourg. Regardant sa montre, elle s'aperçut que c'était à peu près l'heure où Boris jouait au tennis. Elle décida de l'observer, pour voir comment il se comportait après avoir passé la matinée à écrire. Le parc était envahi par une foule de Français qui prenaient un peu de bon temps, bronzant au soleil, jouant au frisbee ou déambulant dans les allées. Il y avait des couples élégants, des gens âgés qui restaient sagement à l'ombre et des adolescents qui flirtaient autour des fontaines.

Elle considérait que le « Lux » faisait partie de son domaine puisqu'elle avait vécu à quelques centaines de mètres de là, quand elle était venue à Paris, en 1972, dans le cadre d'un échange universitaire. Elle avait gardé un souvenir attendri des heures qu'elle avait passées là, avec des amis, quand elle fumait une cigarette en le traversant d'un bout à l'autre, plusieurs fois par jour, pour aller assister à un cours à la Sorbonne.

Soudain, elle l'aperçut, son beau Némésis, source de tous ses malheurs. Pour la première fois, elle décelait en lui une certaine hargne. Il s'était naturellement paré de son bas de survêtement rouge surmonté d'un tee-shirt blanc et d'un bandeau bleu marine qui lui ceignait le front. Il avait fini de jouer avec le frisbee bleu, orné d'étoiles blanches, et rangeait l'instrument dans le sac de *Life Magazine*. Il était évident qu'il tirait une grande fierté de tout cet attirail *made in USA* tout en enfilant le trottoir qui menait aux courts.

Il fit avec sa raquette quelques moulinets d'une emphase exagérée, manifestement destinés à épater la galerie, puis se mit en position en face d'un jeune homme en blue-jean qui semblait vouloir en découdre.

Katia s'approcha des courts et mit ses lunettes de soleil, espérant que Boris ne la reconnaîtrait pas dans la foule. Elle prit un siège et fit son possible pour se fondre au milieu des nombreux curieux qui regardaient le match. Elle remarqua qu'il n'y avait que des hommes sur les courts et en ressentit une certaine irritation. Le tennis était donc une mafia entre les mains des mâles ? Ces courts étaient l'exclusivité de Français machos qui fantasmaient sur eux-mêmes tout en agitant leurs raquettes ! Ils se prenaient pour des champions participant aux tournois de Roland-Garros : ça se voyait à leur figure. Il fallait du courage à une femme pour oser mettre le pied sur un court. Katia commençait à comprendre pourquoi Boris s'était récrié avec une telle vivacité moqueuse quand elle avait proposé de jouer avec lui : il aurait été gêné de se montrer avec un adversaire de sexe féminin.

Katia se sentait d'une lucidité parfaite, ce jour-là.

Elle comprenait bien des choses, avec une clarté inhabituelle, en voyant Boris jouer au tennis. D'abord, il se sentait handicapé par sa petite taille. Bien qu'il fût capable de se mouvoir rapidement, il lui manquait les longs bras et les longues jambes qui lui auraient facilité la tâche. Il jouait au tennis comme un rat besogneux, courant en tous sens sur le court. Son service n'avait ni grâce ni style : il tirait de véritables boulets de canon, en donnant un effet maximal à la balle.

A le voir ainsi, on devinait immédiatement qu'il n'avait pas appris le tennis dès sa tendre enfance, car il se comportait comme un être longtemps frustré à qui on avait enfin donné la permission de jouer. Il y avait sur son visage un rictus plein de détermination, comme s'il attendait que quelqu'un surgisse pour lui intimer l'ordre de sortir du court.

Son jeune adversaire obligeait Boris à courir de côté et d'autre pour reprendre la balle pendant que lui demeurait parfaitement immobile, contrôlant le jeu à l'aide de coups brillants d'une économie magistrale. Boris se faisait avoir chaque fois. Tous les points qu'il perdait, c'était à cause de sa stupidité.

Elle comprit alors que, si Boris ne pouvait pas gagner au tennis, pas plus qu'il ne pouvait gagner dans la vie, c'était à cause des erreurs qu'il s'obligeait lui-même à commettre. La seule chose qui l'intéressait, c'était de gagner, mais il ne voulait pas jouer le jeu.

L'une des choses dont il était le plus fier, c'était de ne jamais accepter de compromis. En fait, pour Boris, le mot compromis était le plus horrible dans tous les langages du monde. Elle savait qu'il était un écrivain de très grand talent mais il ne voulait pas jouer le jeu des relations humaines. Si les journalistes annulaient leurs rendez-vous, s'il perdait des emplois de pigiste, si on refusait de lui payer les avances promises pour ses livres, si les magazines rejetaient ses articles, c'était uniquement à cause de sa stratégie de l'échec, ce qui ne l'empêchait pas d'accuser le reste de l'univers en le taxant de stupidité.

Et Katia se rendit compte que pour l'amour il n'en allait pas différemment. Il n'aimait pas l'action de faire l'amour, ce qu'il aimait c'était *d'avoir fait l'amour*. Tout à coup, elle comprit le sens de ces mouvements courts et brutaux, cette hâte avec laquelle il assouvissait son désir. Ce qu'elle avait d'abord pris pour une passion animale n'était en fait que de l'insensibilité. Pour lui, la vie était une rue à sens unique et il ne faisait l'amour que dans un sens : le sien. Il ne s'inquiétait jamais de savoir comment elle voulait qu'on la touche, il ne lui demandait jamais ce qu'elle aimait. Et, si elle ne réagissait pas à ses caresses, c'était sa faute à elle, pas à lui.

Katia regarda le match d'un œil morne, hypnotisée par le va-et-vient de la balle, et à chaque rebond elle s'affligeait davantage de son aveuglement. Pourquoi avait-elle mis tant de temps à comprendre qu'il n'aimait pas faire l'amour avec elle ? Elle pensait maintenant avec dégoût à la manière dont il collait ses lèvres sur son sexe pour la ronger comme un os. Il ne cherchait jamais à approfondir, à se perdre en elle, à se délecter de sa présence. Boris baisait les femmes. Pour lui, c'était un match à savourer quand il était terminé. Quand il arrivait à faire jouir une femme, il avait gagné.

Elle se souvint alors du plaisir qu'il éprouvait à la voir jouir si facilement. Il lui avait dit que la plupart des femmes ne pouvaient avoir d'orgasmes. Katia s'était montrée choquée par une telle révélation. « Vraiment ? » Elle ne pouvait croire que tant de femmes fussent frigides mais se disait qu'il devait le savoir, étant donné le nombre de ses conquêtes.

Maintenant, elle savait que, s'il pouvait énoncer de telles affirmations, ce n'était pas parce que les femmes étaient frigides mais parce qu'il était incapable de faire l'amour correctement. En le voyant se démener sur le court de tennis, elle se dit qu'elle préférerait livrer son corps aux mains hésitantes d'un homme inexpérimenté, mais ravi de la découvrir et de s'abandonner à elle, plutôt que de le donner en pâture au technicien expert que Boris prétendait être.

Katia ressortit du Luxembourg perdue dans ses pensées. Comment avait-elle pu être aussi stupide ? Où avait-elle donc eu la tête pendant si longtemps ? Elle marchait lentement, comme un chiot blessé, dans les rues de son ancien quartier, abîmée dans le désespoir de ses révélations. Sa prise de conscience, préférait-elle dire.

Finalement, elle prit le métro et, après quelques stations, sortit à la Concorde. En remontant les Champs-Elysées, elle remarqua un cinéma qui passait le *Don Giovanni* de Joseph Losey. Un panneau annonçait, en gros caractères, que la salle était climatisée. Par chance, la séance allait justement commencer. Elle prit un ticket et se précipita dans le cinéma juste au moment où les lumières s'éteignaient.

Pendant le générique, la petite dame chargée de son panier de friandises passa auprès d'elle, achevant sa dernière tournée. Katia s'offrit un esquimau au Grand Marnier et se pelotonna dans son fauteuil, laissant la musique de Mozart lui apporter l'apaisement pour tout le reste de l'après-midi.

Katia quitte Boris

Le dernier soir de son séjour à Paris, Katia alla au studio de Boris qui l'avait invitée pour son dîner d'adieu. Elle s'habilla avec beaucoup de soin, mettant la même robe que la première fois où ils avaient dîné ensemble.

Elle arriva chez lui, les bras chargés de tous les objets qu'elle lui avait empruntés au début de ces deux semaines : une machine à écrire, un sweat, une veste, un parapluie et un sac plein de provisions qu'elle n'avait pas utilisées. Il se déclara très fâché qu'elle eût tout transporté toute seule (y avait-il une autre solution ? Il n'avait pas offert son aide, pensat-elle avec amertume), et continua d'égrener ses critiques en déballant le contenu du sac.

« Ça, c'est un véritable poison, tu risques d'y laisser ta peau », dit-il en brandissant un minuscule flacon de café instantané. Puis, s'emparant d'un pot de confiture, il reprit :

« Mais c'est de la merde, ces conserves du commerce. »

Pourtant elle remarqua qu'il s'empressait de tout ranger bien soigneusement dans ses placards.

Maintenant, elle était habituée à ses excès de langage et n'y prêtait plus guère attention. En dépit de ces critiques, il était d'excellente humeur, déclarant que le départ de Katia le rendait soudain très senti-

mental. Selon lui, elle faisait partie de sa famille, il la
considérait comme une sœur. Puis il se mit à fourrager dans le studio, cherchant quel cadeau il pourrait
bien lui donner, exhibant une tasse en Limoges, des
petits pots emplis d'épices rares, un foulard russe.

«Tiens, tu veux ça?» Il émergeait d'un placard,
tenant à bout de bras une vieille veste de sport toute
râpée. «Sur le dos d'une femme, ça ferait très
gamin*!»

Elle fit non d'un signe de tête, ennuyée de le voir si
prévenant après ces deux semaines d'indifférence
quasi totale.

«Et si tu prenais mon sweat?»

Elle secoua de nouveau la tête. Il avait l'air d'un
voyageur de commerce incapable de vendre le
moindre article. Mais il déployait de tels efforts que,
finalement, pour mettre un terme à ce stupide mar-
chandage à rebours, elle accepta deux disques de
piano — l'interprète était russe — et un livre sur les
vins français. Pourtant, avant qu'ils s'en aillent dîner,
il lui demanda si elle pouvait lui laisser le livre, car il
n'en avait pas d'autre sur le sujet. D'ailleurs, comme
l'ouvrage avait été mis en vente aux Etats-Unis, elle
en trouverait facilement un exemplaire une fois rentrée chez elle.

Pour ce dernier soir, comme s'ils voulaient refermer la boucle, ils retournèrent au restaurant où ils
avaient dîné le premier jour. Le serveur, qui était
homosexuel, se souvenait d'eux et il se mit à flirter
avec Boris. Devant l'insuccès de ses tentatives, il se
rabattit sur Katia.

«Tu vois, chuchota Boris, ces pédés sont très
malins. Quand ils veulent un homme, ils flirtent avec
sa femme.»

A la grande surprise de Katia, le dîner fut très
tendre. Les tables étaient éclairées par des chandelles
et Boris multipliait les attentions à son égard, veillant
à ce qu'elle eût toujours à boire et beurrant ses tar-

tines. Il lui prenait le bout des doigts qu'il portait à ses lèvres. De temps à autre, il piquait sa fourchette dans l'assiette de Katia pour lui présenter les meilleurs morceaux.

Ils parlèrent de ce qu'elle ferait une fois rentrée à New York et il lui confia ses projets pour les prochains jours. Paradoxalement, ce soir-là, pour la première fois, Boris se montrait détendu en compagnie de Katia.

Après le repas, il l'emmena faire une dernière promenade dans «son Paris» à lui. Multipliant les commentaires sur ce qu'il voyait, il évalua les mérites de différentes boutiques, évoquant au passage l'histoire de certaines rues particulièrement pittoresques. Ils finirent par échouer dans les jardins déserts du Palais-Royal.

«Colette a demeuré dans l'une de ces maisons, par là», ronronna Boris à l'oreille de Katia.

Puis il jeta un regard autour de lui et prit un air profondément écœuré. D'une voix retentissante, qui se répercuta sur les murs environnants, il tonna :

«Incroyable! Qu'ils sont stupides ces Français! Regarde ça! Absolument vide! Les Parisiens se foutent de tout! Ils passent sans s'arrêter.»

Et il partit à grands pas, le nez en l'air. Puis il s'arrêta, virevolta sur lui-même et étendit les bras, exprimant dans un seul geste l'histoire, l'élégance et l'âme du Paris du XVIIIe siècle.

« Mais c'est fan-tas-tique!» conclut-il d'une voix suave.

Ils reprirent leur promenade dans les petites rues, sans doute pour gagner une station de métro, se disait Katia. Elle n'avait guère envie de parler, tant elle était épuisée par les sentiments contradictoires qui l'agitaient.

«Tu vois cette femme, là-bas? demanda Boris.
— Laquelle?
— La vieille, qui est adossée au mur.

— Oui.

— C'est la plus vieille putain de Paris.

— Non!» Katia la regardait avec stupéfaction. On aurait dit une clocharde new-yorkaise. «Je n'arrive pas à imaginer comment un homme...»

Mais elle ne tarda pas à s'apercevoir que la femme arpentait le trottoir avec une aisance parfaite, comme quelqu'un qui accomplit une série de gestes totalement routiniers.

«C'est pourtant la vérité. N'importe qui peut toujours trouver quelqu'un à Paris, reprit Boris. Ici, c'est très spécial, ajouta-t-il d'un air songeur. Il y a des hommes qui vont avec la même prostituée pendant des années.»

Ils se remirent à marcher jusqu'au moment où elle se rendit compte qu'elle rencontrait de plus en plus de filles. Katia se tourna vers Boris et le fixa d'un œil interrogateur. Il l'avait emmenée près des Halles, dans le quartier malfamé qu'il fréquentait quand il était pris par ses insomnies.

«Dans chaque quartier, il y a une rue où l'on trouve des filles. Tu n'as même pas besoin de sortir de ton arrondissement. Les Français ont une manière très commode de résoudre leurs problèmes, tu ne trouves pas?»

Il lui dit qu'elle pouvait regarder les filles, mais sans les dévisager. L'obligeant à se rapprocher de lui, il lui tint la main d'une poigne ferme.

«Elles n'aiment pas ça, et elles n'apprécient pas que tu sois avec moi parce qu'elles savent que tu es seulement venue par curiosité. Elles, elles essaient simplement de faire leur métier. Alors, tâche d'être très gentille.»

Elle se rendait parfaitement compte que Boris se sentait tout à fait à l'aise; il avait des affinités certaines avec ces femmes besogneuses, ces âmes nobles, comme il disait. Mais elle était nerveuse. Comment fallait-il regarder? Que pouvait-elle dire?

Mais elle était aussi en proie à une excitation indiscutable car elle se trouvait plongée dans un monde qui lui était totalement inconnu. Evidemment, elle avait lu des descriptions des quartiers réservés, elle en avait vu des reconstitutions dans les films, mais aucun des hommes qu'elle connaissait ne fréquentait les prostituées, et elle n'en avait donc jamais entendu parler par des gens qui en avaient eu une expérience directe. Pour la première fois de sa vie, elle allait se trouver en contact avec un univers inédit et elle se dit que c'était grâce à Boris.

Elle fut surprise de constater qu'elle n'avait aucunement l'impression de courir le moindre danger dans cette rue. Les filles étaient simplement d'une féminité exacerbée, et Katia se disait qu'elles ressemblaient à des chattes qui se frottaient l'échine contre des réverbères ou se pelotonnaient par deux ou par trois sous les porches obscurs. La fumée montait en courbes gracieuses au-dessus de leurs cigarettes et elle percevait les accents mélodieux de ces voix de femmes qui murmuraient, riaient, partageaient leurs confidences tandis que des hommes solitaires arpentaient la rue en regardant les filles qui les regardaient en retour.

Qui sont ces femmes ? se demandait Katia. Peuvent-elles vraiment être comme moi ? Non sans surprise, elle constatait qu'elle éprouvait à leur égard un certain respect, une considération incontestable. Peut-être, même, une petite pointe de jalousie, car elles semblaient posséder les clés de certains secrets auxquels Katia n'avait jamais eu accès. C'était bien cela : elles savaient des choses que Katia ignorait. Mais lesquelles exactement ?

« Tu ne risques pas d'attraper des maladies ici, expliqua fièrement Boris. Elles sont toutes prises en main par le gouvernement. Quatre fois par an, elles doivent aller chez un docteur qui leur fait une piqûre. Elles sont très propres. »

Elle regarda Boris, se demandant s'il avait déjà eu recours à ces filles. Elle essaya de l'imaginer faisant l'amour avec elles. Mais elle n'y parvint pas. De toute façon, il était trop pauvre et, en plus, il n'avait pas besoin de payer pour se procurer quelque chose qu'il pouvait avoir gratuitement.

Elle détourna son regard pour observer les hommes qui se cherchaient une femme. Elle tentait de percevoir un signal, si discret fût-il, quand ils avaient trouvé la bonne, celle qui leur plaisait. Elle crut discerner une lueur qui vacillait dans leurs yeux, et aussi une certaine crainte, celle d'être repoussé car finalement c'était l'homme qui devait faire les avances, comme toujours.

Il y en avait pour tous les goûts, indiscutablement. On pouvait choisir la fille selon sa robe, son âge ou sa taille. Il y en avait des blondes, des brunes et des rousses. Vous aimez les cheveux longs, les cheveux courts, une perruque, peut-être. Et que diriez-vous de cette jeune Lolita, avec son sourire boudeur et ses absurdes lunettes rouges ? Préférez-vous le genre maternel ? Une collégienne avec son tablier bleu et ses tresses ? Svelte ? Plutôt boulotte ? Une dame tenant un caniche en laisse, ou une femme d'affaires en tailleur strict, ou une infirmière ? Naturellement, il y avait aussi les prostituées conformes au schéma classique, avec le pull moulant, la minijupe ou la robe de soirée suffisamment fendue pour laisser voir le porte-jarretelles.

Katia regarda un moment un groupe d'adolescents qui lorgnaient les filles en leur adressant force quolibets. Elle savait qu'ils agissaient ainsi sous le coup de leur frustration et de leur embarras devant le spectacle d'une féminité aussi exacerbée. Les filles se contentaient de répondre sur le ton de la plaisanterie. En réalité, elles voulaient se débarrasser d'eux, car elles préféraient avoir affaire à de véritables clients qui avaient de l'argent à dépenser.

«Les petits crayons.

— Pardon?

— En Russie, les putains appellent les adolescents les petits crayons, à cause de la petitesse de leur pénis. Amène-toi ici, petit crayon», dit-il pour imiter une prostituée russe et il rit à l'évocation de ce souvenir.

«Et toi, tu en as été un, petit crayon?» demanda-t-elle, essayant de l'imaginer petit garçon en quête d'une prostituée russe.

Katia remarqua un passant de fort bonne apparence qui allait et venait dans la rue d'un air indécis pour finalement jeter son dévolu sur l'une des filles. Elle ne pouvait entendre les paroles échangées, mais eut l'impression qu'il s'agissait de propos anodins, sur la pluie ou le beau temps, peut-être, ponctués de sourires aimables, et puis, tout à coup, un «Combien?» qu'il murmura discrètement suivi d'un «Que veux-tu exactement?» qu'elle chuchota à son tour, avant que ne soit conclu un accord rapide.

La fille rejeta la tête en arrière et dit:

«On y va?»

Elle avait le visage épanoui par un sourire extraordinairement chaleureux. Quelle tendresse! Je dirais même, quelle classe! songeait Katia.

Le couple s'éloigna, semblable en tout point à celui que formaient Boris et Katia, une femme et un homme comme les autres, heureux d'être ensemble. Katia fut aussitôt assaillie par une espèce de jalousie; elle voulait les suivre, entrer avec eux dans leur chambre pour les regarder. Elle était certaine qu'ils allaient faire les choses les plus merveilleuses du monde, des choses qu'elle n'avait probablement jamais faites elle-même jusqu'ici.

Mon Dieu, que de mystères dans tout cela! Les rapports sexuels auxquels ils allaient se livrer auraient sûrement un caractère authentique, il ne s'agirait pas de jeux amoureux, mais d'une satisfaction de besoins animaux. Et, après tout, ils existaient bien, ces besoins, il n'y avait pas que l'amour dans la vie. Seulement, la plupart des gens préféraient voir les choses autrement et oublier l'origine bestiale de l'accouplement.

Boris se tourna vers elle et la fixa longuement, d'un regard intense, qui peu à peu se chargea de tendresse. Elle se demanda à quoi il pensait. Il lui caressait la main du bout des doigts, puis tout à coup il lui pinça la joue si brutalement qu'elle poussa un cri en le repoussant d'un geste brusque.

«Choisis-en une, dit-il.

— Quoi?

— Choisis une fille», dit-il d'une voix froide, avec un ample balancement de la main.

Le cœur de Katia se mit à battre. Qu'est-ce qui lui prenait? Non seulement il ne voulait plus coucher avec elle, mais maintenant il voulait qu'elle lui choisisse une fille! Assaillie par un sentiment de honte, elle secoua négativement la tête.

«Mais enfin, vis, baby. Vis! Cesse de te torturer la cervelle et contente-toi de vivre. C'est pourtant bien simple», ajouta-t-il en l'embrassant sur la joue.

Elle savait qu'il y avait du vrai dans ce qu'il disait, mais son désarroi était tel qu'elle ne comprenait plus rien à ce qui lui arrivait. Elle avait l'impression d'être manipulée. Où était le bien, où était le mal? Qu'était-il en train d'essayer de faire? Le sang lui battait dans les tempes, la laissant complètement hébétée.

Boris lui prit la main et ils firent les cent pas une nouvelle fois dans la rue, mais en prenant bien leur temps, et Katia regarda les filles d'un œil nouveau, pour en choisir une. Très bien, se disait-elle avec une détermination farouche, s'il lui en faut deux, il les aura.

«Celle-là, dit-elle enfin en pointant du doigt.

— D'accord. Attends ici.»

Il alla trouver la fille que Katia avait choisie. Elle

paraissait avoir le même âge, à quelques années près, et avait une allure très saine avec ses yeux d'un bleu limpide et ses cheveux noirs brillants. Elle portait une robe noire qui moulait son corps à la perfection, des chaussures à hauts talons et des bas de dentelle noire sans doute surmontés de l'inévitable porte-jar-retelles.

Katia se demanda ce qui l'avait attirée en elle. Peut-être le fait qu'elle semblait si sûre d'elle; elle offrait l'image que Katia aurait voulu donner d'elle-même: un mélange d'aisance et d'autorité.

Elle la regarda bavarder avec Boris. Puis Boris désigna Katia d'un geste de la main et la fille, après avoir regardé dans la direction indiquée, fit un signe d'assentiment.

Il veut la baiser et m'obliger à regarder. A moins qu'il ne préfère pratiquer le triolisme. Ou alors il veut se repaître du spectacle de deux femmes qui s'ébattent ensemble. Elle tenta de passer en revue toutes les possibilités et se rendit compte de l'étendue de son ignorance dans ce domaine. Quoi qu'il en soit, elle espérait tout de même qu'elle n'allait pas se couvrir de ridicule.

Boris vint à elle et, la prenant par la main, lui présenta Chantal, qui lui sourit avec une grâce et une assurance telles que Katia se sentit toute gauche. C'est vraiment incroyable, cette histoire, se disait-elle. Il y en a qui jouent au golf, d'autres au bridge. Et nous, nous allons jouer au sexe. Pourtant, dominant son inquiétude, il y avait une ardente curiosité. De quoi était-elle capable, au juste? Quelles choses cachées allait-elle découvrir sur elle-même ce soir?

Chantal les emmena tous les deux dans une rue adjacente jusqu'à une bâtisse qui ressemblait à un immeuble bourgeois. Dieu merci, se dit Katia, ça ne va pas se passer dans un hôtel sordide. Cette constatation calma un peu sa nervosité. Ils grimpèrent deux étages en silence, puis Chantal s'arrêta devant une porte et sortit ses clés. Elle ouvrit la porte et fit signe à Katia d'entrer.

Celle-ci tenait à peine sur ses jambes, son cœur battait très fort et elle suffoquait, incapable de reprendre son souffle. Elle se retourna et vit que Boris restait dans le couloir.

«Je vais t'attendre en bas», dit-il.

Stupéfaite, Katia le regarda sans comprendre.

«Quoi ? balbutia-t-elle.

— Il faut que tu fasses toutes sortes d'expériences dans ta vie, baby. Tu dois tout essayer. Tu connais le vieux dicton : "Une fois philosophe, deux fois pervers." Amuse-toi bien, baby.»

Il tourna les talons et s'en fut.

Katia resta sans voix. Elle avait l'impression d'avoir reçu une gifle. Chantal avait refermé la porte, se rendant compte aussitôt que Katia n'était pas au courant de ce qui avait été décidé. Katia regarda Chantal avec inquiétude, d'abord, puis avec colère. Rien, sous aucun prétexte, n'allait se passer dans cette chambre. Il ne s'agissait là que d'une plaisanterie révoltante.

La chambre contenait un grand lit, un bureau et un fauteuil bien rembourré dans lequel Katia se laissa tomber pour réfléchir à la situation et voir quelle suite elle allait donner à ces événements. Chantal alluma une petite lampe, s'assit sur le lit et se mit à fumer une cigarette. Elles n'avaient pas échangé une seule parole.

Kate essayait de se calmer. Quel salaud ! Eh bien, je vais rester assise dans ce fauteuil et dans un petit moment je redescendrai pour lui dire que c'était absolument fabuleux. Non ! Je vais partir tout de suite et le gifler, le rouer de coups. Ou plutôt, non, je vais tout simplement disparaître pour ne plus jamais le revoir.

Elle renversa la tête en arrière. Elle n'avait pas les idées très claires avec tout ce vin qu'elle avait bu au dîner. Son désarroi était tel qu'elle avait l'impression d'être complètement paralysée. Que fallait-il faire? Dans quel guêpier s'était-elle fourrée? Pourquoi lui avait-il joué un tour pareil?

Elle regarda Chantal qui fumait tranquillement, assise sur le lit, dans cette pose sexy que les Françaises savaient si bien prendre. S'ennuyait-elle? Elle avait pris un air parfaitement indifférent, mais curieusement son regard ne manquait pas de douceur. Katia poussa un soupir. Cette fille a dû en voir de toutes les couleurs, après tout, non?

Katia décida soudain qu'elle en aurait le cœur net de toute cette histoire, qu'elle tirerait les choses au clair avant même de sortir de cette chambre. Boris n'avait pas fait l'amour une seule fois avec elle pendant les deux semaines qu'elle avait passées à Paris. Qu'essayait-il de lui dire en agissant de cette façon? Y avait-il un message caché derrière cette sinistre mise en scène? Avait-il voulu l'insulter? Se moquer d'elle en la renvoyant à New York de cette façon? Que de questions! Des questions sans réponses! Et maintenant, elle était prise d'une migraine atroce.

«Vous avez un aspirine*?» demanda-t-elle, oubliant que les Français disent «une aspirine». Chantal fit oui de la tête et alla ouvrir, au-dessus du lavabo, une armoire de toilette d'où elle sortit une petite boîte carrée qu'elle apporta à Katia avec une bouteille de Vittel.

«Merci», dit Katia. Elle prit trois cachets et avala quelques gorgées d'eau.

«Voulez-vous vous allonger? demanda Chantal dans un anglais tout à fait irréprochable.

— Ah! Vous devez avoir des clients américains. Votre anglais est très bon.»

Katia ne tenait guère à se rapprocher du lit, mais finalement elle se leva, se disant qu'après tout elle ne risquait pas grand-chose. Et elle avait vraiment

278

besoin de s'étendre pour calmer ce mal de tête lancinant.

«Merci, oui, je vais m'allonger un peu.»

Elle ferma les yeux et sentit aussitôt que Chantal lui appliquait un gant mouillé sur le front. Ce contact lui procura une sensation délicieuse.

«Quel âge avez-vous?

— Vingt-sept ans, dit Chantal.

— Ah bon!» Elle paraissait plus. Quand on fait le trottoir, les années comptent double, songeait Katia.

«Vous seriez peut-être plus à l'aise si vous enleviez vos vêtements? suggéra Chantal avec une grande douceur.

— Ecoutez.» Katia se dressa sur son séant, tout en maintenant le gant mouillé contre son front. «Vous êtes très gentille, mais je ne veux pas faire quoi que ce soit. Je ne veux pas vous toucher et je ne veux pas que vous me touchiez. Je ne suis pas une... *comment dit-on en français**?... une lesbienne. Ce sont les hommes que j'aime. Si ça ne vous ennuie pas, je vais juste rester allongée un moment, jusqu'à ce que mon mal de tête soit passé. Ensuite je verrai ce que je dois faire. D'accord?

— D'accord. Pas de problème.»

Elles restèrent sans parler pendant quelques minutes, puis Chantal s'assit sur le lit à côté de Katia.

«Au moins, laissez-moi vous masser la tête pour chasser votre migraine. Vous n'aurez rien à faire. Seulement vous détendre.»

Katia réfléchit à cette proposition. Elle adorait les massages mais ses sentiments étaient partagés. Elle ne voulait pas que cette femme reste auprès d'elle. Naturellement, un massage ne pourrait pas lui faire de mal. Ça la soulagerait même sûrement.

«Bon, d'accord», dit-elle d'un air soupçonneux.

Après tout, autant payer cette fille pour quelque chose.

Chantal ôta ses chaussures et monta sur le lit,

posant la tête de Katia sur ses genoux. Katia sentit que des doigts lui frottaient doucement les tempes et le cuir chevelu. Bon sang, que c'était agréable d'être touchée ainsi! Chantal ne s'arrêtait pas, caressant son visage en longs mouvements circulaires. Puis elle se concentra exclusivement sur le sommet de la tête. Oui! Les massages du cuir chevelu, c'étaient les meilleurs. Katia adorait faire ce genre de massage à un homme, ça les rendait comme fous chaque fois.

Soudain, les mains de Chantal commencèrent à lui frotter les épaules et le cou. Katia fut très surprise de voir qu'elle parvenait à se relaxer et qu'elle était même excitée par le contact des mains de cette femme inconnue. Un peu gênée, elle prit la résolution de ne pas montrer le plaisir qu'elle ressentait. Son esprit se mit à vagabonder. C'est un cadeau que je reçois. Pour moi, rien que pour moi. Et je n'ai rien à faire.

« Voulez-vous que je vous fasse un bon massage? » demanda Chantal d'une voix persuasive.

Katia réfléchit à cette proposition. Evidemment, ça ne devait pas être désagréable. Malgré les protestations de sa raison, elle fit oui d'un hochement de tête. Elle savait très bien ce qui se passait quand on offrait à un homme de lui faire un massage innocent. En tout cas, il n'y aurait rien de semblable ici.

Katia s'assit et commença à se dévêtir.

« Attendez, je vais vous aider », dit Chantal qui aussitôt saisit un à un les vêtements dont Katia se défaisait, lui explorant le corps de ses doigts caressants et taquins. Katia n'avait jamais été déshabillée ainsi, même par un homme, car ses partenaires masculins se hâtaient toujours davantage.

Chantal ne cessait de s'extasier sur les différentes parties de ce corps qui se dénudait progressivement, louant sa beauté avec effusion. Allongée sur le ventre, maintenant, Katia sentit les mains de Chantal, rendues glissantes par l'application d'une huile à l'odeur agréable, descendre lentement vers ses reins. La tension d'esprit provoquée par la perspective du prochain départ s'envolait et elle s'abîma dans une rêverie d'une intensité inédite chez elle. Elle inspira profondément ; c'était vraiment délicieux, trop délicieux pour être tout à fait innocent. Et ça ne l'était pas du tout, en effet, se disait-elle.

Dans son rêve, elle songeait qu'elle n'avait jamais été touchée jusqu'alors par une femme et que, grâce aux mains de Chantal, elle faisait l'expérience de son corps d'une manière totalement nouvelle. Cette fille merveilleuse qui lui montrait les secrets de son corps lui révélait de nouvelles façons de le comprendre. Katia était plongée dans une jungle luxuriante de sensations stupéfiantes. Seule une femme peut savoir exactement comment toucher une autre femme, songeait-elle. L'homme, lui, procédait d'une manière moins intuitive et son point de vue sur le corps de la femme était tout à fait différent.

Maintenant, Chantal avait doucement retourné Katia sur le dos et elle lui massait les seins et le ventre. Une véritable fête pour les sens. Elle est en train de me donner à moi-même, se disait Katia alors que Chantal s'était mise à appliquer de petits coups de langue et des baisers légers à la pointe des seins, avant de les sucer, doucement d'abord puis avec davantage de fermeté. Elle s'acquittait de toutes ses initiatives d'une manière irréprochable, en ayant l'air d'y prendre un plaisir infini.

Katia sentit les doigts de Chantal s'introduire en elle. Maintenant elle se laissait emporter par les vagues d'un bonheur intense, une volupté qu'elle n'avait encore jamais éprouvée. Son corps tout entier vibrait avec une intensité qu'elle n'aurait jamais crue possible. Elle prenait son essor comme un bel oiseau, sans que rien la soutienne, sauf ces courants de douceur qui tournoyaient autour d'elle et pénétraient en elle, la traversant de toutes parts. Elle était sortie de son corps ! C'était une sensation inhumaine. Elle était revenue à l'état sauvage, un état splendide et total, et elle poussa un grand cri, secouée par la jouissance, étonnée des sons primitifs qui sortaient de ses lèvres, riant et pleurant tout à la fois.

Elle flotta comme une poupée sans vie tandis que les courants la ramenaient lentement dans son corps allongé sur le lit. Les yeux clos, elle ne se préoccupait plus de savoir où elle était ni avec qui. La seule chose qu'elle savait c'était que, si le sexe ça pouvait être ça, eh bien, elle en redemanderait.

Katia était abasourdie par ce besoin nouveau. Elle se sentait humiliée et extasiée en même temps. Mais son humiliation ne faisait que l'exciter davantage. Elle n'eut pas besoin de demander quoi que ce soit, car bientôt, elle sentit sur son sexe le contact de quelque chose de doux, la caresse d'une bouche. Elle poussa un cri rauque quand Chantal commença par ses baisers à aspirer la vie qui était en elle, la conjurant d'agir d'une manière qu'elle n'aurait jamais pu imaginer auparavant. Chantal jouait d'elle comme d'un instrument, changeant les rythmes de la musique, l'amenant au plus haut pour redescendre lentement ensuite, la portant à un tel degré d'excitation qu'elle s'était mise à crier oui, oui, oui, oui.

Ô mon Dieu, je suis une lesbienne, se disait Katia en redescendant lentement les deux étages une heure plus tard. Elle poussa le lourd portail et sentit l'air frais de la nuit sur son visage. Boris l'attendait sur le trottoir d'en face, adossé à un porche. Il hocha la tête quand Katia apparut. Il vint à elle et passa les bras autour de ses épaules ; ils restèrent un moment sur place, oscillant doucement d'avant en arrière.

« Alors ? demanda-t-il.

— Est-ce que je suis une lesbienne ?

— Non, baby, dit-il en souriant. Tu es ma petite

dure à cuire américaine.» Il l'embrassa sur les deux joues. «Et tu es la femme la plus sexy du monde.»

Il l'accompagna jusqu'à la station de métro, pour la dernière fois, et dit:

«Dors bien!»

Elle avait l'impression d'être droguée pendant le trajet du retour. Elle changea de rame à Montparnasse et arriva enfin au Trocadéro l'esprit chaviré, comme d'habitude, mais pour des raisons tout à fait différentes cette fois. Dès qu'elle croyait avoir atteint le fond de son désarroi, elle tombait encore plus bas.

Le lendemain matin, elle ne savait plus très bien où elle en était. Physiquement, elle se trouvait encore à Paris, mais en esprit elle vivait l'existence qu'elle allait reprendre à New York le soir même.

Elle se leva de bonne heure et alla à son bistrot habituel pour écouter les nouvelles locales en trempant son dernier croissant dans son dernier café crème épais et sirupeux. Elle rit en songeant à la manière mélodramatique dont elle vivait ses ultimes instants à Paris: c'est mon dernier trajet en métro, la dernière fois que j'achète *Marie Claire*... Elle se reprocha cette attitude de midinette.

Enfin elle remonta dans son appartement pour y attendre Boris. Il était en retard et elle commença à s'inquiéter pour son avion. Arpentant la pièce de long en large, elle s'en voulait de ne pas avoir prévu de se rendre à l'aéroport toute seule. Elle essaya de se rappeler où il fallait prendre le métro spécial qui menait à Charles-de-Gaulle.

Soudain le timbre de l'entrée bourdonna. Au lieu d'attendre que Boris monte, Katia descendit l'escalier avec ses bagages.

Boris ne tenait pas en place. Il avait fait le pied de grue pendant une heure pour avoir un bus et finalement avait sauté dans un taxi. Toutes ses habitudes étaient bousculées et, de plus, il en était de sa poche, on le dépouillait de précieux francs qu'il n'avait pas en fait. Mais, s'il était de mauvaise humeur, c'était surtout parce qu'il détestait les adieux. Une perte de temps pure et simple.

Ils s'installèrent dans le taxi et Katia fut soudain assaillie par un véritable accès de désespoir à l'idée de quitter Boris. Une peur panique la submergeait, elle avait l'estomac noué par la nausée. Ah non, alors! Après la façon odieuse dont il s'était conduit avec elle, avec tout ce qu'elle avait découvert sur sa personnalité véritable, elle n'avait aucune raison de pleurer ainsi!

«Ça y est, c'est déjà les grandes eaux, railla-t-il, et nous ne sommes que dans le taxi.»

Il se détourna avec dégoût et ne s'occupa plus d'elle, entamant la conversation avec le chauffeur. Katia lui prit la main pour voir s'il allait la réconforter mais il n'eut aucune réaction. Il avait coupé tous les ponts. Cette révélation la fit pleurer davantage.

Ils attendirent sur le quai et, quand le métro arriva, Boris l'aida à monter les bagages et accepta de rester assis à côté d'elle jusqu'à Montparnasse.

«Allons, ne t'inquiète pas. Tu auras encore plein de temps après l'arrivée du train. Le bus de l'aéroport t'attendra, tu n'as aucune raison de te précipiter. Tout a été prévu pour la commodité des touristes», dit-il d'un ton sentencieux.

De grosses larmes brûlantes ruisselaient sur le visage de Katia. Si seulement il avait pu passer ses bras autour d'elle pour la serrer contre lui jusqu'à ce qu'elle rie, ou l'embrasser sur les joues. Comme ç'aurait été mieux! Au lieu de cela, elle se sentait toute honteuse. Il l'avait humiliée, la traitant comme une quantité négligeable.

A l'arrivée à Montparnasse, Boris se mit debout. Katia leva les yeux vers lui puis, gênée par le spectacle qu'elle lui offrait de son visage bouffi, elle tourna la tête. Il se pencha et, très vite, l'embrassa sur les deux joues, puis sur la bouche.

« Ciao, baby. Prends bien soin de toi. »

Il resta un bref instant à la regarder, posté près de la porte. A ce moment, ses yeux étaient un appareil photo qui prenait un dernier souvenir, un instantané de ce spectacle figé : Katia assise et pleurant dans son costume de voyage, ses bagages empilés à côté d'elle. Quand elle le regarda, elle vit l'intensité de ses yeux limpides. Elle comprit pourquoi il appelait les adieux des « *mini-morts** ». Puis il tourna les talons et sortit. Elle le vit sauter à bas du wagon et disparaître rapidement dans la foule.

Le train quitta la station et les larmes de Katia coulèrent de plus belle. Pour les quelques Français présents dans la voiture, ceux qui s'en allaient joyeusement prendre des vacances si attendues ou qui se rendaient à l'aéroport pour accueillir des gens de leur famille, elle s'apercevait bien qu'elle présentait un spectacle lamentable. Qu'avaient-ils compris ? Qu'une femme amoureuse venait de quitter son amant ?

Mais, maintenant, Katia pleurait pour une raison tout à fait nouvelle. Elle était perdue, elle avait perdu. Elle était plus seule que jamais. Maintenant elle s'en rendait vraiment compte.

Frank aime Bloomie's

Assis sur le divan, chez Jo Anne, Frank réfléchissait à la question que son amie venait de lui poser.

«Qu'est-ce qui t'a pris, Frank?» Elle était debout devant lui, les mains sur les hanches. «Réfléchis un moment, pendant que je vais à la salle de bains.»

Elle sortit avec de grands airs de dignité offensée, secouant la tête d'un air réprobateur.

Frank n'avait aucune envie de réfléchir. Il se sentait tout à fait bien, merci. Et il trouvait inadmissible qu'on le traite comme un méchant garnement, uniquement parce qu'il ne s'était pas rendu à son travail ce matin-là, préférant aller faire son shopping aux galeries Bloomingdale.

J'ai quand même le droit qu'on me fiche un peu la paix, non? se disait-il en frottant de la paume de sa main l'accoudoir du canapé. C'était la première fois qu'il faisait l'école buissonnière depuis son arrivée à New York. Il était toujours si consciencieux!

Il se renversa contre le dossier pour mieux savourer ses souvenirs. Ce magasin, c'était New York à l'état pur, une opérette à grand spectacle, une piqûre dans le bras qui pouvait vous guérir de tous vos maux. Frank était sans doute le dernier New-Yorkais à en découvrir les plaisirs, de même qu'il avait été le dernier à acheter *Thriller*, le fameux album de Michael Jackson. L'une de ses clientes avait mentionné en passant que c'était le plus grand succès de tous les temps et il s'était dit: Eh bien, il faut que je m'en paie un exemplaire, si c'est vraiment aussi sensationnel. Il était allé dans un magasin de disques, chez Tower Records, et s'était adressé à un vendeur plutôt punk sur les bords.

«Euh… excusez-moi. Auriez-vous l'album *Thriller*, de Michael Jackson?»

A voir la tête de l'employé, il s'était rendu compte qu'il aurait produit le même effet en demandant à un marchand de journaux de New York s'il vendait le *New York Times*.

Ah! Bloomingdale! Il avait fini par se laisser gagner par la passion que tout le monde éprouvait autour de lui, rien de plus. Pas de quoi en faire un drame! En prenant le métro, ce matin-là, il s'était soudain rendu compte que lui aussi il était sur des rails, que sa vie s'écoulait avec une monotonie que rien ne venait jamais agrémenter. Les gens entraient dans le wagon comme ils en ressortaient: avec une expression morne, et il sentit que sa bouche se desséchait à l'idée que leur existence, tout comme la sienne, était tracée d'avance, dans les moindres détails.

Aujourd'hui, c'est trop m'en demander. Je n'y arriverai jamais. Pourquoi faut-il toujours que je respecte les règles? Que je me comporte en toutes circonstances de manière irréprochable? J'ai quand même bien le droit de me rebeller, moi aussi, comme tous les gens normaux! Et je suis normal, non? Les analystes n'ont-ils pas droit, eux aussi, à une journée de repos de temps en temps?

Il se mit à rire. Katia, elle, ne se gênait pas. De temps à autre, quand elle se sentait engluée dans la routine, elle s'octroyait une journée de congé. Elle téléphonait à son bureau pour dire: «Salut, je suis malade. Malade d'ennui.» Et elle passait le temps au-dehors, dans la rue, pour voir la vie sous des angles différents, à d'autres périodes de la journée, pour observer le monde et avoir de nouveau l'impression de vivre. Elle tenait beaucoup à profiter de ce privilège et racontait ses escapades avec un plaisir évident.

Il descendit du train et appela l'hôpital. Sans le moindre sentiment de culpabilité, sans la moindre gêne, il dit à l'infirmière du service qu'il ne viendrait pas ce jour-là. Sans autre explication. Puis, seul au milieu d'un trottoir envahi par des gens qui se hâtaient vers leur travail, il se demanda ce qu'il allait faire.

Il se mit soudain à rire, excité par cette impression de liberté, hors de la prison de cette existence routinière. Ce qui l'étonnait, c'était qu'il fallût si peu de chose, une simple petite journée de congé, pour éprouver une telle ivresse. Tu as encore beaucoup de choses à apprendre, Frank, mon vieux frère.

Il acheta le *Village Voice* et s'assit dans un salon de thé grec, où il commanda une tasse de café et un petit pain au son, pour observer la vie qui se déroulait autour de lui. C'est quand une femme élégante le croisa avec un grand sac noir de chez Bloomingdale qu'il conçut la brillante idée de passer la matinée dans ce magasin.

Tout en déambulant entre les rayons du rez-de-chaussée, il se disait : Ainsi donc, voilà ce qui se passe tous les jours, pendant que je suis à l'hôpital, en train de conseiller des internes nerveux sur le comportement à avoir avec les malades. Il fut surpris de l'agressivité des femmes habillées à la dernière mode qui se précipitaient dans le magasin avec une fougue incroyable. Qui sont ces femmes ? Pourquoi ne travaillent-elles pas ? A qui sont-elles mariées et d'où tirent-elles leur argent ? Aiment-elles l'existence qu'elles mènent ?

Certaines d'entre elles étaient intéressantes, mais la plupart avaient le regard vide. Elles avaient trop de maquillage et leurs coiffures, trop impeccables, manquaient de naturel. «Je me suis fait coiffer par Untel, le plus grand styliste de New York», annonçaient fièrement leurs têtes. Tout en elles était trop parfait, rien n'était laissé à l'imagination ou au hasard. Elles étaient abondamment parfumées. Il devait s'agir des Nouvelles Femmes de New York, celles que Katia avait rebaptisées, non sans dédain, les «Nouvelles Amazones».

Il s'engagea dans l'allée B où elles achetaient leurs fards avec un tel sérieux qu'il s'arrêta pour regarder. Elles avaient l'air de savoir exactement ce qu'elles voulaient, comparant les nuances de rouges à lèvres, étalant différentes couleurs sur le dos de leur main pour les comparer plus commodément. Elles s'appliquaient sur les yeux de petites touches colorées et se contemplaient dans des miroirs, essayant de se décider pour une teinte ou pour une autre.

Ces femmes n'avaient donc rien de mieux à faire ? Comment pouvait-on embrasser une femme dont le visage était enduit d'une telle couche de peinture ? Il vit que les vendeuses parlaient avec une surprenante conviction aux clientes qui buvaient leurs paroles.

Il prit l'escalator, emporté par le flot des femmes qui avaient toutes l'air de s'arrêter au deuxième étage où il les suivit pour enfiler une sorte de rue, bordée de boutiques portant chacune le nom d'une marque différente. Il se dit que ce devait être bien compliqué pour une femme de s'y retrouver au milieu de tous ces styles. Voulait-elle être une femme à la Anne Klein ou à la Calvin Klein ? Et si elle se sentait plutôt Ralph Lauren un jour et Chanel le lendemain ? Comme au rez-de-chaussée, tels des pigeons voyageurs, elles semblaient toutes savoir où elles allaient.

Un peu plus loin, une vendeuse aspergeait de parfum les clientes qui passaient devant elle. Il regarda le manège de la fille qui annonçait le nom du parfum, le flacon dans sa main immobile, prête à entrer en action si la femme faisait un signe affirmatif et tendait le poignet.

Quand Frank arriva à sa hauteur, elle n'eut aucune réaction. Il s'arrêta et tendit le poignet.

«Je peux en avoir?

— Bien sûr, monsieur, mais c'est un parfum pour femmes.

— Aucune importance.»

Il lui adressa un large sourire. Elle sourit elle aussi et pressa le bouton de son atomiseur.

«Ça s'appelle comment?» demanda-t-il en portant le poignet à ses narines.

Il ferma les yeux et décela une odeur de roses. Roses et quoi? Le mot *rêves* surgit à son esprit.

«C'est un nouveau parfum récemment arrivé aux Etats-Unis. Il vient de Paris, de chez Yves Saint Laurent. Aujourd'hui, c'est notre journée spéciale Paris. Vous voyez ce parasol? On vous en donne un pour seulement dix-sept dollars cinquante chaque fois que vous achetez un article venant de Paris.»

Elle prit un parasol orné de fleurs roses et noires et le fit tourner pour que Frank puisse l'admirer.

Paris. Mais oui, bien sûr! Voilà pourquoi ce parfum lui rappelait des souvenirs aussi précis. C'était celui que Katia portait depuis plus d'un an. Elle l'avait acheté à Paris, après son voyage d'affaires à Cognac. Elle avait expliqué à Frank qu'Yves avait concentré l'essence de Paris dans un nouveau parfum et que la ville tout entière en était enivrée. Elle l'avait senti sur toutes les femmes qui passaient près d'elle.

«En France, la sortie d'un nouveau parfum est un véritable événement», avait-elle conclu fièrement.

La vendeuse attendait avec impatience qu'il se décide à en acheter.

«O.K. Je vous en prends. Et n'oubliez pas le parasol», dit-il.

Ils s'approchèrent du comptoir où la vendeuse lui montra des flacons et des bombes de différentes grandeurs: *parfums, eaux de parfum* et *eaux de toilette**. Pas facile de choisir! Jo Anne va être ravie, se dit-il en sortant sa carte American Express. Il demanda à la jeune fille de lui donner un formulaire pour obtenir une carte d'achat chez Bloomingdale, et elle le mit dans le sac. Bon sang, moi aussi j'ai un sac Bloomie's, se dit-il en s'éloignant du rayon.

La matinée s'annonçait fertile en surprises.

Il reprit sa promenade et se retrouva face à un groupe de mannequins vêtus de tuniques en soie. Cette boutique s'appelait «Intimités» et présentait une profusion de bikinis, bodys, combinaisons, chemises de nuit, culottes en soie et en dentelle. Il s'étonna à l'idée que les mœurs de la société fussent structurées de manière à encourager les femmes à éprouver quelque plaisir à s'affubler de ces fétiches sexuels. Car enfin, en y réfléchissant bien, il n'y avait aucune différence entre un fouet aux lanières de cuir et un body sexy en soie.

Il palpa une chemise de nuit en soie et en regarda le prix. Trois cent soixante-quinze dollars! Pour un vêtement de nuit! Et la robe de chambre assortie coûtait six cents dollars! Il fit un pas en arrière. Cette fois, ça devenait sérieux.

«Je peux vous renseigner?»

Il se retourna. Une vendeuse d'un certain âge, mais d'allure très avenante, l'avait rejoint.

«Oh oui! Je cherchais une idée de cadeau pour mon amie.

— Vous pensiez à quelque chose de particulier?»

Il dit qu'il ne savait pas, mais qu'une robe de chambre correspondrait peut-être à ce qu'elle aimait. Il passa en revue la liste de ses patientes pour s'assurer qu'elles étaient toutes au travail à ce moment précis et se convaincre qu'il y avait bien peu de risques pour que l'une d'elles le surprenne en train de faire l'école buissonnière au rayon lingerie des magasins Bloomingdale.

Ensuite il se demanda si, lorsqu'un homme achetait de la lingerie pour sa petite amie, il ne se faisait pas en réalité un cadeau à lui-même. Allons, c'est ridicule ; il ne voulait plus s'attarder à ces considérations, mais décida intérieurement de revenir plus tard sur ce sujet de réflexion. En attendant, l'idée de la robe de chambre lui convenait plutôt. Car, enfin, tout le monde a une robe de chambre, non ?

Il se décida pour un kimono bleu roi. Il s'était souvenu d'une phrase utilisée par Katia pour décrire son kimono : quelque chose qu'on enfile pour courir de-ci, de-là dans l'appartement. Assis en face d'elle, il s'était demandé qui donc pouvait avoir à New York un appartement assez grand pour pouvoir « y courir de-ci, de-là ». N'empêche que cette idée l'avait impressionné favorablement. Alors, comme si Katia avait pu lire dans son esprit, elle avait ajouté que la légèreté de la soie qui flottait autour de vous vous donnait l'impression de courir, même s'il n'en était rien. Si Jo Anne avait une robe de chambre de ce genre, allait-elle courir de-ci, de-là, elle aussi ? L'étiquette précisait « taille unique ».

« Les kimonos, il n'y a rien de tel », avait tranché Katia du ton définitif qui lui était coutumier.

Il avait ri. Aucune de ses autres clientes n'aurait pu lui débiter sans sourire une pareille tirade sur les robes de chambre. On avait l'impression qu'elle se parlait à elle-même.

« Avec peut-être une robe de chambre en cachemire caramel, pour les soirées froides du cœur de l'hiver, quand vous êtes en visite chez vos amis, dans leur maison de campagne, assise au coin du feu.

— Dégustant une tasse de chocolat ou de camomille, avait ajouté Frank.

— Pardon ?

— Non, rien », avait-il dit, espérant qu'elle n'avait pas remarqué son ton sarcastique.

Une fois de plus, il sortit sa carte American Express et regarda la vendeuse envelopper le kimono dans du papier de soie. Elle lui dit qu'il pourrait avoir un paquet-cadeau s'il s'adressait avec son emplette au comptoir qui se trouvait un peu plus loin.

Il quitta le rayon de la lingerie et s'engagea dans l'allée centrale bordée de boutiques dont la variété le stupéfia. Il n'aurait jamais pu imaginer qu'une femme puisse se trouver placée devant une telle profusion d'articles de tout genre. Comment pouvait-elle arriver à faire son choix? Chaque élément de sa garde-robe devait être l'occasion d'embarras infinis!

Il passa devant le comptoir de la maroquinerie et examina les sacs, les fourre-tout, les réticules, les minaudières, en cuir, en molleton, en simili, à porter à la main ou en bandoulière, certains étant même sertis de pierres précieuses! Puis ce furent les chaussures et les bijoux! Comment les femmes parvenaient-elles à prendre un parti? Tout paraissait si attirant, tout avait l'air de crier: «Achète-moi, achète-moi, sinon tu ne seras pas heureuse. Je suis le seul à pouvoir te donner une apparence irréprochable. Je suis le petit accessoire grâce auquel tu te sentiras mieux, qui te mettra dans une forme éblouissante.»

Il sortit du magasin trois heures plus tard, tenant à la main quatre sacs contenant ses achats. Il était grand temps que Jo Anne cesse de porter ces pantalons de velours. Après avoir regardé ce que choisissaient les autres femmes une fois terminés les essayages, et se fiant aux indications que Katia avait pu lui donner pendant les consultations, il s'était lancé à son tour.

Il héla un taxi et repartit vers le nord de la ville en proie à une satisfaction suprême, conscient d'avoir redonné un second souffle à son existence grâce à cette petite incursion dans un monde nouveau. Arrivé à son cabinet, il fourra ses emplettes dans le placard et consulta sa montre. Parfait, il avait encore quelques heures de libres avant de recevoir ses clients de l'après-midi. Il régla son réveil et s'allongea sur le divan, décidé à s'octroyer une longue sieste. Il raffolait de ces plaisirs défendus, trouvant une excuse dans l'attention renouvelée avec laquelle il écoutait ensuite les élucubrations de ses patients.

À sept heures et demie, une fois le dernier entretien terminé, il repartit chez Jo Anne avec les quatre sacs. Il appuya sur le bouton de sonnette de l'entrée de l'immeuble et la porte s'ouvrit sans qu'il y eût à donner la moindre explication. Il faudrait qu'il en parle à Jo Anne. Il valait toujours mieux se servir de l'interphone. Dans une ville comme New York, on ne savait jamais à qui on pouvait avoir affaire.

L'excitation de sa journée bouillonnait en lui tandis qu'il montait dans l'ascenseur. Quel plaisir il allait lui procurer dans quelques secondes seulement! Il sonna à la porte de l'appartement, incapable de contenir le sourire qui s'épanouissait sur son visage.

Jo Anne vint ouvrir, d'un air renfrogné.

«Vraiment, je n'arrive pas à comprendre ce que tu es allé faire chez Bloomingdale!» fut la première chose qu'elle dit en se mettant de côté pour le laisser entrer.

Cet accueil le choqua.

«Pourquoi es-tu si négative? La plupart des femmes seraient ravies d'avoir un homme qui leur apporte des cadeaux.»

Il n'était pas disposé à se laisser gâcher son plaisir. Il ajouta:

«D'ailleurs j'ai été très heureux de faire ces quelques achats pour toi aujourd'hui.

— Et maintenant, je devrais sans doute dire: "Oh! Frank, il ne fallait pas", persifla-t-elle.

— De toute façon, l'irréparable a été fait, alors autant jeter un coup d'œil.»

Il lui raconta sa journée tandis que Jo Anne sortait un par un les articles de leur emballage, les tenant du bout des doigts comme s'ils étaient contaminés. Elle n'arrivait pas à s'imaginer avec ça sur le dos.

«Voyons, Jo Anne, c'est justement là qu'est le problème. Et c'est pour ça que j'ai voulu innover un peu. Allez, essaie-les, s'écria-t-il.

— Bon, d'accord, soupira-t-elle d'une voix lasse.

— Et tâche de manifester de l'enthousiasme.»

Elle tenait à bout de bras un corsage japonais dont elle ne parvenait pas à distinguer la forme.

«Mais où est-ce que je passe les bras dans ce bidule?»

Elle le tourna en tous sens, cherchant à voir où était le haut.

«Là! Ça se met comme ça. La vendeuse m'a montré. Tu vois, ça ne ressemble à rien de ce que tu mets déjà. C'est le truc qui n'a aucune forme sur le portemanteau mais qui a un chic fou quand on l'a mis sur soi.»

Il l'aida à ajuster le vêtement, arrangeant la disposition du tissu jusqu'au moment où il fut satisfait de l'effet produit, se reculant ensuite de quelques pas pour admirer le résultat. Elle se regarda dans le miroir pendant qu'il continuait de s'extasier.

«Tourne-toi, Jo Anne, pour qu'on puisse voir, dit-il gaiement. C'est un article qui peut servir de base à une garde-robe complète.»

Elle le regarda comme s'il avait été un enfant qui avait appris de vilains mots tracés à la craie sur le trottoir.

«Je ne sais pas... dit-elle en tournant lentement. Evidemment, ce n'est pas mal, je le reconnais. Mais, avant d'aller plus loin, nous allons manger. Repas chinois. Je meurs de faim et j'ai bien l'impression qu'il va me falloir reprendre des forces pour surmonter de pareilles épreuves.»

Elle fourragea un instant dans le tiroir de la table où était posé le téléphone et en sortit un menu.

«Tiens, choisis-toi ce que tu veux. Pour moi, tu commandes un *moo shu*.»

Son humeur s'était un peu améliorée une fois les

plats arrivés et la télévision allumée. C'est à ces moments-là qu'elle était vraiment heureuse, quand elle dégustait de la cuisine chinoise en face de son poste de télé. Avec *Dallas* en bruit de fond, elle essaya les autres vêtements, se pliant de bonne grâce aux instructions qu'il lui donnait et discutant avec lui des circonstances dans lesquelles elle pourrait les porter. *Falcon Crest* venait de commencer quand elle se tourna vers lui et dit :

« Qu'est-ce qui t'a pris, Frank ? »

Elle ressortit de la salle de bains et s'assit à côté de lui sur le divan. Il la regarda. Les nouveaux vêtements ne l'avaient pas transformée. Elle était toujours Jo Anne. Jo Anne qui portait un kimono et parfumée comme une Parisienne.

« Allons, insista-t-elle, raconte-moi.

— Mais... je n'ai rien à raconter.

— O.K. Alors, c'est moi qui vais commencer. J'ai comme l'impression que tu n'es pas heureux avec moi telle que je suis. Tu veux que je devienne quelqu'un que je ne suis pas. Qui ? C'est la question que je me pose. Et plus important encore, pourquoi ? »

Il était incapable de répondre. Elle reprit alors, hésitant parfois sur la manière de formuler ses pensées :

« Tu montres tous les signes d'un homme qui se consume d'amour, seulement il y a quelque chose qui cloche. » Elle se tapota l'avant-bras du bout des doigts et ajouta d'une voix rêveuse : « Ce n'est pas moi que tu aimes. »

Frank regardait droit devant lui, d'un air morne. Il était maintenant très malheureux. Poussant un soupir, il se passa la main dans les cheveux. Une terrible vague de tristesse l'avait envahi et il dut faire un grand effort pour refouler ses larmes. Que se passait-il donc ?

Elle avait raison. Il avait vraiment le cœur en

peine. Il y avait en lui une faim qui ne serait jamais rassasiée. Quel sentiment atroce!

«J'ai le cœur brisé», dit-il, aussi surpris d'avoir prononcé ces mots que Jo Anne quand elle les entendit. Il ne savait pas pourquoi il parlait ainsi, et pourtant c'était bien ce qu'il ressentait. Mais qui lui avait brisé le cœur? Certainement pas Jo Anne. Alors, Katia? Il se sentait parfaitement incapable de le dire. Encore plus de le penser.

«Katia», dit-elle, en s'éloignant de lui pour aller s'asseoir à l'autre bout du divan, comme si elle refusait désormais de se trouver à côté de lui.

Il ne parvenait pas à croire ce qui lui arrivait, ou plutôt ce qui lui était arrivé.

«Je suis tombé amoureux; je suis amoureux.» Il parlait très lentement, formulant les mots à mesure qu'ils se présentaient à son esprit. «Tout cela est entièrement indépendant de ma volonté. Je n'ai rien fait pour que ça se passe ainsi. Quoi qu'il en soit, c'est une chose tout à fait regrettable... mais en quoi est-ce blâmable de tomber amoureux? L'amour, c'est quelque chose de sacré, quelque chose de rare.» Il secoua la tête, avec amertume. «Mon Dieu, je n'arrive pas à croire que c'est moi qui parle de cette façon.»

Il s'interrompit, abîmé dans ses pensées.

Au bout d'un instant, il reprit, d'une voix rêveuse:

«J'ai tout gâché. J'ai trahi la confiance de Katia. Malgré tous mes efforts pour la traiter correctement, je n'ai pas été capable de me comporter en praticien compétent. J'ai manqué à mes engagements envers ma cliente! Mais comment peut-on dire que c'est un échec d'aimer quelqu'un? Ce que j'éprouve pour elle paraît si normal.»

Il poussa un long soupir et ajouta:

«Quelle ironie! Elle vient me trouver dans mon bureau pour me dire qu'elle essaie de trouver l'amour, qu'elle n'arrive pas à savoir où sont les hommes, et moi, je suis là, juste en face d'elle. J'ai envie de lui crier : "Et moi ? Je suis là, moi ! Qu'est-ce que tu attends ?" » Il enfouit son visage dans ses mains. « C'est une véritable tragi-comédie. Les deux personnages sont faits l'un pour l'autre et ils n'arrivent jamais à se rencontrer. »

Il regarda Jo Anne assise à l'autre bout du canapé et se rendit compte qu'elle souffrait aussi. Elle l'aimait donc ! Il s'était souvent posé la question. Elle fronça les sourcils.

« Qu'est-ce qui te fait croire que vous êtes faits l'un pour l'autre ? Et le contre-transfert, qu'est-ce que tu en fais ? De même qu'elle est amoureuse de l'idée qu'elle se fait de toi, toi, tu es amoureux de l'idée que tu te fais d'elle. » Elle s'efforçait de parler d'une voix neutre. « Penses-tu vraiment que vous seriez heureux ensemble ?

— Je ne sais pas, soupira-t-il en se tordant les mains. Comment peut-on faire la différence entre une femme et les qualités qu'on lui attribue ? Entre la réalité et la fiction ? »

La télévision marchait toujours. Il ne voulait plus parler de tout ça, c'était trop effrayant.

« Il vaut mieux que je m'en aille, dit-il brusquement.

— Oui, je crois que ce serait une bonne idée », dit Jo Anne à mi-voix.

Une fois dans l'ascenseur, il se dit qu'il serait peut-être préférable de ne plus rencontrer Jo Anne tant qu'il ne verrait pas plus clair en lui. Mais par où fallait-il commencer exactement ? Et comment pouvait-il prétendre aider les autres alors qu'il était incapable de savoir ce qu'il éprouvait lui-même ?

Il rentra chez lui à pas lents sous la pluie qui tombait en fines gouttelettes. Il resta une heure, assis dans son fauteuil, regardant fixement le noir. Mais son esprit restait comme engourdi. Il pensait à Katia et se demandait comment s'était passé son séjour à Paris. Que ressentirait-il en la revoyant cette semaine ? Le simple fait de penser à elle le rendait nerveux, maintenant, lui mettait les nerfs à vif. Que devait-il faire ? Oh ! Rien ne serait facile. Il vaudrait peut-être mieux qu'il renonce à la traiter...

Il fallait réagir. Trop tendu pour pouvoir espérer dormir, il se dit soudain que ça lui ferait sans doute du bien de courir. Il n'avait pas couru depuis qu'il avait fini ses études. Il alla fourrager dans le placard et trouva ses vieilles Nike. Plutôt crasseuses, mais ça irait tout de même. Il enfila son survêtement et partit en direction de Colombus Avenue. Central Park était trop dangereux à cette heure.

Colombus Avenue ressemblait à un gigantesque gâteau d'anniversaire éclairé à l'électricité avec ses magasins aux néons bigarrés, sous cette pluie douce de septembre. La rue faisait songer à une véritable fête. Il regarda les couples qui déambulaient, la main dans la main, suçant des cornets de crème glacée. C'était cela qu'il voulait. Il aurait voulu faire du patin à roulettes avec sa compagne et acheter des trucs idiots aux camelots qui étalaient leurs marchandises sur des couvertures à même le trottoir. Et aussi se payer un brunch, le week-end, dans l'un de ces établissements qui affichent « Champagne et Bloody Mary à volonté » ou emporter une bouteille de vin à Central Park par un bel après-midi, un dimanche, et la boire, allongé sur une couverture dans l'herbe. Tout en courant il dressait mentalement la liste de tous ses desiderata et cela le soulageait de s'avouer enfin d'obscures envies qu'il avait tenues secrètes si longtemps. Et il appréciait énormément de pouvoir de nouveau faire marcher ses muscles.

Une fois rentré chez lui, il prit une douche et enfila sa vieille robe de chambre. Pris d'un accès de nervosité, il décida d'interroger à distance le répondeur de son cabinet avant d'aller se coucher. Il prit le petit boîtier dans son attaché-case et composa le numéro, préparant un bloc-notes et un crayon. Il entendit la bande qui revenait en arrière et, d'après le temps qui s'écoula alors, conclut qu'il devait y avoir trois messages.

Ce fut d'abord un changement de rendez-vous pour la semaine suivante. Ensuite un confrère lui demanda de prendre en charge un de ses clients. Et puis il y eut Katia.

«Salut.»

Il reconnut tout de suite sa voix. Dieu merci, elle était rentrée sans encombre. Il y eut une longue pause. Il se passait quelque chose d'anormal.

«C'est Katia.» Une autre pause. «Je suis rentrée de Paris.»

Une trentaine de secondes s'écoulèrent alors. Il entendit un soupir. Il sentait une grande agitation derrière ce silence.

«Ecoutez, cela ne peut plus durer. Je veux parler de cette analyse.»

Ses paroles s'égrenaient lentement, au ralenti, semblait-il. Il perçut un nouveau soupir. Elle cherchait manifestement ses mots.

«Je suis à bout. Je ne peux plus supporter la présence de gens que j'aime... et qui ne m'aiment pas. Vous, en premier. Et ensuite Boris. Non, cette fois, j'en ai vraiment ras le bol.

«Vous m'avez été d'un grand secours, mais maintenant les choses se compliquent plus qu'elles ne s'éclaircissent. Je suis plus mal en ressortant de chez vous qu'avant d'y entrer, et je me dis que ce n'est pas ainsi que cela devrait se passer.» Une pause. «Pas vous?»

«Alors... Je ne viendrai plus chez vous. C'est fini.» Elle s'éclaircit la voix.

«Merci pour tout.»

Encore une pause, la plus longue de toutes.

«Au revoir.»

Quelques jours plus tard, à l'hôpital, son « bip » se mit à retentir en plein milieu de la matinée, alors qu'il effectuait la tournée des malades avec les internes. Quand il appela l'opératrice, il eut la surprise d'apprendre que c'était Jo Anne qui avait laissé un message demandant de la rappeler. Il composa aussitôt son numéro, s'attendant à n'avoir que le répondeur, mais en fait elle décrocha elle-même.

Elle coupa court à tous les préliminaires.

« Frank, allons-nous-en. Toi et moi. Je crois que nous avons besoin l'un et l'autre de changer d'air et, personnellement, je ne demande que ça. »

Il ne sut que dire.

« Alors, qu'est-ce que tu en penses ? dit-elle.

— Mais nous ne sommes qu'en septembre.

— Eh bien... nous attendrons... le mois d'avril. Sept mois. Ce sera parfait. »

Il y avait dans la voix de Jo Anne une insistance tout à fait inhabituelle. Frank fut abasourdi par cette proposition, d'autant qu'elle ne sortait jamais de son appartement. Alors quitter la ville ! Pourtant il reconnut que l'idée était intéressante. Ils apprendraient à mieux se connaître, ils sauraient à quoi s'en tenir sur leur relation, dans un lieu nouveau qu'ils ne connaîtraient ni l'un ni l'autre. Décidément, il n'y avait que Jo Anne pour avoir d'aussi bonnes idées.

« Qu'est-ce que tu dirais de Paris au mois d'avril ? demanda-t-elle.

— Paris ?

— Oui. Je n'ai jamais été à Paris... Et toi, ça fait des années que tu n'y as pas mis les pieds. C'est beaucoup trop. Tout le monde devrait avoir vu Paris, tu ne crois pas ? »

Il resta silencieux.

« Frank ?

— Bah ! Tu crois vraiment que Paris... ? »

Jo Anne coupa court à l'objection et reprit d'une voix enthousiaste :

«De toute façon, nous serons ensemble, et nous en profiterons pour visiter l'institut Lacan... Ce sera magnifique.

— Donne-moi quelque temps pour y réfléchir, dit-il. Quelques mois, par exemple.»

Ils éclatèrent de rire en même temps.

Cet après-midi-là, en ressortant de l'hôpital, il s'arrêta dans une agence de voyages pour demander des brochures sur Paris. Puis il fit un saut chez Shakespeare & Co et acheta le Guide Michelin vert et le Guide du gastronome à Paris. Pour le cas où.

Katia s'aime elle-même

Katia arriva à New York le vendredi tard dans la soirée et elle prit la résolution de chasser de son esprit le souvenir de Boris. Ça n'allait pas être facile, mais le moment était venu de regarder la réalité en face. Cet homme ne l'aimait pas. Cet homme n'était même pas gentil avec elle.

Ayant franchi la porte de son appartement, elle déposa ses bagages avec une détermination nouvelle. Boo, la chatte, souleva nonchalamment une paupière pour voir qui était là. Boris aurait interprété la façon dont elle déplaça alors sa queue comme voulant dire :

«Alors, espèce de chameau, tu es allée à Paris sans moi. »

Katia la prit dans ses bras et la caressa tendrement.

«Il a bien pris soin de toi, oncle Clint», psalmodia-t-elle.

C'est pendant qu'elle déballait ses affaires en triant les vêtements sales que ses pensées s'orientèrent vers Frank. Maintenant qu'elle s'était débarrassée de Boris, le moment était venu de chasser de son existence un autre homme à problèmes. Pour tout recommencer de zéro. Autrement dit, Frank allait y passer à son tour.

Pourtant, jusqu'à cet instant précis, Katia n'avait jamais pu imaginer sa vie sans Frank. Bien que leur relation n'eût rien d'établi, elle avait été persuadée qu'ils étaient faits pour passer ensemble le reste de leur vie. Elle avait parfois essayé de s'imaginer en train de lui dire adieu, mais n'avait jamais pu y parvenir. Où qu'elle fût, dans l'autobus ou au cinéma, les larmes lui venaient aux yeux à la simple évocation de leur séparation.

Ce n'est donc pas sans étonnement qu'elle se surprit en train de décrocher le téléphone pour composer le numéro de son cabinet. Elle écouta attentivement la voix de Frank qui lui disait qu'il ne pouvait pas répondre immédiatement à son appel, mais qu'elle pouvait laisser un message après le bip sonore. Alors elle raccrocha. Elle se demanda : Es-tu bien sûre de vouloir en arriver là ?

Elle arpenta nerveusement son living-room. Elle prit une douche. Elle entra dans la cuisine et se prépara le thé.

Oui, il y avait quelque chose qui clochait terriblement dans cette analyse. Elle ne voyait pas plus clair en elle qu'avant. Elle avait l'impression d'être une petite souris qui trottine fiévreusement dans sa roue. Une sensation affreuse. Pourtant, si elle arrêtait son traitement, ne serait-ce pas l'aveu de son échec ?

Mais elle en avait assez de ces hommes et de ces incertitudes. Elle voulait vivre dans un vide stérile, l'espace d'un moment, pour purifier son esprit et son cœur. Elle était lasse de ces incessantes questions, de cette introspection trop poussée. Peut-être en chemin verrait-elle un nouveau psy qui l'aiderait à comprendre ce qu'il y avait en elle, mais pour l'instant elle voulait un peu de répit. Elle entendait encore retentir en elle les paroles de Boris : « Vis, baby. Contente-toi de vivre. »

Eh bien, oui, elle allait cesser de penser, et commencer à vivre. Et, surtout, elle allait s'aimer elle-même. Elle eut un petit sourire triste. Elle avait décrit un cercle complet ; elle ne voulait plus avoir d'hommes dans sa vie.

Son cœur battait très fort quand elle composa de nouveau le numéro de Frank. D'une voix claire et calme, elle énonça son message et reposa doucement le combiné sur sa fourche.

Le jour où elle retourna au bureau pour la première fois, tout le monde accourut auprès d'elle. «Alors, c'était comment, Paris?» demandait-on. «Formidable!» répondait-elle avec un sourire enthousiaste. A la fin de la journée, elle se contentait de dire: «Intéressant...» et haussait les sourcils en espérant suggérer ainsi quelque chose de décadent et de lascif.

Décidée à tirer une fois pour toutes un trait sur son passé, elle résolut de se trouver immédiatement un homme à New York. Non, pas New York, Manhattan, et même de préférence dans l'East Side, peut-être même dans son quartier ou, mieux, dans son immeuble. Les amours transocéaniques, elle en avait sa claque. A quoi bon aimer si l'amour n'était pas là, tout près de vous, tout chaud, s'il n'y avait pas des bras prêts à vous enlacer au cœur de la nuit?

Les semaines suivantes, elle les traversa l'esprit vide, comme une machine. Sa blessure était profonde: une entaille dans le cœur qui lui faisait mal chaque fois qu'elle devait respirer. Tout juste si elle avait la force de se lever le matin pour recommencer à vivre.

Elle mesura l'ampleur de son désespoir quand elle réalisa qu'elle n'avait même plus la force de se mettre la tête dans le four à gaz. Elle décida donc de suspendre toutes les pensées et toutes les émotions. Pour le moment, il faudrait se contenter de faire les gestes en attendant que le temps joue son rôle et panse les plaies.

Tous les efforts de Katia se concentrèrent alors sur son travail et son détachement à l'égard de tout ce qui y était étranger fut tel qu'elle réussit à élaborer des concepts on ne peut plus inspirés. Cacahuètes grillées au miel de Planters. Poupées Cabbage Patch. Huile Olay. Délivrée de la tyrannique nécessité de tomber amoureuse de tous les produits dont elle devait vanter les mérites, elle accomplit de véritables prouesses. Pour le magazine *Seventeen*, elle trouva, non sans à-propos : « Il est là où finit la jeune fille et où commence la femme. »

L'été indien laissa la place à un automne vivifiant. L'automne à New York, c'était un concept étincelant. La ville regorgeait de clichés et baignait dans une atmosphère tonique, une surexcitation contagieuse, accentuée encore par les événements mondains qui s'y multipliaient.

Les sweats dernier cri de la saison, ceux dont il était impossible de se passer, emplissaient tous les étalages. Les gens avaient de l'élasticité dans la démarche, et les jours qui raccourcissaient apportaient leur note aigre-douce.

Katia décora son appartement avec des pots de chrysanthèmes orange et rouille et alla ramasser des pommes dans le comté de Dutchess. Elle confectionna de la gelée de pommes, des tartes aux pommes, des tourtes aux pommes et de la compote de pommes. Elle se tricota un nouveau pull, lut des romans policiers et découvrit soudain que Thanksgiving, le jour d'Action de grâces, approchait à grands pas.

Elle décida que cette fois elle resterait à New York. Elle n'avait aucune envie d'aller chez ses parents pour y jouer le rôle de la fille qui n'a pas encore réussi à se marier ; elle voulait être maîtresse chez elle.

Elle baptisa donc l'événement « Jour d'excès quintessentiellement américain, consacré aux actions de grâces » et invita quelques amies vouées, volontairement ou non, à la solitude.

« Je commence une tradition, leur dit-elle. *Le Salon des refusées**, chez Katia. »

Elle leur assura que, les années suivantes, son salon de Thanksgiving serait le clou de la saison. En tout cas, la journée fut très réussie, une véritable fête où rivalisèrent les esprits les plus brillants, et Katia y vit une preuve irréfutable que c'étaient les gens les plus intéressants qui n'avaient nulle part où aller.

Et puis Noël arriva soudain avec, pour Katia, son cortège de semaines de magie et de recueillement. Elle arpenta les rues à la recherche du sapin idéalement proportionné et le décora d'un saupoudrage généreux de petites ampoules blanches et d'ornements que ses amies lui donnaient depuis plusieurs années. En reculant pour admirer son travail, elle se rendit compte que l'arbre était un résumé de sa vie. Elle disposa au-dessous toute une famille d'ours en peluche très contents de monter la garde sur les paquets-cadeaux enveloppés de papier gaufré que Boo ne cessait de flairer du bout du museau et de palper du bout des pattes. Il y avait de longs cierges blancs dans toutes les pièces, et des puddings aux prunes qui s'imbibaient de rhum étaient alignés sur le buffet. Luciano Pavarotti chantait « O Holy Night » et Bing Crosby « White Christmas ».

Elle ne savait jamais s'il fallait mettre de la musique car cela risquait de rendre certains invités mélancoliques tandis que les autres baignaient dans l'euphorie. Elle finit par se résoudre à passer les disques, forçant même sur le volume.

Au nouvel an, elle resta seule. Elle ne faisait pas partie de ces esseulées qui, prenant le mors aux dents plusieurs jours auparavant, partaient en chasse en affirmant avec une détermination farouche : « Je ne vais pas le passer toute seule. » Pour elles, la solitude en ce jour du 1er janvier était la marque d'un échec total. Plutôt mourir.

Pour Katia, il en allait différemment. Il s'agissait

d'un nouveau départ, décidé de façon plus ou moins arbitraire, et il convenait de l'aborder avec le sérieux qui convenait à l'orientation que devrait désormais prendre son existence. Elle alluma des bougies un peu partout dans l'appartement et veilla fort tardivement, plongée dans la lecture de P.D. James. A minuit, elle « soupa » de quelques œufs brouillés accompagnés de caviar et d'une demi-bouteille d'un excellent champagne. Elle se leva de très bonne heure le lendemain et fit une bonne promenade dans Central Park pendant que New York dormait encore.

Après toutes ces festivités, Katia apprécia les journées mornes, glacées et blanches de janvier. Loin de s'en attrister, elle savourait les rigueurs de l'hiver qui correspondaient bien, cette année-là, aux tonalités dominantes de sa psyché. C'était une période favorable à l'introspection, qui incitait à rester terrée chez soi, pour faire de la soupe et lire de bons livres.

Elle cessa d'assister aux repas d'affaires avec les clients et fréquenta à la place la piscine de l'université de New York, réapparaissant au bureau en début d'après-midi avec les yeux calmes et ternes des nageuses. Elle commençait à apprécier le nouveau corps qui émergeait de ses efforts aquatiques : les formes douces mais anguleuses, les muscles fluides dans le dos et les bras maintenant idéalement galbés. La nage lui convenait tout à fait. Dans ses rêves, elle se voyait souvent en train de s'ébattre en compagnie d'un dauphin ou d'un phoque, plongeant sous l'eau à leur côté. Elle adorait les histoires vantant la gentillesse des dauphins qui sauvaient les marins de la noyade en les tirant vers le rivage.

Naturellement, ce pédant de Frank aurait interprété les plus lyriques et les plus généreux de ses fantasmes comme un désir de serrer entre ses mains le pénis le plus gros et le plus délicieux du monde...

Quand elle allait au zoo, elle se dirigeait tout de suite vers le bassin des phoques, fascinée par l'élégance et la fougue avec lesquelles ils évoluaient dans l'eau. Elle avait tellement envie de se joindre à eux qu'elle devait se cramponner à la rambarde, brûlant de dire à l'homme qui se tenait à côté d'elle: «Excusez-moi, je peux vous confier ça?» en lui tendant son sac à main pour pouvoir plonger à son tour.

En fait, elle nageait seule, mais avant de nager elle aimait s'enfermer dans un sauna pour y passer un long moment. La plupart des femmes du club préféraient le sauna après s'être baignées, mais Katia adorait sentir la chaleur amollir ses muscles et les détendre avant de se précipiter dans l'eau glacée pour nager comme une forcenée afin de se réchauffer.

Ce qu'elle appréciait par-dessus tout, c'était de pénétrer dans cette minuscule cabine en bois de cèdre et de s'y trouver dans une solitude totale. C'est là qu'elle pouvait réfléchir le mieux. Le monde s'effaçait autour d'elle dans cette clarté crue, tandis qu'elle restait assise, nue et ruisselante de sueur, ravie de subir l'agression d'une chaleur aussi torride. Le sauna l'excitait. Il exacerbait ses sens et la mettait dans une humeur de chatte. Elle ronronnait, persuadée d'être la femme la plus originale de la terre. C'est à ces moments-là qu'elle aimait le mieux son corps, passant les mains sur ses courbes luisantes et humides. Mais trop souvent ces transports érotiques étaient gâchés par l'irruption de créatures minaudières qui se mettaient à jacasser stupidement dans ce temple sacré de la féminité.

Quand elle ouvrait les yeux et voyait les autres formes féminines étalées dans cette pièce minuscule, elle se sentait dévaluée par ces silhouettes grotesques, ces seins qui tombaient et ces fesses trop flasques. Elle regardait ces femmes et s'efforçait de les imaginer en train de prendre leur plaisir, et cette évocation lui donnait la nausée. Elles paraissaient insatiables et laides, exposées ainsi à cette lumière jaunâtre. Katia haïssait la féminité quand elle s'exhibait ainsi. Décidément, les hommes avaient de bonnes raisons de manifester une telle frayeur à l'égard des femmes.

Pour se laver de cette déchéance, elle allait plonger dans la piscine glacée, décidée à exorciser la chaleur frénétique qu'elle avait insufflée en elle. En ce jour de janvier tout blanc, alors qu'elle battait l'eau à un rythme qui aurait pu lui permettre de parcourir des kilomètres et des kilomètres, une idée surgit dans son esprit. Pour la première fois elle comprenait la synergie des deux hommes incomplets qui avaient meublé son passé récent. Il y avait eu la relation intime et émotionnellement érotique avec Frank qui s'imbriquait étroitement avec la relation physique (ouais!) dont Boris l'avait gratifiée. Chacun des deux hommes lui avait offert une partie d'un ensemble en l'invitant à trouver le reste chez un autre.

Elle s'était donc trouvée confrontée à une situation impossible qui ne pouvait qu'aboutir à un échec : Frank ne lui donnerait jamais son corps et Boris ne lui donnerait jamais son âme. Mais elle, elle voulait avoir tout dans le même homme et, après en être arrivée à cette constatation, elle se dit que tout le mal venait du fait qu'elle avait vécu sa vie de façon imaginaire au lieu de regarder la réalité en face. Elle avait succombé au pouvoir dévastateur et paralysant des fantasmes féminins.

Elle ressortit de la piscine et regagna lentement le vestiaire, abasourdie par le choc de cette révélation... après être restée des mois sans rien voir ! Elle s'assit sur le banc, trouvant quelque réconfort dans les remous de l'activité qui se produisait autour d'elle. Les portes des casiers claquaient, des femmes se douchaient, d'autres avaient mis en marche leur séchoir électrique, et l'air était embaumé de l'odeur douceâtre du talc qui se mêlait à tous les parfums que l'on se vaporisait sur les poignets, la poitrine ou le cou. Des femmes plus ou moins sèches s'habillaient ou se déshabillaient.

Pour la première fois, Katia remarqua que ses compagnes ne se contentaient pas de rester devant leur casier pour s'habiller. Non, elles se donnaient en spectacle à elles-mêmes : se vêtir était pour elles un rituel d'auto-adoration féminine.

Elle trouva la scène affligeante. Chaque femme s'adjugeait une partie du miroir et se contemplait, comme hypnotisée, examinant chaque pouce de son corps, soulevant, ajustant, pinçant, courbant, et passait les mains sur elle-même en observant l'effet produit par chacun des accessoires vestimentaires dès qu'il avait été enfilé. C'était un véritable corps de ballet, ponctué de petites mines et de petites moues d'un ridicule achevé et Katia en conçut le plus grand mépris.

Une femme aux longs cheveux blonds s'habillait auprès d'elle. Elle passa une combinaison par la tête et la lissa longuement sur ses hanches. Puis elle se retourna : comment était-elle vue, comme ceci, comme cela, de côté, de dos ? Elle essaya de rentrer le ventre. Elle tendit les bras au-dessus de la tête et s'étira pour mettre son torse en valeur.

Mais toutes ces contorsions ne lui suffisaient pas encore. Elle monta sur le banc pour voir ses genoux dans la glace puis redescendit. Ensuite, elle regarda l'effet produit par ses seins nus au-dessus du jupon. Elle ramena ses longs cheveux vers le devant et s'étudia ensuite, remonta ses mèches sur le dessus de la tête avant de les ramasser par-derrière pour en faire une queue de cheval. Finalement, elle mit son soutien-gorge et examina sa poitrine sous tous les angles en essayant encore différentes façons de se coiffer.

Toutes les femmes présentes dans le vestiaire considéraient intuitivement leur corps comme un fétiche et se plaçaient au centre d'une fiction personnelle dans laquelle elles s'impliquaient totalement.

Katia les observait tour à tour, chacune révélant par son rituel, la façon particulière dont elle envisageait la sexualité ou les sentiments névrotiques que lui inspirait son propre corps. Il y avait celles qui étaient obsédées par leur poitrine, celles qui ne voyaient que leurs jambes, les fétichistes de la dentelle ou du cache-sexe, celles qui se cachaient timidement et celles qui s'affichaient avec arrogance.

En les observant avec plus d'attention, elle remarqua que bien peu d'entre elles donnaient les signes d'une véritable vie intérieure. Leurs visages vides, leurs yeux inexpressifs reflétés par le miroir montraient que ces femmes étaient prisonnières de leurs fantasmes, de leurs malentendus, et s'habillaient pour plaire à un homme, réel ou imaginaire, en passant au crible, d'un œil impitoyable, le moindre bourrelet, la plus petite ride, le gramme de graisse qu'il fallait enlever. Mentalement, elles transformaient leur corps pour en faire leur propre idée du corps parfait.

Elle regarda ces femmes qui avaient été la «fi-fille à leur papa» et se demanda à quel moment elles avaient cessé de l'être. («Es-tu la petite fille à ton papa?» Katia se précipitait dans les bras de son père en poussant de grands cris de joie.) Heureuse était celle qui le restait à l'âge du lycée, quand elle se rendait compte qu'en embrassant le joli garçon qui se trouvait là-bas, elle cesserait d'être la petite fille à son papa.

D'autres femmes avaient besoin du mariage pour avoir l'impression d'être des adultes. Pour d'autres, il fallait attendre la première grossesse. Mais Katia se disait que la plupart des femmes ne parvenaient jamais à l'âge adulte, passant du père au mari en conservant cette mentalité infantile qui les poussait à vouloir plaire, en toutes circonstances.

Elle se leva brusquement et entra dans la cabine de douche. Elle resta longtemps sous la pluie tiède et bienfaisante, pour purifier son corps comme à un baptême. Aujourd'hui, un nouveau moi avait émergé.

Quand elle revint près de son casier pour commencer à s'habiller, d'autres questions surgirent à son esprit. Et moi, dans quelle catégorie faut-il que je me place? C'est quoi la sexualité d'une femme qui a dépassé la trentaine? Hum... On la considérait comme une homosexuelle ou comme une créature incomplète, insatisfaite et pathétique, plus à plaindre qu'à blâmer. Sauf si on pensait qu'elle volait aux autres femmes leurs maris incompris.

Mais c'étaient les hommes qui venaient à elle, elle ne volait personne à personne. Tout le monde croyait que sa vie sexuelle était beaucoup plus intense, parce qu'il ne s'y rattachait aucune relation familiale, aucune responsabilité, rien du genre: «Tu peux sortir le sac-poubelle, ma chérie?» Mais elle savait à quoi s'en tenir, elle. C'étaient des amours illicites, à la sauvette, une foire d'empoigne, des occasions à saisir quand elles passaient à proximité. Un régime aussi irrégulier, ce n'était bon pour personne.

Ces considérations l'amenaient à se poser une autre question. Pourquoi la société trouvait-elle normal qu'un homme ait une vie sexuelle alors qu'elle condamnait cette même sexualité chez la femme? On excusait l'homme pour son comportement parce que c'était dans sa nature, après tout, tandis que la femme qui recherchait le contact physique était on ne peut plus anormale.

Katia s'habillait distraitement devant son casier, s'efforçant de mettre au point de nouvelles règles de vie. Elle se pencha pour prendre ses chaussettes et constata en se relevant que la femme installée devant le casier voisin la regardait fixement. Elle tourna les yeux et surprit une autre femme qui l'observait du coin de l'œil, puis une autre encore qui s'était courbée pour se brosser les cheveux et qui l'épiait, la tête en bas.

Katia continua de s'habiller. Elle enfila sa chemise blanche beaucoup trop grande pour elle et en remonta le col, avant de s'arranger les cheveux du bout des doigts pour les laisser pendre dans un désordre qu'elle trouvait séduisant. Elle mit son jean et chaussa ses tennis. S'approchant du miroir, elle commença à se maquiller et, au moment où elle se noircissait les cils au mascara, elle surprit une quantité de paires d'yeux qui l'étudiaient de tous les coins de la pièce. Que se passait-il donc ? Elle essaya de se colorer les sourcils, mais dut y renoncer. Tous ces regards la privaient de ses moyens, lui sapaient complètement le moral. Elle tenta de faire semblant de ne rien remarquer et retourna vers son casier dans un vestiaire où régnait maintenant un silence total.

D'un geste brusque, elle referma la porte du casier, se vaporisa du Chanel avec l'atomiseur de son sac à main, et tourna les talons pour sortir. En se dirigeant vers la porte, elle entrevit le regard d'une femme qui passait devant la glace. Qui c'est ? suffoqua Katia. Elle s'arrêta. Non, mais est-ce que ce pourrait vraiment être... moi ?

Ce soir-là, Katia s'installa dans le living-room avec un verre de whiskey irlandais pour méditer sur son existence. L'alcool glissait dans sa gorge comme de l'or liquide et elle commençait à se sentir délicieusement euphorique. Le ciel de New York était glacé et la ville semblait paralysée. Personne ne sortait dans les rues à moins d'y être obligé.

D'un œil horrifié, elle regarda le manège de Boo qui guettait un papillon de nuit apparu par miracle dans l'appartement. Boo attendit patiemment, en agitant la queue, puis, poussant un cri guttural, fondit sur sa proie. Elle garda pendant trente bonnes secondes le papillon vivant dans sa gueule, prenant un plaisir indiscutable à le sentir voleter entre sa langue et son palais, puis elle le recracha, joua avec lui pendant quelque temps et finit par le manger pour de bon.

Cet en-cas avalé, elle s'approcha de Katia d'un air suprêmement satisfait et essaya de se pelotonner sur les genoux de sa maîtresse.

« Non, va-t'en. Va-t'en. Comment as-tu pu tuer ce papillon innocent ? Je croyais que tu étais gentille. »

Boo fixa sur elle un regard vide de toute expression et ne bougea pas d'un pouce.

« Allez, va-t'en. Ton haleine sent le papillon. Je ne veux pas de toi auprès de moi. »

La chatte sauta à terre juste à temps pour éviter la tape que Katia allait lui donner sur la tête. Puis elle se retourna vers sa maîtresse d'un air perplexe.

Katia resta à réfléchir jusque vers minuit, ensuite elle se prépara à aller dormir. Et c'est au moment où elle se mettait un peu de parfum sur le cou et sous la courbure des seins qu'elle se rendit compte que, si elle avait puni son chat, c'était parce qu'il était... un chat. En mangeant le papillon, Boo avait cessé d'être le gentil compagnon de Katia pour redevenir le félin sauvage qu'il était réellement.

Katia inspira profondément. Décidément, cette journée avait été bien difficile.

Elle s'allongea sur son futon, bien au chaud dans sa couette en duvet, et écouta les violentes rafales de vent qui secouaient les vitres. Elle laissa ses mains vagabonder sur son corps en se disant une fois de plus que ce serait bien agréable d'être l'homme qui la toucherait ainsi. Elle ferma les yeux en soupirant et, au bout d'un moment, elle se donna un orgasme des plus profonds, qui la fit vibrer de tout son être. Elle détestait le mot masturber, c'était un terme si affreux pour désigner une chose si agréable !

Il y avait cinq mois qu'elle n'avait pas vu Frank, mais c'était son image qu'elle avait à l'esprit dans ces moments-là. Elle s'imaginait étendue sur son divan et il la regardait jouir devant lui. Le calme revenu, elle ouvrit les yeux et vit Boo qui l'observait, juchée sur le fauteuil.

«Et alors, qu'est-ce que tu as à m'espionner?» marmonna Kate.

Elles se défièrent du regard. Aucune ne voulait céder. Finalement, Boo décida que ce jeu ne présentait aucun intérêt. Elle allongea ses pattes et s'endormit, délicieusement perdue dans ses rêves de papillons.

Katia rêva qu'elle se mariait, mais son fiancé n'était pas là. Elle allait de côté et d'autre, en plein désarroi, désespérée de ce que pourraient penser les invités. Sa mère ne s'inquiétait que pour les hors-d'œuvre.

Ensuite elle rêva qu'elle allait voir Frank mais, au lieu de se rendre à son cabinet, elle entrait dans une église catholique et pénétrait dans un confessionnal au lieu de s'asseoir dans le fauteuil de consultation. Elle était soulagée de voir une prostituée à la place du prêtre.

«Tant mieux, disait-elle d'un air ravi. A vous, je vais pouvoir parler.»

Frank n'aime pas Jo Anne

Dès l'instant où ils s'étaient installés dans le bus spécial qui les emmenait à l'aéroport Kennedy, Frank avait eu le pressentiment d'une catastrophe. Ce voyage n'allait sans doute rien avoir de commun avec celui qu'ils avaient imaginé. Trop tard il se rappelait ce vieil adage selon lequel on ne connaît vraiment bien les gens que lorsqu'on a voyagé en leur compagnie.

Pauvre Jo Anne! Elle s'était montrée à la fois calme et enthousiaste, tant qu'il ne s'était agi que de préparer le voyage dans la sécurité de l'appartement, discutant des vêtements qu'il fallait emporter, se lisant à haute voix les guides sur Paris, s'exerçant à parler français devant le miroir et riant de leur accent. Mais, dès l'instant où elle était montée dans le bus, elle avait été prise d'une hystérie soudaine.

« Nous allons manquer l'avion, Frank. Ce chauffeur n'est pas du tout à la hauteur. Il n'a aucune idée de la circulation qu'il peut y avoir jusqu'à l'aéroport JFK. On aurait dû prendre un taxi. Ou l'hélicoptère qui fait la navette.

— Ne t'inquiète donc pas, Jo Anne. Ils ont l'habitude du trajet. Ils savent bien que les routes sont encombrées. D'ailleurs, ajouta Frank en consultant sa montre, nous avons au moins trois heures d'avance. »

Il essaya de se montrer compréhensif. Il lui expliqua que, quand on voyage, on a beaucoup plus de mal à rester maître de soi, on se trouve confronté à des angoisses d'un type tout à fait différent.

«Il faut absolument adopter l'état d'esprit du voyageur, sinon tu vas te faire un sang d'encre à tout propos», dit-il en lui prenant la main pour la frotter dans les siennes.

Quand le bus arriva à JFK, Frank était à bout de nerfs. Il ne pouvait plus s'empêcher de parler méchamment à Jo Anne. Bon sang! Il voulait tant savourer cet instant, imaginer en paix les plaisirs que lui procurerait ce retour en Europe après toutes ces années. Qu'était donc devenue sa gentillesse habituelle? Jo Anne n'avait pas quitté son appartement pendant près d'un an et, maintenant, elle partait pour un autre pays en essayant de se cramponner à quelque chose de connu. Or elle n'avait que lui qui pût lui présenter un visage familier.

Dans l'avion, tout se passa bien jusqu'au moment où elle s'avisa que la compagnie Air Pakistan avait un personnel musulman, ce qui signifiait qu'on ne servirait pas de boissons alcoolisées à bord. Elle fut saisie d'un véritable accès de fureur.

«Alors, celle-là, vraiment, elle est trop forte!

— Ne t'inquiète pas, Jo Anne.»

Il se rendit compte qu'il allait être bien des fois amené à répéter cette formule au cours de la semaine qui venait de commencer.

«Tu crois que c'est facile de rester calme quand on sait qu'on va rester huit heures dans un avion sans pouvoir boire quelque chose de vraiment réconfortant!»

Il avait voulu attendre un peu avant de lui faire la surprise mais l'urgence de la situation imposait une décision rapide.

«Regarde!»

Il avait sorti une bouteille de chardonnay, des vignobles Adair, de son sac Chanel 13. «Nous boirons du vin de la vallée de l'Hudson à l'aller et un bon cru de la vallée de la Loire au retour.

— Frank! Tu es formidable. Comment as-tu pu avoir cette idée? s'étonna-t-elle en riant.

— N'oublie pas que tu as affaire à un véritable professionnel. Je ne néglige jamais ce genre de détails. Mais attendons un peu pour l'ouvrir, si tu veux bien. Et ne t'inquiète pas, j'ai un tire-bouchon!»

Elle se carra sur son siège avec satisfaction. Il n'y avait plus qu'à attendre la prochaine crise.

Tout en préparant son voyage, Frank avait relu les notes qu'il avait prises au cours des séances avec Katia. Elle choisissait toujours Air Pakistan parce qu'on y trouvait les vols les moins chers vers Paris.

«Il n'y a pas beaucoup de gens qui le savent. Et c'est formidable, avait-elle dit en savourant le souvenir qu'elle avait gardé de son voyage. Les hôtesses sont en sari, elles parlent anglais avec un accent d'une douceur merveilleuse et n'arrêtent pas de vous faire des courbettes. On peut manger indien ou anglais, au choix. Seulement, attention, jamais d'alcool à bord. Il faut emporter de quoi boire.»

Elle avait agité l'index vers lui, comme pour le mettre en garde. Il se remémora aussi ce qu'elle lui avait dit au sujet des Français.

«C'est un peuple qui est très malheureux en ce moment, avec Mitterrand, le socialisme et le cours très élevé du dollar. Ils veulent notre argent parce qu'ils en ont besoin, mais ils nous détestent parce que nous en avons pas mal à dépenser. Alors il faut s'attendre à bien des entourloupettes de leur part.»

En disant cela, elle ne parlait à personne en particulier. Elle prodiguait ses conseils sans intention précise. Mais maintenant les mots qu'elle avait prononcés retentissaient aux oreilles de Frank et lui apportaient un réconfort précieux.

Le vin produisit un effet on ne peut plus bénéfique. Ils burent toute la bouteille et restèrent serrés l'un contre l'autre pendant tout le reste du vol, dédaignant le film pour essayer de dormir. Nichés dans le cocon de cet avion vrombissant, ils formaient un couple d'amoureux tout à fait comme les autres.

Pourtant, malgré ses efforts pour ne pas y penser, Frank se disait qu'ils survolaient une vaste étendue d'océan noir et glacé et que, si le Boeing restait en l'air, c'était grâce aux tonnes de kérosène qu'il engloutissait en une minute. Et si l'avion tombait ? Il se demanda s'il serait capable de garder son sang-froid. Dirait-il à Jo Anne qu'il l'aimait, juste avant de sombrer ? Allait-il pleurer ? Reconnaîtrait-on son corps ? Allons, ne pense pas à ça non plus.

Il se leva et alla demander un Alka-Seltzer à un steward. La cuisine indienne lui avait dérangé l'estomac.

Au bout d'un laps de temps qui leur parut fort court, on annonça que l'atterrissage était imminent. On arrivait à Orly.

«Orly ? s'étonna Jo Anne, une nouvelle fois saisie de panique. Pourquoi pas Charles-de-Gaulle ?

— Parce que c'est une...» Très vite, il cherchait une raison plausible. «Une compagnie du tiers monde, alors on nous dévie sur Orly.»

Il ne fut pas mécontent de son explication.

«Ils auraient pu nous prévenir !» s'indigna-t-elle.

Après l'arrivée, Frank continua de faire preuve de vaillance, aidant Jo Anne à franchir le contrôle des passeports, à récupérer les bagages et à passer la douane. Ah ! Et cette histoire du bus qui mène de l'aéroport jusqu'au métro ? Il tenta de se rappeler ce que lui avait dit Katia. Tous les bus se ressemblaient. Il aurait voulu pouvoir ouvrir la bouche pour laisser sortir un flot de paroles typiquement françaises, mais il ne fallait tout de même pas rêver !

Il se sentait en plein désarroi et détestait cette impression. Dire qu'ils n'étaient encore qu'à l'aéroport! Il y avait toute une semaine à passer, avec des problèmes de ce genre à résoudre.

Jo Anne insista pour qu'ils prennent un taxi mais à peine étaient-ils installés à l'intérieur de la voiture qu'elle commença à se plaindre de la longueur du trajet. Le chauffeur devait faire des détours exprès pour corser le prix de la course. Frank lui demanda comment elle pouvait le savoir puisque c'était la première fois qu'elle mettait les pieds à Paris.

Finalement, ils s'arrêtèrent en face de leur hôtel, l'hôtel Printemps (indiqué par Katia), à quelques pas de l'entrée du jardin du Luxembourg.

«Regarde, c'est le Lux.»

Frank montra la grille du doigt, d'un air volontairement dégagé, utilisant le mot familier dont Katia s'était servie. Il voulait essayer les mots dans sa bouche, et avoir l'impression, lui aussi, de bien connaître Paris.

Quand ils furent arrivés dans leur chambre, Jo Anne voulut immédiatement prendre une douche. Frank essaya le lit et regarda par les fenêtres qui donnaient sur le Luxembourg.

«Paris sera toujours Paris!» hurla-t-il en riant. Il respira à fond l'air de la France et alla rejoindre Jo Anne sous la douche.

«Avril à Paris», susurra-t-il en se frottant à elle mais elle dédaigna ces avances et ressortit, le laissant seul avec sa savonnette. Il ne lui restait plus qu'à terminer ses ablutions et il faillit perdre l'équilibre dans le bac minuscule et glissant.

Quand ils sortirent de l'hôtel, Frank fut soudain pris d'un pénible sentiment de gêne. Qu'y avait-il donc dans le comportement des Français qui lui donnait l'impression d'être si insignifiant? A New York, il éprouvait beaucoup de plaisir rien qu'à marcher dans la rue, mais ici, peut-être sous l'effet du décalage horaire, les bruits lui semblaient assourdissants : les voitures avec leurs moteurs pétaradants et leurs klaxons stridents, les voix tonitruantes des Français. En comparaison, la sienne paraissait bien fluette.

Il regarda Jo Anne et fut gêné de la voir si mal fagotée avec son pantalon de velours à grosses côtes ; et il avait fallu qu'elle emporte son Guide Michelin ! Il s'efforça de capter les odeurs nouvelles qui flottaient dans la rue, émanant des cafés, des bureaux de tabac, des étals de fruits, des pâtisseries. Il se dit que New York était fait pour les névrosés et Paris pour ceux qui connaissaient la joie de vivre.

« O.K. Allons faire un tour au Lux », dit-il avec autorité.

Comme si rien n'existait en dehors du Guide Michelin, Jo Anne s'arrêta et chercha le Luxembourg dans le livre, obligeant les passants à la contourner sur le trottoir. Ils franchirent les superbes grilles tandis que Jo Anne lisait à haute voix qu'il fallait observer le château, les fontaines, les *arbres**.

« Les quoi ? s'étonna Frank.

— Les arbres. »

Il y avait tant d'années que Frank n'avait pas joué les touristes qu'il avait l'impression que tout le monde le regardait quand il s'efforçait d'admirer ce que le livre mentionnait.

Finalement, Jo Anne décréta :

« Va te promener tout seul. Moi, je vais m'asseoir ici pour lire le guide. Je te raconterai ensuite ce que j'aurai appris sur le jardin. »

Elle montra du doigt le banc sur lequel elle avait l'intention de s'arrêter et s'en approcha d'un air digne, adressant à Frank un hochement de tête avant de s'installer. Depuis leur arrivée à Paris, ils se parlaient avec une lenteur calculée, d'un ton exagérément courtois.

Dès qu'il eut quitté Jo Anne, le Luxembourg lui apparut comme un lieu agréable et splendide. L'air était devenu doux et délicieux et Frank vibrait de plaisir. Le soleil perçait le feuillage épais des platanes et dessinait sur les allées des ombres aux contours enchanteurs. Le rire des enfants, devant le théâtre des marionnettes, à la promenade à dos de poney ou près des bassins où ils faisaient flotter leurs petits bateaux, le caressait. Les Françaises qu'il rencontrait faisaient penser à des anges de grâce et de charme magiques. Il avait l'âme d'un adolescent envoûté par leur séduction et leurs voix enchanteresses.

Il aperçut au loin des courts de tennis et partit dans leur direction. S'agissait-il des courts où, au dire de Katia, Boris jouait tous les après-midi ? Il arriva près des grillages et chercha, parmi les joueurs français, le visage russe qu'il lui avait été donné de connaître grâce aux photos que Katia lui avait montrées. Peine perdue. Quoi d'étonnant ? A Paris comme à New York, les gens sont noyés dans l'anonymat. Il s'attarda encore quelques minutes, puis s'apprêta à repartir. Non loin de là, une cloche sonna. Deux heures. Les matches s'arrêtèrent et d'autres joueurs vinrent remplacer ceux qui occupaient déjà les courts.

Incroyable. Il était là: Boris Zimoy en personne, qui ouvrait d'un coup sec une boîte de balles neuves en bavardant avec son adversaire et qui ôtait un pantalon de survêtement rouge vif, révélant le short blanc qu'il portait en dessous. Il avait un polo bleu et des bracelets en tissu-éponge aux poignets. Il était d'une allure beaucoup plus impressionnante que Frank n'avait pu l'imaginer, une présence masculine indiscutable, avec son teint bronzé et son apparence soignée, et un charme, une séduction qui se sentaient même de loin.

Frank trouva une chaise inoccupée qu'il approcha du grillage pour mieux observer le Russe. Boris s'échauffait, faisant quelques balles de service et quelques volées au filet. Puis il servit sa première balle.

Le jeu était rapide, mais plutôt monotone. Par moments, Frank avait l'impression que Boris le regardait intentionnellement. Les joueurs changèrent

de côté, le visage empreint de gravité, et recommen-
cèrent à jouer. Soudain, la balle passa par-dessus la
clôture. Boris la suivit des yeux, puis courut vers le
grillage en disant quelque chose en français.

Frank ne comprit pas un traître mot. Il regarda
autour de lui pour voir si Boris ne parlait pas à
quelqu'un d'autre.

« La balle, monsieur. Elle est là. Merci bien*.

— Moi ? dit Frank en anglais, en se levant brusquement. La balle ?

— S'il vous plaît », dit Boris, en anglais lui aussi,
mais avec un accent russe à couper au couteau.

Frank récupéra la balle et la lança au-dessus de la
clôture. Puis il retourna s'asseoir. Il tenta de calmer
les battements de son cœur. De toute façon, Boris ne
pouvait savoir à qui il avait eu affaire.

« Frank ! hurla Jo Anne qui était arrivée par-derrière.

— Bon sang ! »

Frank bondit de sur sa chaise. A l'entendre, on
devinait tout de suite qu'elle venait de New York.

« Depuis quand tu t'intéresses au tennis ? » demanda-
t-elle en balayant les courts du regard. Et ils restèrent
un moment immobiles, s'interrogeant l'un et l'autre
sur les raisons qui pouvaient les pousser à regarder du
tennis à Paris, au jardin du Luxembourg.

« Oh ! Je ne sais pas. Je me baladais par là pour voir
comment les Français occupent leur temps libre.

— Il est mignon. »

Mignon ? Frank sursauta. Mignon n'était pas un
mot que Jo Anne utilisait normalement.

« Qui est mignon ? demanda-t-il d'un ton soupçonneux.

— Le type en bleu et blanc. Le petit, là, avec la
barbe. »

Il aurait dû s'en douter. Désormais, il ne fallait plus
s'étonner de rien. Guidée par une sorte de sixième sens,
elle avait été immédiatement attirée par cet homme.

«C'est Boris Zimoy, l'écrivain. C'est un dissident russe, ajouta-t-il en s'efforçant de prendre un air dégagé pour l'impressionner.

— Depuis quand es-tu si bien informé sur la littérature russe?

— Mais il est assez connu, tu sais.

— Boris Zimoy, répéta Jo Anne en s'efforçant de rassembler ses souvenirs. Non, je n'ai jamais entendu parler de lui. Ce doit être un dissident de seconde zone, ajouta-t-elle d'un air condescendant.

— Pas du tout, rétorqua Frank d'un air offensé. Il a déjà publié trois livres, expliqua-t-il en baissant la voix. Mais comme ils sont écrits en français, c'est sans doute pour ça que tu n'en as jamais entendu parler. On m'a dit qu'ils seraient bientôt traduits en anglais.»

Ils regardèrent le match. Le martèlement des balles sur les six courts faisait songer à une pièce de musique contemporaine.

«En fait, c'est une de mes patientes qui a lu ses œuvres, dit-il sans réfléchir, regrettant aussitôt d'avoir apporté cette précision.

— Oh! Il s'agit sans doute de Katia?

— Jo Anne! Tu m'avais promis. Nous avions juré de ne pas parler de tout ça. Ces vacances, elles sont pour nous seuls. Si je suis ici, c'est pour oublier tout ce qui s'est passé.

— D'accord, d'accord. C'est sans doute le décalage horaire qui me brouille l'esprit. Allez, viens. Partons d'ici.»

Elle lui prit la main, mais se retourna une dernière fois avant de s'éloigner.

«Il a l'air intéressant, tu sais, ajouta-t-elle.

— Où on va maintenant? Je me laisse guider, à toi de décider.»

Ils sortirent du Luxembourg d'un pas nonchalant.

Quand Jo Anne se mit à lire à haute voix le Guide Michelin au petit déjeuner, le lendemain matin à l'hôtel, Frank se rendit compte qu'il n'allait pas s'amuser tous les jours.

«Pour s'imprégner de l'atmosphère de Paris, outre la visite des monuments décrits des pages 27 à 173, nous vous conseillons de vous asseoir à une terrasse de café pour déguster une consommation ou de monter à bord de l'un des bateaux qui sillonnent la Seine, ce qui vous permettra de voir sous un angle inhabituel un grand nombre d'édifices importants, tout en vous accordant quelques instants de repos. Ne manquez pas non plus la visite du marché aux puces, en fin de semaine.»

Le séjour à Paris se déroula ainsi, jour après jour, et Frank se rendit compte qu'il y avait deux manières de percevoir la capitale. Quand il était avec Jo Anne, rien ne l'intéressait vraiment. La visite systématique des monuments faisait immanquablement partie du programme. Les repas se présentaient comme une véritable corvée et il ne fallait jamais s'égarer sous aucun prétexte. Il se sentait tout bête chaque fois qu'il tentait de parler français, constamment mortifié par la morgue des Parisiens.

Malgré toutes ces épreuves, il s'efforçait d'aimer Jo Anne. Après tout, il avait fait ce voyage avec elle, et il l'aimait à sa manière : elle était sa compagne, sa collègue, sa confidente. Mais, au lieu de vivre avec lui une semaine de rêve, elle lui imposait une marche forcée, prenant d'assaut les monuments et les musées de Paris. Et la cité rendait coup pour coup, sans la moindre pitié.

Heureusement, l'après-midi après le déjeuner, Jo Anne rentrait à l'hôtel pour faire la sieste et il avait toute liberté d'explorer la ville à sa guise. Ravi de l'aubaine, il errait dans les rues sans jamais consulter le moindre plan, se perdant même exprès. Paris lui apparaissait comme un paradis pour les femmes, empli de tentations sensuelles, et il se laissait envoûter par son charme. Il s'absorbait dans la contemplation des devantures de charcuteries, de pâtisseries et de confiseries. Il déambulait dans les marchés et restait fasciné devant les bouteilles des marchands de vins. Il regardait les vêtements et s'aspergeait d'eaux de toilette de toutes sortes. Tout ce qui, dans son esprit, lui avait fait défaut jusqu'alors, Paris le lui fournissait.

Un après-midi, il alla chez Thierry Mugler et s'acheta une chemise en soie. Juste à côté se trouvait la boutique Girbaud. A New York, il avait vu des gens porter ces pantalons flottants et il s'était dit qu'il ne suivrait jamais cette mode. Mais ici, à Paris, c'était tout à fait différent. Il choisit plusieurs modèles en souriant, restant planté immobile, les bras écartés du corps, pour que la vendeuse puisse évaluer sa taille selon les normes françaises. Quand il ressortit de la cabine d'essayage pour se regarder dans la glace, la jeune fille prit un air admiratif. Il était si beau !

Partout où il allait dans la ville, il avait l'impression de retrouver l'âme de Katia. Maintenant, il comprenait pourquoi elle s'habillait ainsi, pourquoi elle était tellement attirée par Paris, cette cité qui lui allait si bien. Il se mit à la voir dans tous les coins. La première fois, ce fut rue du Bac. Il aurait juré l'avoir entendue rire. Deux femmes vêtues avec une grande élégance marchaient devant lui, bras dessus, bras dessous. Elles s'arrêtèrent pour regarder une photo que l'une d'elles avait tirée de son sac. Eh bien, l'autre, c'était Katia, penchée sur la photo, qui riait en s'extasiant d'une voix mélodieuse. Elle releva la tête pour le fixer d'un œil interrogateur quand il passa devant elle en la regardant avec insistance.

Plus tard, cet après-midi-là, il la vit à une terrasse de café, fumant paresseusement une cigarette au soleil, buvant de temps à autre une petite gorgée d'un breuvage vert. Il traversa la rue et s'assit comme un automate incapable de contrôler ses actions. Il commanda la même consommation en montrant avec son doigt.

« *C'est de la menthe** », dit-elle d'un air tout naturel, et le serveur hocha la tête.

Elle était au Jeu de Paume, assise sur un banc, appuyée sur ses coudes pour mieux observer un tableau. Elle était dans le métro, franchissant en trombe un portillon pour disparaître dans le couloir qui menait à la correspondance pour le château de Vincennes. Du pont d'un bateau-mouche, il la vit assise sur le quai de l'île Saint-Louis, en train d'écrire son journal. Il faisait la queue avec Jo Anne pour acheter un sorbet chez Bertillon quand il la vit sortir de la boutique avec son cornet dont elle léchait les coulures avec sa langue. C'était un double cône : cassis et citron vert.

Ces visions le torturaient en secret, lui faisaient vivre un enfer dont il n'aurait jamais voulu se libérer. Un jour où il s'arrêta en compagnie de Jo Anne pour admirer les gâteaux exposés à la devanture d'une pâtisserie, elle dit d'un air méprisant :

« Ils sont certainement moins bons qu'ils n'en ont l'air. »

Il lui demanda d'en choisir un, une sorte de tarte aux pommes, et quand ils furent entrés dans le magasin, il demanda à la vendeuse comment ça s'appelait.

« *Une jalousie** », répliqua-t-elle.

— Une quoi ? demanda Jo Anne.

— Jalousie », traduisit Frank.

Arpentant les rues avec elle, il regrettait secrètement de ne pas être avec Katia, qui aurait su les lui faire vivre et l'aider à s'intégrer à Paris. Elle lui aurait tenu la main, et ses rires l'auraient comblé de bonheur. Jo Anne, il fallait la traîner de force dans les lieux qui n'étaient pas mentionnés par le Guide vert. Il insista pour l'emmener chez Kenzo, place des Victoires, où il la conjura d'essayer quelque chose. Mais tout ce qu'elle mettait lui donnait l'air ridicule. Il la fit entrer dans une parfumerie («On ne peut quand même pas aller à Paris sans acheter un flacon de parfum!») et il resta éberlué devant toute cette profusion de bouteilles étincelantes. Ah! Si seulement Katia avait été là pour le conseiller. Elle aurait su, elle, ce qui était nouveau, ce qui était amusant, ce qu'il fallait avoir.

Il demanda un flacon de Yatagan, de chez Caron, mais quand la vendeuse le lui eut tendu, il vit que c'était le même que celui qu'il avait chez lui, sur son horrible bureau brun. L'odeur était fort déplaisante. Il secoua la tête et le tendit à la jeune fille qui prit un air dédaigneux.

Il n'arrivait pas non plus à se débarrasser de l'image de Boris. Un après-midi, après avoir mangé une choucroute garnie à la brasserie Lipp (recommandée par Michelin, naturellement), ils se dirigeaient sans se presser vers le musée de Cluny pour voir les célèbres tapisseries de la Licorne quand ils passèrent devant une librairie. Toute une partie de la devanture était réservée au dernier livre de Boris, de multiples exemplaires de l'ouvrage ayant été empilés autour d'une grande photo de l'écrivain qu'ornait tout un encadrement de drapeaux français et soviétiques.

Déçu au plus haut point de ne pas savoir assez de français pour lire l'ouvrage, Frank regardait le titre d'un air perplexe: *Baiser à la russe*, se demandant s'il fallait donner à baiser le sens d'«embrasser» ou celui plus grossier que lui avait indiqué Katia qui correspondait à «*to fuck*» en argot anglais.

«Ah! Te voilà, dit Jo Anne, interrompant sa rêverie. Je te croyais disparu. Qu'est-ce qui se passe?»

Apercevant les livres à la devanture, elle s'exclama:
«Tiens! Mais c'est notre joueur de tennis qui écrit des livres!

— Non, c'est l'écrivain qui joue au tennis, corrigea Frank.

— Ah bon ! » dit-elle en regardant attentivement les piles de romans.

Ce soir-là, ils rentrèrent à leur hôtel complètement épuisés après une longue promenade sur les Champs-Elysées, une visite du musée Rodin et une séance effrénée de shopping aux Galeries Lafayette. Et aussi un petit détour à l'Opéra afin de prendre des billets pour le lendemain soir. L'employée s'était montrée fort désagréable avec Frank, feignant de ne pas comprendre ce qu'il voulait, et lui avait attribué des places très mal situées.

«Je vais prendre un bain très très chaud», dit Frank à Jo Anne.

Chez lui, il se contentait de prendre des douches mais à Paris le bain lui paraissait convenir parfaitement. Il commençait à parler comme Katia. Il attendit dans le minuscule salon de l'hôtel pendant que Jo Anne allait chercher la clé de la chambre à la réception, expliquant à l'employée leur mésaventure à l'Opéra. La télévision était allumée et soudain il vit apparaître à l'écran Boris Zimoy en personne qui parlait en français avec une aisance stupéfiante.

Frank faisait des efforts désespérés pour comprendre. Les autres clients de l'hôtel ne prêtaient aucune attention à l'émission et il aurait voulu leur imposer le silence. Il observa Boris, ses gestes, son sourire enjôleur, son sweat, qu'il avait négligemment noué autour de ses épaules.

Frank se retourna et vit une jeune fille qui ne pouvait être que française étant donné la façon dont elle était habillée. Elle fumait une Gauloise en regardant l'écran d'un œil attentif. Il montra le poste de télévision et leva la main d'un air dépité.

«Pouvez-vous me traduire ce qu'il dit? demanda-t-il en anglais.

— Vous êtes américain?» fit la jeune fille avec un accent très marqué.

332

Il acquiesça d'un hochement de tête.

Elle expliqua lentement, en cherchant ses mots, que l'émission s'appelait «Apostrophes».

«Elle a lieu tous les vendredis, continua-t-elle. On y parle uniquement littérature. C'est pour les écrivains et pour les super-intellectuels. Ils y attachent beaucoup d'importance. Si vous réussissez votre prestation, ça peut assurer le succès de votre livre», conclut-elle fièrement.

Boris disparut trop rapidement. Quand Frank se retourna, il vit que Jo Anne était restée tout ce temps derrière lui, pour l'observer et regarder Boris par la même occasion.

«Décidément, on ne voit plus que lui, dit-elle.

— Où elle est, cette clé?» grommela-t-il.

Une fois dans la chambre, il s'assit sur le bord du lit et se pencha pour ôter ses chaussures. Il vit alors l'annuaire téléphonique de Paris sur l'étagère du bas de la petite table de nuit. Jo Anne était dans la salle de bains. Il prit l'annuaire et commença à chercher le nom de Boris.

«Non, mais je suis idiot ou quoi? C'est Zimoy son nom de famille», murmura-t-il en abandonnant les B pour aller chercher dans les Z.

Il trouva enfin. Boris Zimoy, 24, rue Honoré-Chevalier, 6e. Il resta un moment immobile, le livre posé sur ses genoux, tapotant la page du bout des doigts. Que raconter? «Bonsoir, je suis l'ancien docteur de Katia et je vous ai vu à la télévision ce soir?»

Il regarda le nom fixement. Mais qu'est-ce qui lui prenait? Quelle était donc cette idée d'appeler Boris? D'un doigt tremblant, il composa le numéro et écouta la sonnerie, à l'autre bout du fil.

«Allô!»

Frank ne dit pas un mot.

«Allô! Qui est à l'appareil?»

Frank raccrocha.

«Excusez-moi, c'est une erreur», dit-il à mi-voix, pour lui-même.

«Ton bain est prêt», lança Jo Anne. Elle ouvrit la porte et un nuage de vapeur s'échappa de la salle de bains. Frank referma l'annuaire d'un coup sec.

«Merci, tu es un ange», dit-il en commençant à se déshabiller.

Paris l'excitait au plus haut point.

«Jo Anne, dit-il de sa voix la plus douce, tu veux bien me donner mon bain?»

Il lui fit une petite moue suppliante. Elle le regarda et secoua négativement la tête.

Ce soir-là, après le dîner, ils furetaient dans une boutique d'antiquités quand il avisa une petite pyramide en marbre de Sienne. La forme était si agréable dans ses mains, le marbre si frais quand il le pressa contre sa joue, qu'il pensa à la sérénité des cathédrales et aux heures qu'il avait passées à l'église pendant son enfance. Il se remémora les échos, les psalmodies et les bruits de pas, le réconfort et les chagrins. C'est alors qu'il se rappela que la pyramide était un symbole de féminité et il l'associa immédiatement à Katia. C'était tout à fait le genre de cadeau qui convenait pour elle.

«Tu as trouvé quelque chose? lui demanda Jo Anne.

— Je vais acheter cette pyramide, dit-il en écartant les paumes de ses mains. Elle va faire un effet formidable dans mon bureau.»

Quand ils furent rentrés à l'hôtel, il retira la pyramide de la petite boîte où le marchand l'avait emballée avec tant de soin. Il la garda contre sa joue un moment, puis la mit sur la table de nuit. Allongé à côté de Jo Anne qui s'était endormie, il regarda fixement dans le noir, avec cette horrible sensation que quelque chose s'enfuyait loin de lui.

Frank aime Paris

Croyant entendre des sirènes, Frank se redressa sur son séant. En fait, il était déjà assis. S'agissait-il de la police ou des pompiers ? Il se secoua et chercha à agripper les bords du lit. Mais il n'était pas dans un lit. Il était dans l'avion de la compagnie Air Pakistan qui le ramenait à New York.

Il faisait presque nuit dans la cabine qu'emplissait le bruit assourdi des réacteurs. Il regarda les autres passagers. C'étaient surtout des Pakistanais aux vêtements bigarrés, que la fatigue avait entassés les uns sur les autres, pères, mères et enfants, tous survivants, pour l'instant du moins, d'un vol de dix-huit heures qui les amenait de Karachi après une escale au Caire, à Francfort et à Paris.

Le cadran lumineux de sa montre indiquait qu'il était deux heures. Etait-ce l'heure de Paris ou celle de New York ? Il se carra sur son siège et appuya sur le petit bouton pour abaisser le dossier. Deux larmes coulèrent sur ses joues. Il les essuya avec ses doigts, étalant leur humidité sur son visage desséché. Une hôtesse passait entre les sièges. Il lui fit un signe de la main.

« Je pourrais avoir de l'aspirine ? demanda-t-il à voix basse.

— Quelque chose ne va pas ? s'inquiéta-t-elle.

— Non, un simple mal de tête. »

Il ne tenait pas à lui dire la vérité, lui avouer qu'il avait ouvert une bouteille de côtes-du-rhône dès l'instant où l'avion avait décollé. Il avait été choqué de voir la rapidité avec laquelle il pouvait engloutir tout ce vin. C'était sans doute le résultat de son séjour d'une semaine à Paris.

Il se sentit mieux dès qu'il eut avalé l'aspirine. Puis il s'aperçut qu'il faisait froid et il se leva pour prendre une couverture dans le réceptacle au-dessus de son siège. Il avait de la chance : il trouva aussi un oreiller. S'efforçant de ne pas faire trop de bruit afin de ne pas risquer de réveiller les autres passagers, il s'installa du mieux qu'il put.

Je suis dans un avion et je rentre à New York, se dit-il comme s'il cherchait à se raisonner. J'ai seulement eu un cauchemar. Il souleva le petit rideau qui masquait le hublot et fut surpris par la clarté qui régnait au-dehors. Il l'abaissa très vite, préférant l'intimité de cet avion plongé dans le noir qui poursuivait sa course à travers l'espace et le temps. Il se sentait en sécurité dans cet avion, parce qu'il s'y trouvait en transit, sans aucune attache avec un lieu bien défini.

Le souvenir de son cauchemar s'attardait confusément en lui. Il y avait eu des sirènes... donc de graves problèmes. Quelqu'un avait appelé au secours. Un crime avait-il été commis ? A moins qu'il ne se soit agi d'un incendie ?

La vie pouvait vraiment être bizarre, parfois ! La semaine à Paris s'était soudain terminée et il rentrait au pays. Tout seul. Jo Anne lui avait faussé compagnie. Elle restait à Paris huit jours de plus pour être avec Boris. C'est ainsi qu'elle lui avait présenté les choses, le plus posément et le plus simplement du monde. Secoué par les vibrations de cet avion vrombissant, Frank savait qu'il ne comprendrait pas avant longtemps ce qui s'était passé. Tout était arrivé très vite.

Jo Anne l'ayant abandonné pour rester avec Boris, Frank se disait que le Russe lui avait ravi deux femmes. En comptant Katia, évidemment, mais Katia n'avait-elle pas le droit de tomber amoureuse de qui lui convenait? De quel droit avait-il mélangé sa vie personnelle et sa vie professionnelle, après tout? Lui, cet homme si consciencieux, comment avait-il pu franchir cette mince ligne de démarcation et confondre deux mondes qui auraient dû rester séparés? Allait-il se faire excommunier par l'Institut?

Dominant tout cela, il y avait le problème ontologique de savoir ce qui était réel et ce qui ne l'était pas. Car la réalité n'existe pas, se disait-il. C'est uniquement quelque chose qui est élaboré par chacun d'entre nous. Plutôt mal, d'ailleurs.

Il en avait assez d'être psychanalyste, d'être considéré comme un être omniscient, capable de tout comprendre de la vie. Il n'y avait pas moyen de comprendre quoi que ce soit. Il n'était qu'un être humain, après tout, il avait bien le droit de se tromper lui aussi, non? Et il ne s'en faisait pas faute!

Un matin, le cinquième jour de leur séjour à Paris, ils s'étaient éveillés de bonne heure. Ils étaient restés au lit à parler et il avait suggéré d'aller prendre le petit déjeuner dans un café au lieu de rester à l'hôtel comme ils le faisaient habituellement.

«O.K, mais où pouvons-nous aller?

— Eh bien... place des Vosges. Dans le Marais. C'est la plus vieille place de Paris, dit-il. On en parle dans le guide, s'empressa-t-il d'ajouter pour donner plus de valeur à sa suggestion.

— Je vais regarder ça», fit-elle comme si la parole de Frank ne lui suffisait pas.

Elle prit sur la table de nuit le livre déjà bien fatigué par d'innombrables consultations et, après l'avoir parcouru d'un œil ensommeillé pendant quelques minutes, elle dit:

«O.K. Métro Saint-Paul ou Bastille, après avoir

changé à Châtelet. Je me défends pas mal pour combiner les itinéraires dans le métro, tu ne trouves pas ? »

Il était huit heures quand ils quittèrent l'hôtel et ils se retrouvèrent avec tous les Parisiens qui se rendaient à leur travail. Qu'il était donc agréable, ce métro parisien, comparé au *subway* de New York ! Les gens parlaient entre eux discrètement, à mi-voix, comme des êtres civilisés, et il n'y avait pas tous ces désagréments : graffitis, énormes transistors braillants, adolescents tapageurs qui se passaient leurs joints et se frayaient un chemin à coups de coude à travers la foule. Ils trouvèrent leur correspondance sans problème et émergèrent à Saint-Paul sans encombre. Il fallait ensuite remonter vers le nord pour découvrir cette place que Katia préférait entre toutes et qui, selon elle, était la plus belle de Paris.

Cette promenade allait laisser à Frank un souvenir inoubliable. Il avait l'impression de naître pour la première fois, fasciné par la beauté de ces superbes hôtels particuliers, tandis qu'il emmenait Jo Anne dans les vieilles rues du Marais. Les pâtisseries laissaient échapper d'appétissantes odeurs de gâteaux, les boulangeries offraient leurs pains chauds et croustillants à des bonnes en uniforme et à des petites dames âgées qui rentraient de l'office du matin ; les poissonniers disposaient la pêche du jour sur des montagnes de glace fraîchement pilée et les fleuristes préparaient leurs bouquets.

Comment la vie pouvait-elle être aussi douce ? Un flot de tendresse le fit frissonner. Et il pensa alors à l'existence qu'il menait à New York, cette ville bruyante, crasseuse, vulgaire ! Mais il se ressaisit bien vite. Il faut que je savoure cet instant dans le Marais, se dit-il, que je respire à pleins poumons cet air frais et délicieux qui monte de l'asphalte nouvellement arrosé vers les minuscules feuilles vert pomme qui apparaissent dans les arbres printaniers.

Et ils marchaient tous les deux, Frank baignant dans ce monde nouveau dominé par les sens et Jo Anne, le plan de Paris à la main, qui imposait chaque changement de direction et confirmait le nom des rues qu'ils prenaient, s'extasiant de constater que la ville fût si conforme à la carte qui en avait été dressée.

«La place des Vosges devrait être là», lança-t-elle soudain d'un ton péremptoire.

Frank n'avait aucune idée de ce qu'il allait trouver quand ils débouchèrent en face du Pavillon du Roi, comme l'annonça Jo Anne après avoir consulté sa bible.

Comment un endroit pouvait-il être aussi beau? Le ciel, l'espace et l'architecture produisaient, par leurs effets réciproques, une combinaison dont il n'avait vu nulle part l'équivalent. Les immeubles massifs et pourtant délicats, d'une ordonnance si parfaite, se dressaient avec grâce autour d'un square dont la végétation, naturelle en apparence, était manifestement l'objet de soins vigilants. Jamais encore Frank n'avait été ému à ce point par la beauté d'un site.

«Le numéro 6, c'est là que Victor Hugo a vécu de 1833 à 1848», récita Jo Anne, la tête toujours enfouie dans le Guide Michelin.

Frank ne l'entendit pas, perdu dans la contemplation de ce square endormi dont les arbres humides de rosée abritaient une nuée d'oiseaux gazouillants. Des maisons et des appartements qui l'entouraient il percevait une multitude de bruits domestiques qui s'échappaient des fenêtres ouvertes. Ses yeux suivirent le son de hauts talons qui martelaient le trottoir pour se répercuter sur les façades. Un énorme portail se referma avec un bruit sourd derrière une jeune femme qui sortait sa bicyclette.

«Il n'y a pas de café ici, dit Jo Anne, interrompant brutalement la rêverie dans laquelle il était plongé.

— Mais si, il y en a un. Attends…» Il hésitait, cherchant à se rappeler les indications fournies par Katia.

«Oui, il y a un café. Dans le coin nord-ouest.»

Il savait qu'il ne pouvait pas en être autrement. Katia n'aurait pu commettre d'erreur sur un point aussi capital. Et en effet, après avoir traversé la place de bout en bout, caché derrière les portiques, se trouvait le minuscule café Louis XIV. En été, l'établissement devait être envahi par les touristes mais, par cette fraîche matinée d'avril, il n'y avait que quelques habitués venus prendre leur petit déjeuner.

Ils s'assirent à une table libre près des portes grandes ouvertes où l'air extérieur se combinait magiquement avec la vapeur des machines à café, l'odeur des baguettes tièdes et la fumée des Gitanes. Comme ils s'y attendaient, un garçon à la mine maussade vint voir ce que ces deux abrutis d'Américains allaient encore lui demander.

«Deux cafés au lait avec des croissants, s'il vous plaît», dit Frank d'une voix engageante. Mais il se rendit compte immédiatement de l'erreur qu'il avait commise, en dépit des mises en garde de Katia. Il aurait dû prendre un ton autoritaire au lieu de se montrer aimable. Le garçon le fixa d'un œil inexpressif, puis s'éloigna sans manifester le moindre signe montrant qu'il avait entendu.

«Je reviens tout de suite, dit Jo Anne en repoussant sa chaise. Je vais essayer de trouver un kiosque à journaux.»

Elle sortit d'un pas alerte, tel un chiot que l'on vient de lâcher. Il la vit qui demeurait un instant indécise sur le trottoir, ne sachant si elle devait aller vers la gauche ou vers la droite, puis elle disparut.

Assis, seul, dans le café préféré de Katia, Frank savait qu'il était en train de vivre un curieux destin. C'était une des rares fois dans l'existence d'un être où la réalité d'une chose correspond exactement à l'idée qu'on s'en était faite. Il éprouvait exactement la même sensation que Katia, la même que celle qu'elle aurait voulu qu'il eût.

Il s'appuya contre le dossier de la banquette et écouta les propos échangés par le barman avec les habitués. Le serveur revint et posa deux tasses de café, avec du lait crémeux qui flottait à la surface, et un panier empli de croissants.

«*De la confiture?*

— *Pardon?*

— *De la confiture*?*» répéta le garçon en haussant la voix comme s'il croyait se faire mieux comprendre ainsi.

Frank secoua la tête pour montrer qu'il ne saisissait pas.

«*Jam?* lança alors le garçon d'un ton sarcastique.

— *Yes*, enfin *oui, merci, s'il vous plaît**», dit Frank en hochant vigoureusement la tête de bas en haut.

Frank prit un croissant, ravi de constater qu'ils étaient encore tièdes, tout juste sortis du four. Il se promit *in petto* d'aller désormais le plus souvent possible chez Zabar pour y déguster un cappuccino et des croissants frais. N'était-ce pas Katia qui lui avait dit que Zabar avait les meilleurs croissants de New York? Sur le coup il n'avait pas prêté attention à ces propos.

Il trempa le croissant dans le café au lait, ainsi qu'il avait vu les Français le faire, penchant la tête en avant pour pouvoir le porter à sa bouche sans trop éclabousser la table. Mon Dieu, s'il faisait ça aux Etats-Unis, tout le monde le prendrait pour un rustre, mais, ici, il croyait ce geste de la dernière élégance.

«Regarde ce que j'ai trouvé», dit Jo Anne en se laissant tomber sur la banquette en face de lui.

Il leva les yeux vers elle en mastiquant d'un air satisfait, essuyant le café qui s'était répandu sur son menton.

En plus de l'*International Herald Tribune*, qu'elle achetait tous les jours depuis qu'ils étaient arrivés à Paris, elle s'était procuré un énorme magazine présentant sur la couverture le portrait en couleurs d'une femme en robe du soir. C'était *Passion. The Magazine of Paris*.

« C'est en anglais, dit-elle joyeusement. Un magazine pour les Américains de Paris. Ça ne parle que de Paris. C'est pas une idée formidable ? Dommage que je n'aie pas su ça dès le début. Maintenant, c'est presque trop tard ! »

Il ne leur restait plus que deux jours.

Il prit le *Trib* et parcourut la première page du regard, pendant que Jo Anne annonçait les différentes rubriques de sa revue.

« Les meilleurs bars américains de Paris. Où acheter des articles haute couture dégriffés. Les bijoux dans les boutiques de trottoir. Un nouveau regard sur les Américains à Paris. »

Soudain, après un bref instant de silence, elle s'exclama :

« Ecoute ça. Un article sur Boris Zimoy, le joueur de tennis. »

Frank n'avait rien écouté jusqu'alors mais, en entendant mentionner le nom de Boris, il leva la tête.

« Fais voir », dit-il en lui prenant le magazine des mains.

Aucun doute possible. Dans la rubrique « Paris ♡ Les Ecrivains ♡ Paris » figurait la mention « Emigré du mois ». Le titre proprement dit, en grosses lettres, annonçait : « Pour l'exilé soviétique Boris Zimoy, Paris c'est la Sibérie. » Frank eut l'impression que ces propos sans appel contrastaient ironiquement avec la photo de Boris, attablé dans un café de la rive gauche, souriant et saluant d'un geste de la main. Avant qu'il n'ait pu lire un seul mot, Jo Anne récupéra le journal.

«Dis donc, c'est moi qui l'ai trouvé, alors je le lis la première», dit-elle.

Elle prit bien son temps, tout en buvant son café au lait et en éparpillant des miettes de croissant partout autour d'elle. Au bout de dix minutes de silence, elle annonça :

«D'après ce qu'ils disent ici, il va lire ses œuvres, en anglais, à la librairie de la Grosse Pomme, rue des Petits-Champs, vendredi soir à vingt heures.»

Elle marqua un temps d'arrêt et consulta sa montre.

«Mais c'est ce soir. A huit heures. On y va ?»

Frank ne dit rien, partagé entre des sentiments contradictoires, la curiosité le disputant avec un certain désir de prudence.

«Oh oui, allons-y, insista-t-elle. Il est avec nous, d'une manière ou d'une autre, depuis le jour où nous sommes arrivés ici, et tu l'as vu dans le jardin. Tu ne crois pas que ça va être un plus pour notre séjour ? Un poète russe authentique, ici, à Paris.»

Frank ne savait à quoi se résoudre. Rencontrer Boris accidentellement, c'était une chose, mais bousculer tout ce qui était prévu pour le voir, c'en était une autre. Il ne fallait quand même pas exagérer ! Il avait lu les lettres de cet homme, il savait même ce qu'il disait au moment où il jouissait. Cette intimité de seconde main confinait au voyeurisme, ni plus ni moins.

«Bien, on verra ça ce soir, selon ce qu'on aura fait aujourd'hui. Nous avons une longue journée devant nous, tu sais.»

Mais il se rendait bien compte qu'elle n'allait pas renoncer aussi facilement.

Elle hocha la tête d'un air résolu.

«Alors, qu'est-ce qui était prévu pour aujourd'hui ?

— Montmartre, dit-il. On ne peut tout de même pas quitter Paris sans avoir vu Montmartre !

— Ça, c'est bien vrai.»

Ils commençaient à en avoir un peu assez de leurs visites touristiques et finissaient par confondre les noms de lieux et les faits historiques, les rois, les siècles, les rues, les musées. Jo Anne reprit son Guide Michelin à la page consacrée à Montmartre et lut : « Il y a davantage de Montmartre à Paris que de Paris à Montmartre. »

« Qu'est-ce qu'ils ont bien pu vouloir dire, à ton avis ? »

Frank éclata de rire. Il paya l'addition et se leva d'un air décidé.

« Quelle station de métro, ô incomparable guide ?
— Clichy, naturellement. »

Ils retraversèrent la place. Frank pensait à cette séance de lecture que Boris allait donner sur ses œuvres à la librairie de la Grosse Pomme et il se sentit parcouru par un frisson maléfique. Bien malgré lui, il était obligé de reconnaître qu'il mourait d'envie de voir Boris, ce serpent, en chair et en os.

Une heure plus tôt, Frank était en parfaite harmonie avec le reste de l'univers, car il avait en sa possession la clé permettant de vivre à Paris. Maintenant, à mesure qu'il se rapprochait du Sacré-Cœur, il se sentait exclu. Cheminant dans les petites rues tortueuses, suivant l'itinéraire que Jo Anne lui décrivait au fur et à mesure en puisant ses informations dans son inséparable guide, il se sentait l'âme d'un banni.

Que s'était-il passé ? Alors qu'il ne lui restait plus que deux précieuses journées à consacrer à Paris, il éprouvait l'horrible impression que la ville se moquait de lui et de l'existence mesquine qu'il menait à New York. Il regardait les élégantes demeures perchées sur les collines de Montmartre et les gens qui marchaient, leur baguette sous le bras ; il tendait l'oreille pour entendre les ménagères qui devisaient d'un jardinet à l'autre, par-dessus le mur de clôture.

Tout semblait lui dire : « Toi, tu n'auras jamais rien de tout cela. Tu seras toujours un étranger. »

Comment avait-il pu passer si rapidement de cet amour vibrant que lui inspirait sa propre existence à ce désarroi profond, à cette mélancolie indicible ? Jusqu'aux rues qui refusaient de lui dévoiler le secret séculaire auquel elles devaient leur appellation. La rue Yvonne-Le-Tac ! (elle avait dû se rendre célèbre d'une manière ou d'une autre, celle-là, pour qu'on baptise une rue avec son propre nom), la place des Abbesses (un nom plein de puissance et de beauté), la rue du Lapin-agile (quel fonctionnaire astucieux avait bien pu recevoir l'autorisation d'appeler une rue ainsi ?), la rue des Trois-Frères (qui étaient donc ces frères extraordinaires ?).

Suant et soufflant, ils arrivèrent au haut de la Butte. Il n'était que dix heures trente et Frank voulait s'arrêter pour boire un panaché sur le pouce.

« J'ai la gorge parcheminée », dit-il, surpris de s'entendre utiliser cette expression plutôt que de dire tout simplement qu'il avait soif. Et puis il comprit qu'il venait, une fois de plus, de reprendre le vocabulaire de Katia.

« De la bière si tôt le matin ? » s'exclama Jo Anne d'un air dégoûté.

Les mains aux hanches, elle haletait littéralement, essoufflée par ces efforts inaccoutumés.

« Il y a une chose que j'ai apprise au cours de ce voyage, dit-il en essayant de retrouver sa respiration, c'est qu'il n'y a aucune règle dans la vie. »

Qui avait dit cela ? Ils se retournèrent tous les deux, stupéfaits d'entendre ces paroles qui semblaient ne venir de nulle part. Jo Anne elle-même ne trouva rien à répondre.

La place du Tertre correspondait tout à fait à la description qu'en faisait le guide : une fête foraine où des artistes faussement bohèmes s'efforçaient de vendre leurs toiles aux touristes accourus par cen-

taines. Ils s'attardèrent suffisamment longtemps pour
que Frank puisse déguster son panaché. Jo Anne en
but une gorgée à contrecœur et finit par reconnaître
que c'était rafraîchissant. Elle en commanda un à
son tour.

Ils escaladèrent les dernières marches qui
menaient au Sacré-Cœur, avec précaution, pendant
que Jo Anne lisait à haute voix. Quand elle eut décrit
l'édifice dans les moindres détails, ils entrèrent. Il
régnait à l'intérieur de la basilique une fraîcheur délicieuse, récompense idéale de leurs efforts matinaux.
Ils firent lentement le tour de l'édifice.

«On allume des cierges? suggéra Frank.

— Je suis juive, objecta Jo Anne, et cette église est
catholique.

— Et alors? Nous pouvons les allumer pour des
motifs symboliques et cosmiques.

— Allumes-en un pour moi», dit-elle en s'asseyant
sur un banc pendant que Frank repassait devant les
minuscules chapelles en se demandant à quel saint il
allait bien pouvoir dédier son cierge. Il s'arrêta à
deux reprises, glissa quelques pièces d'un franc dans
les boîtes et alluma les cierges. Il resta debout, en
silence, dans l'attitude de quelqu'un qui prononce
une prière, puis rejoignit sa compagne.

«Alors? dit-elle.

— J'en ai brûlé un pour chacun de nous dans la
chapelle de saint Raphaël, le guérisseur. C'est de circonstance, tu ne trouves pas? Et j'ai refait la même
chose pour saint Michel, le guerrier qui a terrassé le
mal.

— Pourquoi pas, après tout?»

Ils s'attardèrent un moment sur le parvis, admirant
la vue que l'on avait de Paris. Mais les lieux se transformaient de plus en plus en cirque, avec les mimes
qui faisaient leur numéro, les autocars qui déversaient leur chargement de touristes, les marchands
de souvenirs qui vendaient des répliques en plastique

de la basilique. Le moment était venu de repartir. Ils rentrèrent dans Paris à pied et se retrouvèrent bien vite à l'hôtel, où ils prirent une douche avant de se changer pour le déjeuner.

Ils s'étaient bien reposés quand ils se mirent en quête de la librairie de la Grosse Pomme. La rue des Petits-Champs étant fort sinueuse, ils ne repérèrent la boutique qu'au dernier moment, juste après un tournant. L'enseigne avait la forme d'une pomme peinte en rouge surmontée d'un seul mot : « Librairie », avec au-dessous la mention : « Fondée en 1981. »

D'après le magazine *Passion*, que Frank avait lu pendant que Jo Anne était sous la douche, la Grosse Pomme, seule librairie anglaise de la rive gauche, était vite devenue le lieu de rencontre favori d'une nouvelle génération d'écrivains expatriés. Un article intitulé « Où les auteurs aiment lire » expliquait que Paris connaissait une véritable mini-renaissance avec des écrivains peut-être aussi forts et aussi talentueux qu'Ernest Hemingway et Gertrude Stein. Le magazine décernait à la Grosse Pomme une note symbolisée par quatre tours Eiffel « pour sa générosité envers les auteurs » — ils pouvaient y acheter des livres à crédit —, « pour son excellente sélection de livres anglais et pour la qualité de son accueil qui encourageait les clients à flâner et à discuter entre eux ».

Devant la porte, un groupe de gens s'était rassemblé qui savourait la fraîcheur du soir. Frank entendit beaucoup de propos échangés en anglais, en français avec l'accent américain et en français authentique. Il crut entendre aussi du russe, mais ne put avoir aucune certitude. A première vue, Jo Anne et lui étaient les seuls touristes ; tous les autres avaient l'air de se connaître, à voir la façon dont ils se faisaient de grands signes dès qu'ils s'apercevaient. Il se dit qu'il s'agissait sans doute d'écrivains qui avaient consenti à s'arracher à leurs antres littéraires pour passer une soirée à discuter en buvant du vin. Il y avait des filles, sans le moindre maquillage, qui s'embrassaient sur les deux joues, et des hommes d'allure séduisante avec leurs airs d'artistes, leurs vêtements de Japonais d'opérette et la cigarette qui leur pendait aux lèvres. D'autres, qui avaient le style *bon chic bon genre**, comme on disait alors, devaient travailler dans des maisons d'édition françaises, et l'on voyait aussi des gens plus âgés et fort élégants qui donnaient une impression de réussite sociale.

«Alors, on y va? demanda Jo Anne en montrant la porte.

— O.K.», dit Frank.

Une fois à l'intérieur, il comprit pourquoi les écrivains aimaient cette boutique. C'était un vrai paradis pour amoureux des livres, conçu pour donner envie d'acheter tous les ouvrages présentés en rayons. Des tapis persans s'étalaient sur les parquets cirés et les livres s'entassaient sur des étagères en pin de style ancien. Des spots lumineux créaient des niches pleines d'intimité. Il y avait des fauteuils et des divans à deux places, en rotin, recouverts d'un tissu provençal et disséminés un peu partout, pour permettre de s'installer et lire tout à son aise. Les tables étaient surchargées de livres et on voyait un guéridon couvert de publications américaines comme *American Photographer*, *Esquire*, *Interview*, *Yankee* et le *New Yorker*. Une chaîne hi-fi égrenait une superbe musique classique et l'odeur de fleurs séchées flottait dans l'air.

La salle se remplit rapidement; Jo Anne et Frank avaient réussi à s'installer dans un coin, sur un petit divan. Certains s'asseyaient à terre ou s'appuyaient contre les rayonnages de livres. A huit heures quinze, la musique s'arrêta et une jeune femme chaussée de lunettes noires aux verres tout ronds vint se planter devant l'assistance.

«Bienvenue à la Grosse Pomme, dit-elle. Je m'appelle Mia McCormick et je suis chargée de coordonner les séances de lecture. Je suis heureuse, ajouta-t-elle en balayant la salle du regard, que vous soyez venus très nombreux ce soir. Permettez-moi simplement de vous rappeler qu'il vous est demandé de ne pas fumer ici. Et je voudrais aussi commencer par remercier la Grosse Pomme et en particulier Tyler Kass, la généreuse fondatrice et propriétaire de cet endroit merveilleux.»

Elle se tourna avec un large geste en direction d'une femme à l'air chaleureux qui trônait derrière le tiroir-caisse. Des applaudissements enthousiastes éclatèrent et Tyler Kass leva les mains bien au-dessus de son épaisse chevelure brune pour remercier l'assistance.

Mia reprit :

«La Grosse Pomme a apporté une précieuse contribution à la vie littéraire parisienne, vous êtes bien d'accord?» Quelques applaudissements épars. «Nous pouvons vivre à Paris et avoir un endroit pour nous rencontrer et nous tenir au courant des récentes publications du monde anglo-saxon.» Applaudissements plus nourris.

«Que de fleurs! chuchota Frank.

— Chut, fit Jo Anne en le poussant du coude.

— Pour présenter notre lecteur de ce soir, je donne la parole à Gricha Lobek, qui est lui-même un émigré russe et un écrivain célèbre. Il a connu Boris Zimoy à l'époque où ils vivaient l'un et l'autre à Moscou.

«Aujourd'hui, Gricha est célèbre dans le monde entier pour ses poèmes, ses essais et ses prises de position. On parle même du Nobel à son propos, n'est-ce pas, Gricha?»

Elle jeta un regard faussement intimidé vers sa droite et reprit :

« Mais, pour nous, il est seulement notre Gricha. Mesdames et messieurs, voici Gricha Lobek. »

Les applaudissements fusèrent de nouveau et Frank observa que Jo Anne restait figée sur place, comme envoûtée, mais avec cette moue de dérision qui faisait maintenant partie intégrante de sa physionomie habituelle.

« Une présentatrice pour présenter le présentateur de notre lecteur, chuchota Frank.

— Chut ! » Le coude de Jo Anne le frappa plus nettement cette fois.

Un homme à demi chauve, aux formes indécises et aux sourcils blonds et épais, se leva pour commencer à parler d'une voix haut perchée sans attendre que le calme fût revenu dans l'auditoire. Il semblait pénétré d'une impatience qui le poussait à crier ses paroles à l'assistance.

« Je m'appelle Gricha Lobek », psalmodia-t-il d'un air excédé. Il fut immédiatement interrompu par des applaudissements qu'il balaya d'un geste de la main, non sans agacement. Avec un accent russe très marqué, il continua : « Il y a dix ans, alors que nous étions encore à Moscou, j'ai promis à Boris qu'une réunion du genre de celle-ci se produirait un jour. »

Son regard n'avait pas l'air d'accrocher vraiment. Manifestement, Gricha Lobek ne tenait pas spécialement à se trouver ce soir à la librairie de la Grosse Pomme. Les événements littéraires et les admirateurs de ses œuvres lui apparaissaient comme autant d'éléments susceptibles de l'empêcher de se consacrer à ses travaux.

Il parlait lentement, en insistant bien sur chaque mot, comme s'il s'adressait à des attardés mentaux.

« Là-bas, c'étaient nos rêves qui nous permettaient de tenir. Vous qui pouvez ici vous gaver de coq au vin et de beaujolais, vous ne pouvez pas imaginer ce que c'était. Nourrir de tels projets dans l'univers glacé du goulag! Naturellement, nous ne pouvions pas prévoir que nous serions obligés de vivre en exil.

« L'Occident. Nous avions constamment ce mot à la bouche. C'était un endroit imaginaire aux proportions mythiques, rempli de dangers mais aussi de promesses que seules nous permettaient de concrétiser les rapides conversations échangées avec des touristes sur la place Rouge. Parfois aussi, nous réussissions à voir des films venus de l'Ouest et introduits en fraude en Union soviétique. D'après ce que me disent certains amis restés à Moscou, grâce à *Tootsie* ils peuvent se faire une idée de ce qui se passe dans les rues de New York. »

Tout le monde se mit à rire.

« Pour Boris Zimoy, le métier d'écrivain est plus important que la vie. S'il est à Paris maintenant, c'est pour continuer la tradition littéraire dont il est issu, la tradition illustrée par Pouchkine, Tchekhov, Lermontov, Gogol, Dostoïevski, Tolstoï. Il a voulu continuer cette tradition dans son propre pays, mais cela n'a pas été possible. Vous ne devrez jamais oublier ce point capital : s'il est à Paris, ce n'est pas pour son plaisir, comme beaucoup d'entre vous. Non ! Ici, Boris est en exil. Il sera toujours prisonnier de son passé, de sa patrie et de son âme russe ! Il est exilé de son peuple. Et c'est son peuple qui a besoin de sa tradition littéraire, pas vous. »

Il resta silencieux un moment, pour mieux faire sentir le poids de ses paroles, puis reprit :

« Il faut à tout prix que vous le sachiez : s'il pouvait rentrer dans son pays, il le ferait immédiatement. Et c'est sur cette note empreinte de gravité que je vous présente mon ami Boris Zimoy. »

Sur cette conclusion émouvante, les applaudissements reprirent mais avec ferveur cette fois, tandis que Gricha tendait la main pour appeler Boris. Chacun regardait alentour, cherchant d'où Boris allait sortir. Finalement, à la grande surprise de tous, celui-ci jaillit du dernier rang de l'assistance et il commença à se frayer un chemin à travers la salle, enjambant les personnes assises sur le plancher. Chacun se poussait pour lui faire de la place.

Le cœur de Frank se mit à battre follement et ses mains s'agitèrent de mouvements incoercibles. Après avoir applaudi comme tout le monde, il les joignit nerveusement, puis se les passa dans les cheveux. Il avait l'impression d'être un pantin convulsif prêt à voler en mille morceaux.

Boris était aussi séduisant et électrique que Katia l'avait toujours décrit, mais il avait changé depuis que Frank l'avait vu au Luxembourg. Il paraissait plus mince et plus agressif. Il avait rasé sa barbe, et ses cheveux, coupés très court, étaient plaqués sur ses tempes avec du gel. Ses yeux sombres transperçaient tout ce qu'ils rencontraient. Il essayait de garder sur son visage une expression solennelle mais Frank discernait sous l'impassibilité du masque un plaisir de petit garçon à l'idée d'être l'objet de l'attention de chacun. De temps à autre, il souriait en disant : « Pardon, pardon », tout en franchissant l'obstacle d'un corps qui se trouvait sur son passage. Il était impeccablement vêtu, avec un sweat négligemment noué autour des épaules, comme le soir où Frank l'avait vu à la télévision.

Quand il arriva devant son auditoire, Gricha lui donna l'accolade et alla s'asseoir par terre au premier rang. Boris plissa les yeux et demanda que l'on règle le spot lumineux, sinon il serait incapable de lire un seul mot, ce qui serait dommage puisqu'il était venu pour ça, non ? Frank remarqua immédiatement que son accent russe très prononcé charmait les femmes de l'auditoire, qui riaient, extasiées.

« Merci, merci, Gricha. Eh bien, oui, me voilà, je vis à Paris et je vais lire une de mes œuvres en anglais. On ne sait jamais ce que la vie vous réserve. Jamais. »

Un flash fusa.

352

« Non, s'il vous plaît, pas de flash », protesta-t-il, montrant d'un geste qu'il risquait d'être aveuglé par une lumière aussi intense.

« J'aimerais vous lire une de mes histoires qui vient d'être traduite en anglais par le Dr Anne Santos, de l'université McGill à Montréal, Canada. J'écris en russe, et mon texte est traduit en français ou en anglais, parfois en français d'abord, ensuite en anglais. Comme vous le voyez, il y a toujours des problèmes. Vous êtes toujours prisonnier de votre éditeur, de votre traducteur ou de votre agent. »

Il secoua la tête d'un air songeur, puis se souvenant qu'il avait un auditoire devant lui, il se ressaisit.

« Cette histoire est intitulée *Lana* », dit-il. Il s'éclaircit la gorge et ajouta : « Lana est la version familière du prénom russe Svetlana.

« Quand j'ai rencontré Lana lors de mon premier voyage à New York, j'étais loin de me douter que je tomberais amoureux d'elle. C'était la dernière chose à laquelle j'aurais pensé. »

Le charme de sa diction ne laissait personne indifférent. Frank fut saisi d'une frayeur qui ne cessa de croître à mesure que Boris poursuivait son récit. Il était question d'une Américaine nommée Lana qu'il avait rencontrée à New York et qui semblait être la réincarnation d'une Russe également nommée Lana qu'il avait aimée à Moscou.

Elle menait une existence typique d'Américaine dans son appartement de Manhattan, avec sa chatte, et elle avait un métier, mais, chose plutôt surprenante, il sentait qu'elle avait une âme de Russe emprisonnée dans son corps. Il soupçonnait qu'il s'agissait là d'un piège du KGB, qu'elle était un agent secret chargé de le tourmenter et même de le torturer. Elle s'exprimait couramment dans la langue des New-Yorkais mais le surprenait parfois par ses attitudes langoureuses de Slave et ses interprétations pessimistes de l'existence. Mais ce qui le déroutait le plus, c'était que, pendant que Lana était partie travailler, il essayait de parler russe à la chatte (qui, il s'en était aperçu, comprenait déjà le français), et la chatte saisissait parfaitement tout ce qu'il disait.

Finalement, un jour où il avait pris le métro avec Lana, il avait sorti un revolver et devant tous les gens qui regardaient sans songer à intervenir, comme toujours à New York, il l'avait abattue. C'était le crime parfaitement anonyme, comme tous ceux qui avaient fait la célébrité de la ville. Elle l'avait regardé en disant doucement : « *Potchemou?* Pourquoi ? » et s'était affaissée. Et lui était parti en courant vers le haut de l'escalier en criant : « Arrêtez cet homme ! A l'assassin ! » comme s'il poursuivait le meurtrier. Sautant dans un taxi, il s'était fait conduire à l'aéroport Kennedy pour rentrer à Paris où il était maintenant, « devant vous », en train de raconter son histoire. Fin.

« Eh oui, c'est bien moi, mesdames et messieurs. C'est tout. »

Il sourit en levant les sourcils d'un air mystérieux en direction de son auditoire.

« Merci beaucoup. »

Frank n'était aucunement surpris. L'histoire concordait parfaitement. Dans ses récits, Boris tuait toujours l'héroïne, à moins qu'elle ne meure dans des circonstances affreuses. Naturellement, il s'agissait bel et bien de Katia. Certes l'intrigue avait été quelque peu modifiée pour rendre le récit plus dramatique, mais on retrouvait là tous les détails de leur malencontreuse idylle. Boris avait écrit un superbe drame psychologique, une histoire de persécution à la russe, en surimposant le mélodrame slave sur un décor new-yorkais très haut en couleur.

Frank regarda Jo Anne qui paraissait littéralement envoûtée. Quelle enfant elle était ! Malgré toute la compréhension d'adulte qu'elle manifestait à l'égard de la souffrance des autres, elle restait une petite fille bloquée à un stade précoce de son développement mental. Manifestement, elle avait pris un vif plaisir à cette lecture, tout comme lui, d'ailleurs, et il voyait en elle quelque chose qu'il n'avait encore jamais décelé. Pourtant, il n'éprouvait nullement le désir d'en parler ni de tenter de remédier à ce problème, comme on aurait pu s'y attendre de la part d'un psychothérapeute. Il en avait assez de jouer les éternels sauveurs, d'essayer constamment de plaire. Le Dr Miracle, s'appelait-il parfois. « Viens ici, papa va te guérir. » Il faut que je m'occupe de moi, maintenant, ne cessait-il de se répéter.

« Alors, qu'est-ce que tu en penses ? » lui demanda Jo Anne.

A la ferveur du ton, il était évident qu'elle avait beaucoup apprécié.

« Alors ? reprit-il en écho, inclinant la tête d'un air moqueur. J'ai pensé que c'était pas mal du tout.

— Ouais, j'ai trouvé ça génial. Il est fabuleux, ce type ! Une histoire toute simple mais c'est écrit à la perfection ! »

Il haussa les épaules.

« J'ai pensé que cette Lana ressemblait étrangement à une de tes anciennes clientes.

— Ah ! Vraiment ? dit-il en bâillant. Laquelle ?

— Tu sais très bien laquelle.

— Ne sois pas ridicule, siffla-t-il.

— En tout cas, il est très intéressant de constater à quel point l'art peut imiter la vie. »

Il ne releva pas.

« Et cette façon qu'il a de raconter que Lana avait un psychanalyste et que la seule personne qui pouvait identifier le meurtrier était justement ce docteur parce qu'il connaissait les détails les plus intimes de son existence.

— Tu es prête à partir ? » demanda Frank qui ne pensait plus qu'à décamper. Pas question de se trouver face à face avec Boris !

«Pas encore. J'ai envie de flânocher un peu, d'acheter un ou deux bouquins peut-être.»

Là-dessus, elle se leva et se dirigea vers les rayonnages.

Elle avait compris qu'il s'agissait de Katia. Jo Anne n'était pas stupide. Il lui avait parlé de sa cliente à New York au moment où il commençait à se sentir dépassé par les problèmes posés par cette psychothérapie.

Les gens allaient de côté et d'autre, buvaient du vin dans des gobelets de carton, essayaient d'échanger un mot avec Boris ou Gricha, qui s'étaient installés dans un coin du magasin, posant pour les photographes ou signant des exemplaires de leurs ouvrages. La musique classique se faisait de nouveau entendre et le tiroir-caisse tintait joyeusement à mesure que s'enregistraient les emplettes de chacun.

Frank tenta de se frayer un chemin dans la foule, saisissant au passage des bribes de conversation, et il regarda les livres que les gens choisissaient le plus volontiers. Son attention fut attirée par *Entrevue avec le vampire*, d'Anne Rice, et il se mit à le feuilleter, songeant à la fascination que les vampires exerçaient sur les femmes. Soudain, levant les yeux, il constata avec horreur que Jo Anne était en train de parler avec Boris.

Au lieu d'échanger des propos légers, ainsi qu'il l'avait fait jusqu'alors avec les femmes qui étaient venues le trouver, Boris semblait plongé dans une conversation des plus sérieuses avec Jo Anne. Frank se rapprocha d'eux et tendit l'oreille pour essayer d'entendre leurs paroles.

«Vous êtes complètement embourbé dans une paranoïa de pacotille et, si vous le permettez, on ne peut plus bourgeoise.»

Elle le fixait d'un air moqueur, les narines dilatées. Il y avait de la joie dans ses yeux. Jo Anne était passée à l'attaque.

«Et vous, la psy, vous vous croyez très forte?» Il rejeta la tête en arrière et éclata de rire.

«Si vous voulez écrire des drames psychologiques, je pourrais vous être d'une grande utilité», répliqua-t-elle.

N'était-elle pas en train de lui faire des avances? Frank se sentit traversé par un frisson. Maintenant il comprenait. Ils étaient tout bonnement occupés à flirter. A leur manière. Jo Anne et Boris, deux tigres prêts à tuer. Il s'écarta et finit par échouer devant le tiroir-caisse où Tyler Kass, la propriétaire, affichait un visage épanoui.

«Oh! Mais vous avez fait un très beau choix», dit-elle avec chaleur en retournant le livre que Frank lui tendait pour voir le prix au dos de la couverture. Il lui rendit son sourire. D'après ce qu'il avait lu de la présentation de l'ouvrage, le sujet lui convenait tout à fait : quelqu'un restait en marge de l'existence ; était condamné au rejet ; cherchait sans relâche l'être qui le comprendrait.

Il se demanda comment il allait pouvoir s'y prendre pour faire signe à Jo Anne que le moment était venu de repartir. Mais c'est elle qui vint le rejoindre au moment où il cherchait ses traveller's cheques.

«*Entrevue avec le vampire*, dit-elle, lisant le titre du livre.

— Oui. Et c'est ce que tu viens d'avoir toi-même», répliqua-t-il d'un ton maussade.

Elle ne sut que répondre et resta plantée sur place, se dandinant d'un pied sur l'autre.

«Bon alors, voilà, Boris m'a invitée à prendre un verre avec lui dans un café», lâcha-t-elle enfin en guettant ses réactions.

La bombe avait éclaté. Il tourna le dos à Jo Anne et essaya de compter les traveller's cheques qui lui restaient.

Elle mit ses mains aux hanches.

«J'ai dit oui. Tu te rends compte! Pour une fois que j'ai l'occasion de rencontrer un écrivain russe célèbre et…

— Il y a quelques jours, ce n'était qu'un émigré de dixième ordre, si je me souviens bien», s'exclama Frank d'un ton sarcastique.

Il se tourna vers Tyler Kass et demanda d'une voix suave :

« Vous pourriez me changer cinquante dollars ? Et ce serait à quel taux, s'il vous plaît ? »

S'adressant de nouveau à Jo Anne, il dit :

«Moi, je suis complètement crevé. La journée a été longue. Si tu y tiens, vas-y toute seule, je rentre à l'hôtel. Demain, ce sera notre dernier jour à Paris. Je laisserai la porte ouverte. »

Sans que cela fît pour lui l'ombre d'un doute, Jo Anne fut satisfaite de cette réaction bien qu'elle feignît de regretter sa défection.

«O.K. », dit-elle d'un air dépité, mais elle tourna les talons avec vivacité et sortit de la boutique d'un pas bondissant. Boris attendait dehors avec des amis et il fit un signe de la tête en direction de Jo Anne quand elle les rejoignit.

Frank s'attarda encore un petit moment, afin de leur laisser le temps de s'éloigner avant de quitter lui-même la librairie. Enfin il sortit pour affronter l'air vif de cette soirée d'avril.

Jo Anne et Boris! Il était encore abasourdi par le choc. Un véritable cauchemar! Mais il résolut de conclure un pacte avec lui-même : il ne penserait plus du tout à eux. De toute façon, il n'avait aucune prise sur la suite des événements. L'équilibre des forces entre Jo Anne et lui s'était rompu. Maintenant, elle volait de ses propres ailes. Tout se passait comme si Paris l'avait réveillée, elle aussi.

Quelle étrange cité! se dit-il en descendant le Boul'Mich', son livre sous le bras. Il regardait les gens assis aux terrasses et qui l'observaient. Il fut frappé par cette situation : qui regardait qui ? Quels étaient ceux qui vivaient et quels étaient ceux qui observaient ?

Soudain il eut envie d'être dans l'un de ces cafés, assis sous ces lampes puissantes, au milieu de ces foules hilares, regardant la vie de la rue, tout comme ces Parisiens qui le regardaient maintenant. Il repéra une table libre, au fond, et se fraya un chemin entre les sièges pour aller s'asseoir.

« Un cognac », lança-t-il au garçon avec une assurance qu'il n'avait encore jamais eue depuis le début de son voyage. Il regarda la table voisine où une femme sirotait aussi un cognac avec une petite bouteille d'eau minérale. « Et un Perrier aussi », ajouta-t-il avec la même autorité.

Le garçon esquissa à peine un signe de tête et disparut, empressé à satisfaire les désirs d'un client aussi exigeant.

Il faut que ça change. Il le faut ! Voilà le Frank que je veux être, le Frank aux pantalons Girbaud, assis dans un café à déguster du cognac. Le Frank de la place des Vosges. Demain sera mon dernier jour à Paris. Décidément, les vacances, c'est très éprouvant. On veut à tout prix profiter au maximum de la semaine que l'on s'est accordée et, s'il y a la moindre chose qui n'est pas parfaite, on a l'impression d'avoir tout raté. Maintenant il comprenait ses clients qui rentraient de vacances et se plaignaient de ne pas en avoir davantage pour se reposer de celles qu'ils venaient de prendre.

Il regarda la jeune femme assise à la table voisine. Elle lui sourit. Il lui rendit son sourire. Elle était si jolie, si française, avec ses cheveux courts et bouffants ornés d'un petit nœud rose, ses bracelets au poignet, une jupe bleu marine toute simple qu'elle portait avec un sweat de la même couleur et des socquettes blanches. Il devait s'agir là du style écolière dont Katia lui parlait sans cesse.

Elle leva son verre comme pour trinquer avec lui.

«Merci», dit-il. Il détourna son regard d'un air gêné.

S'il se lassait de son métier de psychanalyste, que pourrait-il faire? Il ferma les yeux pour mieux se concentrer mais ne réussit qu'à se voir en train de panser des chevaux à l'école d'équitation de Claremont. Il aurait pu aussi être gardien dans Central Park. C'étaient des métiers physiques, des métiers de plein air, qu'on ne ramenait pas chez soi le soir. Le travail de la journée terminé, votre vie vous appartenait entièrement. Et, en plus, on porte un uniforme. La simplicité de ces tâches ne manquait pas de le séduire. Il en avait assez d'être sans cesse sur la brèche.

Il fut incapable de voir comment les choses en arrivèrent là. Tout se passa très simplement. Un certain moment la jeune femme — elle s'appelait Faustine — vint le rejoindre à sa table. Elle parlait un peu anglais et il commanda d'autres cognacs. Elle lui prit la main et joua avec ses doigts. C'était merveilleux.

Peu après, elle se mit à lui arranger les mèches d'une autre manière, et à jouer avec son oreille. Il sentit qu'il respirait d'une drôle de façon, elle avait la bouche tout près de la sienne. Que c'était donc excitant d'être assis à une table de café, à Paris, et d'embrasser une Française... une femme dont il ne savait rien... qui ne passerait pas la nuit à lui raconter sa vie... ou si elle le faisait... il n'aurait pas besoin de l'écouter... ou d'y attacher la moindre importance!

Jo Anne aime Paris et Boris

Combien de temps avait-il dormi, il n'en avait aucune idée, mais il sentit que quelqu'un avait allumé la lumière.

«Jo Anne?» marmonna-t-il sans ouvrir les paupières.

Une main légère lui toucha l'épaule.

«Vous voulez manger quelque chose, monsieur?»

Il ouvrit les yeux. C'était l'hôtesse de l'air qui se penchait vers lui, tenant un petit plateau beige recouvert d'un emballage en plastique. Nom d'un chien! Il avait horreur de se faire surprendre la bouche ouverte, bavant pendant son sommeil.

Il s'essuya la bouche et se redressa sur son siège. Les autres passagers s'agitaient d'un air indécis, étiraient les jambes, rectifiaient leur toilette. Si on servait les collations, cela devait vouloir dire qu'on allait bientôt atterrir dans la vraie Grosse Pomme: à New York.

Il attendit que le chariot de rafraîchissements arrive à sa hauteur et commanda deux jus d'orange, puis il retira le plastique de son plateau. Du fromage et des biscuits salés, un gâteau au chocolat et une pomme. Pas mal. Ce qu'il avait hâte de rentrer au pays pour se payer son premier hamburger! Oh oui! Et une glace à la menthe avec des grains de chocolat.

Il se demanda ce que pouvait bien faire Jo Anne en

ce moment. Prenait-elle un bain avec Boris ? Se promenait-elle avec Boris ? Etaient-ils assis dans un café ? Ou en train de faire l'amour ? Cette pensée le fit frissonner. Oh ! Ce qu'il avait mal à la tête ! Deux jours qu'il avait la gueule de bois ! A peine l'avait-il surmontée qu'il se remettait à boire, et ce n'était pas la dernière bouteille de vin qu'il avait liquidée dans l'avion qui pouvait lui remettre les idées en place.

Jo Anne et Boris. Un couple bien assorti, vraiment ! Enfin Boris était tombé sur une femme capable de se comporter comme une garce avec lui, une femme qui pouvait se rebiffer, dont il ne pourrait rabattre le caquet aussi facilement. Bref, une femme qui ne l'aimait pas et qui ne s'acharnerait pas à lui offrir un autre flacon de Yatagan.

Face à Jo Anne, Boris saurait très bien se mettre au diapason. D'après ce que Frank avait entendu dire de lui, Boris s'intéressait plus à la vie de l'esprit qu'à la vie du corps. Parfait pour Jo Anne.

Décidément, nous vivons dans un monde bien étrange, songeait Frank. Si quelqu'un comme Jo Anne, qui vivait une vie d'ascète sans jamais sortir de son appartement, peut succomber au charme de Boris au point de rester avec lui à Paris, je me demande de quel droit je vais pouvoir me permettre de formuler le moindre jugement sur quoi que ce soit ou sur qui que ce soit. Tout se passe comme si la vie ne tenait aucun compte de nos volontés. Nous sommes emportés malgré nous, sans jamais pouvoir réagir.

Il revit la scène. En dépit du cognac qui alourdissait son sommeil, il l'avait entendue ouvrir la porte de la chambre, à l'hôtel, malgré tous ses efforts pour être discrète. Mais dans ce silence matinal — le calme après la tempête —, le moindre bruit se muait en vacarme. Dans les vapeurs de l'ivresse, il crut l'entendre murmurer : «Attends-moi en bas, j'arrive tout de suite.»

Puis il y eut un froissement d'étoffes, on fourragea dans des tiroirs, on ouvrit la fermeture Eclair d'une valise.

Les yeux toujours fermés, parfaitement immobile, il demanda :

«Jo Anne?

— Ah! Tu es réveillé, tant mieux, dit-elle à haute voix en se rapprochant de lui. Il faut que nous parlions.

— Chut! fit-il avec une grimace de douleur. Si tôt le matin! Ça ne peut pas attendre?»

Il n'avait toujours pas ouvert les yeux.

«Frank! dit-elle d'un ton sévère en s'asseyant sur le lit.

— Quoi?»

Il ouvrit les yeux et la regarda. Ô mon Dieu, elle était métamorphosée. Elle avait le sang aux joues et ses yeux brillaient d'un éclat sauvage.

«Je sais que ça va te faire un grand choc, mais...»

Elle s'arrêta pour le laisser au bord d'un précipice.

«Je vais rester à Paris une semaine de plus.

— Quoi?» Il se dressa sur son séant. «Hou! Donne-moi de l'aspirine, veux-tu?»

Des poignards lui transperçaient la tête. Elle lui tendit le flacon et le regarda mettre dans sa bouche deux cachets qu'il fit passer avec de l'eau d'Evian.

Elle inspira à fond et haussa les épaules.

«Je sais très bien qu'il m'est impossible de fournir une explication rationnelle...

— Jo Anne, c'est complètement idiot. Et tes...»

Elle ne le laissa pas finir.

«Je n'ai jamais rien fait d'aussi stupide, je le sais parfaitement, mais tu veux que je te dise? Je suis ravie. La plus grande part de ma vie d'adulte, je l'ai passée assise dans mon appartement à regarder vivre les autres. Maintenant, c'est mon tour. J'en ai marre de réparer les erreurs des autres, je veux commettre des erreurs, moi aussi. »

Il comprit qu'il ne servirait à rien d'insister. Elle n'était pas venue pour discuter, mais seulement pour l'informer. Ce qu'il dirait, ce qu'il ferait n'aurait aucune importance. Ils étaient l'un et l'autre des adultes responsables. Le plus drôle, et le plus horrible aussi, quand il y pensait vraiment, c'était que tout cela le laissait parfaitement indifférent.

« Qu'est-ce qui t'a prise ? » Il se sentait tout de même obligé d'essayer de la raisonner.

« Ce qui m'a prise, c'est que j'ai rencontré Boris Zimoy, soupira-t-elle.

— Alors, celle-là, elle est bien bonne, Jo Anne, dit-il d'un ton sarcastique. Tu vas aller grossir le bataillon de ses admiratrices. Dans quelques jours, tu vas lui acheter des flacons de parfum, comme les autres. »

Elle ne releva pas ces paroles, trop prise par ses propres pensées.

« N'empêche que tu m'as drôlement fait marcher. J'en suis restée comme deux ronds de flan.

— De quoi parles-tu ?

— De Boris. Tu as fait comme si tu ne savais rien de lui.

— Qu'est-ce que c'est que cette histoire ? dit-il en tentant de cacher sa nervosité et de gagner un peu de temps afin de savoir ce qu'elle avait appris de la bouche de Boris.

— Frank. J'ai été avec lui toute la nuit. Nous avons discuté sans arrêt. Dès qu'il a su que j'étais de New York, il n'a pas voulu parler d'autre chose. Il m'a parlé d'une femme nommée Katia… »

Elle s'interrompit un moment.

« Jo Anne, il déteste les psy, dit-il à tout hasard, pour tenter de se raccrocher à n'importe quoi.

— Et après ? Qu'est-ce que ça vient faire là-dedans ? Ecoute. Je vais passer la semaine avec lui.

Pas dans son atelier, il m'a dit qu'il n'y avait pas assez de place, mais dans un hôtel, à deux pas de chez lui. Il veut que je lui corrige une traduction anglaise de son nouveau livre. Et moi, j'ai envie de travailler pour lui.

— Il se sert de toi, sans plus.

— Boris est un être hors du commun. Il a l'ambition de faire quelque chose de sa vie. Sa vie tout entière est un art, son art. Il s'est lancé dans un marathon contre la mort et contre la politique. Je crois en lui. Et je peux l'aider mieux que n'importe quelle autre femme. Je le comprends. Il a besoin de moi. »

Frank se rendit compte qu'il ne pouvait plus rien faire pour elle.

« Avec lui, ce ne sera pas comme avec les autres, je le sais. »

On aurait dit une collégienne, éperdue d'amour, possédée par la passion.

« Dans une semaine, je rentrerai à New York et je verrai alors ce qu'il convient de faire, ajouta-t-elle d'un air pensif qui laissait entendre que désormais sa vie ne pourrait plus jamais être comme avant, devant l'importance de l'événement.

— Non, vraiment, je n'arrive pas à y croire », gémit-il.

Elle se précipita de côté et d'autre, jetant ses vêtements dans le sac de toile, et alla chercher ses affaires de toilette dans la salle de bains. Comme elle n'avait pas grand-chose à récupérer, l'opération ne prit pas très longtemps. Elle boucla la fermeture Eclair et annonça :

« Ça y est, je suis prête.

— Tu es complètement folle, Jo Anne », dit-il.

Etendu sous ses couvertures, complètement nu, l'estomac barbouillé par l'alcool, il ne se sentait pas la force de la raisonner. Il décida de laisser faire.

« Bonne chance », dit-il à mi-voix.

Elle saisit le sac de toile et son fourre-tout et sortit.

Frank prit sa montre sur la table de nuit et regarda l'heure. Dix heures et demie, et c'était son dernier jour plein à Paris ! Il alla ouvrir la fenêtre et vit Boris qui attendait sur le trottoir, l'air impatient et irrité. Dès qu'elle fut sortie de l'hôtel, Jo Anne lui tendit son sac de toile mais Boris protesta :

« Non, je ne peux pas. J'ai mal au coude. C'est à cause du tennis. Si je force, il me faudra une opération. Excuse-moi. »

Frank leva les yeux au ciel.

Il décida de prendre une douche, espérant que la vapeur lui éclaircirait les idées. Debout sous le jet bienfaisant, dans un équilibre instable, il songeait : Si mes clientes pouvaient me voir en ce moment ! M. Parfait. Quelle déception !

Avait-il vraiment fait la veille au soir ce dont il avait gardé le souvenir ? Après avoir quitté le café avec Faustine ils étaient allés ensemble dans un coin discret du bois de Boulogne pour... Mon Dieu. Il s'accrocha au porte-serviette pour ne pas tomber. Soudain, les images s'imposèrent à lui avec une netteté impitoyable et il rougit de honte.

Il se rasa avec soin et enfila ces vêtements si doux au toucher qu'il avait achetés en France. Et il décida de prendre son petit déjeuner au-dehors, l'hôtel ayant cessé de servir à une heure aussi tardive.

Paris était aussi alerte que d'habitude, ce matin-là, la ville ne se souciait nullement de la souffrance de Frank et se moquait complètement que ce fût son dernier jour en France. La vie continuerait comme avant, sans lui. Il traversa le Luxembourg en marchant sur des œufs, s'efforçant de ne pas aggraver sa migraine au rythme de ses pas, et pénétra dans le premier café qu'il aperçut sur le Boul'Mich'.

Voyons, que lui avait donc dit Katia un jour sur la manière de soigner sa gueule de bois en France ? Ah oui ! Selon elle, les gens buvaient de la bière le matin pour calmer leurs maux de tête. Un demi, avait-elle

366

dit, expliquant que c'était l'expression utilisée pour désigner un pichet de bière.

Il s'avança jusqu'au comptoir et lança : « Un demi ! » Le barman hocha la tête d'un air complice, comme s'il comprenait parfaitement. Frank regarda les deux autres hommes debout à ses côtés devant leur bière. Au moment où il porta son verre à ses lèvres, l'un des deux hommes leva le sien, comme pour trinquer. Frank apprécia ce geste de connivence et but une longue lampée. Le liquide frais et mousseux glissa dans sa gorge et il se sentit mieux aussitôt.

La forme revenue, il retourna au Luxembourg et s'assit sur l'une des chaises en fer forgé qui entouraient la fontaine. Il regarda les touristes prendre des photos en échangeant des propos banals. Il avait l'impression d'être un vieux Parisien, de se trouver dans son élément naturel. Il décida de passer sa journée dans les petites rues du Quartier latin, il se contenterait de marcher en regardant et en humant les odeurs. Il avait le vague à l'âme, comme s'il se préparait à quitter un vieil ami.

Demain à cette heure-ci... songeait-il. Il se vit tout à coup en train de sortir de l'aéroport Kennedy et se souvint alors qu'il allait rentrer seul.

Ses pas l'avaient amené rue Mouffetard et il se laissait emporter par la foule joyeuse qui avait envahi la chaussée, entre ces innombrables étals en tout genre. Avisant la boutique d'un marchand de vin, il se souvint qu'il lui faudrait faire des provisions pour le voyage. Bououf ! Rien que de penser au vin, il se sentait l'estomac tout barbouillé, mais il savait aussi que demain il apprécierait sans doute d'en avoir sous la main dans l'avion.

Il s'acheta une bonne bouteille de côtes-du-rhône et la mit dans le filet à provisions dont il avait fait l'emplette quelques jours plus tôt. Il sortit du magasin et vit son image dans une vitrine, à un endroit où la foule était plus clairsemée. Etait-ce bien lui? Bon sang, il avait presque l'air d'un Français.

Il mit le casque sur ses oreilles et écouta les vibrants accents d'une symphonie alors que l'avion commençait à descendre vers la côte Est. Mon Dieu, que la nature était belle! Il se sentait tout à coup déborder de sentiment patriotique et d'amour pour l'Amérique en regardant le Massachusetts, le Cap, la côte du Connecticut et finalement le bras basané de Long Island qui resplendissait au soleil couchant.

Il allait falloir bientôt sortir du cocon de cet avion. Il jeta un œil attendri sur ses compagnons de voyage et se demanda où iraient tous ces Pakistanais une fois qu'ils auraient atteint New York.

L'atterrissage se fit en douceur et tout le monde applaudit le pilote.

Frank franchit sans la moindre difficulté le contrôle de police en exhibant son passeport américain au fonctionnaire chargé de laisser passer tous les citoyens des Etats-Unis venant de Paris à bord du vol 002 de la compagnie Air Pakistan. En revanche, la file des immigrants s'étirait sur toute la longueur de plusieurs couloirs et Frank plaignit les étrangers dont ce serait le premier contact avec l'Amérique.

Ses bagages furent parmi les premiers à apparaître et il ne fut nullement inquiété à la douane. Il n'en croyait pas ses yeux. Grâce à la mansuétude des douaniers, il avait pu introduire ses fromages et ses saucissons sans le moindre problème.

Il poussa les portes en verre dépoli et, l'espace d'une fraction de seconde, il fut ému de voir la foule qui le regardait d'un air plein d'espoir jusqu'au moment où, très vite, il se rappela que personne n'était venu l'attendre. Il essaya de sourire tout en marchant, malgré sa valise qui lui cognait les jambes, contournant des groupes de gens qui se retrouvaient avec force embrassades, mais finalement, le sourire s'estompa de son visage.

Le chauffeur de taxi tenta d'engager la conversation, mais Frank n'avait pas envie de parler.

«Je suis un peu dans les vapes, dit-il pour s'excuser.

— C'est pas un problème, missié», dit l'homme avec un accent jamaïcain des plus marqués. Quand il eut déposé Frank devant son immeuble, il dit : «Prenez bien soin de vous, missié.»

Frank embrassa la façade du regard et soupira. Me voilà rentré au bercail. Il poussa le lourd portail et chercha ses clés pour ouvrir la porte intérieure donnant sur le hall d'entrée. Il alla à sa boîte aux lettres et constata avec satisfaction que le concierge l'avait vidée, ainsi qu'il le lui avait demandé. On ne savait jamais avec ces concierges, ils étaient tellement lunatiques!

Une fois dans l'appartement, il posa sa valise à terre et prit la pile de courrier déposée juste à côté de la porte. Puis il alluma quelques lumières. Par quoi commencer? Défaire les bagages? Laver le linge sale? Faire quelques provisions? Une douche?

Il ouvrit la porte du réfrigérateur et vit trois bouteilles d'Amstel et quelques fruits moisis. Il opta pour une bière et s'installa dans le fauteuil avec le courrier. Quelle heure était-il au juste? Une station de radio annonça dix heures du soir, il était donc trois heures du matin à l'heure de Paris, son heure à lui. Il était trop excité pour aller se coucher tout de suite. Le silence autour de lui était gigantesque. Il l'enveloppait complètement. Frank s'entendait avaler sa salive.

Au bout de quelques minutes, il se leva pour se diriger vers son meuble de rangement, où il fourragea un bon moment avant de trouver ce qu'il cherchait. C'était une cassette de magnétophone qui datait de deux ans et demi. Il l'inséra dans le Toshiba et se rassit dans son fauteuil après avoir éteint la lumière.

Il prit une longue lampée de bière et se renversa contre le dossier, allongeant les jambes devant lui pour être bien à l'aise.

Dans le noir, il entendit sa voix.

«Alors, qu'est-ce que je dois faire? Parler et vous raconter ma vie? C'est une blague, tout ça, non? Je n'arrive pas à croire que c'est vous qui allez être mon docteur. Si vous voulez mon avis, la seule chose que nous devrions faire, c'est fumer un joint tous les deux et aller danser quelque part. Comme je vous le dis.

— Veuillez commencer par le commencement, s'entendit-il dire d'une voix froide.

— Eh bien, j'aime beaucoup mon métier. Je suis rédactrice conceptrice dans une agence de publicité. Au fait, saviez-vous que les gens ont horreur que vous disiez aimer votre métier? Ça les met terriblement mal à l'aise, parce que, dans les trois quarts des cas, ils détestent leur travail. Mais moi, j'aime le mien, oui, absolument.»

Silence. Les efforts qu'elle faisait pour se donner un air décontracté étaient manifestement arrivés à leur terme. Il entendit un soupir. Quand elle parla de nouveau, ce fut sur le ton d'une lente lamentation.

«Je suis complètement déprimée. Et je me sens seule. Ça fait deux ans que je n'ai pas eu de rendez-vous. La seule chose que je veux, c'est rencontrer un type bien...»

Katia continue de n'aimer personne

«C'est toi qui aurais dû l'épouser, chantonna son amie d'un air moqueur.

— Dolly, je t'en prie.» Katia se tourna vers elle d'un air exaspéré. «Tu ne me facilites pas les choses!»

Elle fit de nouveau face au miroir, multipliant les contorsions pour ajuster les bretelles de sa camisole sous le Roméo Gigli noir qu'elle venait de passer par la tête.

Assise sur la bergère de la chambre à coucher, Dolly sirotait une tisane pendant que Katia s'habillait pour aller au mariage de Clint et de Carla. Elle avait invité Dolly à venir l'aider moralement dans ses pré- paratifs, mais en fait de soutien elle n'avait droit qu'à un feu roulant de sarcasmes.

Elle se détourna du miroir une fois de plus et adressa à son amie un regard sévère, la mettant en demeure de ne plus rien dire qui puisse mettre en péril le précaire équilibre qu'elle avait déjà tant de mal à sauvegarder.

«Je vais à son mariage, un point c'est tout, déclara Katia avec emphase. D'ailleurs, tu sais très bien que je ne l'ai jamais aimé.

— Mais oui, bien sûr, tu as parfaitement raison», dit Dolly en buvant une petite gorgée d'infusion. Elle poussa un soupir en croisant les jambes. «Excuse- moi, ma chérie.

— N'en parlons plus. Tu te tourmentes beaucoup trop pour moi, je le sais.» Elle tapota l'avant-bras de

Dolly et se retourna vers le miroir. «A ton avis, qu'est-ce que je mets pour les yeux? Tiens... *De l'or*!*» cria-t-elle avec une ardeur exagérée pour essayer de changer l'atmosphère qui s'était installée dans la pièce. Elles rirent toutes les deux de cet excès d'enthousiasme.

Naturellement, elle n'avait jamais été aussi surprise que ce samedi matin, deux semaines plus tôt, où elle avait trouvé dans sa boîte aux lettres une lourde enveloppe crème portant son nom calligraphié avec élégance. Qui cela pouvait-il être, cette fois? Tous les gens qu'elle connaissait étaient déjà mariés.

Elle se souvenait exactement de ce qu'elle avait ressenti en ouvrant l'enveloppe pour lire l'invitation. Après le choc, la surprise, le désarroi, le pincement au cœur, et finalement elle s'était déclarée heureuse pour Clint. Mais quelle façon de la mettre au courant! Certes, elle se réjouissait sincèrement pour lui, mais pourquoi donc ne lui en avait-il pas touché un mot lui-même? S'il avait vraiment été son ami, comme elle le croyait, il lui aurait confié qu'il était amoureux d'une autre femme. Elle qui s'était plu à penser qu'il la considérait comme une confidente, elle se rendait soudain compte qu'il n'en avait jamais rien été.

Elle ne pouvait plus compter désormais sur l'unique admirateur qui lui restait encore. A qui ferait-elle appel pour trouver quelque apaisement ou quelque distraction, pour la gâter quand la dépression monterait en elle? Clint passait de l'autre côté pour se mettre au service exclusif d'une certaine Carla.

Elle accepta pourtant l'invitation, remplissant, ainsi qu'on le lui demandait, la petite carte ivoire pour l'envoyer à la mère de la future épouse. Elle s'avisa alors que c'était la première fois qu'un homme la priait d'assister à son mariage. Après un moment de réflexion, elle décida que cette situation ne manquait pas d'un certain piquant et convenait tout à fait à son goût pour la mise en scène.

Elle appela Clint pour le féliciter. Elle était si nerveuse que les mots se bousculaient dans sa bouche :

«Je suis si heureuse pour toi! Vous avez décidé ça quand? Mon Dieu! Tout ce temps! Et tu ne m'en avais jamais parlé! Quand t'es-tu rendu compte que c'était elle la femme de ta vie? Incroyable!»

En fait, elle était sincèrement heureuse pour lui. Quelque chose lui disait, au fond d'elle-même, que le bonheur, c'était pour les autres et non pour elle.

Lui était resté très réservé à l'autre bout du fil.

«Merci, Katia. Nous avons décidé d'aller à l'île Moustique en voyage de noces. Nous avons déjà commencé à chercher une maison dans le Connecticut. D'ailleurs, ce matin, nous avons pris une option.»

Nous par-ci, nous par-là, il n'avait que «nous» à la bouche.

Katia décida de prendre très au sérieux son rôle d'invitée. Elle fit l'emplette d'une robe de cocktail noire car le mariage se ferait en grande pompe. Mon Dieu, cela convenait-il de mettre du noir pour assister à une noce? Pour Katia, le noir était la seule couleur au monde, avec une exception pour le blanc, en été. Elle opta pour le noir.

Ayant appris qu'elle trouverait la liste de mariage de Carla chez Bloomingdale, elle se fit remettre au bureau approprié une liste de plusieurs feuillets comprenant tous les articles choisis par le couple. Elle erra longuement dans les rayons et finit par se décider pour une paire de chandeliers en cristal.

Les six semaines passèrent très vite et le grand jour arriva. On était au début juin. Dans l'église, elle écouta le quintette à bois interpréter de la musique romantique et tenta de s'apitoyer sur son propre sort. Une fois de plus, elle se dit que c'était toujours elle qui restait sur la touche; les autres partaient deux par deux, ainsi que Dieu l'avait voulu, la laissant toute seule.

Et les couples invités à la fête, quel régal c'était pour eux! Quelle occasion merveilleuse ils avaient là de se remémorer leur propre aventure! Elle remarquait leurs hochements de tête approbateurs à la vue de deux autres de leurs semblables qui allaient sauter du haut du précipice pour tomber dans l'inconnu.

Pourtant, malgré tous ses efforts, elle ne parvenait pas à être triste. C'était un grand jour pour Clint et pour Carla, elle ne ressentait que de la joie pour eux, car ils avaient réussi à se trouver. Elle écouta avec la plus grande attention les vœux qu'ils avaient appris par cœur et qu'ils prononçaient comme si les mots leur venaient spontanément à l'esprit. Elle vit le couple assis à côté d'elle se prendre les mains avec amour. Elle regarda ses propres mains et les serra sur ses genoux.

Son tour venu, après quelques minutes d'attente, elle dit aux demoiselles d'honneur qu'elles étaient très jolies, embrassa Clint et Carla en les félicitant, puis se présenta aux garçons d'honneur que Clint avait pêchés on ne sait où. Avaient-ils une alliance? De toute façon, ils seraient trop occupés à faire danser les demoiselles d'honneur…

Elle repéra une collègue de Clint qu'elle connaissait bien et elles partagèrent un taxi pour se rendre à la réception qui se déroulerait dans un club privé, de l'autre côté de la ville. Après avoir laissé son manteau au vestiaire, elle erra dans les différentes salles où des cocktails raffinés avaient été disposés. Elle s'attarda un bon moment devant les buffets de hors-d'œuvre, s'efforçant de prendre un air très affairé tout en grignotant des bâtonnets de concombre frits et des bouchées au crabe. Puis elle se dirigea vers le bar où elle s'installa, faute de mieux, pour boire deux camparis sodas. Elle n'avait personne à qui parler.

Elle remarqua que tous les autres se comportaient

comme s'ils se connaissaient, agglutinés en petits groupes et discutant avec animation. Mais elle savait qu'il n'en était rien. Il était simplement de règle, dans ce genre de réception, de donner l'impression que l'on s'amusait follement en se mêlant à de parfaits inconnus, alors qu'en fait on ne parlait qu'aux gens que l'on connaissait, des gens sans intérêt, d'ailleurs, qui n'étaient capables de vous dire que des choses du genre : « C'est bien ici, hein ? » « Le dîner commence à quelle heure ? » « Donnez-moi une de ces bouchées au crabe, s'il vous plaît » ou : « Mais où sont donc passés les jeunes époux ? »

Elle essaya de ne plus bouger, espérant que sa solitude inciterait quelqu'un à venir lui parler. Peine perdue. Contemplant ces cohortes d'invités aux toilettes si coûteuses et pourtant si mal vêtus, elle fut surprise de constater qu'elle n'en connaissait aucun, ce qui montrait bien à quel point elle avait pu jouer un rôle accessoire dans l'existence de Clint. Et pourtant, à l'époque, elle avait eu l'impression d'être son unique distraction.

Et puis elle aperçut Ricky. Elle avait toujours eu beaucoup de sympathie pour Ricky — en fait son vrai nom était Eric. Seulement, il n'était pas très liant. A moins que sa réserve ne fût due au fait qu'il ne voulait pas flirter avec elle. Pourtant, il avait l'air si aimable, dans son costume sombre bien coupé, échangeant quelques mots avec des amis des parents de Clint, arborant ce sourire élégant qui lui ouvrait tant de portes. Parfait, Ricky serait son sauveur.

« Tiens, Ricky ! s'écria-t-elle d'un air surpris en passant devant lui.

— Oh ! Salut, Kate », dit-il en s'avançant vers elle pour lui saisir la main et lui embrasser la joue. Ricky n'avait jamais pu se résoudre à l'appeler Katia. « Tu es superbe ce soir.

— Merci, dit-elle, charmée de ce modeste compliment. Très réussi, ce mariage.

— Oui, très, dit-il en regardant autour de lui.

— Et Carla est absolument sensationnelle.

— Sensationnelle, oui, vraiment. »

Que d'inepties on pouvait débiter dans ces cocktails ! Pourquoi tout le monde était-il donc si mal à l'aise ? Elle le regarda et se rendit compte qu'il se cantonnait une fois de plus dans sa réserve habituelle. Le malheureux ! Pour qui se prenait-il donc ?

Elle s'était toujours imaginé être la femme idéale pour lui avant de s'apercevoir que beaucoup d'autres femmes se disaient la même chose. L'image qu'on avait de lui était assez fascinante : beau garçon, fils aîné de parents richissimes, c'était le beau parti par excellence. C'est moi qu'il lui faut, se disait Katia, et non ces péronnelles qui le suivent comme des toutous.

Elle le regarda tenant dans une main son scotch soda et refusant d'un signe de tête les hors-d'œuvre que les serveurs lui offraient. Les autres hommes, eux, étaient obligés de poursuivre les serveurs pour attraper quelque chose sur les plateaux. Ricky restait planté sur ses jambes et le personnel accourait pour le servir.

Il ne fit rien pour présenter Katia aux gens avec qui il parlait et ne tenta nullement de la faire participer à leur conversation. Espèce de salaud ! se disait-elle. Elle se sentait toute bête. Sur la touche, une fois de plus.

« Tu danseras avec moi tout à l'heure, Ricky ? demanda-t-elle d'un air faussement timide.

— Bien sûr, Kate. Je n'y manquerai pour rien au monde.

— Je compte sur toi », dit-elle d'une voix suave.

Mais elle se rendait bien compte qu'il n'en ferait rien.

Un orchestre avait pris place sur une estrade et commençait à jouer. La musique des Caraïbes serait à l'ordre du jour. Pourquoi ? Katia n'en avait aucune idée : Clint était originaire de l'Oklahoma et Carla allemande.

Elle prit un autre verre et s'approcha des musiciens. C'est alors qu'elle vit le photographe prendre des clichés de la noce et ne put s'empêcher de rire devant le ridicule de ces permutations que l'on fixait pour l'éternité : le couple, la mariée avec ses demoiselles d'honneur, les demoiselles d'honneur avec le couple ; les garçons d'honneur avec le marié ; les garçons d'honneur avec le couple ; la sœur du marié avec le couple ; la sœur avec la mariée. Et ainsi de suite, indéfiniment, pendant que les invités buvaient à en perdre la raison.

Un serveur avait commencé à circuler pour avertir tout le monde qu'on allait dîner. Il amena Katia à une petite table ronde où elle trouva une carte à son nom lui indiquant où elle devait s'asseoir. Voilà, Miss Katia Odinokov, table 17.

Elle retourna dans la salle de bal et chercha parmi les tables celle qui portait le numéro 17. Là encore, l'atmosphère des Caraïbes dominait : ananas, oiseaux de paradis, nappes roses et serviettes orange. Elle dut reconnaître que l'ambiance de fête était tout à fait réussie, avec cet orchestre qui rythmait des airs endiablés et les femmes arborant leurs robes du soir et leurs diamants. On aurait dit un dîner sur un bateau de croisière. Elle apprécia sincèrement les efforts qui avaient été déployés pour divertir les invités, bien que ce ne fût pas toujours du meilleur goût.

Quand elle eut enfin localisé la table 17, elle sentit que le cœur lui manquait. C'était la Sibérie, à mille lieues de la table des nouveaux époux et à deux pas des cuisines, avec la porte battante dans le dos et les serveurs qui défilaient sans discontinuer. Il devait s'agir de la table des marginaux, se dit-elle en s'asseyant pour attendre les réprouvés auxquels on avait également attribué la table numéro 17. Elle savait par expérience, pour avoir aidé des amies à préparer le plan de leurs tables avant leur mariage, que l'on arrivait toujours au moment où il fallait bien placer les solitaires, ceux que l'on ne pouvait pas mettre ailleurs, et que l'on décidait de rassembler dans un coin à part.

Allons, Katia, se morigéna-t-elle bientôt, pas de mauvais esprit, veux-tu? Au fond, c'est très amusant, tout ça, et tu vas rire comme une petite folle. Elle s'installa confortablement sur son siège et observa le spectacle de cette salle se remplissant peu à peu d'invités passablement éméchés qui allaient et venaient à la recherche de leur place. Elle décréta que c'était elle qui avait la plus belle robe. Une sacrée consolation, tout de même!

Ses commensaux arrivèrent au compte-gouttes, ce qui lui donna le temps de constater qu'elle ne s'était pas trompée : quelques lointains cousins, un couple de provinciaux, une femme d'un certain âge, seule elle aussi. Il restait encore deux chaises libres, de chaque côté de Katia. Voyons, quels seront mes bienheureux voisins?

Le dîner commençait. Des serveurs apportèrent le premier plat, un hors-d'œuvre composé de tranches de papayes et de quartiers d'ananas baignant dans le porto. Une fois de plus, elle avait vu juste en érigeant pour principe que, dans les repas de cérémonie, il fallait se gaver d'amuse-gueule et ne plus rien manger ensuite. Elle était en train de secouer la tête négativement avec un sourire d'excuse à l'intention du serveur quand elle ressentit soudain un choc à la vue du couple qui se dirigeait d'un pas nonchalant vers sa table.

Lui, c'était Gatsby le Magnifique sortant de la brume; il tenait par le goulot une bouteille de champagne ouverte et escortait une femme blonde. Avec son col ouvert sous la veste de smoking, il avait l'air d'un fêtard et on aurait dit qu'il ne se rendait jamais nulle part sans sa bouteille de champagne et sans sa blonde. Le fait que la femme était plus âgée que lui la rendait plus intéressante, en dépit de la robe orange étincelante dont elle s'était affublée. Orange ! C'est une couleur, ça ? L'homme avait des cheveux noirs et des yeux d'un bleu profond, et il donnait l'impression d'appartenir à la haute aristocratie et d'avoir de l'argent à ne plus savoir qu'en faire.

Katia fut frappée de stupeur en constatant qu'ils s'étaient arrêtés auprès d'elle. Elle se déplaça pour que les deux sièges libres soient côte à côte.

« Nous pouvons nous installer ici ? Ça ne vous dérange pas trop ? demanda-t-il pour la forme à Katia en tirant la chaise vers lui.

— Oh non ! Pas du tout. Allez-y, je vous en prie », dit-elle.

Il s'assit et regarda son assiette de papayes et d'ananas, remarquant alors que Katia n'en avait pas pris.

« Vous n'aimez pas ? » demanda-t-il.

Elle fit non de la tête et sourit. Elle le vit porter la fourchette à sa bouche et mastiquer d'un air pensif, avant de repousser son assiette.

« Eh bien, vous avez parfaitement raison, décréta-t-il. Un peu de champagne ? »

Katia hocha affirmativement la tête et tendit son verre, lui expliquant qu'elle se contentait toujours des amuse-gueule quand elle était invitée à un repas de ce genre, sur quoi il répéta :

« Eh bien, vous avez parfaitement raison. »

Il tourna alors son attention vers la femme à la robe orange qui était assise de l'autre côté.

Comme les autres invités, il s'était présenté en s'installant à table, mais Katia avait déjà oublié le nom qu'il avait donné. En revanche, elle se souvenait que la femme, qui lui avait adressé un sourire fort aimable, se prénommait Carol. Cette dernière ne prenait jamais l'initiative de parler la première mais répondait toujours avec beaucoup de bonne grâce quand on s'adressait à elle.

Où donc était passé Ricky? Katia le chercha du regard. Ah! Là-bas. Il était à une table remplie de femmes qui le dévoraient des yeux d'un air extasié. Pourquoi ne l'avait-on pas placée auprès de lui?

L'heure était arrivée de la première danse et du premier toast. Avec un accent jamaïcain à couper au couteau, le chef d'orchestre annonça:

« Et maintenant, mesdames et messieurs, M. et Mme Clint Kalanty vont effectuer leur première danse sur la chanson qu'ils ont choisie: "I Love You Just the Way You Are". »

Les musiciens attaquèrent l'introduction et le couple, le visage figé dans un sourire stupide, se mit à évoluer sur la piste. Tout cela était si conventionnel que Katia fut prise de fou rire, tandis que les autres soupiraient à la vue d'un bonheur aussi pur, qui n'avait pas encore subi les atteintes de la lassitude provoquée par la vie quotidienne.

Maintenant, certains invités se levaient à leur tour pour se joindre aux jeunes mariés. Ricky ne dansait pas. Manifestement, il n'avait pas l'intention de payer de sa personne ce soir-là. Restée seule à sa table, Katia regarda les serveurs remporter les assiettes sales avant l'arrivée du second plat. Décidément, il y avait des femmes seules en surnombre! Quelle déveine! Gatsby le Magnifique ayant invité Carol à danser, elle le suivit des yeux tandis qu'il escortait sa cavalière jusque sur la piste avant de se mêler aux couples tourbillonnants.

Quel danseur médiocre! Non, pire que cela encore. Il n'avait aucun sens du rythme, il marchait sur les pieds de la blonde. Sans la moindre gêne, il continuait de marteler le sol, de l'air de quelqu'un qui ne s'est jamais autant amusé de toute son existence.

Clint et Carla se partageaient maintenant leurs invités qui voulaient danser avec le marié ou avec la mariée. Carol revint s'asseoir et Gatsby avait enlacé Carla, sans que son style se fût amélioré le moins du monde. Mais Carla se tirait fort bien d'affaire, une jeune mariée ne pouvant que faire preuve de perfection en toutes circonstances.

Le dîner se poursuivait comme un ballet bien réglé. Chaque plat était accompagné de noix de coco, cet ingrédient étant sans doute considéré par le chef comme indispensable pour créer l'ambiance Caraïbes. Le plat de résistance se composait de cubes de bœuf avec de la noix de coco râpée, versés sur un lit de riz imprégné de sauce brune. Pour salade, il y eut des oranges et des bananes sur une feuille de laitue dans une vinaigrette à la noix de coco. Au dessert, on apporta un sorbet à la noix de coco, et le gâteau de noce se composa de noix de coco enrobée de chocolat.

Katia assista avec un amusement indéniable à ce dîner typique. A sa manière, elle passait des heures merveilleuses. L'homme sans nom avait dansé toute la soirée avec les femmes assises à sa table et aussi avec d'autres, et elle trouvait bizarre qu'il ne l'ait pas invitée une seule fois.

Elle décida de prendre l'initiative et se précipita sur Clint à la fin d'une danse pour lui demander :

«Je peux danser avec le marié ?»

Clint, dont c'était le grand jour, nageait dans une sorte de brouillard. Jamais il n'aurait songé à aller la solliciter, mais il se déclara très heureux de l'avoir pour cavalière.

Pour Katia, c'était un adieu à Clint, et elle espérait que ces quelques instants passés avec lui leur rappelleraient les délicieux moments qu'ils avaient vécus ensemble. Mais il ne restait plus rien du passé, Clint s'était donné à une autre. Pourtant Katia se délectait de la sentimentalité secrète qui l'animait alors et appréciait d'être le point de mire de tous ceux qui se demandaient qui pouvait bien être celle qui dansait avec le marié maintenant.

«C'est moi!» avait-elle envie de crier.

La musique s'arrêta et Clint lui dit :

«Merci, Kate. Où es-tu assise?»

Il s'apprêtait à la raccompagner à sa table mais fut intercepté par une autre jolie fille qui voulait elle aussi danser avec le marié. Il adressa à Katia un sourire plein de regret et elle revint à sa place toute seule.

Désormais, plus personne ne cherchait à respecter l'ordre établi pendant des mois par la mariée et par sa mère. Certains avaient même abandonné leur place pour aller voir quelqu'un à une autre table, renonçant à s'attarder davantage en compagnie de parfaits inconnus.

Katia s'assit, sortit son poudrier et se repoudra le nez.

«Vous êtes une amie de la mariée?»

C'était l'homme sans nom qui lui adressait la parole, après avoir tourné sa chaise vers elle.

«Non.»

Il ne s'était pas attendu à cette réponse.

«Du marié?

— Oui, fit-elle en souriant.

— Oh! Je vois.»

En fait, il ne voyait rien du tout. Ne sachant plus que dire, il réfléchissait, se demandant ce que cela pouvait bien signifier. Il la regarda des pieds à la tête, comme pour la jauger.

«Etes-vous...? Enfin, je veux dire... Est-ce que vous et Clint...?» Il cherchait ses mots, essayant d'éviter les formules trop précises.

«Nous étions amis, oui, répliqua-t-elle d'un air chargé de sous-entendus.

— Oh! Je vois», répéta-t-il alors.

Etait-ce de la nervosité qu'il essayait maintenant de cacher? Cette information allait-elle la rendre plus intéressante à ses yeux? Il va peut-être m'inviter à danser maintenant. Mais non. Leur conversation n'alla pas plus loin.

La soirée se poursuivait à un rythme précipité. Les danses se faisaient de plus en plus frénétiques, la consommation de boissons alcoolisées ayant atteint un niveau inégalé. L'homme sans nom dansa encore plusieurs fois avec Carol, puis avec une des cousines qu'elle avait à sa table. Il offrit à Katia de venir boire un verre avec lui au bar et elle accepta.

Revenue à sa place, elle décida de s'en aller et reprit son foulard de soie fuchsia sur le dossier de sa chaise, ainsi que la pochette d'allumettes souvenir marquée de l'inscription: «Clint et Carla». Elle dit au revoir aux rares personnes restées à sa table et, quand elle se tourna vers lui pour prendre congé, il se leva, ce qu'elle trouva exagérément courtois.

«Quel dommage que nous n'ayons pas eu l'occasion de danser ensemble!» dit-il.

Elle le regarda avec étonnement. Quelle curieuse remarque! Préférant garder pour elle la riposte acide qui lui venait à l'esprit, elle le fixa d'un œil incertain comme si elle cherchait à se souvenir.

«En effet», dit-elle d'un ton glacial.

Elle tourna les talons et se dirigea vers la sortie, espérant que sa jupe se balançait gracieusement sur ses jambes au rythme de ses pas. Au moment où elle allait franchir la porte, elle se retourna pour le regarder une dernière fois, mais il avait disparu.

Frank aime Katia

Avant Katia, tout avait été parfait. Frank aimait sa vie, la façon dont il l'avait organisée, la direction qu'elle avait l'air de prendre. Il appréciait particulièrement de s'être orienté dans un mode d'existence axé sur les choses de l'esprit. Et *elle* était arrivée, et *elle* avait réussi à le rendre fou avec sa manie de tout dramatiser à l'excès, de ne s'intéresser qu'à l'aspect sensuel de la vie quotidienne. D'abord exaspéré, il lui avait dit qu'elle était incapable de voir la réalité en face. Et maintenant ? Maintenant, il ne savait plus.

Depuis qu'il était rentré de Paris, il vivait comme un automate, s'acquittant de ses tâches journalières, présent par le corps mais l'esprit ailleurs. Assez curieusement, il notait quelques progrès dans l'état de ses patients, alors que lui voyait le sien empirer sans cesse. Peut-être se montrait-il moins exigeant qu'autrefois ?

Jo Anne lui avait envoyé une carte postale l'informant qu'elle avait décidé de rompre pendant quelques mois avec la vie new-yorkaise et de rester provisoirement à Paris. Les rumeurs les plus folles avaient circulé à son propos dans les couloirs de l'Institut, mais Frank n'avait jamais rien dit.

Ce n'est qu'au début de juin qu'il se sentit suffisamment remis de son voyage pour commencer à envisager la manière dont il allait changer sa vie. Il procéderait progressivement, en s'attaquant d'abord aux activités de loisirs. Il demanda le catalogue de la New School et l'étudia attentivement. Suivrait-il les cours de cuisine gastronomique ou les leçons de chant ? Le choix était ardu, mais il se décida finalement pour les cours de cuisine. Y aurait-il un meilleur endroit pour rencontrer des femmes ? Les leçons de chant attendraient jusqu'à l'automne.

Il alla chez Zabar avec la liste du matériel requis et choisit un joli tablier aux rayures bleues et blanches et une paire de couteaux Wusthof. Bon sang, ce qu'ils étaient chers ! Mais d'après Qui-vous-savez, la marque Wusthof était la seule valable !

En faisant la queue à la caisse, il remarqua qu'une jolie femme le fixait d'un œil rêveur et il décréta qu'il n'y avait rien de plus séduisant qu'un homme capable de préparer des plats succulents.

Il s'inscrivit aux Amis du vin et se vanta de ses prouesses œnologiques auprès de ses collègues de l'Institut. Il prenait toujours grand soin de s'habiller avec élégance pour assister aux séminaires consacrés à la dégustation, pendant le week-end. Comme stages, il avait déjà fait « Les grands crus de Bordeaux » et « En avant pour la vallée de l'Hudson » ; il avait hâte d'en arriver à « Bourgognes à gogo » et surtout à « Oh la la ! champagne ».

Que c'était donc amusant d'évoluer dans la salle de dégustation avec sa fiche et son crayon et de goûter les différents échantillons en prenant un air très inspiré pour essayer de distinguer un vin corsé aux arrière-goûts de mûre d'un vin jeune et impertinent derrière lequel perçait la saveur du bouleau fumé.

Il jeta les trois quarts de ses costumes et hanta les soldes des boutiques de Colombus Avenue, bâtissant sa nouvelle garde-robe sur une base nouvelle de tissus et de couleurs. Il refit entièrement son cabinet pour lui donner un aspect plus agréable et prit l'habitude d'acheter des fleurs tous les lundis. Délaissant ses manuels de psychanalyse, il se lança dans Henry James et John Irving, pour n'en nommer que deux, et sentit qu'il en apprenait beaucoup plus sur la nature humaine qu'à aucun moment auparavant.

Pourtant, malgré tous ses efforts pour s'occuper le corps et l'esprit, il ne pouvait se débarrasser du spectre de Katia. Il se réveillait le matin et s'endormait le soir en pensant à elle. Il chercha sans relâche la réponse à cette question qui le harcelait impitoyablement : qu'allait-il faire au sujet de Katia ?

Finalement, l'évidence s'imposa à lui. Il l'aimait. Il fallait qu'il la voie, qu'il lui avoue son amour, que les choses évoluent d'une manière ou d'une autre. Mais comment allait-il s'y prendre ? Il ne pouvait tout de même pas lui téléphoner pour lui demander de passer à son cabinet. Elle n'accepterait jamais. Et s'il l'invitait à prendre un verre ou à dîner, elle risquerait de se formaliser d'un tel sans-gêne, d'autant qu'elle ne saurait pas que c'était le « nouveau » Frank qui lui parlait. Après mûre réflexion, il décida que la meilleure solution était d'organiser une rencontre fortuite, quelque chose qui paraîtrait entièrement dû au hasard.

Et c'est ainsi que, par un beau samedi après-midi de juin, Frank conçut un plan irréprochable. Il était assis dans son fauteuil, devant le ventilateur, vêtu en tout et pour tout d'un caleçon et d'un tee-shirt annonçant « J' ♡ Paris ». Feuilletant le *New Yorker*, il en était arrivé à la rubrique des manifestations littéraires. Une séance de lecture de poèmes au club Y de la 92e Rue ! Mais oui, bien sûr ! Katia faisait partie du Club de poésie et, le lundi suivant, Milan Kundera serait le dernier invité de la saison. Katia adorait cet auteur. Elle connaissait tous ses romans. Elle ne pouvait manquer d'assister à la séance. Pendant tout le week-end, il pensa à cette rencontre, dont il n'était plus séparé que par deux petites journées.

Quand il arriva au guichet, le lundi soir, il ne restait plus de place. Jamais il n'avait envisagé une telle éventualité.

«Tous les billets ont été vendus depuis des semaines», lui expliqua l'employée.

Il insista, disant qu'il fallait absolument qu'il assiste à la séance de ce soir. Alors elle lui conseilla de rester un moment dans le hall d'entrée pour le cas où quelqu'un chercherait à céder un billet en trop. Il la remercia et se mit à faire les cent pas d'un air anxieux.

«Docteur Manne!» dit une voix féminine.

Katia! Il se retourna et vit que c'était Rose Bruno, une de ses nouvelles patientes.

«Oh! Bonsoir, Rose, dit-il avec un aimable sourire.

— Je ne savais pas que vous aimiez Milan Kundera», dit-elle d'un air faussement intimidé.

Il y a un tas de choses que tu ne sais pas à mon sujet, pensa-t-il. Mais il se contenta de répondre:

«Oh! Je l'adore.»

Rose eut un petit rire gêné

«Eh bien, à jeudi.»

Il hocha la tête et s'apprêta à s'en aller mais Dieu avait dû décider qu'il assisterait à cette séance car il vit quelqu'un qui voulait revendre un billet. Il le racheta immédiatement.

Les gens se bousculaient pour entrer dans l'auditorium. Il descendit l'allée centrale d'un pas hésitant, cherchant à repérer deux sièges libres côte à côte. Pour qu'elle le voie plus facilement.

L'ambiance dans la salle était particulièrement électrique ce soir-là car Milan Kundera faisait vraiment figure de vedette littéraire. Frank feuilleta le programme et éprouva une impression de déjà-vu, sans doute à cause des descriptions fidèles que Katia lui avait données des séances auxquelles elle avait assisté.

Une nervosité croissante montait en lui. Où donc était-elle? La reconnaîtrait-il? La salle était presque pleine et il devait sans cesse éconduire les gens qui lui demandaient : « Cette place est-elle prise ? — Désolé, disait-il en mettant sa main sur le siège. Il y a quelqu'un. »

Et puis il la vit qui descendait dans l'autre allée. Naturellement, elle arrivait au dernier moment pour s'installer auprès de l'homme le plus intéressant qu'elle pourrait trouver. Il avait envie de se lever et de lui adresser de grands signes du bras.

Mais qu'elle avait donc changé ! Comment une femme pouvait-elle à ce point modifier son apparence ? Un véritable caméléon, sans cesse en quête d'une nouvelle définition de son moi. Il fallait reconnaître que, ce soir-là, elle avait été particulièrement inspirée. Jamais elle n'avait été aussi belle, avec sa robe aubergine toute simple, ses cheveux longs ramassés en une tresse à la base du cou et le maquillage subtil des yeux. Avec ses sandales noires et son sac de marin négligemment passé sur l'épaule, elle avait une classe époustouflante. C'est ma Katia ! Il était vraiment fier d'elle. Il regarda autour de lui pour voir si quelqu'un d'autre l'admirait.

Elle observait la foule, étudiant la situation. « Je suis ici », avait-il envie de crier. Il la dévorait des yeux tandis qu'elle continuait de balayer l'auditoire. Maintenant qu'il était allé à Paris, il savait reconnaître ce qu'il y avait de français dans son style. Elle était la plus belle femme de l'assistance. Il y avait sur son visage une sérénité nouvelle, une limpidité qui vous frappait d'emblée. Elle paraissait plus douce, plus accessible qu'à l'époque où elle venait le consulter. Que s'était-il donc passé ? Elle avait dû rencontrer quelqu'un, pour être métamorphosée à ce point. Il savait qu'il aurait dû s'en réjouir pour elle, mais il ne réussit qu'à en concevoir de l'inquiétude. Et s'il arrivait trop tard ? Allons, ce n'était pas le moment de se faire du tracas. Il trouverait bien un moyen de résoudre le problème quand il se poserait. Ils iraient peut-être dans un café après la séance et il lui dirait à quel point il avait aimé Paris.

Katia rebroussait chemin. Manifestement, elle avait repéré un siège libre. Ô mon Dieu, elle venait droit sur lui! Son cœur se mit à battre la chamade. Il se recroquevilla dans son fauteuil. Il ne savait de quel côté regarder. Oh non! Que lui dirait-il? Tout se passait exactement comme il l'avait désiré et maintenant il était pétrifié. Il tenta de se calmer. Après tout, il avait bien le droit d'être là. Cette séance était publique. Il s'éclaircit la gorge et se força à sourire.

Elle dépassa son fauteuil, laissant dans son sillage une bouffée d'Air de Paris.

Il se retourna et la vit se glisser deux rangées derrière lui, s'installant calmement entre deux hommes. Quoi? Il n'en croyait pas ses yeux. Elle ne l'avait donc pas vu? N'avait-il pas l'air suffisamment intéressant? Et puis il comprit. Evidemment, pourquoi s'asseoir à côté d'un seul homme quand il y en a deux qui ont laissé un siège libre entre eux?

Les lumières s'éteignirent peu à peu, le silence se fit progressivement. Bon sang! Pourquoi avait-il donc fallu qu'elle aille s'asseoir derrière lui? Il ne pourrait pas rester indéfiniment retourné sur son siège pour la regarder! Une vague de tristesse l'envahit. L'atmosphère lui rappelait la séance de lecture tenue par Boris à Paris et il pensa à tous les autres drames qui se déroulaient peut-être dans cette même salle à ce moment précis, aux séparations qui se préparaient, aux idylles avortées et aux frustrations, jalousies ou autres insatisfactions, de caractère littéraire ou non, qui agitaient le cœur de certains.

La directrice du Club de poésie apparut pour faire les présentations. Naturellement, elle venait simplement dire quelques mots pour présenter la personne qui présenterait Milan Kundera. Frank se tassa sur son siège, un peu gêné à l'idée que, par sa faute, le fauteuil voisin du sien était resté inoccupé. Après avoir ébauché le programme de la saison suivante, annoncé quelques changements dans les prévisions et lancé un vibrant appel à la générosité publique, la directrice continua :

« Et maintenant, mesdames et messieurs, j'ai une merveilleuse surprise pour vous ce soir. Nous avons l'honneur d'avoir chez nous, pour présenter notre invité, un écrivain dont le nom est sur toutes les lèvres pour le prochain prix Nobel de littérature. »

Un frisson parcourut l'auditoire.

« Gricha Lobek. »

Murmures flatteurs dans la foule.

« Heureusement pour nous, Gricha, qui demeure à Paris, a dû venir aujourd'hui à New York et il a gracieusement accepté de présenter son ami Milan Kundera. Mais je n'en dirai pas davantage, et bienvenue à Gricha Lobek. »

Des applaudissements enthousiastes éclatèrent au moment où Gricha, tel un acteur, émergeait d'un coin de la scène pour apparaître à la clarté des projecteurs. Frank n'en croyait pas ses yeux. C'était une blague ou quoi ? Vraiment, il avait l'impression d'avoir rajeuni de plusieurs mois, d'être brusquement ramené en arrière dans cette librairie parisienne, face à ce Gricha, qui une fois de plus avait cet air excédé de quelqu'un qui avait beaucoup mieux à faire ce soir-là. Mais qui était donc ce Gricha Lobek et pourquoi se prenait-il pour le prince des émigrés ?

Comme Milan Kundera était un contestataire de première grandeur, Gricha avait préparé une introduction des plus soignées. Frank savait, pour avoir lu les pages littéraires du *New York Times*, que Gricha avait écrit des articles sur les livres de Kundera. Mais la prose dudit Gricha lui avait toujours paru absconse et, comme elle n'avait pas l'air plus limpide quand elle sortait directement de la bouche de l'auteur, il perdit vite pied et préféra se retourner pour voir ce que faisait Katia.

Ô mon Dieu! Frank resta bouche bée. Rêvait-il? L'homme assis à la droite de Katia et avec qui elle bavardait maintenant n'était autre que Mikhaïl Baryshnikov! La mafia des émigrés russes s'était donc donné rendez-vous ici! Dans ces conditions, quelle chance pouvait donc avoir un pauvre Américain moyen?

Manifestement, Gricha et Misha étaient des amis de Kundera et ils allaient se réunir tous quelque part après la séance pour célébrer leurs retrouvailles. Et si Katia leur faisait du charme, elle serait conviée elle aussi à leur petite soirée. Mais enfin elle ne comprendrait donc jamais! Ces Russes étaient des séducteurs-nés. Frank avait lu un article sur eux dans le magazine *People*. Aucune femme ne pouvait leur résister, Katia pas plus que les autres. Mais qu'est-ce qu'ils avaient donc, ces Russes? Toutes ses patientes fantasmaient sur Misha. «Il a de ces yeux!» disaient-elles d'un air extasié. Quant aux hommes, ils rêvaient d'être Misha; lorsque Frank avait demandé pourquoi à l'un de ses clients, celui-ci avait répondu: «Mais enfin, vous ne vous rendez pas compte du succès qu'il a auprès des femmes?»

Katia paraissait au mieux de sa forme et elle était très en beauté, le visage animé par les propos qu'elle tenait à son voisin. Misha avait dû remarquer la croix orthodoxe en or qu'elle avait autour du cou car elle la tenait du bout des doigts et il regardait le bijou en souriant.

Frank essaya d'imaginer ce qu'éprouvait Katia en ce moment précis. Elle devait être au comble de la félicité à l'idée de se trouver à côté du plus célèbre de tous les émigrés. C'était comme si, une fois morte, elle était montée directement au paradis. Il avait l'impression de l'entendre déclarer qu'en cette inoubliable soirée elle s'était trouvée assise côte à côte avec Baryshnikov.

Frank se contraignit à se tourner vers la scène où

Gricha parlait toujours de sa voix geignarde. Quelle chance avait-il, lui, Frank Manne, psychothérapeute de l'Indiana, de rivaliser avec Mikhaïl Baryshnikov, le danseur étoile russe émigré aux Etats-Unis ? Il se rendit compte que tout était fini ; juste au moment où il s'était enfin décidé à faire un pas vers elle pour la comprendre et pour l'aimer, elle lui glissait entre les mains, elle le laissait en plan. Maintenant, elle évoluait dans les hautes sphères, le monde des vedettes du spectacle ; les fantasmes des autres femmes étaient devenus pour elle une réalité tangible.

Ses facultés d'attention réduites à néant, il se sentait incapable de rester là à écouter de la poésie. Gricha venait de terminer et tout le monde applaudissait follement le nom de Milan Kundera. C'était le moment de fuir. Il se mit à tousser et se leva, comme s'il avait besoin de boire une gorgée d'eau de toute urgence. Se masquant le bas du visage avec la main, il se précipita vers la sortie.

Boris aime Katia... à sa manière

Le samedi soir du week-end du Labor Day, vers dix heures, Katia sortit de chez elle pour aller acheter le numéro du dimanche du *New York Times*. Elle s'offrit une glace italienne par la même occasion et la dégusta avec satisfaction tout en déambulant dans les rues, le volumineux journal sous le bras, observant la vie nocturne du quartier.

Le calme le plus complet régnait dans l'Upper East Side. Tout le monde, mais alors tout le monde, était parti, qui à la plage, qui à la montagne, pour savourer le dernier long week-end de l'été.

Son cornet achevé, elle regagna l'appartement, savourant à l'avance les heures qu'elle allait passer en compagnie du journal. Elle voulait aussi réfléchir à de nouvelles résolutions qu'elle prendrait pour l'automne.

Comme tout New-Yorkais qui se respecte, la première chose qu'elle fit, une fois rentrée, fut d'éliminer tous les cahiers qu'elle n'avait pas l'intention de lire. Elle jeta un rapide coup d'œil aux pages sportives pour voir où en était l'US Open, puis les envoya rejoindre sur le tapis les petites annonces, les pages économiques et, non sans regret, le fascicule consacré à l'immobilier. «Désolée, Boo, nous n'aurons pas les moyens de nous payer une maison cette semaine», dit-elle à la chatte qui attendait impatiemment qu'elle ait fini pour aller s'asseoir sur les pages qu'elle aurait retenues. Evidemment, le tri terminé, il ne restait plus grand-chose du journal mais c'était du premier choix : les dernières nouvelles, le fascicule arts et loisirs, le magazine — elle le feuilletait toujours en premier, pour voir l'effet produit par les publicités dont elle était l'auteur —, les voyages (où les gens prenaient-ils donc le temps et l'argent nécessaires pour se lancer dans des périples aussi aventureux ?) et, en dernier lieu, les pages littéraires.

Les critiques de livres, c'était ce qu'elle aimait le mieux ; c'est pourquoi elle les gardait toujours pour la fin, pour les lire lentement, en les savourant tout à son aise.

Elle se confectionna un cocktail exotique à base de gin et de jus de pêche et, le ventilateur branché, elle commença méthodiquement sa lecture : chaque fascicule, une fois lu, allait rejoindre sur le tapis ceux qu'elle avait dédaignés d'emblée, le tout étant destiné à être jeté à la poubelle dès le lundi matin.

Elle alla se coucher vers une heure et demie, gardant pour la bonne bouche quelques feuilles qu'elle dégusterait en même temps que le café du matin. Elle s'endormit en se demandant ce qu'elle ferait le lendemain : une promenade à bicyclette dans le parc ? Un film dans une salle climatisée ? Une balade à SoHo ?

Elle se réveilla à onze heures, consternée à l'idée que la journée était déjà à moitié passée. Elle prit les pages littéraires et s'assit à la table pour prendre son café. Boo s'installa à l'autre bout, dans la position du sphinx, pour sa méditation matinale. Katia avala une gorgée et jeta un coup d'œil à la première page.

« Quoi ! »

Elle avait eu un geste si brusque que du café brûlant s'était répandu sur sa main. Boo tressaillit et lui jeta un regard inquiet.

« Ô mon Dieu », dit-elle en se léchant la main.

Devant elle s'étalait une photo grand format de

Boris, l'air boudeur, vêtu d'un blouson et d'un pantalon en cuir, perché sur un tas de gravats dans le trou des Halles.

« Non, mais ce que ça peut être tarte, ce décor », se dit-elle en regardant le visage de Boris, songeant que des milliers de femmes, à New York, devaient se pâmer d'admiration devant le physique avantageux du personnage. Combien a-t-il payé pour avoir un tel espace publicitaire ? se demanda-t-elle avec une pointe de sarcasme.

Et puis elle vit le titre du livre. *Katia in the Lex* de Boris Zimoy.

« Ô mon Dieu, ce n'est pas croyable ! » s'écria-t-elle. Etait-ce d'elle qu'il s'agissait ? Allait-elle devenir célèbre ? Son cœur battait à grands coups. Incapable de se contenir, elle saisit Boo dans ses bras et partit en courant à travers l'appartement, secouée par les rires et la peur au ventre, jusqu'au moment où Boo se mit à lui mordre les bras en exigeant d'être libérée. Finalement, Katia se rassit, saisit le journal et commença à lire.

L'article était intitulé : « Regarde, maman, sans les mains ». L'auteur de cette critique, Gricha Lobek, expliquait le titre en disant que Zimoy, qui aimait se déplacer dans le métro de New York (sans se tenir à quoi que ce soit), avait eu l'impression que le livre avait été écrit sans les mains. « Il s'est fait tout seul, de lui-même », prétendait le romancier. « Sans les mains » était également une métaphore pour décrire sa vie d'exilé car, le passé disparu et l'avenir incertain, il vivait sans rien avoir à quoi se raccrocher. Sans oublier, songea Katia avec amertume, qu'il ne veut pas que les femmes mettent la main sur lui. On regarde, mais on ne touche pas.

Après avoir lu l'article d'un trait, la bouche sèche et le cœur battant, Katia le reprit lentement, pour mieux en saisir tous les détails.

Le titre *Katia in the Lex* était un clin d'œil au

fameux roman *Zazie dans le métro*, écrit par Raymond Queneau et publié à Paris dans les années cinquante. Le Lex, naturellement, c'était le nom de sa ligne de métro, mais il aurait au moins pu changer le nom de l'héroïne! Elle était à la fois flattée et exaspérée par sa désinvolture et sa paresse. De toute façon, maintenant, il est trop tard, grogna-t-elle, mais tout le monde va comprendre que c'est de moi qu'il s'agit.

Le début de l'article lui parut des plus flatteurs pour elle. «Katia n'est autre que l'incarnation attachante et fort bien étudiée d'une héroïne postféministe qui va indiscutablement se situer sur le même plan que des figures littéraires de tout premier plan comme Holly Golightly de Truman Capote et Lucia d'E.F. Benson.»

Kate apprécia beaucoup cette comparaison. Vraiment beaucoup.

Mais Lobek poursuivait en disant que Zimoy était «un observateur perspicace de la vie contemporaine aux Etats-Unis, dénonçant son caractère déshumanisant et le comportement névrotique de la New-Yorkaise branchée, toujours en quête d'amour dans la grande cité».

Ces lignes la rendirent furieuse. Comment peut-il oser? De quel droit peut-il s'emparer de ma souffrance, de ma vie, pour les tourner en dérision? Qui l'autorise à me juger? Elle avait envie de le tuer.

«Le héros du roman est Alexei, un poète russe maussade et bougon qui vit à Paris. Tout comme un chasseur sibérien revêtirait les peaux des bêtes qu'il a tuées, Alexei, paré des cuirs somptueux de Marithé et François Girbaud ou de Kansai Yamamoto, arpente les rues de Paris en séduisant les femmes par son charme exotique. Il découvre un phénomène étrange au cours de ces rencontres. Au début, ses victimes s'affirment comme des personnes indépendantes dont le métier les satisfait pleinement, mais au bout de quelques semaines elles se métamorphosent en midinettes geignardes, avides et exigeantes, qui ne sont plus intéressées que par le mariage. Son intérêt se mue alors en dédain et il les envoie promener.

«Mais c'est alors que survient la fougueuse Katia Beck qu'Alexei rencontre par hasard, dans le froid de janvier, à New York. Au début, elle opère la même évolution que les autres femmes et, lorsqu'elle le supplie de ne pas la quitter, il lui rétorque d'une voix glacée: "Baby, toutes les femmes aiment un poète russe." D'abord abasourdie, elle réagit vivement et décide de se venger. Elle sait que, tout en prétendant mépriser les valeurs bourgeoises, Alexei éprouve un amour inconsidéré pour les belles choses et aspire à mener l'existence dorée des gens riches et célèbres. Recourant à une série de stratagèmes magnifiquement décrits dans le livre, Katia se révèle comme une ennemie impitoyable qui va, à sa manière, causer la perte du poète.»

Ouais, ça pouvait aller. Au moins, dans le livre, elle arrivait à prendre sa revanche. Mais dans la vie réelle, que pouvait-elle faire pour lui rendre la monnaie de sa pièce? Hum, il allait falloir réfléchir à la question... Mais on verrait ça plus tard. Oui, plus tard.

«Une femme de l'Upper East Side, son psychanalyste et un émigré russe évoluent dans ce décor: New York en hiver. Une histoire simple, racontée avec brio. Indiscutablement, *Katia in the Lex* vaudra à Zimoy l'attention d'un vaste public qui, jusqu'à présent, a ignoré son existence. *Katia* est son cinquième roman, le plus commercial à n'en point douter. Le livre a déjà été l'objet d'une option de la part de Hollywood et quand l'auteur du présent article a essayé de téléphoner à Zimoy à Paris, une femme, qui a d'ailleurs refusé de décliner son identité, a dit qu'il était impossible de le joindre. En fait, il s'est avéré que Zimoy était parti en vacances. Au Club Méd. »

Elle avait l'impression qu'on lui avait volé sa vie, là, sous son nez. Il m'a pris ma vie pour en faire ça. Et moi, qu'est-ce que j'ai, moi, dans tout ça ? Le salaud ! Il aurait au moins pu m'écrire pour me mettre au courant de ses intentions. Mais non. Il a fallu que je l'apprenne de cette façon, comme le reste de l'univers. Et il ne m'a même pas envoyé un exemplaire du livre.

Mais ce qui l'humiliait le plus, c'était qu'il eût réduit leur relation à cette dimension dérisoire. Un livre. Il s'était servi d'elle. Tout simplement.

Ainsi donc, Boris allait devenir un auteur à succès. Katia feuilleta distraitement le supplément littéraire du *New York Times* et trouva, en page 5, une publicité pour le roman. On y voyait une autre photo de Boris, accoudé au parapet du Pont-Neuf emballé par Christo ; il se chauffait au soleil, ses yeux de vautour fixant l'horizon. Répugnant. Elle lut :

La véritable Katia Beck acceptera-t-elle de se manifester ?

Tous les hommes de New York brûlent de vous rencontrer !

KATIA IN THE LEX

Le tumultueux best-seller
de Boris Zimoy
Publié par Siegel & Schwartz.
En vente dans toutes les librairies.

Tout son être criait vengeance. Que pouvait-elle faire ? Ecrire une lettre au journal ? Que dirait-elle ?

398

Qu'elle avait été une de ses victimes et qu'il n'était qu'un traîne-savates ?

Elle regarda sa montre. Midi. Très bien. Les librairies seraient ouvertes. Elle prit une douche rapide et enfila un jean et un tee-shirt. Les cheveux sécheraient tout seuls. Pas de maquillage, tant pis.

Elle remonta Madison Avenue au petit trot jusqu'à la librairie Books & Co. Elle y trouverait sûrement le livre car la maison se spécialisait dans la littérature des émigrés. Et puis ne s'agissait-il pas d'un best-seller tumultueux ?

Ne le voyant ni sur les tables ni dans les rayons, elle finit par s'adresser à un jeune vendeur dont les longs cheveux étaient noués sur la nuque en une queue de cheval.

«Vous avez *Katia in the Lex*? C'est de Boris Zimoy... On en parle dans les pages littéraires du *Times* d'aujourd'hui.»

Il plongea sous le comptoir et reparut au bout d'un moment, le livre à la main.

«J'étais en train de le déballer, dit-il en le lui donnant. Nous avons liquidé le premier arrivage la semaine dernière, sans autre publicité que le bouche à oreille. Vous avez bien fait de venir de bonne heure. Avec une critique comme celle-là, tout va partir dans la journée.

— Vous l'avez lu? demanda-t-elle en faisant défiler les pages, deux cent quatre-vingt-treize en tout.

— J'ai lu le «prière d'insérer» envoyé par l'éditeur il y a quelques semaines. Ça a l'air drôle. Mais ce n'est pas de la littérature. Si on en fait un film, il sera meilleur que le livre.»

Il repartit prendre son poste à la caisse. Puis il ajouta :

«Il doit venir dans quelques semaines pour une séance de signatures. Voulez-vous figurer sur la liste de nos clients ?»

Il lui tendit une fiche à remplir mais dès qu'elle eut

écrit « Katia Odinokov », une gêne subite l'assaillit et elle renonça à poursuivre.

Sur la couverture elle vit une superbe photographie en noir et blanc représentant une femme franchissant un portillon du métro. C'était un portrait sensuel, plein de mouvement. Une telle féminité pour le livre d'un auteur masculin surprit Katia. Au dos du roman se trouvait une photo de... Vous avez deviné. Bon sang, rien qu'à le voir, on voyait qu'il se prenait pour un Adonis.

Cette fois, il était dans son studio parisien, sans chemise, exposant son torse velu de Sibérien. Non, mais il se prenait pour une pin-up ou quoi? A le voir aussi satisfait de lui, on aurait pu croire qu'il sortait de son lit, après une séance de jambes en l'air avec une femme. Rien que cette photo ferait vendre des tas d'exemplaires.

Katia ouvrit le livre. Il était dédié à une certaine Jo Anne. Qui c'était, cette Jo Anne? Celle qui lui avait succédé? En tout cas, ce n'était pas une Française, sûrement pas. Pourquoi n'avait-il pas dédié le livre à Katia elle-même? Mais elle se dit qu'on ne peut pas dédier un livre à quelqu'un qui est le sujet de ce livre. Si elle en était vraiment le sujet, ce qui restait à vérifier.

Elle tendit au vendeur un billet de vingt dollars et attendit sa monnaie. Elle en avait eu pour 16,95 dollars. Dans des circonstances normales elle serait allée chez Barnes & Noble, bien entendu! Pour la ristourne, naturellement! Mais il ne s'agissait pas de circonstances normales.

Ce dimanche-là, Frank sortit du lit assez tard. Il était resté un long moment étendu, se demandant s'il allait se lever ou rester couché toute la journée. Il appréciait beaucoup ces accès de paresse auxquels il cédait de temps à autre maintenant. Il s'était mis récemment à mener une double existence. Le praticien méticuleux et attentif qu'il était au travail se muait, à domicile, en un être décontracté exclusivement axé sur le côté sensuel de ses activités.

Il décida de s'offrir un petit déjeuner chez Zabar. Un croissant bien chaud et un cappuccino ne lui feraient aucun mal et il y rencontrerait peut-être une belle solitaire qui aurait eu la même idée que lui.

Il essaya d'imaginer ce que pouvait être cette créature de rêve, allongée elle aussi sur son lit en ce dimanche de Labor Day, occupée par les mêmes pensées. Puis il alla sous la douche et décréta qu'il ne se raserait pas. Il enfila le plus doux de ses pantalons et une chemise en coton de chez Le Gap.

Il adorait ce magasin. Rien que le nom, avec son côté sixties !

Il avait toujours l'impression d'être dans le vent quand il portait des vêtements de chez Le Gap.

Quand il sortit de son immeuble, le soleil l'aveugla. Alors il remonta chez lui prendre ses lunettes noires. Une chaleur caniculaire régnait sur un Manhattan étrangement calme en cette matinée dominicale. «Tout le monde est parti dans les Hamptons. *Tant mieux**», se dit-il, reprenant une expression qu'il venait d'apprendre aux cours de français de l'Alliance française.

En passant devant la librairie Shakespeare & Co, il eut soudain envie d'y faire un saut pour s'acheter une nouveauté. Outre que le magasin offrait beaucoup de choix, c'était aussi l'endroit idéal pour draguer. Il suffisait pour s'en convaincre de voir la façon dont les garçons regardaient les filles, les filles les garçons et même les garçons d'autres garçons, tout en faisant semblant de chercher un bon livre. Il adorait déambuler d'une table à l'autre en écoutant les avances que se faisaient les clients.

Saisi, quand il ouvrit la porte, par le froid qui

régnait dans le magasin climatisé, il s'immobilisa soudain, frappé de stupeur.

« S'il vous plaît, entrez et refermez cette porte, lança aimablement l'homme qui se tenait à la caisse. Vous êtes en train de faire grimper notre note d'électricité.

— Oh ! Excusez-moi. »

Il s'avança d'un pas et referma derrière lui. Puis il alla tout droit à la table des best-sellers reliés, où s'entassait une énorme pile de livres, encadrée par deux maquettes en carton représentant l'Empire State Building et la tour Eiffel. *Katia in the Lex*, de Boris Zimoy. A côté, se trouvait, collée sur une planchette, une critique du livre signée Gricha Lobek, qui venait de paraître dans le supplément littéraire du *Times*.

Il lut l'article, très vite, les mains tremblantes. Il saisit un exemplaire de l'ouvrage et se précipita vers la caisse, le sang battant à grands coups dans ses tempes. Katia connaissait-elle l'existence de ce livre ? Sûrement. En attendant son tour de payer, il souleva la couverture et vit que le roman était dédié à Jo Anne.

Frank commanda chez Zabar deux cappuccinos à emporter, puis il alla au parc. Il s'assit sur un banc près de l'endroit où les amateurs de skateboard et de patins à roulettes s'entraînaient à slalomer entre les boîtes de Coca-Cola, et il se mit à lire fébrilement.

Quand il eut terminé sa lecture, quelques heures plus tard, il se dit qu'il allait relire ce livre bien des fois. Il le referma et s'allongea sur le banc dont il n'était plus que le seul occupant. Ce roman n'était pas uniquement l'œuvre de Boris Zimoy, même si c'était lui qui avait concocté l'histoire et aligné les mots les uns après les autres. Non, Frank décelait la trace de l'esprit brillant de Jo Anne qui marquait toutes ces pages. Qui donc mieux que Jo Anne pouvait décrire la tension créée par la vie urbaine chez les femmes d'aujourd'hui ? *Katia in the Lex*, c'était la Katia de Boris transposée par Jo Anne d'après tout ce que lui avaient raconté les femmes qui étaient venues se confier à elle. Rien d'étonnant donc que ce livre dépeigne si bien les arcanes de l'âme féminine. Pour Jo Anne, en effet, «la femme était condamnée à la solitude». Toutes les femmes étaient solitaires, c'était leur fatalité, le fardeau qu'elles devaient porter. Si elles vivaient seules, elles étaient privées de compagnie et de compréhension. Si elles vivaient au sein d'une famille, sans jamais pouvoir être seules un moment, elles avaient cette solitude en elles.

Il se leva et rentra lentement chez lui. Il était six heures et le temps avait changé. L'orage allait éclater avant une heure. Frank fut heureux de voir la colère du ciel et savoura la présence toute proche de ces nuages gris et noirs. Les gens commençaient à affluer dans la ville, le week-end tirait à sa fin.

Alors, quel effet cela faisait-il de se voir présenté comme un personnage de fiction ? De se voir faire l'amour en lettres noires sur des pages blanches ? D'assister dans le moindre détail aux péripéties de son voyage à Paris ? Il avait été disséqué, analysé sous toutes les coutures et livré en pâture au public, bien que l'auteur eût pris la précaution de le déguiser suffisamment pour que personne ne sache que c'était lui, Frank Manne, qui paradait sous le nom de Joe Viggeano.

Vraiment, il avait eu un culot incroyable, ce Boris Zimoy, pour bouleverser de fond en comble trois existences et en tirer ensuite parti en racontant ses exploits à la face du monde ! Sans le moindre scrupule. Tout naturellement.

Et puis il y avait Katia. Il ne parvenait pas à imaginer ce qu'elle pouvait ressentir. Il s'arrêta dans une épicerie pour prendre un paquet de chips «Cool Ranch» et un pack de six bouteilles de bière. Quand il arriva à son immeuble, de grosses gouttes de pluie commençaient à tomber.

Les médias accueillirent Boris Zimoy à bras ouverts. Non seulement il avait écrit un livre qui dépeignait à merveille les milieux branchés de la société américaine contemporaine, mais en plus il s'affirmait comme un émigré russe tout à fait porteur, dont l'image plaisait à tous. C'était le Noureiev de la littérature, le Sakharov de la souffrance. Son portrait viril apparut sur les couvertures de *People* et de *GQ*. En une seule semaine il réussit à charmer Jane Pauley, au «Today Show» et Joan Lunden à «Good Morning, America».

«Comment se fait-il que vous connaissiez si bien les femmes? lui avait demandé Jane Pauley, de cet air faussement timide qui lui allait si bien.

— Ah! Ce n'est pas facile...» Un hochement de tête qui en dit long. Une pause pour mieux produire son effet. «Les femmes sont très, très com-pli-quées», dit-il dans son anglais puéril et chantant.

Tout le monde avait adoré cette réponse, surtout les millions de femmes rivées devant l'écran de télévision.

Le matin où elle le vit à «Today», Katia fut si surexcitée qu'elle réussit à peine à finir de se maquiller. Il était à New York! Formidable. Il va m'appeler dans la journée. Elle se précipita à son agence et, en entrant dans son bureau, dit à sa secrétaire:

«Je réponds personnellement à tous mes appels aujourd'hui, Raima.»

Et, chaque fois que le téléphone sonnait, elle criait d'une voix stridente:

«Je le prends, je le prends.»

Mais ce n'était jamais lui. A la fin de la journée, elle ne savait plus que penser. Mais il n'avait peut-être pas le numéro de son agence. Mais non, bien sûr. Et il avait sans doute oublié où elle travaillait. Quelle idiote! Elle était partie de chez elle tellement vite ce matin-là qu'elle n'avait pas pensé à brancher son répondeur. Dans la soirée elle enregistra à son intention un message on ne peut plus personnel.

« *Bonjour, Paris**. Je suis dans le Lex, alors sois gentil de me laisser un numéro ou de m'appeler chez Drake Boucher. Ciao. »

Les jours suivants, la première chose qu'elle fit aussitôt rentrée chez elle fut de se ruer dans sa chambre pour repasser les messages. Pas un seul mot.

Au début, elle se dit : Bon, en ce moment, il a beaucoup à faire avec la publicité, les interviews et le reste. Mais dès que les choses commenceront à se calmer, il m'appellera. Et puis elle songea : Il a peut-être peur de me téléphoner, il se sent coupable et il craint ma réaction.

Alors elle décida de faire les premiers pas et elle appela l'éditeur de Boris, Siegel & Schwartz, pour demander qu'on lui laisse un message. Toujours rien. Peut-être n'avait-on pas transmis la commission ? Mais quand il apparut au journal du début de soirée, « Live at Five », et à « Eyewitness News », elle commença à la trouver mauvaise. Pourquoi ne se manifestait-il pas ? Qu'avait-elle fait pour mériter un tel traitement ? N'étaient-ils pas amis ? N'avait-il pas écrit un livre sur elle ?

Elle savait fort bien que ça s'était plutôt mal terminé entre eux, mais il pouvait tout de même avoir au moins la courtoisie de la contacter. Surtout dans des circonstances aussi extraordinaires.

Finalement, quand des photos de Boris assistant à une soirée au Palladium ou au Milk Bar commencèrent à sortir dans les pages mondaines du *Post* et du *New York Magazine*, elle fut saisie de fureur. Grâce à elle, il connaissait la célébrité et maintenant il la laissait tomber ! Il ne se donnait même pas la peine de lui passer le moindre coup de fil !

Mais c'était surtout à elle-même qu'elle en voulait.

Une fois de plus, elle s'était arrangée pour se faire larguer. Quand donc serait-elle capable de tirer les leçons qui s'imposaient ? Quand donc arriverait-elle à se mettre dans la tête que ce type n'était qu'un salaud, un rustre, un malappris ? Dorénavant, Boris figurerait officiellement et définitivement sur la liste des indésirables.

Vogue publia un cahier spécial intitulé « Le Paris de Boris Zimoy », avec toutes les références possibles et imaginables (photos de Fregatina ; coiffure et vêtements de Ziggy et Jean-Louis David, de Paris). Pour Katia, il ne s'agissait de rien d'autre que de prostitution pure et simple. Le visage de Boris sous la douche (Clinique Clean Shave ; gel de douche Aramis), suivi de Boris assis devant sa machine à écrire avec une serviette de toilette autour de la taille pour tout vêtement (IBM, Fieldcrest) ; Boris flânant seul sur les berges de la Seine, perdu dans ses souvenirs slaves (chemise en soie de Thierry Mugler ; jean de Levi's) ; Boris (vêtu par Comme des garçons), regardant une vitrine de librairie sur le Boul'Mich' ou assis à une terrasse de café, etc. ; jusqu'à la dernière photo : Boris au lit, dans le plus simple appareil, avec son eau de toilette (Yatagan de Caron), dans la blancheur immaculée de ses draps mousseux (Pratesi). Katia en avait la nausée.

Et pourtant, Katia, rédactrice conceptrice dans l'agence de Ms Cornball, connaissait parfaitement la puissance de la machine publicitaire. Et elle voyait se confirmer la justesse de cette formule : « Toutes les femmes aiment un poète russe. »

A mesure que les jours s'écoulaient, elle commença à s'endurcir. Eh bien, Katia, qu'est-ce que tu espérais ? Il est resté fidèle à lui-même, non ? Il ne t'avait jamais rien promis.

Elle passa par une multitude d'émotions. Après la première lecture du roman, elle avait vécu des alternances de surprise et de ravissement. Mais, après l'avoir relu plus attentivement, elle avait éprouvé une crise de rage et d'humiliation. Avec un raffinement de détails précis et subtils, il analysait sa vie, montrant qu'elle se fondait sur une illusion, sur le désir fallacieux de bondir vers l'avenir, de se réfugier dans les fantasmes pour échapper à la triste réalité de la femme sans homme. Et puis sa colère se mua en un étonnement serein. Boris avait réussi ce que Frank n'était jamais parvenu à faire : l'obliger à se voir telle qu'elle était.

Finalement, c'est à la troisième lecture que se produisit l'événement le plus important. Elle se mit à aimer l'existence qu'elle menait. Car c'était sa vie à elle qu'il avait dépeinte, une vie qui lui apparaissait maintenant complexe, intéressante et tout à fait digne d'être vécue.

Tout à coup, elle eut l'impression que le monde entier l'enviait, telle qu'elle était ! Elle était une femme fascinante, qui menait une existence indépendante et riche, une vie que tout le monde trouvait charmante et que tout le monde voulait imiter. Il avait fait d'elle une femme pleine de chaleur humaine, un être charmant et vulnérable, mais surtout désirable. Au lieu d'éprouver de la honte à l'idée qu'on avait violé son intimité pour l'exposer à la vue de tous, elle comprenait que sa vie avait accédé au sommet de l'art. Un art qui se vendait.

Naturellement, tout le monde la plaisantait sur son nom. Quand on la présentait à l'occasion d'un cocktail ou d'une réunion avec des clients, elle se voyait immédiatement poser la question :

« Oh ! Et vous êtes dans le Lex ? »

Sans l'avoir cherché, Boris avait ajouté une nouvelle expression à l'argot des milieux branchés américains. Etre « dans le Lex » avait fini par signifier se trouver dans un lieu inaccessible, parce que, si vous preniez le métro de New York, vous arriviez dans un endroit où personne ne pouvait vous atteindre, provisoirement du moins. Et, finalement, « dans le Lex » avait pris le sens familier de paumé, à côté de ses pompes, dans les nuages.

Maintenant, tout ce qui concernait Boris : les rumeurs sur le tournage d'un film, ses faits et gestes tels qu'ils étaient relatés par *People*, ou autres journaux, tout avait fini par laisser Katia complètement indifférente. Boris était Boris, il avait sa vie à lui, et elle, elle avait la sienne, une vie qui en valait bien d'autres après tout.

Quand la sonnerie du téléphone se mit à tinter en plein milieu d'une nuit venteuse d'octobre, Katia, l'esprit embrumé par le sommeil, sut tout de suite que ce ne pouvait être que lui. Boo, installée au pied du lit, releva la tête d'un air indigné. Katia chercha le réveil à tâtons. Le cadran lumineux indiquait trois heures neuf. Elle n'alluma pas la lumière ; elle saisit le combiné dans le noir. Son cœur battait de frayeur.

« Allô ! murmura-t-elle.

— Hello, baby. C'est moi. »

Il y avait si longtemps qu'elle n'avait pas entendu cette voix grave et fluide. Elle semblait venir de très loin. Katia resta muette un moment. Elle avait l'esprit vide. Etait-elle en train de rêver ?

« Où es-tu ? » demanda-t-elle enfin d'un ton soupçonneux. Elle parlait très lentement. Elle avait l'impression que cette scène se déroulait à plusieurs mètres sous l'eau.

« C'est sans importance. »

Elle fut submergée par une sensation familière et horrible. Il recommençait ! Il l'envoyait promener ! Tous ses nerfs se mirent à vibrer, faisant retentir le signal du danger. L'esprit en éveil, cette fois, elle résolut de louvoyer pour éviter les traquenards qu'elle pressentait derrière ce coup de téléphone intempestif.

« Es-tu triste ? Tu as l'air triste », dit-elle pour lui tendre la perche. Mais elle s'obligeait à parler d'un ton égal, sans chaleur. Cette fois, elle n'allait pas se laisser avoir.

408

Aucune réponse.

«Tu devrais être aux anges, non? reprit-elle sans se compromettre.

— C'est parfait, baby, tout va très bien, dit-il d'un air agacé. Et toi, tu vas bien?» demanda-t-il pour la forme. Puis, sans attendre la réponse à sa question, il enchaîna: «As-tu aimé le livre? Ecoute, je suis désolé de ne pas t'en avoir parlé, mais j'étais sûr que son côté un peu rétro te plairait plutôt. Mais nous savons l'un et l'autre que c'est de la merde. Nabokov a écrit *Lolita* pour faire connaître ses livres plus sérieux. Eh bien, moi, j'ai écrit *Katia* exactement pour la même raison.»

Etait-ce vraiment ainsi qu'il comptait s'en tirer, en balançant ces quelques paroles d'excuse à trois heures du matin, après l'avoir ignorée pendant des mois?

«Pourquoi m'appelles-tu?» demanda-t-elle d'un ton exaspéré.

Il se contenta de pousser un grognement.

«Il est trois heures du matin, dit-elle. Tu ne sais donc pas que c'est très impoli de réveiller les gens? Et pour rien? Tu voulais sans doute me demander quelque chose, alors dis-le tout de suite.

— Ne le prends pas comme ça...

— Boris, je n'ai rien de commun avec tes admiratrices qui trouvent merveilleux tout ce que tu dis ou tout ce que tu fais. Moi, je te plains, sans plus. Si tu ne réagis pas dans les plus brefs délais, tu vas mener une existence lamentable, tout seul. Avec tes bains moussants pour te consoler.

— Tout cela est parfaitement stupide», dit-il, persuadé que, comme toutes les femmes, Katia ne voulait s'attacher qu'à l'aspect superficiel des choses.

Mais Katia n'allait pas lâcher prise aussi facilement. Comprenant toutefois qu'elle ne pourrait jamais le convaincre, quoi qu'elle pût dire, elle préféra se contenter pour l'instant de satisfaire sa curiosité.

«Au fait, qui est Jo Anne?

— Ah! Katia, tu as vraiment le don de poser des questions idiotes. Jo Anne n'est rien d'important pour moi. C'est seulement la femme qui m'a un peu aidé à faire le livre.

— Est-ce que tu l'aimes?

— Non, baby. C'est une sorte de secrétaire. Elle a lu le livre et m'a fait ses commentaires.

— Vous êtes encore ensemble?

— Non. Elle est restée un moment à Paris, mais maintenant elle est rentrée à New York. »

Katia réfléchit à ce qu'elle pourrait bien demander de plus.

« Es-tu seul en ce moment? »

Il eut un petit rire.

« Naturellement, baby. Tu me connais. Je suis condamné à la solitude.

— Tu te fous de moi? Je n'ai pas arrêté de voir des photos de toi en compagnie de filles plus jolies les unes que les autres.

— Je n'ai plus aucune combativité. Ma libido n'est plus qu'un souvenir. Whouf! Je pourrais me payer n'importe quelle fille de dix-neuf ans. Il me suffirait de lever le petit doigt, mais je n'en ai plus la force. Ça ne me dit plus rien du tout.

— Qu'est-ce que tu veux, Boris? Pourquoi m'as-tu appelée? Tu souffres de la solitude? Tu te sens coupable de quelque chose? Allez, accouche! » dit-elle d'un ton hargneux.

Il n'avait pas apprécié toutes ces questions. Il rit d'un air exaspéré, puis poussa un soupir qui en disait long.

« Si c'est comme ça que tu prends les choses, commença-t-il d'une voix menaçante.

— Ne me parle pas sur ce ton.

— Ecoute, baby, je vais te tirer ma révérence. Je te recontacterai, salut.

— Non, attends, attends, dit-elle en s'efforçant de garder le contrôle de sa voix.

410

— Ciao, baby. *Je t'embrasse*.* »

Déclic au bout du fil.

Elle reposa violemment le combiné, constatant avec ennui que de grosses larmes silencieuses ruisselaient sur ses joues. Bon sang! Elle s'en voulait de pleurer ainsi. Tant qu'il ne s'était pas manifesté, elle s'était fort bien comportée et maintenant elle constatait qu'il avait encore le pouvoir de la déstabiliser!

Elle s'assit sur son lit et caressa Boo comme si c'était la chatte qui avait eu besoin de consolation.

« Cet homme est horrible, Boo », dit-elle.

Elle se remémora la façon dont il avait dit qu'il appelait de nulle part, qu'il était un homme de nulle part. C'était bien triste pour lui. Comment avait-elle pu le trouver séduisant?

Et puis elle se dit que Boris avait beaucoup changé, qu'il n'était plus l'homme qu'elle avait rencontré deux ans plus tôt. Par ces froides journées de janvier, il s'était montré d'une grande douceur; il avait peur, alors, et il l'avait comblée de toutes ses attentions, éveillant de nouvelles sensations en elle. Il lui avait prodigué toutes les gentillesses dont il était capable, quand il le voulait. Maintenant, il souffrait, l'amertume avait envahi son cœur endurci, il n'était plus qu'un survivant triste et solitaire essayant de se maintenir dans le monde occidental.

Toutes les femmes aiment un poète russe. Sans cesse, elle se répétait ces mots. Toutes les femmes ont un Boris dans leur vie. Toutes les femmes, une fois dans leur vie, s'éprennent d'un homme qui n'est pas du tout l'homme qu'il leur faut. En fait, beaucoup de femmes commettaient l'erreur d'épouser leur poète russe et seul le traumatisme du divorce les amenait à entamer le pénible processus qui leur permettrait de partir à la découverte d'elles-mêmes.

Katia se dit qu'elle avait eu beaucoup de chance, elle s'en était tirée avec le minimum de dégâts. Mais était-il vraiment nécessaire, pour trouver et aimer l'homme de sa vie, de subir la torture d'aimer un homme qui n'était pas pour vous? Fallait-il qu'une femme aime par erreur pour en arriver à se connaître vraiment?

Naturellement, il en allait de même pour les hommes. Pourquoi en serait-il autrement? Elle pensa à ceux, mariés ou célibataires, qui venaient régulièrement s'asseoir dans son bureau pour lui conter les malheurs de leur vie sentimentale. Eux aussi, ils commettaient des erreurs en recherchant l'amour de femmes acariâtres qui ne les payaient jamais de retour.

Elle se rallongea et essaya de dormir. Se tournant et se retournant sans cesse sur le lit, elle finit par remarquer que Boo avait sauté à terre pour s'étendre sur le tapis de haute laine à la clarté de la lune.

Katia se dit qu'elle avait sous les yeux l'un des plus beaux spectacles qu'elle eût jamais vus.

«Est-ce que tu prends un bain de lune? murmurat-elle. Eh bien, je vais en prendre un moi aussi. C'est une très bonne idée.» Et elle s'allongea sur le sol, à côté de Boo. Elle caressa la chatte et ferma les yeux.

«Je ne veux pas avoir un homme comme celui-là dans ma vie, Boo. Et toi non plus, tu ne le veux pas. Je veux un homme qui m'aime. Est-ce que je ne le mérite pas? Je suis sûre que si.»

Elle ne se rendit pas compte qu'elle s'endormait mais le lendemain elle s'éveilla avec une vigueur nouvelle. Elle en conclut que le bain de lune lui avait purifié l'âme.

Deux jours plus tard, elle reçut une enveloppe de la Federal Express postée d'un hôtel de Beverly Hills. A l'intérieur elle trouva un chèque de mille dollars de la Wells Fargo Bank au nom de Katia Odinokov et un foulard Hermès acheté dans une boutique hors taxes d'Helsinki.

C'était donc l'adieu final. Tout en s'éventant la

main avec le chèque elle pensa à l'empressement avec lequel elle lui avait envoyé l'argent qu'il lui demandait autrefois, quand il la suppliait de l'aider parce que la banque lui refusait tout crédit : il allait se faire expulser de son appartement. Il n'avait plus un centime sur son compte.

Elle était contente qu'il l'ait remboursée, même s'il n'avait pas songé à payer des intérêts. Après tout, mille dollars, c'était mille dollars. Elle se dit qu'il avait dû oublier qu'il s'agissait d'argent emprunté. Il devait considérer cet argent comme un cadeau qu'il lui faisait.

Elle déplia le foulard et regarda le dessin. Boris avait bien choisi : des clés d'or, à la mode d'autrefois, avec des pompons et des galons bleu marine. Elle caressa l'étoffe soyeuse. Oui, elle la porterait, cette écharpe, elle était heureuse de l'avoir, mais ce n'était pas parce qu'elle venait de lui. Elle était parfaitement capable de dissocier le plaisir que lui causait un objet de l'identité de celui qui le lui avait donné.

Un sentiment d'euphorie monta en elle. Elle laissa échapper un cri d'allégresse. Car il lui apparaissait maintenant qu'elle avait une autre raison de se réjouir, la plus importante de toutes les raisons. L'idée s'imposa à elle avec une netteté qui épanouit son visage en un sourire rayonnant : elle avait fini par triompher de son amour pour Boris. Son amour pour Boris était mort. Mort d'une mort véritable, totale, superbe et fabuleuse.

Frank et Katia

Frank était persuadé qu'il avait triomphé de son amour pour Katia. Au vu de ce qui s'était passé au Club de poésie de la 92e Rue, il en avait conclu qu'elle avait maintenant totalement cessé d'avoir besoin de lui et qu'elle volait de ses propres ailes, menant son existence comme bon lui semblait.

Pourtant, après la sortie de *Katia in the Lex*, les doutes l'assaillirent de nouveau. Il fut repris par ses obsessions. Il voulait lui parler, il voulait savoir ce qu'elle pensait, ce qu'elle ressentait. Elle avait peut-être besoin de lui. Car enfin, Boris ne l'avait guère épargnée dans le portrait qu'il avait fait d'elle, il y avait même des pages d'une extrême cruauté, bien que le dénouement fût plutôt flatteur pour l'héroïne. Et il se demandait ce qu'elle éprouvait envers lui après avoir lu les passages où on la voyait en compagnie de son analyste, Joe Viggeano.

Allons, Frank, finit-il par se dire, cesse de te raconter des histoires. Ce n'est pas ça que tu veux, pas du tout. Tu veux tout simplement lui dire ce que tu ressens, toi, lui dire que tu l'aimes, lui montrer qu'elle a réussi à te faire transformer ton existence.

Il essaya de lui téléphoner, mais il finissait toujours par raccrocher au dernier moment. C'est parfaitement ridicule, se disait-il, il y a plus d'un an que je ne suis plus son analyste et qu'elle n'est plus ma cliente.

Un jour, il l'appela à une heure où il savait parfaitement qu'elle était à son travail pour pouvoir l'écouter sur le répondeur. Elle parlait d'une voix tout à fait sereine, sans la moindre trace de ressentiment, le timbre argentin comme celui d'une clochette.

Alors il décréta qu'il valait mieux lui écrire, c'est pourquoi, tous les soirs, pendant une semaine, dès qu'il rentrait de son cabinet, il s'asseyait à sa table pour rédiger un semblant d'explication sur le livre et sur lui-même… et puis il allait se coucher, déchirant la lettre le lendemain matin. Ou bien il donnait trop de détails et se montrait parfaitement assommant, ou bien il se noyait dans l'émotion en alignant des phrases incompréhensibles. Il épuisa tout un bloc de papier à lettres, sans parler des timbres qu'il fallait décoller des enveloppes à la vapeur, se maudissant de cette manie qu'il avait de coller et de timbrer le soir même les lettres qu'il écrivait.

Et il dormait mal, s'agitant sans cesse dans son sommeil, hanté par des cauchemars où elle apparaissait constamment. Il redoutait de la rencontrer accidentellement, et évitait d'aller chez Zabar et dans les supermarchés Fairway où elle se rendait chaque semaine pour renouveler son stock de provisions.

Un vendredi soir du mois d'octobre, il s'était installé pour lire dans son fauteuil quand il se souvint qu'il avait mis une grappe de raisin dans le compartiment à glace de son réfrigérateur. C'était une recette de Katia : «Vous congelez du raisin et vous le dégustez en le trempant dans de la crème sure ou du sucre brun.» Comme il avait oublié d'acheter de la crème sure et du sucre brun, il se contenta de croquer les grains tels quels.

C'est alors que surgit à son esprit l'image de Katia, un jour où elle était venue à la consultation après avoir fait un détour par le marché des fermiers. Tout en lui parlant, elle avait mangé du raisin, grain par grain, et il revoyait maintenant avec une grande précision la façon dont elle les tenait, du bout des doigts, comme de précieuses boules de jade...

Il décrocha le téléphone et composa son numéro. Il le connaissait par cœur, depuis longtemps. Elle répondit après la troisième sonnerie, mais il raccrocha. Bien, se dit-il. Elle est chez elle.

Il consulta sa montre et constata qu'il était sept heures. Il se leva d'un bond. Il allait tenter sa chance.

Il se brossa les dents et passa un peigne dans ses cheveux. Son jean ferait très bien l'affaire, mais il décida d'enfiler une chemise blanche et une veste de sport toute neuve de style italien.

Quelques minutes plus tard, il hélait un taxi devant Central Park. Agir très vite, sans se donner le temps de changer d'avis.

«East Side, s'il vous plaît, dit-il au chauffeur en s'installant sur la banquette arrière. Au carrefour de la 78e Rue et de Lexington Avenue.»

Se renversant contre le dossier, il s'aperçut dans le rétroviseur. Bon sang, j'ai une tête de possédé. Mais il s'en moquait. Ce n'était plus le moment de réfléchir. Pour la première fois chez lui la surexcitation l'emportait sur la peur.

C'était une soirée plutôt froide d'octobre et la cité paraissait s'épanouir sous les illuminations nocturnes. La circulation était intense et le taxi avançait lentement; pourtant, en réglant la course, Frank eut l'impression qu'il ne s'était pas écoulé plus d'une minute depuis qu'il avait quitté son fauteuil.

Il s'imagina alors sous les traits d'un bel homme qui saute d'un taxi un samedi soir, pour aller retrouver la femme qu'il aime.

Une fois dans la 78e Rue, il regarda à droite et à gauche pour voir à quel numéro il était arrivé. En approchant de l'immeuble de Katia, il vit qu'un portier montait la garde et il sentit son courage l'abandonner. Il décida de faire le tour du pâté de maisons pour se reprendre, après quoi ses pieds le transportèrent à l'intérieur sans le moindre problème, l'homme se contentant de lever les yeux vers lui quand il passa d'un air plein d'assurance.

«Katia Odinokov. Elle m'attend», dit-il.

Le portier hocha la tête et ne bougea pas d'un pouce, ce qui incita Frank à penser qu'il devait avoir une allure très rassurante. Il doit me prendre pour un collègue de Katia, se dit-il. Il chercha son nom sur le panneau de l'entrée et sonna. C'était plus poli ainsi. D'ailleurs, à New York, personne n'allait plus frapper à la porte d'un appartement sans s'être d'abord annoncé à l'interphone du rez-de-chaussée.

Quelques secondes s'écoulèrent.

«Oui?» La voix de Katia s'éleva, assourdie par le haut-parleur. «Allô?»

Frank marmonna quelques mots incompréhensibles. Il ne voulait pas révéler son identité. D'ailleurs le son était toujours plus ou moins brouillé et on ne savait jamais à qui on avait affaire.

«Qui ça?» insista Katia.

Cette fois il bredouilla «Frank Manne», espérant qu'elle actionnerait l'ouverture. Au bout d'une dizaine de secondes d'une horrible incertitude, il entendit un bourdonnement et poussa la lourde porte vitrée. Il se dirigea vers l'ascenseur, puis s'aperçut qu'il avait oublié de regarder dans quel appartement elle se trouvait. Il dut donc faire demi-tour pour relever le numéro, puis regagner en courant la cabine.

C'était un vieux modèle, non fermé, qui prit bien son temps pour gravir les huit étages dans un grincement de ferrailles malmenées. Et puis tout se passa comme dans un rêve. Il émergea sur le palier et se surprit en train de frapper doucement à une porte, sans la moindre hésitation.

«Qui est là?» demanda Katia en ouvrant le judas. Elle le regardait. Elle l'avait découvert.

«Frank Manne.»

Elle ouvrit la porte lentement et le considéra d'un

air stupéfait, sans l'inviter à entrer. Pour une surprise, c'était une surprise ; mais tandis qu'ils se fixaient ainsi, ils savaient l'un et l'autre que c'était *Katia in the Lex* qui l'avait amené ici.

Mon Dieu, qu'elle était belle ! Elle ressemblait à un animal exotique avec son jean usé, qui paraissait si doux, un pull tricoté main et ses cheveux négligemment tirés en arrière. Les pieds nus. Naturelle et féminine. A la façon dont le pull soulignait la forme de ses seins, il vit qu'elle ne portait pas de soutien-gorge.

«Qu'est-ce que vous voulez ? demanda-t-elle d'un ton méfiant, dépourvu d'aménité.

— Parler, dit-il nerveusement.

— De quoi ?

— De différentes choses.» Il n'avait pas pu trouver mieux. Il réussit pourtant à ajouter : «Du livre.

— Pourquoi n'avez-vous pas téléphoné d'abord ?

— J'ai eu peur que vous refusiez.» Elle le soumettait à un interrogatoire en règle. «C'est vrai», insista-t-il, se refusant à invoquer l'habituel prétexte : «J'étais dans le quartier alors j'ai voulu passer vous dire bonjour.»

Plantée sur ses deux jambes, elle le regardait toujours. Il sentait que sous cette façade impassible il y avait à la fois de la peur et de la colère. Il ne pouvait guère l'en blâmer.

«Je vous en prie, pouvons-nous parler ? J'ai beaucoup de choses à expliquer.»

Elle s'écarta de la porte et lui fit un grand geste de la main.

«Je vous promets de ne pas rester longtemps», ajouta-t-il.

En pénétrant dans l'appartement, il fut surpris de constater à quel point ces lieux pouvaient lui paraître familiers. Tout était exactement tel qu'elle l'avait décrit bien des fois. Il trouva enivrant d'être enfin là, dans son environnement ; c'était comme si elle l'avait pris dans ses bras et même, plus encore, comme s'il était enfin en elle.

Ce living-room était si douillet avec ses plages de douce clarté! Les fauteuils paraissaient confortables et accueillants. Des livres et des magazines gisaient çà et là. Un bouquet de freesias trônait sur la table du coin repas. La chaîne hi-fi égrenait rêveusement une valse de Chopin.

Il fit quelques pas en avant et la regarda refermer la porte. Avant qu'il n'ait pu dire un seul mot, elle avait repris :

«Je vous en prie, asseyez-vous.»

Il s'assit sur le divan, l'air gêné. Elle prit le fauteuil en face de lui.

«Bien. Qu'est-ce que vous voulez me dire?»

Il la regarda et revit tout à coup la façon dont les choses se passaient dans son cabinet. Là-bas aussi, ils se retrouvaient face à face mais c'était elle qui était sur le divan et lui dans le fauteuil. Il ne se sentait plus dans son élément. Il ne s'agissait plus de thérapie, cette fois on était dans la vie réelle. Il toussa pour s'éclaircir la voix.

«Comment allez-vous?» demanda-t-il d'une voix hésitante.

Il fallait bien commencer par quelque chose.

«Bien, dit-elle. Et vous?»

Il y avait entre eux plus de gêne qu'il ne l'avait imaginé. Il inspira à fond. Les mots sortirent de sa bouche en se bousculant.

«Voilà. Je voulais seulement vous dire que j'ai lu le livre. Eh bien, la Katia du livre, ce n'est pas vous. Vous vous en rendez bien compte, n'est-ce pas? Vous êtes beaucoup mieux que cela. Et aussi... je voulais savoir ce que vous pensez des scènes avec ce Joe Viggeano. Je suppose que c'est moi qu'il a voulu représenter ainsi. Oui, naturellement. Ce n'est pas votre avis?»

Mon Dieu, elle avait l'air encore plus mal à l'aise

que tout à l'heure. Non, décidément, les choses étaient loin d'évoluer comme il l'aurait voulu.

«Je n'ai rien à redire au livre.»

Elle lui avait littéralement jeté les mots au visage en haussant les épaules comme pour signifier : «Mais enfin, pourquoi faire tant d'histoires ?»

Il reprit, lentement, péniblement, en cherchant ses mots.

«Je voulais vous dire combien je regrette de vous avoir fait de la peine. Je comprends maintenant pourquoi vous avez dû cesser de venir me voir. C'était ma faute, uniquement. Vous, vous n'y étiez pour rien. Vous faisiez exactement ce qu'il convient de faire quand on est en analyse : déballer en vrac tout ce que l'on ressent, et c'était à moi de vous aider à faire le tri pour vous permettre d'y voir plus clair. Et je ne l'ai pas fait.»

Là-dessus, il s'interrompit pour inspirer profondément. Puis il se lança, la tête la première :

«Je ne l'ai pas fait parce que j'éprouvais pour vous une grande attirance et je ne voulais pas me l'avouer. J'étais beaucoup trop timoré. Vous vous rappelez ce qui s'est passé le premier jour, quand vous avez dit : "Ce n'est pas sérieux, n'est-ce pas ?"» Ils sourirent l'un et l'autre. «Eh bien, vous aviez raison. Vous auriez dû repartir tout de suite, nous n'aurions jamais dû entreprendre cette analyse. Alors je suis venu aujourd'hui pour m'excuser et...

— Et quoi ?

— Et vous dire que, pendant tout ce temps, je ne me suis pas rendu compte de ce que j'éprouvais pour vous. Mais, maintenant, je le sais. Et je le suis encore maintenant. Attiré par vous. Et que vous me plaisez. J'aimerais que nous nous voyions. Grâce à vous, j'ai beaucoup réfléchi. Grâce à vous, j'ai changé ma vie.»

Mal à l'aise, Katia s'agita sur son fauteuil et détourna son regard. Il y eut un silence horrible.

« Vous êtes vraiment bouché à l'émeri ! » dit-elle. Et elle fondit en larmes.

Il se précipita vers elle et tenta de la prendre dans ses bras. Elle se raidit de toutes ses forces et le repoussa avec violence.

« Non, non ! Laissez-moi tranquille. Comment pouvez-vous avoir l'audace… ? »

Les larmes ruisselaient sur son visage. Elle ramena en arrière des mèches de cheveux mouillés et se mit à lui marteler les épaules avec ses poings.

« C'est parfait, c'est parfait », ne cessait-il de répéter. Il tentait toujours de l'enlacer, en s'efforçant d'amortir les coups qu'elle lui donnait.

« Non, ce n'est pas parfait, grinçait-elle. Lâchez-moi. »

Elle s'était mise à lui assener des gifles, en plein visage, du plat de la main. Il en fut tout éberlué. C'était la première fois de sa vie que quelqu'un le battait. Il tenta de se protéger avec son coude, puis eut peur d'être ridicule, se rappelant que c'était toujours ainsi que réagissaient les gamins dans les films. Il fit un pas en arrière. Elle se leva et commença à faire les cent pas devant la fenêtre.

« Alors, vous croyez que vous pouvez arriver dans ma vie comme ça, sans crier gare, au bout d'un an et demi ? Après tout le mal que je me suis donné pour retrouver un certain équilibre ? Et que vous allez maintenant pouvoir me raconter ce que vous ressentez ? Et c'est à présent que vous me dites que tout a été votre faute. Que c'est à cause de vous que j'ai été si malheureuse pendant tout ce temps. Et vous vous imaginez qu'il vous suffira de dire : "Excusez-moi" pour que je vous saute au cou ? Elle est bien bonne, celle-là, Frank. »

Elle marchait de long en large en fulminant :

« Pourquoi faut-il toujours que je pleure quand je suis en colère ? Je déteste ça. Et je vous déteste, vous aussi !

— Mais... j'ai beaucoup changé », dit-il d'une voix qui se brisait.

Elle s'arrêta net, le foudroyant du regard.

« Vraiment formidable ! Un Frank "nouveau et amélioré". Eh bien, désolée, mais je dois vous informer que je n'ai jamais connu l'ancien modèle, ajouta-t-elle d'un ton sarcastique.

— Comment ça, vous ne m'avez jamais connu ? » demanda-t-il d'un air vexé.

Elle eut un sourire narquois.

« Comment aurais-je pu vous connaître ? Vous restiez toujours vautré dans votre fauteuil sans jamais rien dire.

— Je vous en prie, supplia-t-il en se rapprochant d'elle, les bras tendus.

— Laissez-moi tranquille. Que voulez-vous de moi ? Pourquoi êtes-vous venu ici ? cria-t-elle.

— Je voulais simplement vous expliquer... je voulais seulement vous consoler. »

Il fit un pas vers elle et voulut lui prendre la main.

« Ne me touchez pas ! trancha-t-elle en se reculant. Je vais très bien et je n'ai aucun besoin d'être consolée.

— C'est parfait, dit-il.

— Pourquoi dites-vous encore que c'est parfait ? Il n'y a rien de parfait. »

Elle était maintenant acculée, le dos au mur. Non, vraiment, il n'avait pas du tout imaginé que les choses se passeraient ainsi. Comment allait-il pouvoir redresser la situation et l'amener à de meilleurs sentiments ?

« Maintenant, vous pouvez... euh... vous pouvez me faire confiance, oui, me faire confiance. » Il ne trouvait plus ses mots. Il secoua la tête, se tordant nerveusement les mains. « Oui, me faire confiance, parce que... » Il s'arrêta. Parce que quoi ? Il renonça à poursuivre. Elle reprit :

« Maintenant vous décidez de m'aimer. Qu'est-ce

que vous vous imaginiez? Que je soupirais après vous pendant tout ce temps? Qu'il vous suffirait de venir ici me dire que vous m'aimiez pour que tout recommence de zéro et que je saute sur vos genoux?»

Elle avait raison. Le temps avait joué contre lui. Pourquoi était-il venu ici? Il ne lui restait plus qu'à s'excuser et la laisser seule. Rentrer chez lui. Il avait commis une erreur.

Il restait silencieux, au comble de l'embarras, et c'est justement cela qui eut l'air de la calmer. Elle se leva et alla dans la cuisine. Il ne savait plus que faire, se demandant s'il fallait qu'il parte tout de suite.

Il l'entendit qui se mouchait, puis il y eut un clapotement d'eau. Quand elle revint, le visage apaisé, elle tenait deux verres de vin rouge. Elle lui en tendit un.

«Merci.»

Elle se rassit. Ils burent en silence pendant quelques instants puis elle commença à parler, sans le regarder.

«Dites donc, ça fait un drôle d'effet de vous voir frappé de mutisme. Moi qui m'imaginais que vous connaissiez toutes les réponses mais refusiez de me les donner parce que vous vouliez que je les trouve par moi-même. Je me disais même que c'était rudement vache de votre part.» Elle sourit à l'évocation de ce souvenir et poussa un soupir… «Finalement, vous ne deviez pas être si malin que ça.»

Il hocha la tête et but une gorgée de vin. Elle reprit:

«En tout cas, j'ai fait une ou deux découvertes, toute seule. Je me suis aperçue que j'aimais les deux hommes qui me convenaient le moins au monde. Et moi, je ne m'aimais pas. Je ne me croyais pas digne d'être aimée. J'avais tellement peur d'être aimée que je traitais les hommes d'une manière abominable.» Elle s'abîma dans ses pensées puis se tourna vers lui. «Ecoutez, je ne sais pas qui vous êtes en réalité ni ce que vous voulez de moi…

— Comment ça, vous ne savez pas qui je suis ? »

Ces paroles l'avaient blessé, malgré tous les efforts que faisait Katia pour rester polie. Un véritable délire mental s'empara de lui et il se répéta intérieurement les pensées qui l'obsédaient : je suis ici pour te dire que je t'aime, que tu as eu raison dès le début, que je n'aurais jamais dû accepter d'entreprendre ton traitement. C'est un mauvais coup du destin qui nous a mis face à face à l'Institut. Mais au moins nous avons réussi à clarifier ce point. Je suis désolé pour le livre. J'ai vu Boris à Paris. Et Jo Anne est entrée dans sa vie. Je t'ai vue à la séance de lecture poétique. Tu m'as appris à vivre.

Ce monologue silencieux lui emplissait le cœur mais il ne pouvait se résoudre à prononcer une seule de ces paroles. Bon sang ! La vie lui paraissait tellement plus compliquée que quand il la voyait de son fauteuil de psychanalyste. Qu'il était donc facile de réprimander ses patients parce qu'ils ne communiquaient pas avec l'être aimé ! Que de fois il avait dit des choses du genre : « Eh bien, avez-vous dit à Tim (ou Tony, ou Beau) ce que vous me racontez maintenant ? Pourquoi ? Comment voulez-vous qu'il sache ce que vous ressentez si vous ne le lui dites pas ? » Mais dès qu'il s'agissait de sa vie à lui, il se montrait incapable de prendre la moindre initiative.

« Vous feriez peut-être mieux de vous en aller », dit-elle doucement.

Le cauchemar recommençait.

« C'est vraiment trop triste, ajouta-t-elle.

— Non !

— Qu'est-ce que vous proposez, alors ?

— Je veux vous connaître.

— Mais c'est déjà fait. Vous savez tout de moi. Je vous ai tout dit, deux fois par semaine pendant deux ans. Vous savez plus de choses sur moi que n'importe qui au monde.

— Eh bien, maintenant, vous pouvez me connaître

à votre tour. De cette manière, nous pourrons avoir une véritable relation.

— A l'époque, vous me disiez toujours que nous avions une "véritable" relation. » Elle sourit à l'évocation de ce souvenir. «Vous vous rappelez? Quand je me plaignais du manque d'authenticité de nos rapports, vous disiez toujours qu'ils ne pourraient jamais en avoir davantage. »

Il essaya de sourire et avala une gorgée de vin pour se donner une contenance.

«Voyez-vous, dit-elle, je vous ai aimé vraiment beaucoup. Et vous, vous me disiez qu'il s'agissait d'un transfert, que ce n'était pas vraiment vous que j'aimais, mais une image que je m'étais forgée moi-même dans mon esprit. Et je refusais de vous croire. Ah! J'en ai versé des larmes! Je pleurais parce que j'étais persuadée que nous pouvions former un couple merveilleux mais que vous ne vouliez pas laisser faire les choses. »

Elle parlait lentement, comme si le rappel de ces souvenirs la vidait de toutes ses forces. Elle reprit, le regardant bien en face:

«Mais je comprends tout maintenant. Vous aviez raison. Ce n'était pas vous que j'aimais, seulement l'image que je me faisais de vous. Exactement comme vous le disiez. Je ne sais même pas qui vous êtes... Naturellement... je suis sûre que vous êtes très gentil... mais...»

Tout son être se révolta. Il eut envie de crier. Son cœur refusait de croire de telles paroles. Ce n'était pas possible. Le cauchemar continuait.

«C'est moi qui me trompais. Lourdement», murmura-t-il.

Elle inclina la tête, ne sachant plus que penser.

«J'ai fini par me rendre compte que je vous aimais, dit-il. Et cela depuis le jour où nous nous sommes vus pour la première fois. »

Elle esquissa un mouvement de recul et secoua la tête, l'air apeuré.

«Non, dit-elle. Ce n'est pas vrai.»

Une idée le frappa alors, l'étourdissant sous le choc. Katia s'était habituée à voir en lui un être purement fictif, qui n'était que le produit de son imagination et le fait de se trouver confrontée à lui, en tant que personne, en chair et en os, avec des émotions réelles, la remplissait de frayeur. Peut-être refusait-elle de voir en lui un homme comme les autres, avec des sentiments et des besoins normaux.

Il y avait dans l'air une telle tension que ses oreilles commencèrent à bourdonner. Il se leva, prit le verre vide qu'elle tenait toujours et le posa sur la table. Puis il lui saisit les mains et la leva de sur le siège. Il se trouvait tout intimidé, debout face à elle. Il avait l'impression qu'avec son corps elle émettait des ondes électriques. Il crut déceler une sorte d'appel.

Elle se rapprocha de lui, comme pour s'offrir à son étreinte. D'un geste hésitant, il passa les bras autour de ses épaules. Il ne pouvait croire qu'il la tenait enfin contre lui. C'était comme une délivrance, une sensation exquise. Il frotta sa joue contre la peau tendre de ce visage qui se tournait vers lui. Bon sang! Il avait oublié de se raser. Elle avait eu un mouvement de recul. Il avait dû lui faire mal. Mais, soudain, comme si elle appréciait la rudesse du contact, elle se mua en chatte et, tout en ronronnant, elle se frotta le corps et le visage, subtilement, avec des gestes félins, contre lui.

L'érection fut immédiate et cela le remplit de confusion. Jusqu'alors, il avait été le docteur froid, distant et intouchable, mais maintenant il devenait un homme robuste, au sang vigoureux. A la voir se soumettre à ses caresses et fondre son corps dans celui de Frank, il était clair qu'elle appréciait beaucoup cet instant. Il respira profondément. Il tenait enfin dans ses bras la femme qui s'était assise en face de lui pendant deux ans pour déverser le contenu de son âme, et maintenant il n'y avait plus rien qui pouvait l'empêcher de l'explorer. Tout en la caressant, il se rappelait les mots «brune et ronde» dont il s'était servi ironiquement pour la décrire.

Elle aimait manifestement le contact de ses mains. Elle avait enfoui son visage contre lui, tandis qu'il lui caressait le corps, essayant de l'apprendre. Le cou, les épaules, les bras. Il sentit la force de ce dos robuste de nageuse, puis décela le contour des seins sous le pull. La tentation fut trop forte. Il glissa les mains sous le vêtement et lui caressa la poitrine. Il gémit. Un chat miaula et se frotta contre ses jambes comme pour dire : «Hé là, et moi ?» Ils rirent tous les deux.

Elle ôta son pull et il sourit. Elle lui rendit son sourire et le regarda calmement dans les yeux. Ils n'avaient toujours pas prononcé la moindre parole. C'était un ballet silencieux.

Il lui prit la main, puis il l'embrassa légèrement, lui touchant à peine les lèvres. C'était le baiser préliminaire, le baiser d'exploration qui serait suivi d'une avalanche de baisers, de ces baisers qu'il avait toujours rêvé de lui donner. Ce qui le surprit, ce fut la douceur de ses lèvres. Jamais il n'aurait pu imaginer que des lèvres puissent être aussi douces !

«Je ne tiens plus debout», dit-elle, le souffle court. Et elle le mena au canapé sur lequel ils se laissèrent tomber. Elle l'attira contre lui. Sans la moindre gêne elle but tous les baisers qu'il lui donna. Il était ravi de lui procurer un tel plaisir. Ravi et étonné à la fois. Jo Anne, elle, supportait ses baisers, et il avait l'impression de se conduire comme un gamin avide et insupportable. Maintenant, il voyait à quel point il avait pu être privé du plaisir de combler vraiment une femme. La bouche de Katia réclamait sans cesse davantage.

Elle passa sa main dans les cheveux de Frank et il

eut l'impression qu'il allait exploser. Leurs baisers étaient une conversation, un échange de tous les mots qu'ils ne pourraient jamais prononcer.

Il la regarda et admira le désordre charmant de sa toilette. Elle avait renversé la tête en arrière, les yeux clos, les cheveux ébouriffés. De ses lèvres, il descendit vers les épaules, puis il dégrafa le jean et glissa la main par l'ouverture, constatant qu'elle ne portait rien dessous. Il sentit un contact doux et humide et fut saisi d'exaltation en se rendant compte qu'elle réagissait avec une telle vivacité à la caresse de ses doigts.

«Je veux que tu jouisses rien qu'avec mes doigts», chuchota-t-il.

Elle lui appartenait totalement. Il regarda ce visage noyé dans le lointain. Elle était partie en un autre lieu.

Et puis, pour la première fois — tout semblait se produire pour la première fois ce soir-là —, il sentit vraiment l'approche de la jouissance chez une femme. Les hanches commencèrent à onduler imperceptiblement et elle se mit à gémir, puis à pousser des cris de surprise comme si quelqu'un l'avait frappée, lui coupant la respiration. Il faisait aller sa main lentement, au rythme de ce corps, sans jamais s'interrompre.

Frank la tint dans ses bras et regarda ce visage éperdu, noyé dans une extase primitive. Il avait enfin réussi à la satisfaire, cette femme qu'il avait tant fait pleurer, autrefois, dans son cabinet de consultation ; il se disait qu'il était tout proche d'elle, maintenant, bien qu'ils fussent encore très éloignés l'un de l'autre.

Ils restèrent immobiles et silencieux un long moment, puis Katia ouvrit les yeux et le regarda. Il essaya de lui sourire mais il dut détourner son regard. Il se sentait soudain tout désemparé. Qu'allait-elle dire ?

Elle referma son jean et se leva lentement. Tout se

déroulait au ralenti, comme s'ils avaient été à bord d'un vaisseau spatial.

«Viens avec moi», dit-elle en le prenant par la main.

Elle l'emmenait vers la salle de bains. Le chat leur avait emboîté le pas. Puis elle lui caressa les joues avec sa main.

«Qu'est-ce qu'il y a? demanda-t-il avec une certaine nervosité.

— Je veux te raser.

— Comment?»

Il n'était pas certain d'avoir bien entendu.

«Je peux te raser? dit-elle.

— Maintenant?

— Je n'ai jamais rasé un homme... et je me suis dit que ce devait être agréable. D'ailleurs, tu en as bien besoin.»

Elle avait l'air de parler très sérieusement.

Il se passa la main sur le visage. Mon Dieu, cette lubie le remplissait d'inquiétude. Car enfin, il fallait des années à un homme pour réussir à se faire la barbe sans se tailler la peau. Lui qui connaissait dans le détail toutes les moindres aspérités, il lui arrivait encore de se couper, même quand il faisait attention. Alors se soumettre ainsi à une femme, tenant un rasoir à la main...! Mais il s'agissait peut-être d'un fantasme. Le fantasme de la vengeance!

«Euh...» Il hésitait. Comment pouvait-il décliner cette offre sans risquer de la vexer? Mais soudain il se rendit compte que c'était là une des choses qu'il désirait le plus au monde: se faire raser par Katia.

«D'accord, mais...

— Je ferai très attention, acheva-t-elle à sa place. Voyons.»

Elle étudia la situation un moment.

«Assieds-toi ici.»

D'un geste, elle l'avait invité à s'asseoir sur le sol de la salle de bains. Il la regarda préparer tout un assortiment de crèmes et de lotions, des boulettes de coton et un gant de toilette. Finalement, elle sortit un rasoir jetable d'un sachet en plastique. Le chat s'était perché sur un coin de la baignoire, observant lui aussi tous ces préliminaires.

Enfin Katia s'assit. Elle déboutonna la chemise de Frank et l'enleva.

«Maintenant, allonge-toi sur le dos et mets ta tête sur mes genoux, comme ça, dit-elle.

— Tu vas me raser à l'envers? s'inquiéta-t-il alors.

— Mais non, idiot. Je vais d'abord te faire un massage facial, dit-elle avec son assurance habituelle. Pour te préparer la peau, bien entendu, ajouta-t-elle comme si elle avait parlé à un arriéré mental.

— Oui, bien sûr.»

Il s'allongea en riant. Il voulait faire tout ce qu'elle demandait. C'était donc ainsi qu'elle voulait jouer. Il était aux anges; tout se passait comme s'ils avaient été des enfants, seulement ils étaient des adultes responsables et consentants.

Il voulait se rappeler chacun de ces instants. Elle commença par lui humecter le visage avec un gant imbibé d'eau chaude. Puis elle trempa un tampon de coton dans une lotion au parfum merveilleux et lui caressa la peau avec une infinie délicatesse. Ce fut pour lui comme si un nuage d'œillets lui avait chatouillé l'épiderme.

«C'est pour te nettoyer le visage, dit-elle. Ensuite, je frotterai avec une crème à l'abricot et au miel pour libérer la couche de peau morte.»

Il fut pris d'un sentiment de gêne.

«J'ai de la peau morte?

— Tout le monde a de la peau morte.»

Elle lui frictionna doucement les joues avec cette crème qui sentait si bon qu'il avait envie d'en manger, puis elle fit un rinçage avec un gant de toilette chaud. Ensuite, elle se versa un peu de lotion blanche dans les mains.

« C'est un lait hydratant qui vient de Suisse. Je vais te faire un massage facial. Tu es bien installé ? »

Il hocha affirmativement la tête. Remarquant à quel point il était tendu, il essaya de se relaxer.

« O.K. Maintenant, ferme les yeux et détends-toi. »

Elle se mit à lui caresser lentement le visage avec la crème qu'elle avait réchauffée dans ses mains. Mon Dieu, que c'était agréable ! C'était donc cela que les femmes sentaient quand on leur faisait un nettoyage complet du visage ? Il était normal qu'elles apprécient. Si seulement les hommes pouvaient savoir ce qu'ils manquaient !

Il n'arrivait pas à croire qu'elle pût toucher sa peau avec une telle douceur ni que cela pût faire un effet aussi extraordinaire de se faire masser le visage, ce visage qu'il traitait avec une telle brusquerie, lui-même, chaque matin. Il venait de découvrir une nouvelle zone érogène, et il lui avait fallu attendre trente-six ans pour y parvenir. Quel manque de précocité, vraiment ! Enfin, mieux vaut tard que jamais.

Elle massa ses tempes et son front en longs mouvements lents. Puis elle se remit de la lotion dans les mains et remonta des épaules vers le cou. Frank sentit que son membre se raidissait, et il fut inondé d'un plaisir intense, merveilleux. Il crut même qu'il allait atteindre l'orgasme tout de suite. Il ne pouvait se défendre pourtant d'une certaine tristesse à l'idée qu'il n'avait encore jamais pu éprouver de telles délices. C'était sa façon à elle de lui faire l'amour. Il sentait que son corps tout entier se détendait lentement, depuis la tête jusqu'au bout des orteils.

Au bout d'un long moment, des heures semblait-il, elle dit :

« Parfait. Maintenant, je crois que ton visage est prêt. Mais il vaut mieux que tu t'assoies. »

Ils se redressèrent pour s'asseoir face à face, les jambes croisées, comme des enfants qui jouent aux

chefs indiens. Etaient-ils allés à la même école maternelle, tous les deux, dans une vie antérieure ?

Le chat bondit de la baignoire au lavabo. Katia pro-
jeta de la crème à raser dans le creux de sa main et,
avec un grand sérieux, elle la lui appliqua sur les
joues. Une fois de plus, il fut fasciné par la douceur
de ses gestes, des gestes qu'elle faisait pour la première fois. Il fut charmé du spectacle qu'elle offrait,
penchée vers lui pour lui enduire le visage d'un air
grave, et s'essuyant ensuite les paumes sur son jean.
Il tendit la main vers ses seins, mais elle l'écarta en
riant.

« Je ne pense pas que ce soit le moment de faire
ça », dit-elle.

Elle saisit le rasoir et essaya de le tenir de différentes façons, tout en étudiant le visage de Frank.

Il avala sa salive avec nervosité.

« Bon, alors, je monte ou je descends ? Où est-ce
que je commence, en fait ? »

Elle esquissa une grimace. Il était content de la
voir aussi nerveuse. C'était bien normal : elle s'atta-
quait à une tâche qui n'avait rien de facile.

Alors Frank la guida, prodiguant suggestions et
conseils sur la façon dont il fallait lui tenir la peau et
se soumettant sans réserve à cette main que prolongeait le rasoir. Maintenant, il demeurait parfaitement
immobile, face à elle, ravi d'être l'objet de toute cette
attention. Il sentait la caresse de son souffle délicat,
tandis qu'elle multipliait ses efforts. Leur silence était
parfois rompu, quand elle demandait : « Comme ça ?
Ça va là ? » Il aurait voulu qu'elle n'en finisse jamais.
Elle pourrait le raser tous les jours, si elle y consentait.

« Là ! » dit-elle.

Elle se pencha en arrière pour mieux voir le résultat de son travail. Satisfaite, elle lui essuya le visage
avec un gant imbibé d'eau tiède et appliqua douce-

ment une autre crème aux senteurs merveilleuses. Elle sourit en voyant qu'il appréciait.

« C'est une crème d'amandes de chez Caswell Massey », dit-elle en se rapprochant de lui pour l'embrasser sur les lèvres. Cette fois, ce fut elle qui garda l'initiative, et lui qui but tous les baisers qu'elle lui donnait. Désormais, il se livrait à elle. Il avait abdiqué depuis longtemps, pendant qu'elle lui avait massé le visage. Il était son esclave, soumis aux volontés de ces mains si suaves et de cette bouche si tendre.

« Enlève ton pantalon », murmura-t-elle.

Et c'est là, sur le sol de la salle de bains, qu'elle lui fit l'amour. Il ne lui suffisait plus de l'embrasser, elle voulut goûter à son corps tout entier. Après lui avoir sucé les oreilles et les sourcils, elle lui lécha les aisselles et l'intérieur des coudes. Mais ce qui l'excita le plus, ce fut quand elle lui mordilla les orteils. La sensation qu'il éprouva alors était absolument incroyable.

Ensuite, elle prit un peu de lotion dans sa main et elle se mit à lui masser le sexe, en le fixant droit dans les yeux, l'obligeant à détourner son regard. Il était au comble de la jouissance. Comment se faisait-il qu'elle sût exactement comment le toucher ? Jamais il ne s'était imaginé qu'une femme serait capable de le caresser de la manière qu'il avait toujours souhaitée. Avant qu'il n'ait eu le temps de réagir, il sentit qu'il perdait tout contrôle de lui-même.

« Arrête, arrête, attends ! »

Il tendit les mains vers elle mais il était trop tard.

Il éprouva une certaine gêne à se trouver là, étendu sur le sol, sans son pantalon, totalement exposé aux regards et si vulnérable. C'était lui, Frank Manne, son ancien psychanalyste, qui gisait sur le sol devant elle. Ils n'avaient rien résolu. En fait, ils se conformaient à un scénario primitif qui ne nécessitait ni mots ni explications. C'était merveilleux. Tout cela paraissait si naturel, si peu compliqué.

Elle s'était assise, appuyée contre le mur de la salle de bains. Au bout d'un moment, elle le regarda et sourit.

«Alors? dit-elle.

— Parfait», dit-il. Au bout d'un moment, il ajouta: «La chambre est par là?»

Elle fit oui de la tête.

Une demi-heure plus tard, ils étaient allongés sur le lit de Katia, avec leurs verres de vin. Un silence gêné s'était abattu sur eux. Comme c'est bizarre, songeait Frank. Il y a quelques instants, nous étions par terre, ensemble, près de la baignoire, et maintenant nous sommes aussi embarrassés que deux parfaits étrangers qui essaient de lier conversation au cours d'un cocktail. Il lui prit la main.

«A quoi penses-tu?» demanda-t-il.

Elle posa son verre sur le plancher, près du futon.

«Dans la salle de bains... c'était... Enfin, je ne sais pas comment dire ça exactement», fit-elle d'une voix qui semblait perdue dans le lointain. «Mais c'était bien. Ça avait l'air de mettre un point final à quelque chose. Quelque chose qui appartient au passé.» Elle marqua une pause. «Tu n'es pas d'accord?»

Il frotta sa joue rasée de frais.

«Je ne sais pas.

— Tout cela est très triste, dit-elle d'une voix teintée de désespoir. Choisir le bon moment, c'est capital. Ça représente quatre-vingt-dix-neuf pour cent de toute l'existence.

— Je n'arrive pas à croire que tu puisses dire une chose pareille, se récria Frank avec inquiétude. Pourquoi parler du passé? Et où y a-t-il de la tristesse dans ce qui nous arrive? Nous sommes dans le présent. Et nous sommes ici. Ensemble. Le futur, ça existe aussi, non?

— Non. Tu ne vois donc pas, ajouta-t-elle en

s'écartant, que ça ne marchera jamais, nous deux? Bien sûr, nous vivons ça, en ce moment, mais il n'y aura rien de plus. Pour moi, c'est un fantasme du passé, un fantasme agréable, d'accord. Mais à part ça, quelle base avons-nous pour établir une relation?»

Il n'en croyait pas ses oreilles. Il posa son verre à terre, lui aussi.

«Nous pouvons recommencer de zéro. Faire table rase. Comme si rien ne s'était passé.»

Elle secoua négativement la tête.

«Non. C'est impossible. Parce qu'il y a eu un passé. Et moi, j'ai changé. Je ne suis plus la Katia que tu as connue. La Katia d'aujourd'hui veut quelque chose de différent, quelque chose d'autre que...» Elle fit un effort pour ne pas le blesser, pour ménager sa susceptibilité. «Elle veut quelqu'un d'autre que... que toi», dit-elle enfin à mi-voix.

Non! Non! Il ne trouvait pas les mots qui auraient pu la convaincre. Manifestement, les paroles n'avanceraient à rien. Il fut pris d'un accès de désespoir. Faute de pouvoir s'expliquer, il allait lui montrer ce qu'il ressentait. Elle saurait tout rien qu'à la façon dont il lui ferait l'amour.

Il la prit dans ses bras et l'engloutit de toute la fureur de son corps, parcourant et dévorant le moindre pouce de sa peau avec ses mains et sa bouche. Il plongea la tête entre ses jambes et y resta enfoui. C'était le seul endroit où il voulait être. Il se délecta de cette saveur, s'affairant de la langue et des lèvres jusqu'au moment où il perçut les vibrations annonciatrices de l'orgasme.

Et puis il la garda dans ses bras, la caressant doucement partout. Il voulait sentir qu'elle le désirait, et quand le calme fut revenu en elle, il se remit à l'embrasser, renouvelant ses assauts. Finalement, il la pénétra, en poussant un cri rauque. Il nageait dans cet océan de féminité auquel il avait aspiré toute sa vie durant, et c'était Katia qu'il tenait dans ses bras, sa Katia qui le recevait avec une profondeur qu'il n'avait encore jamais connue.

Maintenant, pourtant, il n'était plus Frank. Une puissante présence masculine s'était emparée de son corps et il fut comme frappé de stupeur par l'animal majestueux et primitif qui se déchaînait en lui. Les gémissements qu'elle poussait le stimulaient encore davantage jusqu'au moment où il dut s'avouer vaincu. « Non! », puis « Oui! » cria-t-il. Frénésie, tumulte, silence.

Ce fut une longue nuit de plaisirs défendus. Une nuit pleine des plus grands bonheurs qu'il eût jamais éprouvés et aussi la nuit la plus triste de toute son existence.

Une nuit d'ivresse, non point à cause du vin qu'ils avaient bu mais parce que cette longue passion qu'ils avaient nourrie l'un pour l'autre sans jamais l'assouvir leur faisait maintenant payer son pesant tribut.

Quand la nuit en vint peu à peu à céder la place à l'aurore, Frank comprit qu'il vivait les derniers instants qu'il passerait jamais avec elle. Qu'il allait la quitter au matin, la rendant à sa vie d'antan, pour la laisser libre de ses propres décisions. Il avait plaidé sa cause, il ne pouvait plus s'imposer davantage.

Amère douceur d'Eros! Eros entrait sur la pointe des pieds pour jouer ses cartes en catimini. Et puis, mine de rien, il tournait les talons et c'en était fini.

Katia dit oui

Quelques semaines plus tard, Katia était dans le living-room de son appartement, occupée à boire du thé tout en réfléchissant à ce qu'elle pourrait faire de ce bel après-midi de novembre qui s'offrait à elle. La solitude lui pesait encore et elle poussa un soupir. Finirait-elle un jour par rencontrer quelqu'un ? Les doutes la harcelaient sans cesse. Ne s'était-elle pas trompée au sujet de Frank ? Par excès de précipitation, peut-être ? Avait-elle gâché sa dernière chance de bonheur ? Fallait-il l'appeler ?

Non, se dit-elle résolument en secouant la tête. Arrête de te saper le moral, Katia ! Allons, du nerf, voyons ! Elle pouvait commencer à tricoter ce pull Perry Ellis dont elle venait justement d'acheter la laine. Elle pouvait prendre son vélo et faire un tour au parc. Ou se mettre au piano. Il y avait cette sonatine de Scarlatti qui lui donnait du fil à retordre : ça l'occuperait un bon moment. Ou se préparer un bon dîner, un coq au vin à la Julia Child, par exemple, et *flambé au cognac**, attention !

Le téléphone sonna. C'était Clint. Elle ne lui avait pas parlé depuis le mariage, quatre mois plus tôt. Cela la rendait bien triste qu'il eût cessé tout contact et, quand c'était elle qui l'appelait, il semblait toujours au comble de l'embarras, comme s'il trahissait Carla en parlant à Katia.

«Alors, ça tourne rond, le ménage?» demanda-t-elle d'un ton léger.

La question parut l'embarrasser.

«Comme sur des roulettes», dit-il, ajoutant aussitôt pour changer de sujet : «En fait, si je t'appelle, c'était pour savoir si tu pouvais me rendre un service.

— Mais avec plaisir, si c'est dans mes possibilités, bien entendu.

— Voilà. C'est à propos de l'un de mes amis. Il va s'installer à New York et il cherche un appartement. Nous avions prévu de l'inviter chez nous ce soir, mais au dernier moment il y a eu une complication, si bien que je dois aller dîner avec Carla dans ma belle-famille. Et ça m'ennuie beaucoup de le laisser tout seul, surtout qu'il ne connaît personne…

— Et tu veux que je dîne avec lui, acheva-t-elle.

— Oui. Ça ne t'ennuie pas trop, Katia?

— Non, bien sûr. Il s'appelle comment?

— Sterling. Sterling Lee Smith. Tu l'as sans doute vu à mon mariage. Il faisait partie de mon club à la fac. Il vient d'une vieille famille de Boston.»

Katia réfléchit, les traits crispés sous l'effort. Ce nom ne lui rappelait vraiment rien. Il s'agissait sans doute de l'un des garçons d'honneur.

«Je l'ai peut-être vu, mais je ne sais pas qui c'est.»

Une légère exaspération perçait sous sa voix. Si Clint se mettait à jouer les entremetteurs maintenant! Elle répéta «Sterling Smith» d'un ton moqueur. Accoupler un prénom aussi élégant avec un nom de famille aussi banal lui paraissait plutôt ridicule.

«Sterling Smith, dit-elle encore. C'est quoi comme nom, ça? Et il faut l'appeler comment? Pas Sterling, tout de même?

— Mais oui, Sterling, tout simplement. Mais ne le prends pas comme ça! Il s'agit uniquement d'un dîner.»

Mon Dieu! Avait-elle eu l'air de faire des difficultés? Elle changea vite de ton.

«D'accord. Pas de problème. Donne-lui mon adresse et dis-lui de passer me prendre vers… hum… vers huit heures, d'accord?»

Sterling! Quel nom prétentieux! S'il était un ami de Clint, il ne pouvait sûrement pas être son genre, à elle!

«Ah! Qu'est-ce qu'il fait dans la vie?

— Ordinateurs, dit Clint.

— Oh! Très bien!» lança-t-elle en se forçant à injecter un peu d'enthousiasme dans sa voix. Un informaticien, se disait-elle. Décidément, plus elle demandait de détails, pires les choses s'annonçaient. Elle décida de ne pas poursuivre plus avant ses investigations.

«Eh bien, bonne soirée, dit Clint. Et merci beaucoup. Tu me rends… enfin tu nous rends, à Carla et à moi, un immense service.

— Tout le plaisir est pour moi. Et merci d'avoir appelé. Toutes mes amitiés à Carla. Il faudrait que nous nous voyions plus souvent», dit-elle avant de raccrocher.

En fait, la perspective de ce dîner lui souriait plutôt. Voyons! se disait-elle. Quel délicieux restaurant vais-je pouvoir lui suggérer?

Elle décida qu'elle avait besoin de prendre l'air et un peu d'exercice. Elle enfila plusieurs pulls, mit ses gants et partit pédaler dans le parc, le casque de son walkman lui déversant dans les oreilles une série de rock and roll qui finirent par la faire chanter en riant aux éclats, les cheveux au vent.

A huit heures moins le quart, on sonnait à sa porte. Katia était encore en kimono.

«C'est pas vrai! s'exclama-t-elle en regardant sa montre. Y a qu'un informaticien pour se pointer en avance, n'est-ce pas, Boo?»

Quand elle ouvrit la porte, elle dut faire un effort pour ne pas trahir sa stupéfaction.

Mon Dieu! C'était lui! L'homme assis à côté d'elle

au mariage de Clint et qui avait dansé avec tout le monde sauf elle. Voilà une soirée qui s'annonçait bien !

Il avait exactement la même allure que le jour du mariage, sanglé dans un complet sombre qui avait dû coûter très cher et tenant une bouteille de champagne à la main. Il ne lui manquait que la femme blonde à l'autre bras.

Elle décida aussitôt de tirer le meilleur parti possible de la situation.

« Bonsoir. Je suis Katia, dit-elle en tendant la main.

— Incroyable ! Vous étiez à ma table au mariage de Clint. »

Elle hocha la tête en se forçant à sourire.

« Katia, répéta-t-il. C'est quoi, comme nom ?

— Russe. »

Il resta songeur un moment et reprit soudain :

« Excusez-moi. Moi, je m'appelle Sterling. Sterling Smith. »

Katia faisait des efforts désespérés pour garder un visage aimable. Oui, je suis la femme que tu as ignorée toute la soirée.

« Fabuleux, ce mariage, poursuivit-il. Dites donc, quel dommage que nous n'ayons pas pu danser une seule fois ensemble ! »

Parce que tu ne m'as pas invitée ! Elle haussa les épaules comme pour dire : « Aucune importance ! »

« Eh bien, comme vous pouvez le voir, je ne suis pas encore prête. Mais je n'en ai que pour une minute. »

Elle se recula pour le laisser entrer. Il déposa son pardessus sur une chaise et se tourna vers Katia.

« Ah ! J'ai apporté du champagne pour arroser mon nouvel appartement. Vous n'allez pas me croire, mais j'ai réussi à en trouver un aujourd'hui ! Dès le premier jour ! Je peux dire que j'ai de la chance. On y va ? »

Il se mit à défaire le papier métallique qui enveloppait le bouchon.

«Formidable», dit-elle. Et elle courut chercher les flûtes à champagne. Elle resta immobile à le regarder tandis qu'il faisait sauter le bouchon avec beaucoup d'adresse, s'efforçant, sans succès d'ailleurs, de lire l'étiquette.

«C'est quoi, ce que nous buvons? demanda-t-elle.

— Veuve Clicquot 1979», répondit-il en lui montrant la bouteille avant de commencer à servir.

Au moins, il s'y connaissait en champagne!

«C'est une grande année», dit-elle avec un sourire approbateur.

Ils attendirent l'un et l'autre que la mousse eût disparu, puis ils levèrent leurs verres.

«A votre nouvel appartement, dit-elle.

— A notre première danse», rétorqua-t-il.

Ils rirent l'un et l'autre en choquant leurs verres.

«Hum, excellent», dit-il en analysant mentalement les qualités de cet exceptionnel bouquet.

Elle le regarda, trouvant bien étrange qu'il eût formulé le compliment qu'elle aurait dû dire la première.

«En effet, confirma-t-elle. Bien, je vais finir de m'habiller. Attendez, je vous mets de la musique.»

Elle alluma la chaîne hi-fi et sortit du living-room.

Katia referma soigneusement la porte de la chambre derrière elle. C'était une sensation nouvelle pour elle. Jamais encore elle n'avait fermé cette porte, ni aucune autre d'ailleurs, dans son appartement. Voilà ce que c'est que de vivre seule, se dit-elle. On n'a jamais besoin de s'isoler.

Elle prit une longue gorgée de champagne et posa le verre sur le bureau pour se mettre du mascara et du rouge aux joues. Enfin, la touche finale, avec le rouge à lèvres et un nuage de Jolie Madame.

Puis, elle se dirigea vers sa garde-robe. L'homme était très élégant, il fallait donc trouver quelque chose qui ait de la classe. Quelle robe noire allait-elle mettre ? Pourquoi pas son Azzedine ? Après avoir fourragé dans son tiroir à sous-vêtements, elle en sortit un collant noir extra-fin parsemé de paillettes dorées. Puis elle se regarda dans le miroir et apprécia ce qu'elle y vit. Pas de chichis, pas de tralalas, de la simplicité et de la hardiesse.

Elle but une nouvelle gorgée de champagne. Je vais en avoir grand besoin pour venir à bout de cette soirée, se dit-elle. Campée devant le miroir, elle se regarda vider le verre complètement. Pas mal. Tout à fait délicieux. Aussi bien elle que le champagne.

Elle appréciait énormément de se trouver dans cette chambre tiède et parfumée qui lui apparaissait comme un havre de paix, où elle était protégée des dangers du monde extérieur. Dans quelques secondes, elle allait devoir quitter ce cocon pour affronter cet homme qui l'attendait de l'autre côté de la porte, faire la conversation, dîner avec lui.

Elle éteignit les lumières, mais ne put se résoudre à ouvrir la porte. Pas encore, soupira-t-elle. Elle s'approcha de la fenêtre pour gagner quelques secondes supplémentaires et regarda la rue. Il était encore tôt. Un homme marchait, tenant son chien en laisse. Deux adolescents passèrent comme des flèches, juchés sur leurs skates. Une voiture était garée en double file, attendant quelqu'un.

Elle vit que son portier s'était adossé à l'un des piliers de la marquise. Un livreur, portant une volumineuse boîte qui devait contenir une pizza, s'arrêta devant lui pour lui demander la permission d'entrer et disparut.

Elle s'apprêtait à tourner les talons quand son œil se posa sur une des vitres de l'école qui se dressait de l'autre côté de la rue et elle vit le reflet du concierge, posté à l'endroit habituel, qui regardait dans sa direction. Elle en fut écœurée. Ah ! Il attend que je me mette à danser.

«Eh bien, désolée de vous décevoir, monsieur», dit-elle à mi-voix.

Il ne bougeait pas d'un pouce. Que pouvait-il regarder ainsi? Elle n'était pas en train de danser et pourtant l'homme ne quittait pas des yeux la fenêtre de son living-room. Il me fait pitié, cet obsédé! Il doit imaginer un tas de trucs. Elle tourna les talons. Il était temps de quitter cette chambre.

Quand Katia ouvrit la porte de communication, elle fut surprise par le flot de musique qui l'assaillit. Un frisson lui parcourut l'échine. Toutes les lumières étaient éteintes. Qui avait pu faire le noir ainsi? Y avait-il une panne de courant? Mais non, puisque la chaîne fonctionnait. Que se passait-il?

Elle avait peur. Son cœur battait à grands coups. Allait-il l'attaquer? La violer? Elle ne voyait rien. Elle avança à tâtons, les nerfs à fleur de peau. Et, soudain, elle sursauta devant le spectacle qui s'offrait à elle.

Sterling avait enlevé sa veste et ses chaussures; la cravate légèrement dénouée, il dansait dans le noir.

Elle resta bouche bée à le regarder. Il semblait perdu dans son monde à lui, complètement livré à la musique; formant avec ses lèvres les paroles de la chanson, il bondissait, se contorsionnait et se balançait, au rythme effréné du reggae. Et il ne voyait pas qu'elle était là.

Stupéfaite, Katia ne pouvait que se dire: «Mais c'est mon fantasme!» Elle voulait le lui crier, protester avec véhémence, clamer qu'il s'était approprié quelque chose qui n'appartenait qu'à elle.

L'esprit chaviré, elle se demanda si elle n'était pas en train de rêver elle aussi. Avait-elle bu trop de champagne? Elle toucha la table pour s'assurer le contact d'une réalité tangible et sa main trouva le verre qu'il y avait laissé. Elle but d'un trait le vin qui restait, ce qui ne fit qu'ajouter à sa confusion.

Maintenant, Sterling se comportait comme s'il

avait une partenaire, la faisant virevolter avec une adresse incomparable. Ce qui ne l'empêchait pas de danser toujours aussi mal! C'était horrible, et terriblement gênant. Le spectacle qu'il offrait la fascinait et lui répugnait tout à la fois.

Qu'allait-elle faire? Tourner immédiatement le bouton de la chaîne pour arrêter la musique? Non, elle devait repartir dans sa chambre en feignant de n'avoir rien vu. Elle reviendrait à la fin du morceau. Ou allumer brusquement la lumière pour mettre un terme à cette scène ridicule? Mais que dirait-elle alors? Soudain, elle pensa qu'elle ferait mieux de fuir l'appartement, de partir en courant, en claquant la porte derrière elle.

Mais la danse rapide avait laissé la place à une chanson lente et romantique. Encore essoufflé par ses prouesses acrobatiques, Sterling changea de rythme et commença à glisser dans la pièce, oscillant de côté et d'autre pour basculer soudain, le torse en avant. Quelle conviction il déployait, les yeux clos, le visage rêveur, le geste théâtral! Il ne faisait plus peur à Katia. Il avait l'air vulnérable. On avait l'impression de pouvoir le toucher. Oui, le toucher.

Katia sentit son cœur se serrer. *Le moment qu'elle attendait depuis si longtemps était enfin arrivé. Le moment dont elle avait toujours rêvé.* Elle avait envie de se joindre à lui, de danser avec lui. Mais... non, ce ne pouvait pas être lui qui... Achève cette phrase, Katia, ordonna sévèrement une voix intérieure. Ce ne peut pas être lui l'homme de ma vie. L'homme de ma vie! Est-ce qu'on peut dire de quelqu'un qu'il est l'homme de votre vie? Un homme acceptable, peut-être. Un monsieur «pourquoi pas» en quelque sorte.

Elle le regarda danser. Tu as devant toi un homme réel, Katia, se dit-elle, un homme réel qui a le même fantasme que toi. Et alors? Que comptes-tu faire, maintenant que tu as trouvé ce que tu attends depuis si longtemps? Elle versa encore du champagne dans le verre et le but pour se donner du courage.

Katia! C'est ta dernière chance. Si tu n'agis pas tout de suite, l'occasion sera perdue. A jamais. Elle en avait déjà tellement laissé passer, des occasions!

Elle inspira à fond et ôta ses chaussures. Juste à ce moment, Sterling se tourna vers elle et la vit. Il resta pétrifié, le bras en l'air, et essaya de sourire.

«Je ne sais pas danser le reggae, dit-elle timidement en tendant la main. Je ne connais que la danse classique.»

Il parut soulagé.

«Ce n'est rien, je vais vous apprendre quelques pas, dit-il d'une voix hésitante en lui prenant la main. Après, vous me montrerez ce que vous faites d'habitude.»

Là-dessus, il la prit dans ses bras.

Il y eut quelques secondes difficiles, pendant lesquelles ils s'efforcèrent de prendre le rythme, puis Sterling l'entraîna d'un pas glissant vers le milieu de la pièce, avec une maîtrise parfaite. Katia était stupéfaite. Elle croyait vivre un rêve, dansant ainsi, dans son propre salon, avec un inconnu. On aurait dit un film avec Fred et Ginger. Il y avait même les costumes appropriés. Et le champagne!

Aïe! Il venait de lui marcher sur le pied. Il murmura quelques paroles d'excuse. Mais elle accentua la pression de sa main et ils repartirent de plus belle, d'un mouvement encore plus aisé, en virevoltant de temps à autre, et elle se demanda comment ils pouvaient danser si bien ensemble alors qu'il avait été si médiocre le soir du mariage.

Soudain, il l'inclina à l'horizontale et elle poussa un cri, mais il la tenait bien et ils éclatèrent de rire. La fois suivante, il la prévint, d'un air enjoué: «Attention, c'est pour tout de suite!» Suspendue un moment au-dessus du sol, elle le regarda dans les yeux et dut détourner la tête. Il la redressa et elle sentit que son corps se détendait. Il se détendit lui aussi et la serra plus fort contre lui. Comment était-il possible qu'elle eût l'impression d'avoir dansé avec lui pendant des années ?

Elle aimait sentir sous son bras gauche, ce dos solide mais léger. Elle adorait la façon dont il avait relevé la manche de sa chemise, exposant ses avant-bras musclés. Le contact de sa main lui plaisait aussi. Il lui tenait la sienne en donnant juste la pression qu'il fallait, ferme mais sans audace excessive. Ils paraissaient de la même taille tous les deux. Peut-être était-il légèrement plus grand. Les joues et le menton rasés de frais. Son eau de toilette, c'était... Elle approcha le visage de son cou et tenta une identification. Il s'en aperçut et annonça : « Canoë, tout simplement. » Ils rirent l'un et l'autre.

Mais ce que Katia trouvait le plus attirant, c'était l'aisance avec laquelle il montrait ce qu'il voulait. Et ce qu'il voulait, c'était elle.

Elle entrevit les ombres qu'ils projetaient sur les murs en virevoltant dans la pièce. Au lieu de la forme solitaire qu'elle avait l'habitude de voir, elle apercevait une nouvelle silhouette, la fusion curieuse de deux corps, unis en une masse unique, masculine et féminine à la fois. Elle tenta de démêler ce qui était à lui et ce qui était à elle, mais ne parvint à distinguer ni leurs bras ni leurs jambes respectifs. Alors elle renonça. Désormais, ils ne formaient plus qu'un et elle était heureuse.

Amour et Destin

Quand l'amour donne aux femmes le choix de leur destin.

Les romans de la collection Amour et Destin présentent des femmes exceptionnelles qui découvrent dans l'amour le sens de leur vie. Elles vont jusqu'au bout de leur quête quel qu'en soit le prix et sont appelées à vivre de grands destins romanesques riches en émotions et en rebondissements.

Composition Interligne B-Liège
Achevé d'imprimer en Europe (France)
par Brodard et Taupin à la Flèche (Sarthe)
le 14 mai 1993. 1809H-5
Dépôt légal mai 1993. ISBN 2-277-23463-X

Éditions J'ai lu
27, rue Cassette, 75006 Paris
Diffusion France et étranger : Flammarion

3463